Ally Trust

The Guardian Angels –

Himmlische Küsse

Das Buch

Jamie genießt ihre gemeinsame Zeit mit ihrem Schutzengel Sixt. Ihr Leben könnte perfekt sein, wenn nicht eine Bedrohung auf sie lauern würde. Eine längst totgeglaubte Bedrohung, die auf Rache sinnt und bei der nicht nur die Schutzengel, sondern auch Jamie und Maya in Gefahr schweben. Werden Sixt und seine Freunde es schaffen ihre Schützlinge und sich selbst zu retten?

Die Autorin

Ally Trust ist in Deutschland geboren und lebt dort in einem kleinen ruhigen Ort. Schon in der Kindheit hat sie sich Geschichten ausgedacht und begann in ihrer Jugend mit dem Schreiben. Seitdem schreibt sie leidenschaftlich gerne. 2011 veröffentlichte sie ihr erstes Buch. Vor ihren Büchern hat sie schon einige Kurzgeschichten geschrieben und veröffentlicht.

Ally Trust

The Guardian Angels –

Himmlische Küsse

Bibliografische Informationen der Deutschen Nationalbibliothek: Die Deutsche Nationalbibliothek verzeichnet diese Publikation in der Deutschen Nationalbibliografie; detaillierte bibliografische Daten sind im Internet über http://dnb.dnb.de abrufbar.

Impressum

Copyright: © 2014 Ally Trust
Cover und Gestaltung: © Ally Trust
Herstellung und Verlag: BoD – Books on Demand, Norderstedt
Alle Rechte vorbehalten

ISBN: 9783746012483

Kapitel 1

Ich schaltete den nervenden klingelnden Wecker aus und drehte mich um. Ich sah in zwei eisblaue, wunderschöne Augen, die zu meinem atemberaubend gutaussehenden Freund und gleichzeitig meinem Schutzengel Sixt gehörten. Seine dunkelbraunen kurzen Haare waren verwuschelt und standen vom Schlafen von seinem Kopf ab. Das letzte Dreivierteljahr war das Schönste in meinem Leben gewesen. Ich war so glücklich mit ihm und liebte ihn sehr.
„Guten Morgen, Süße", sagte er und lächelte.
„Müssen wir jetzt wirklich schon aufstehen", fragte ich und schmiegte mich an ihn.
„Ja, sonst kommen wir zu spät zur Uni. Es ist doch nur noch eine Woche und dann haben wir zwei Monate frei", erwiderte er und gab mir einen Kuss. Es stimmte nur noch eine Woche und wir hatten zwei Monate Semesterferien. Wir brauchten dann erst im August wieder zur Universität. Die Vorstellung zwei Monate nur mit Sixt zu verbringen, ohne in die Uni zu müssen, gefiel mir. Nur zur Arbeit musste ich weiterhin. Ich hatte erst die letzten drei Wochen im Juli Urlaub. Sixt stand auf und zog mich mit sich aus dem Bett. Widerwillig folgte ich Sixt ins Badezimmer, um mich zu waschen. Am liebsten wäre ich noch mit ihm im Bett geblieben, um mit ihm zu kuscheln. Aber er achtete sehr darauf, dass ich nie zu spät zu den Vorlesungen kam.

Als wir mit dem Waschen fertig waren, gingen wir ins Schlafzimmer um uns umzuziehen. Sixt war schneller fertig als ich, weil ich erst in meinem Schrank nach etwas zum Anziehen suchen musste. Sixt ging schon einmal hinunter in die Küche und bereitete das Frühstück zu. Ich stand vor meinem Schrank und überlegte, was ich anziehen könnte. Ich schaute aus dem Fenster. Es war bewölkt und es regnete. Für Ende Mai war es noch nicht so warm, wie die Jahre davor. Ich beschloss, eine graue Jeans und dazu eine weinrote Bluse anzuziehen. Anschließend ging ich ins Bad, kämmte meine Haare durch und band sie zu einem Zopf zusammen. Ich ging die Treppe hinunter in die Küche, wo Sixt schon auf mich wartete.

„Da bist du ja endlich. Das Frühstück ist schon fertig", sagte er und zeigte auf den Küchentisch, der gedeckt war. Mir hatte er extra eine Schale hingestellt, weil er genau wusste, dass ich morgens lieber Müsli aß. Nach längeren Diskussionen über meine Ernährung hatten wir uns darauf geeinigt, dass ich morgens vor der Uni etwas aß. Geeinigt war vielleicht das falsche Wort. Ich hatte eher ihm zuliebe nachgegeben. Dafür durfte ich mittags in der Mensa auch mal einen Salat essen. Ich setzte mich an den Tisch und schaute ihn an.

„Möchtest du Kaffee", fragte er.

„Kaffee wäre nicht schlecht. Ich muss mal wach werden."

„Das glaube ich auch, sonst schläfst du gleich noch bei deiner Vorlesung ein", sagte er und nahm die Kanne aus der Kaffeemaschine. Er goss mir den Kaffee in die Tasse und stellte, nachdem er sich ebenfalls etwas eingegossen hatte, die Kanne auf den Tisch.

„Wir sehen uns dann gleich an der Uni", sagte Sixt, als wir das Haus verließen, und gab mir einen Kuss.

„Ja, bis gleich", sagte ich und stieg ein. Wir fuhren meistens, wenn ich arbeiten musste, getrennt zur Uni. So konnte ich anschließend zur Arbeit fahren und Sixt seine Zeit anders nutzen. Seitdem Terina tot war, brauchte er nicht mehr ständig bei mir sein und mich vor ihr beschützen. Es hatte mir gar nicht gefallen, nichts mehr alleine tun zu dürfen, meine freie Zeit im Hause der Schutzengel verbringen zu müssen und nicht raus zu dürfen. Zumindest nicht alleine. Immer musste jemand bei mir sein, um auf mich aufzupassen. Dabei hatte ich immer meine Unabhängigkeit genossen. Am Schlimmsten war allerdings die Angst, dass jemand von meiner Familie oder meinen Freunden verletzt oder sogar getötet werden konnte. Vor allem Sixt. Ich liebte ihn über alles und wollte ihn nie verlieren.

Zum Glück hatte es aufgehört zu regnen und die Sonne drängte sich durch die Wolken. Auf dem Parkplatz vom Campus parkten wir nebeneinander. Gerade als ich aussteigen wollte, hielt Sixt mir schon die Tür auf. Er war wirklich ein Gentleman. Ich nahm meine Tasche und stieg aus. Sixt zog mich gleich in seine Arme. Ich machte die Autotür zu und schloss den Wagen ab. Zum Glück hatte ich eine Funkfernbedienung für mein Auto. So brauchte ich nur auf einen Knopf drücken und mein Wagen war zu.

„Du hast aber lange gebraucht", sagte er grinsend. Es war wieder eine Anmerkung, weil sein Wagen schneller war, als meiner.

„Ich rase auch nicht so wie du", verteidigte ich mich. Ich zog seinen Kopf zu mir heran und schon lagen seine Lippen auf meinen. Wir küssten uns lange und leidenschaftlich. Ich bekam immer noch ein Kribbeln im Bauch, wenn wir uns küssten oder er mich berührte. Ich hoffte, es würde nie vergehen.

„Hi ihr beiden", sagte eine fröhliche Stimme neben uns. Ich drehte mich zur Seite und sah Sasha, die strahlend neben uns stand. Sasha und Maya waren zu meinen besten Freundinnen geworden. Wir unternahmen viel gemeinsam, wobei das meiste Shopping-Touren waren, die Sasha am liebsten machte. Auch Nathan und Timothy waren zu guten Freunden von mir geworden. Ich war froh, so tolle Freunde, wie sie es waren, gefunden zu haben.

„Hi Sasha", kam es von Sixt und mir wie aus einem Mund.

„Wie geht es euch? Alles gut", fragte sie.

„Ja, alles bestens", erwiderte ich lächelnd.

„Wo hast du denn die Anderen gelassen", fragte Sixt sie und schaute sich um.

„Bei Nathan und Maya begann die Vorlesung heute schon um acht Uhr und Timothy ist mit ihnen gefahren, weil er noch in die Bibliothek wollte, bevor sein Kurs anfängt."

„Oh. Na wir sehen sie ja nachher in der Mensa. Lasst uns dann auch mal los. Unsere Kurse beginnen gleich", sagte Sixt und legte einen Arm um meine Schulter. Zusammen gingen wir zu den Gebäuden der Universität.

„Wir sehen uns dann nachher in der Mensa", sagte er und zog mich an sich.

„Ja, bis nachher", erwiderte ich und gab ihm einen Kuss. In dem Moment ging Monica an uns vorbei. Sie versuchte sich immer noch, an Sixt heranzumachen. Jedes Mal ließ Sixt sie abblitzen oder ignorierte sie einfach. Sie lächelte ihn zuckersüß an und ging in den Raum. Wütend schaute ich ihr hinterher.

„Vergiss sie, Süße. Du weißt, ich liebe nur dich", besänftigte er mich und gab mir einen Kuss. „So ich muss jetzt los. Bis nachher." Sanft strich er mir über die Wange und machte sich auf den Weg zu seinem Kursraum. Sasha und ich gingen in den Raum und setzten uns auf unsere Stammplätze in der letzten Reihe. Monica saß einige Reihen vor uns. Sie drehte sich zu mir um und warf mir einen verächtlichen Blick zu. Sie saß, seitdem sie sich von Terina beeinflusst gelassen und dadurch ihre Freunde vertrieben hatte, fast immer alleine. Nur in der Mensa waren noch Emma und Bill treu an ihrer Seite. Claire, Josh und Dave, hatten sich, nachdem sie sich mit Terina angefreundet hatte, von ihr abgewendet. Ich tat so, als ob ich sie nicht sehen würde, und wandte mich Sasha zu.

„Was habt ihr gestern denn noch gemacht", fragte ich sie.

„Nathan und ich waren abends noch im Kino, in dem neuen Actionfilm, der gerade angelaufen ist. Der ist wirklich gut. Und ihr?"

„Wir waren erst spazieren und anschließend noch ein Eis essen", erwiderte ich. Sixt liebte die Natur genauso wie ich und wir gingen wann immer wir Lust und Zeit hatten raus.

„Oh, das ist schön. Ich würde auch gerne mal wieder spazieren gehen. Nur Nathan hat so gut wie nie Lust dazu", klagte sie.

„Dann lass uns das nächste Mal einfach alle zusammen spazieren gehen", schlug ich vor.

„Ja, das ist eine gute Idee. Da wird er bestimmt mitkommen", sagte sie begeistert. Mr. Parker kam in den Vorlesungssaal und begann seinen Unterricht. Bei ihm hatten wir Finanzwesen. Mein Handy vibrierte und ich schaute drauf, nachdem ich es aus meiner Hosentasche geholt hatte. Sixt hatte mir eine SMS geschickt. Handys waren während der Vorlesung verboten. Sobald eines klingelte und der Student den Ton nicht ausgestellt hatte, wurde es vom Dozenten eingezogen und man bekam es erst am Ende der Vorlesung zurück. Deshalb stellte ich mein Handy immer auf tonlos, wenn ich in der Uni war. Ebenso auf der Arbeit. Auch wenn ich das Handy während der Arbeitszeit in meiner Tasche, die ich im Aufenthaltsraum ließ, hatte, so wollte ich nicht, dass es laut klingelte. Ich las die SMS und hielt dabei mein Handy unterm Tisch, damit es nicht auffiel. Den Studenten war es ebenfalls verboten, SMS zu lesen oder zu schreiben. Wenn man dabei erwischt wurde, musste man ebenfalls das Handy abgeben. Meistens tat ich beim Lesen so, als ob ich mir etwas notieren würde. Beim Antworten brauchte ich mittlerweile gar nicht mehr auf mein Handy zu schauen. Ich wusste, wo die Buchstaben waren und tippte blind. Sixt und ich schrieben uns oft in der Zeit, wo wir uns nicht sahen.

-*Wie ist die Vorlesung? Meine ist langweilig. Ich vermisse dich*-, schrieb Sixt.

-*Meine ist auch nicht gerade besser. Ich vermisse dich auch.*-

-*Wie wäre es heute mit einem gemütlichen Abend auf dem Balkon*-, fragte er. Sixt hatte einen sehr großen Balkon an seinem Zimmer. Wenn das Wetter es zuließ, saßen wir oft draußen und schauten uns die Sterne an, redeten oder genossen einfach unsere Zweisamkeit.

-*Das wäre sehr schön, aber wir sind heute Abend bei meinen Eltern zum Essen eingeladen*-, erinnerte ich ihn.

-*Das macht ja nichts. Dann gehen wir erst essen und fahren dann zu mir*-, schrieb er.

-*Okay, so machen wir das.*- Die Vorlesung war zu Ende. Ich packte meine Sachen zusammen und ging mit Sasha zum nächsten Raum. Auch während der nächsten Vorlesung in Rechtswissenschaften schrieben Sixt und ich weiter. Trotzdem ich schrieb, konzentrierte ich mich auf den Unterricht und verstand auch meistens alles, was erklärt wurde. Zum Glück hatte Sixt auch Wirtschaftswissenschaften studiert und half mir und Sasha beim Lernen. Er war ein guter Lehrer und war er sehr geduldig mit Sasha und mir, wenn wir mal etwas nicht verstanden.

„Ich weiß gar nicht, wie du SMS schreiben und dann noch dem Unterricht folgen kannst? Ich könnte das nicht", sagte Sasha, als wir auf den Weg in die Mensa waren.

„Ach das ist gar nicht so schwer. Ich konnte schon immer lernen und zum Beispiel Musik dabei hören oder fernsehen", erklärte ich. Wir kamen in der Mensa an und gingen zu unserem Stammtisch. Maya war schon da und wir setzten uns zu ihr.

„Wo sind denn die Jungs", fragte Sasha.

„Sie holen etwas zu Essen und bringen uns etwas mit", sagte Maya und schaute zur Theke. Ich sah ebenfalls herüber. Sixt stand mit Nathan und Timothy an der Theke und füllten die Tabletts mit etwas zu Essen. Ich hoffte nur nicht, dass Sixt mir wieder zu viel mitbrachte. Monica betrat die Mensa und ging direkt zur Theke. Sie hatte Sixt dort stehen sehen und lächelte. Sie legte einen Arm um seine Schultern und sprach mit ihm. Ich verkrampfte mich auf meinem Stuhl. Warum konnte sie ihn nicht in Ruhe lassen?

„Sie soll ihn endlich in Ruhe lassen. Warum versteht sie nicht, dass er mit mir zusammen ist", fragte ich wütend.

9

„Reg dich nicht auf. Sie wird es nie lernen. Ich sage, er schlägt gleich ihren Arm weg", wettete Sasha, die ebenfalls zu den Jungs schaute.

„Glaubst du wirklich", fragte ich sie.

„Ja, pass auf." Kaum hatte sie es gesagt, schlug Sixt auch schon Monicas Arm weg.

„Lass mich endlich in Ruhe. Ich will nichts von dir. Kapier es endlich. Ich habe eine Freundin", hörte ich ihn genervt laut sagen und sah, wie er zur Kasse ging. Monica folgte ihm. Wieder legte sie einen Arm um seine Schultern und sagte etwas, was ich leider nicht verstehen konnte, da unser Tisch am anderen Ende der Mensa stand.

„Nein", sagte er bissig und schlug ihren Arm weg. „Ich liebe nur Jamie und das wird auch immer so sein. Und jetzt verzieh dich." Dieses sagte er wieder so laut, dass es alle Studenten, die sich in der Mensa befanden, hören konnten. Ich lächelte voller Schadensfreude und war froh, dass er sie mal wieder abgewiesen hatte. Sixt kam zu uns an den Tisch, stellte das Tablett ab und setzte sich neben mich. Er zog mich an sich und küsste mich.

„Was wollte sie denn von dir", fragte Sasha neugierig.

„Ach sie geht mir langsam auf die Nerven mit ihren Anmachversuchen", sagt er und nahm meine Hand. Sanft strich er mit dem Finger über meinen Handrücken.

„Ich glaube, du musst das deiner Verehrerin mal deutlich machen. Sie wird so schnell nicht aufgeben", erwiderte Sasha. Ich schaute zu Monica, die an ihrem Stammplatz saß und wütend zu uns herübersah.

„Das habe ich schon mehrfach, nur sie versteht es einfach nicht ", seufzte Sixt. Timothy und Nathan kamen zu uns und setzten sich.

„Sie ist halt schwer von Begriff", sagte Nathan und nahm sich ein Sandwich, welches auf seinem Tablett gelegen hatte.

„Ja, sehr schwer", zischte ich. Ich war so wütend auf sie. Monica konnte es nicht lassen Sixt anzugraben. Sie sollte endlich damit aufhören und ihn in Ruhe lassen.

„Du siehst richtig süß aus, wenn du eifersüchtig bist", sagte Sixt sanft.

„Ich bin nicht eifersüchtig. Ich mag es nur nicht, wenn sie dich angräbt und das meistens noch direkt vor meinen Augen", verteidigte ich mich.

„Sie will dich damit ärgern. Lass dich nicht von ihr provozieren", riet Maya mir.

„Eben. Außerdem liebe ich nur dich und sonst niemand", sagte Sixt, zog mich an sich und küsste mich. Ich erwiderte seinen Kuss und schlang die Arme um seinen Hals. Unsere Küsse waren leidenschaftlich und wurden immer drängender. In meinen Bauch begann es zu kribbeln und ich vergaß, dass wir eigentlich in der Mensa waren.

„Man nehmt euch ein Zimmer", rief Nathan lachend. „Das ist ja nicht auszuhalten."

„Lass sie. Du kannst ruhig auch mal etwas leidenschaftlicher sein. Ich habe ja noch nicht einmal ein Begrüßungskuss bekommen", hörte ich Sasha sagen.

„Ach du meinst so?" Er zog sie zu sich und küsste sie. Sixt und ich lösten uns voneinander und schauten zu ihnen herüber.

„Man nehmt euch doch ein Zimmer", konterte Sixt und lachte. Maya, Timothy und ich mussten ebenfalls lachen. Ich schaute mir das Tablett an, was Sixt mitgebrachte hatte. Darauf lagen Sandwiches, Muffins und zwei Flaschen Wasser.

„Was ist denn hier für mich", fragte ich ihn.

„Was du möchtest. Die Muffins habe ich zum Nachtisch mitgebracht."

„Was ist denn auf den Sandwiches"?

„Zwei sind mit Salami und Käse und zwei mit Schinken und Käse." Ich nahm mir eines mit Salami und reichte ihm ebenfalls eins.

„Mädels, was haltet ihr eigentlich davon, wenn wir in den Semesterferien eine Segeltour machen. Wir haben gerade an der Theke darüber gesprochen, bevor sie kam", fragte Nathan, nachdem er sich von Sasha gelöst hatte, und deutete mit dem Kopf in Monicas Richtung.

„Das hört sich gut an", erwiderte Sasha und Maya und ich stimmten ihr zu.

„Maya, Jamie, wann habt ihr denn Urlaub", fragte Timothy. Maya ging jetzt genauso wie ich nach der Uni arbeiten, um sich etwas neben dem Geld, welches sie von ihren Eltern zum Leben bekam, dazu zu verdienen.

„Also ich habe die letzten drei Wochen im Juli Urlaub. Jamie, hast du nicht auch die letzten drei Wochen", fragte mich Maya.

„Ja. Ich habe zur gleichen Zeit Urlaub", erwiderte ich.

„Gut, dann können wir ja in der Zeit für ein paar Tage die Tour machen", sagte Timothy.

„Kann denn jemand von euch segeln", fragte ich.

„Ja, ich habe vor drei Jahren den Segelschein gemacht", antwortete Timothy.

„Wo nehmen wir eigentlich das Boot her", fragte Sasha.

„Das mieten wir uns. Ich rufe nachher mal an, für welche Tage noch ein Boot frei ist", sagte Nathan. „Und dann müssen wir mal schauen, wohin die Tour gehen soll."

Nach der Uni fuhr ich zur Arbeit. Hier hatte sich einiges geändert. Mrs. Evans hatte den Nachbarladen, der leer stand, mit dazu genommen und durch einen Durchbruch den Laden vergrößert. Nun gab es in der Boutique auch Kinderkleidung. Ebenso hatte Mrs. Evans Megan gekündigt und eine neue Mitarbeiterin eingestellt. Ich hatte erst Maya vorgeschlagen in der Boutique zu arbeiten, aber sie wollte nicht mit einer Freundin in einem Laden arbeiten, weil sie Angst hatte, dass dadurch unsere Freundschaft kaputtging. Sie hatte recht. Ich wollte auch lieber privat und Arbeit trennen, denn es brauchte nur einmal auf der Arbeit einen Streit geben, der dann wahrscheinlich ins Private überging. So hatte sie einen Job in einen Musikladen angenommen. Die neue Angestellte hieß Samantha und war siebenundzwanzig Jahre alt. Sie war ein Meter siebzig groß, schlank und hatte blonde lange Haare, die ihr bis zu den Hüften reichten. Sie war sehr nett und machte ihre Arbeit wirklich gut. Katie war auch noch da. Sie machte zwar ihre Arbeit, hatte aber trotzdem mit Überstunden nicht viel im Sinn. Sie ging immer noch pünktlich um sechs Uhr, ohne zu fragen, ob sie noch etwas tun könnte. Ich sortierte gerade einen Kleiderständer, als Monica in den Laden und direkt auf mich zu kam.

„Du musst mich beraten", sagte sie und zog mich schon zu den Kleidern. Widerwillig ging ich mit, obwohl ich keine Lust hatte, sie zu beraten.

„Was meinst du, würde dieses Kleid Sixt an mir gefallen", fragte sie provozierend und hielt sich ein rosafarbiges Kleid an.

„Nein", erwiderte ich bissig. „Lass ihn endlich in Ruhe. Er will nichts von dir. Kapiere es endlich. Er hat es dir doch heute noch einmal klar und deutlich in der Mensa verständlich gemacht."

„Das wollen wir doch erst mal sehen. Er wird schon noch merken, dass ich die Richtige für ihn bin. Da kannst du dann nichts mehr dagegen tun." Wut stieg in mir auf. Was erlaubte sich diese Frau eigentlich? Wie oft sollte er ihr eigentlich noch sagen, dass er nichts von ihr wollte? Wie arrogant sie doch war. Sie dachte doch wirklich, dass jeder Typ auf sie stand und nur sie wollte. Dabei konnte sie nur nicht sehen, wenn jemand anderes glücklich war. Nur sie durfte das und niemand anderes.

„Das glaube ich nicht. Er gehört mir und ich werde, wenn es sein muss, um ihn kämpfen. Lass ihn endlich in Ruhe", sagte ich.

„Es ist dann immer noch seine Entscheidung", provozierte sie weiter. Ich war wütend, musste mich allerdings zusammenreißen, dass ich sie hier im Laden nicht anschrie. Also wandte ich mich von ihr ab und ging zu Samantha, die im Moment keinen Kunden hatte.

„Samantha, kannst du bitte die Kundin weiterbedienen? Sie ist eine alte Schulkollegin von mir und provoziert mich mit privaten Sachen", fragte ich sie und sah sie flehend an.

„Klar kein Problem. Ich mache das schon."

„Danke", sagte ich und ging in den Aufenthaltsraum, um mich abzuregen.

„Oh diese ...", weiter kam ich nicht, als ich den Raum betrat. Mrs. Evans saß am Tisch und schaute mich besorgt an.

„Was ist denn los", fragte sie.

„Diese Frau bringt mich echt noch zur Weißglut", brachte ich wütend heraus und setzte mich auf einen Stuhl.

„Wer ist es denn", fragte sie.

„Monica, eine alte Schulkollegin. Wir waren mal so etwas wie Freundinnen. Sie studiert auch Wirtschaftswissenschaften. Seit ich Sixt kenne, versucht sie sich an ihn heranzumachen. Ihr passt es nicht, dass wir zusammen sind. Er lässt sie immer abblitzen und sagt ihr auch, dass sie ihn in Ruhe lassen soll. Jetzt ist sie hier im Laden und provoziert mich die ganze Zeit. Sie will ihn nicht in Ruhe lassen und ist der Meinung, dass er sich für sie entscheiden wird", erzählte ich.

„Das ist echt ein starkes Stück. Lass dich nicht von ihr provozieren", sagte Mrs. Evans.

„Das versuch ich ja. Aber sie schafft es immer wieder, dass ich mich aufrege."

„Mach dich ihretwegen nicht verrückt. Sie ist es nicht wert. Ist sie denn noch hier im Laden?"

„Ja. Ich habe Samantha gebeten, sie weiter zu beraten. Ich konnte es nicht mehr, sonst wäre ich noch ausgeflippt und ich wollte nicht, dass die Kunden das mitbekommen", sagte ich.

„Nein, da hast du recht. Du kannst so lange hierbleiben, bis sie weg ist. Oder du kannst ins Lager gehen und die neuen Kindershirts auspacken, wenn du möchtest", bot sie mir an.

„Danke. Ich glaube, ich gehe ins Lager. Ich brauche etwas um mich abzulenken", erwiderte ich und stand auf. Mrs. Evans verließ mit mir zusammen den Aufenthaltsraum und ich ging, ohne einen Blick zu Monica zu werfen, ins Lager. Ich nahm mir den Karton mit der Kindermode vor und begann die T-Shirts auszupacken. Zwei starke Arme legten sich von hinten um meinen Bauch.

„Hi", hörte ich meine Lieblingsstimme an meinem Ohr sagen.

„Gut, dass du hier bist." Ich drehte mich zu ihm um und fiel ihm um den Hals.

„Was ist denn los", fragte er besorgt.

„Monica ist hier und provoziert mich. Samantha berät sie gerade weiter und Mrs. Evans sagte, ich bräuchte erst wieder in den Laden zurück, wenn sie weg ist."

„Lass dich doch nicht von ihr ärgern."

„Das ist leichter gesagt als getan. Erst suchte sie nach einem Kleid und fragte mich, ob es dir an ihr gefallen würde und dann meinte sie, dass du es schon merken würdest, dass sie die Richtige für dich ist", erzählte ich und schmiegte mich enger an ihn.

„Ich würde mich nie für jemand anderes entscheiden. Ich liebe nur dich und das mehr als alles andere auf der Welt. Sie muss es halt kapieren, dass es für mich nur dich gibt und niemanden sonst", sagte er ernst, hob mein Kinn an und schaute mir tief in die Augen. „Nur dich", flüsterte er und zog meinen Kopf zu sich. Dann lagen unsere Lippen schon aufeinander. Sanft strich er mit seiner Hand über meinen Rücken. Als wir uns voneinander lösten, schauten wir uns wieder in die Augen.

„Ich liebe dich", flüsterte ich.

„Ich dich auch. Hast du dich wieder etwas beruhigt", fragte er.

„Ja. Es geht wieder. Ich muss jetzt aber mal weiterarbeiten", sagte ich und drehte mich wieder zum Karton um.

„Ich helfe dir. Dann geht es schneller", erwiderte Sixt und half mir beim Auspacken.

14

„Sag mal, was machst du eigentlich hier", fragte ich, weil ich mit ihm gar nicht gerechnet hatte.

„Ich wollte dich besuchen kommen. Allerdings muss ich gleich wieder weg. Nathan braucht meine Hilfe. Sashas Kleiderschrank ist zusammengebrochen und wir wollen ihn wieder aufbauen", lachte er.

„Das kommt von ihren vielen Klamotten." Ich fiel in sein Lachen mit ein.

„Ja. Nathan hat ihr jetzt erst einmal Shopping-Verbot erteilt."

„Arme Sasha, das wird sie nicht aushalten", sagte ich und hatte mit ihr Mitleid.

„Das glaube ich auch nicht. So ich muss jetzt auch mal los. Ich bin dann um halb sieben bei dir."

„Bis nachher." Er zog mich noch einmal an sich und küsste mich. Dann verschwand er. Ich nahm die T-Shirts und ging wieder in den Laden. Monica war zum Glück nicht mehr da. Ich legte die T-Shirts auf den Tisch ab und sortierte sie nach Farben.

Als ich am Abend nach Hause kam, stellte ich meine Tasche im Flur ab und ging hoch ins Badezimmer, um mich noch etwas frisch zu machen. Anschließend packte ich meine Sachen für den Abend und für den nächsten Tag zusammen, die ich mitnehmen wollte, da wir nach dem Essen direkt zum Haus der Schutzengel fahren wollten. Ich lief die Treppe hinunter, stellte meine Tasche im Flur ab und ging in die Küche, wo ich mir Wasser in ein Glas kippte. Ich lehnte mich an die Küchenplatte, trank von meinem Glas Wasser und schaute aus dem Fenster. Sixt Wagen stand schon an der Straße, aber er war nirgends zu sehen. Ich fragte mich, wo er war? Zwei Arme umfassten mich von hinten und ich erschrak. Sixt lachte leise und wurde sichtbar.

„Sag mal kannst du nicht durch die Tür kommen, wie andere Leute auch", fragte ich und schnappte nach Luft.

„Türen stören nur. Außerdem bin ich so schneller bei dir. Du musst dich doch langsam daran gewöhnt haben."

„Eigentlich schon, aber ich erschrecke mich ab und zu immer noch." Ich drehte mich zu ihm um und gab ihm einen Kuss.

„Komm lass uns essen gehen." Ich nahm seine Hand und zog ihn hinter mir her. Sixt nahm meine Tasche und wir gingen raus. Während ich die Tür abschloss, verstaute Sixt meine Tasche in seinem Wagen. Zusammen gingen wir zum Haus meiner Eltern. Ich schloss die Tür auf und wir gingen hinein.

„Mom, Dad? Wir sind da“, rief ich.

„Hallo ihr beiden“, sagte meine Mutter, als sie aus der Küche kam. „Setzt euch schon mal. Das Essen ist sofort fertig.“ Wir gingen ins Esszimmer, wo schon Leslie und mein Vater saßen. Wir begrüßten sie und setzten uns zu ihnen an den Tisch.

„Leslie, wo ist Greg denn heute“, fragte ich. Normalerweise war ihr Freund auch immer da, wenn wir zum Essen kamen.

„Seine Oma hat heute Geburtstag und da musste er hin. Ich sollte eigentlich mit, aber ich musste noch für meine letzte Abschlussprüfung lernen“, erklärte sie. Leslie hatte nur noch zwei Wochen Schule und dann machte sie ihren Highschoolabschluss. Im August würde sie ebenfalls auf die Portland State University gehen und dort Jura studieren. Sie hatte eigentlich sehr gute Noten, hatte aber weder von Yale noch von Harvard eine Antwort bekommen. Also entschied sie sich für die Universität in Portland. Meine Mutter kam herein und stellte das Essen auf den Tisch. Sie hatte Lasagne gemacht und schöpfte jedem etwas davon auf den Teller.

„Dad, ich brauche noch eine Wohnung. Die Studentenwohnheime sind alle schon voll“, klagte Leslie.

„Warum bleibst du dann nicht erst einmal hier wohnen“, fragte mein Vater.

„Nein. Ich möchte auch alleine wohnen. Wenn ich in einer anderen Stadt studieren würde, hätte ich auch meine eigene Bleibe.“ Ich konnte Leslie verstehen. Ich wollte damals auch unabhängig sein. Meine Eltern hatten mir dann das Gästehaus zur Verfügung gestellt, wo ich im Moment wohnte. Ja auch Leslie wurde erwachsen und das sie dann auch alleine wohnen wollte, war verständlich.

„Wir werden schon etwas für dich finden“, sagte meine Mutter. „Wir schauen am Wochenende bei den Wohnungsanzeigen in der Zeitung nach. Da ist der Anzeigenteil größer.“

„Ja ist gut“, erwiderte Leslie.

Kapitel 2

Nach dem Essen verabschiedeten wir uns und fuhren zu Sixt nach Hause. Sixt fuhr die Auffahrt zum Haus hoch und parkte seinen Wagen vor der Garage. Er stieg, nachdem er den Motor abgestellt hatte, aus und holte meine Tasche aus dem Wagen. Ich stieg ebenfalls aus und wir gingen Arm in Arm zur Haustür. Sixt schloss die Tür auf und wir betraten das Haus. Wir begrüßten Maya und Timothy, die im Wohnzimmer saßen, und sprangen dann in Sixts Zimmer. Er stellte meine Reisetasche neben der Couch ab und führte mich auf den Balkon, wo wir uns auf die große Liege setzten. Sixt nahm mich liebevoll in seine Arme und ich schmiegte mich eng an ihn. Sanft strich er immer wieder über meinen Arm. Ich schaute zu ihm auf. Sein Blick war in den Himmel gerichtet. Er wirkte so gedankenverloren.

„Worüber denkst du nach", fragte ich und riss ihn damit aus seinen Gedanken. Sanft schaute er mir in die Augen.

„Ich denke über uns nach."

„Und worüber genau", fragte ich, setzte mich auf und schaute ihn an.

„Darüber, dass es doch langsam mal Zeit für eine Veränderung wäre." Jetzt setzte er sich ebenfalls auf und schaute mir tief in die Augen.

„Was für eine Veränderung?" Was meinte er damit, es wäre Zeit für eine Veränderung? Liebevoll nahm er meine Hand. Schaute mir dabei weiterhin fest in die Augen. Ich konnte seinem Blick nicht ausweichen. Die Magie, die von ihnen ausging, zog mich regelrecht in einen Bann.

„Jamie, ziehst du zu mir?" Erwartungsvoll lag sein Blick auf mir. Was? Er wollte, dass ich zu ihm zog?

„Ja", sagte ich, ohne lange darüber nachzudenken und strahlte über das ganze Gesicht. Die Vorstellung mit ihm zusammenzuwohnen, nicht mehr die Sachen hin und her tragen zu müssen, unser gemeinsames Zuhause, war unglaublich schön.

„Wirklich? Du musst nicht, wenn du nicht möchtest. Ich möchte dich zu nichts zwingen. Schließlich hast du ein eigenes kleines

17

Häuschen und hier hätten wir nur mein Zimmer."

„Natürlich möchte ich mit dir zusammenziehen. Es ist mir egal, dass ich mein Häuschen gegen dein übergroßes Zimmer eintausche. Hauptsache wir sind zusammen. Abgesehen davon bin ich doch sowieso mehr hier, als bei mir zu Hause. Außerdem wird es Zeit von meinen Eltern wegzuziehen. Ich kann nicht ewig im Gästehaus wohnen." Ich schlang meine Arme um seinen Hals und er zog mich eng zu sich heran. Ich verbrachte wirklich mehr Zeit bei ihm Zuhause und übernachtete dort sehr oft. Viel würde sich also nicht ändern. Miete musste ich, genauso wie die Anderen, nicht zahlen, da das Haus vom Engelsrat für die Schutzengel zur Verfügung gestellt wurde. Ich gab aber immer im Monat etwas für das Essen dazu, weil ich oft bei ihnen mitaß und ich nicht auf deren Kosten leben wollte.

„Da hast du recht. Eigentlich wohnst du ja schon hier in unserem Zimmer", flüsterte er in mein Ohr und schon lagen unsere Lippen aufeinander. Er hatte „unserem Zimmer" gesagt. Die Worte hörten sich so wunderbar an. Glücksgefühle stiegen in mir auf. Ich war so glücklich. Unsere Küsse wurden drängender. Seine Zunge bat an meiner Unterlippe um Einlass, den ich ihr sofort gewährte und sie mit meiner ein wildes Spiel begann. Sixts Hände strichen über meinen Rücken. Ein Kribbeln durchfuhr meinen Körper und das Verlangen nach ihm nahm zu. Sixt glitt mit einer Hand unter meine Bluse und streichelte meine Haut. Ich spürte etwas Nasses auf meinem Gesicht. Regen. Na toll. Davon wollte ich mich aber nicht stören lassen. Mir war es egal, wenn wir nass werden würden. In diesem Moment war mir nur Sixt wichtig. Niemand anderes. Ich wollte ihn spüren. Meine Hände glitten über seinen Rücken. Ich griff nach dem Saum seines T-Shirts und zog es ihm aus. Der Anblick seines nackten Oberkörpers war immer noch so atemberaubend. Sanft strich ich die Konturen seiner Muskeln nach. Sixt stöhnte leise auf, als ich mich vorbeugte und meine Lippen über seinen Hals zu seiner Brust wanderten. Der Regen nahm zu und nun schüttete es, wie aus Eimern.

„Komm wir gehen rein", sagte Sixt, und ehe ich mich versah, hatte er mich schon auf seine Arme genommen. Während er mich in sein Zimmer trug, lagen unsere Lippen aufeinander. Mit einem Fußtritt schloss er die Balkontür und trug mich die Wendeltreppe hinauf zu seinem Bett. Sanft setzte er mich darauf ab und kniete sich hinter mich. Seine Hände strichen sanft über meine Seiten. Seine Lippen küssten meinen Hals, wanderten hoch zu meinem Ohr. Ich schlang meine Arme um seinen Nacken. Langsam glitten seine Hände zur Knopfleiste meiner Bluse und öffneten sie. Er zog mir die Bluse aus und warf sie auf dem Boden. Anschließend öffnete er meinen BH und zog ihn mir ebenfalls aus. Seine Hände strichen über meine Brüste und ich stöhnte leise auf. Langsam legten wir uns auf das Bett und Sixt kam über mir. Er küsste erst meinen Hals, mein Schlüsselbein und glitt mit seinen Lippen weiter zu meinen Brüsten. Er machte mich wahnsinnig. Die Erregung nahm zu und mir wurde heiß. Meine Hände wanderten zu seiner Hose. Ich öffnete sie und zog sie ihm aus. Sixt drehte uns, sodass ich auf ihm lag. Während unsere Lippen wieder aufeinander lagen, öffnete er den Knopf von meiner Hose und zog sie mir aus. Sixt drehte uns wieder und so lagen wir auf der Seite. Sanft strich er mir über die Seite, glitt zu meinem Slip und streifte ihn mir ab. Ich tat es ihm gleich und er half mir dabei seinen auszuziehen. Wieder küssten wir uns und dabei legte ich mich auf den Rücken. Sixt kam über mir, stützte seine Arme neben meinen Kopf ab und drang in mich ein. Es war so schön ihn so nah zu spüren.

Ich lag in Sixts Armen. Er hatte die Bettdecke über uns gelegt und strich mir zärtlich über den Rücken.
„Ich liebe dich", sagte ich leise.
„Ich liebe dich auch, meine Süße", erwiderte er und küsste mich auf die Stirn. „Wann möchtest du den Umzug denn machen?"
„Ich weiß nicht. Wie wäre es am Samstag, da haben wir frei und keinen Stress mit der Uni oder der Arbeit", schlug ich vor.
„Ja, da hast du recht. Außerdem musst du ja auch noch deine Sachen packen."
„Wir müssen aber noch die Anderen fragen, ob sie überhaupt damit einverstanden sind, dass ich hier einziehe."
„Das habe ich schon. Sie waren alle sofort dafür."
„Wann hast du sie denn gefragt", fragte ich verdutzt.
„Heute Nachmittag, als ich Nathan helfen sollte. Alle haben, ohne zu überlegen, sofort zugestimmt. Sasha und Maya freuen sich schon", sagte er sanft und strich mir über die Wange. „Mir kam die Idee heute Morgen schon. Ich wollte dich aber in Ruhe fragen und nicht zwischen Uni und Arbeit. Deshalb habe ich auch

vorgeschlagen, dass wir heute einen gemütlichen Abend machen."
„Ich freue mich schon, endlich mit dir zusammenzuwohnen. Aber passen meine Sachen eigentlich alle in dein Zimmer", fragte ich und überlegte, wie viele Sachen ich doch in meinen kleinen Häuschen hatte, was alles mitmusste.
„All deine Möbel wahrscheinlich nicht. Das Zimmer ist zwar sehr groß, aber für eine ganze Wohnungseinrichtung wird der Platz nicht reichen."
„Die will ich auch gar nicht mitnehmen. Mir fällt nämlich gerade ein, dass Leslie das Haus dann übernehmen und die Möbel haben kann. Dann brauchen meine Eltern ihr auch nichts Neues kaufen."
„Daran habe ich auch schon gedacht, als Leslie heute beim Essen mit dem Thema Wohnung anfing", sagte Sixt.
„Dann werde ich morgen gleich meinen Eltern und Leslie Bescheid sagen. Sie wird sich bestimmt freuen."
„Das glaube ich auch. Wir müssen nur noch einen Kleiderständer und eine Kommode für dich kaufen, oder möchtest du deinen Kleiderschrank mitnehmen? Da müssten wir aber schauen, ob er in das Ankleidezimmer passt." Ach ja, das Ankleidezimmer. Ein Traum jeder Frau und Sixt besaß so eines.
„Eigentlich nicht. Der ist wirklich schon alt und die Tür ist kaputt", sagte ich.
„Dann fahren wir diese Woche noch ins Möbelhaus und kaufen dir eine Kommode und eine Kleiderstange", erwiderte Sixt. Ich drehte mich zu ihm um, gab ihm einen Kuss und legte meinen Kopf auf seine Brust. Sixt legte seine Arme um mich. Wir redeten noch einige Zeit und dann schlief ich in seinen Armen ein.

Am nächsten Morgen weckte Sixt mich sanft mit Küssen. „Aufwachen Süße. Na los, das Frühstück ist fertig", sagte er. Ich wollte mich gerade noch einmal herumdrehen, als er mir die Decke wegriss. „Nichts da, los aufstehen." Sixt lachte und zog mich mit aus dem Bett.
„Du bist immer so gemein zu mir", murrte ich noch schlaftrunken.
„Ich bin nicht gemein. Ich will nur nicht, dass du zu spät zur Uni kommst", erwiderte er. Langsam zog ich mich an und ging dann ins Bad um mich zu waschen. Ich kämmte meine Haare durch und ließ sie offen über meine Schulter fallen. Sixt war schon eher fertig und wartete im Zimmer auf mich. Zusammen fuhren wir mit dem

Aufzug ins Erdgeschoss und gingen ins Esszimmer, wo wir uns an den Tisch setzten.

„Guten Morgen", sagten Sixt und ich gleichzeitig, als Sasha mit der Kaffeekanne in der Hand aus der Küche kam.

„Morgen ihr beiden. Das Frühstück ist schon fertig", erwiderte sie und setzte sich, nachdem sie die Kanne auf den Tisch gestellt hatte, zu uns. Die anderen Drei kamen ebenfalls ins Esszimmer und setzten sich an den Tisch. Als Erstes schüttete ich mir Kaffee ein und nahm mir dann eine Schüssel Müsli. Sasha wusste, dass ich es morgens am liebsten aß, und hatte durchgesetzt, dass wir zum Frühstück immer Müsli im Haus hatten.

„Ab Samstag haben wir eine neue Mitbewohnerin", sagte Sixt und strahlte.

„Ehrlich? Du ziehst hier ein? Das ist spitze", rief Sasha und schaute mich freudestrahlend an.

„Ja, aber nur, wenn ihr wirklich nichts dagegen habt", erwiderte ich.

„Natürlich nicht. Wir freuen uns, dass du zu uns ziehst", sagte Timothy und alle nickten zustimmend.

„Warum denn eigentlich erst ab Samstag", fragte Maya.

„Ich muss ja erst einmal meine Sachen packen und umziehen zwischen Arbeit und Uni möchte ich auch nicht", erklärte ich.

„Da hast du auch wieder recht", erwiderte sie.

„Passen ihre Sachen denn alle in dein Zimmer? Wobei sie ja nicht so viele Klamotten hat, wie jemand anderes", wandte Nathan sich an Sixt und lachte. Nathan bekam für den Kommentar einen Seitenhieb von Sasha, die ihn dabei wütend anschaute.

„Doch das klappt schon. Wir müssen nur eine Kommode und eine Kleiderstange kaufen. Dafür müssen wir noch ins Möbelhaus fahren", sagte Sixt.

„Da komm ich mit. Ich brauche einen neuen Kleiderschrank", rief Sasha. „Meinen konntet ihr ja gestern nicht mehr reparieren. Wann wollt ihr denn ins Möbelhaus?"

„Weiß ich nicht. Wie wäre es mit Donnerstag", schlug Sixt vor und schaute mich an. Ich nickte zustimmend.

„Also gut Donnerstag", stimmte Sasha zu.

Am Nachmittag hatte ich begonnen meine Wohnung aufzuräumen und hatte alles weggeworfen, was ich nicht mehr brauchte. Es hatte sich einiges angesammelt, was ich aufgehoben hatte und nicht mehr benötigte. Ich hatte mir Umzugskartons besorgt und schon einmal einige Sachen eingepackt. Erst wenn man umzog, wurde einem so richtig bewusst, wie viele Sachen man doch besaß. Zum Glück war Sixts Zimmer groß genug. Sixt war bei sich zu Hause gewesen und wollte schon einmal etwas Platz für meine Sachen schaffen. Am Abend kam er dann zu mir. Ich war gerade dabei Fotoalben von mir durchzusehen, an denen ich hängen geblieben war.

„Ich dachte, du wolltest aufräumen", flüsterte er mir ins Ohr und setzte sich neben mir auf dem Boden.

„Tu ich doch auch. Ich habe nur die Fotoalben entdeckt", erwiderte ich noch leicht erschrocken, da er plötzlich aufgetaucht war.

„Sind da auch Fotos von dir drin, wo du noch klein warst?"

„Ja ", sagte ich. Sixt grinste mich an.

„Die möchte ich gerne mal sehen." Das hatte ich geahnt. Gut, dass wir jetzt keine Zeit hatten. Ich hatte mittags meine Mutter angerufen und ihr mitgeteilt, dass ich ihnen etwas sagen wollte. Meine Mutter schlug vor, dass wir zum Abendessen vorbeikommen sollten. Ich wollte ihr von meinem Umzug lieber persönlich erzählen und nicht am Telefon. Ich wusste, dass meine Eltern nichts dagegen sagen würden. Schließlich waren sie glücklich, wenn ich glücklich war.

„Ich zeige sie dir heute Abend. Okay? Wir müssen jetzt zu meinen Eltern." Ich stand auf und zog ihn mit hoch.

„Na gut", gab er nach, zog mich an sich und küsste mich. Anschließend gingen wir zu meinen Eltern hinüber. Als wir eintraten, begrüßte mein Vater uns schon, der gerade aus der Küche kam.

„Hallo ihr beiden. Ihr kommt gerade richtig. Das Essen ist schon fertig."

„Das hört sich gut an. Ich habe schon richtig Hunger", erwiderte ich grinsend. Wir gingen ins Esszimmer, wo Leslie und Greg schon am Tisch saßen. Wir setzten uns ebenfalls und begrüßten uns.

„Was wollt ihr denn trinken", fragte mein Vater.

„Ich nehme Limo", antwortete ich.

„Ich ebenfalls", sagte Sixt. Mein Vater verschwand wieder in der Küche und kam mit zwei Gläsern Limo zurück, die er uns reichte. Als das Essen auf dem Tisch stand, setzten meine Eltern sich zu uns. Meine Mutter hatte Hackbraten gemacht, wozu es Kartoffeln und Rotkohl gab. Wir begannen mit dem Essen und ich wurde dabei von Leslie neugierig angeschaut. Anscheinend hatte meine Mutter ihr erzählt, dass ich mit ihnen sprechen wollte. Sie sagte zwar nichts, deutete aber mit den Augen an, dass ich endlich anfangen sollte. Seufzend gab ich nach.

„Mom, Dad, Leslie, ich ziehe zu Sixt", sagte ich frei heraus und lächelte. Meine Eltern schauten zwar überrascht, schienen sich aber mit mir zu freuen.

„Ich habe mir so etwas schon gedacht", sagte meine Mutter. „Du warst sowieso mehr bei ihm zu Hause, als bei dir und da war es nur eine Frage der Zeit, bis ihr zusammenzieht. Ich freue mich für euch."

„Das heißt ja dann, dass ich in das Gästehaus einziehen kann", rief Leslie begeistert.

„Ja genau. Und die Möbel lass ich dir auch da", stimmte ich ihr zu.

„Ist dein Zimmer denn groß genug für euch zwei", fragte mein Vater Sixt.

„Ja, auf jeden Fall. Es ist so groß, wie eine ganze Etage von unserem Haus. Also fast wie eine Wohnung, nur eine Küche fehlt", erwiderte Sixt.

„Dann zieht mein kleines Mädchen ganz weg von uns", sagte meine Mutter und etwas Trauriges lag in ihrer Stimme. Ich konnte mir vorstellen, dass es für eine Mutter nicht einfach war, ihre Tochter ziehen zu lassen. Ich wohnte zwar nicht mehr bei ihnen, war allerdings auch nur ein Haus weitergezogen. Also immer noch bei ihnen in der Nähe.

„Mom, ich bin doch kein kleines Mädchen mehr und ich ziehe doch nur drei Straßen weiter. Außerdem werde ich trotzdem noch zum Essen vorbeikommen und ihr könnt uns doch besuchen kommen", drohte ich ihr lachend an.

„Na gut", sagte sie.

„Mom, Dad ich ziehe dann ins Gästehaus", rief Leslie und rutschte auf ihrem Stuhl vor Freude hin und her.

„Dann haben wir deine Wohnungssuche ja auch geklärt", sagte mein Vater.

„Greg, hast du gehört? Ich kriege mein eigenes kleines Häuschen", freute sie sich und stieß ihn an.

„Es wird trotzdem keine Partys geben", ermahnte meine Mutter sie. Sixt und ich mussten lachen. Meine Mutter verbot uns immer, wenn meine Eltern in den Urlaub fuhren, eine Party zu machen und immer wieder machten wir es doch. Nie hatten sie etwas davon bemerkt. Auch bei der letzten Party, die einen Tag nachdem Terina getötet wurde, stattfand, hatten meine Eltern nichts davon gemerkt. Es wurde nach der Party alles wieder aufgeräumt und saubergemacht.

„Ach Mom, das ist gemein", motzte Leslie.

„Wann möchtest du denn umziehen? Ich halte mir dann den Tag frei und helfe euch", fragte mein Vater.

„Am Samstag. Heute habe ich schon einmal angefangen aufzuräumen und Sachen, die ich nicht mehr brauche, weggeworfen."

„Gut, dann halte ich mir Samstag frei."

„Dann kann ich ja am Samstag schon einziehen", rief Leslie und strahlte über das ganze Gesicht.

„Jetzt mal langsam. Ein Umzug nach dem anderen", erwiderte mein Vater.

„Dann spätestens Sonntag. Greg hilfst du mir", fragte sie ungeduldig.

„Ja, das mache ich", antwortete er.

„Mom, darf ich dann wenigstens eine Einweihungsparty geben", fragte sie meine Mutter.

„Mal sehen. Nur wenn sie nicht allzu groß wird", gab meine Mutter nach.

„Nein, wird sie schon nicht."

„Zeigst du mir jetzt die Fotos", fragte Sixt, als wir in meinem kleinen Haus nach dem Essen ins Wohnzimmer gingen. „Na gut. Aber nicht lachen", sagte ich und holte die fünf Fotoalben. Ich hatte sehr viele Fotos aus meiner Kindheit und Jugend. Ich hatte immer alles gern auf Fotos festgehalten. „Das werde ich nicht", versprach er und setzte sich auf die Couch. Ich setzte mich zu ihm, legte die Fotoalben neben mir und nahm das Erste. Ich hatte sie nach den Jahren sortiert. Sixt legte mir einen Arm um die Schulter. Ich schlug die erste Seite von dem Album auf. Dort war ein Bild von mir kurz nach der Geburt. „Du warst ja früher schon so süß", sagte Sixt und küsste mich auf das Haar. Ich blätterte weiter und zu jedem Bild wollte Sixt eine Erklärung haben. Es gab Bilder aus meiner Kindergartenzeit, verschiedenen Urlauben, Festen und der Schulzeit.

„Warum sind die Seiten denn leer", fragte Sixt beim letzten Album, indem einige Bilder fehlten, und schaute mich an.

„Das waren Bilder, wo Matt drauf war. Die habe ich, nachdem ich mich von ihm getrennt hatte, alle vernichtet. Genauso, wie alle Sachen, die er mir geschenkt hat oder auch seine Liebesbriefe. Ich wollte ihn damit aus meinem Leben verbannen", erklärte ich. Matt war mein Ex-Freund, der mit Terina fremdgegangen war und von dem ich mich, nachdem ich es erfahren hatte, getrennt hatte. Es war nicht gerade einfach für mich gewesen, doch Leslie hatte mir in der Zeit sehr geholfen, über ihn hinwegzukommen. Ich wollte nichts mehr mit ihm zu tun haben und Gefühle hatte ich auch nicht mehr für ihn. Ich liebte nur Sixt. Aber bei Matt war es anders. Er schien immer noch Gefühle für mich zu haben. Immer wieder hatte er mir entweder per SMS oder E-Mail geschrieben, wie sehr er mich doch lieben würde und dass es ihm alles so leidtäte, was er mir angetan hatte. Doch ich glaubte ihm kein Wort. Ich hatte ihm nie geantwortet und meine E-Mail-Adresse sowie Handynummer geändert, damit er mich nicht mehr belästigen konnte. Gesehen hatte ich ihn zum Glück nicht mehr. Portland war eine große Stadt und er wohnte am ganz anderen Ende. Kurz nachdem ich mit ihm Schluss gemacht hatte, war er bei mir Zuhause vorbeigekommen und wollte mich dazu bringen, ihm zu verzeihen und noch eine Chance zu geben, aber ich wollte es nicht. Er hatte mich zu sehr verletzt, betrogen und belogen. Allerdings blieb er hartnäckig und wollte nicht gehen. Mein Vater hatte ihn schließlich des Grundstückes verwiesen und ihm mit der Polizei gedroht, wenn er mich nicht in Ruhe ließe. Danach war er noch einmal in der Boutique aufgetaucht. Nachdem ich ihm seine Liebesschwüre nicht geglaubt hatte, war er ausgerastet, hatte mich angeschrien und hatte aus Wut einen Kleiderständer umgeschmissen. Mrs. Evans hatte ihn anschließend aus dem Laden geworfen und hatte ihm Hausverbot erteilt. Danach hatte ich ihn nie wiedergesehen. Darüber war ich sehr froh, denn mit dem Thema Matt hatte ich abgeschlossen. Ich hatte nun Sixt und mit ihm war ich mehr als glücklich. Er war der Mann, mit dem ich mein Leben verbringen wollte. Vielleicht hatte Terina herausgefunden, dass er bei mir gewesen war, und hatte ihm die Hölle dafür heißgemacht, da sie befürchten musste, dass er sie wegen mir verließe, falls ich ihn doch zurückgenommen hätte.

Hölle war ein gutes Stichwort. Sie schmorte jetzt schließlich darin. „Außerdem gibt es für mich nur noch dich und niemanden anderes", sagte ich und gab Sixt einen Kuss. „Ich liebe dich."

„Ich liebe dich auch." Er zog mich an sich und küsste mich. Es war ein sehr langer und leidenschaftlicher Kuss. Er löste sich von mir und schaute mich grinsend an. „Lass uns weiterschauen." Ich blätterte weiter, bis wieder Fotos kamen. Viele waren es nicht mehr. Es war auch nur ein halbes Jahr her, bevor ich Sixt kennenlernte, wo ich mich von Matt getrennt hatte.

„Hast du noch keine Fotos von uns hier drin", fragte er.

„Nein, ich kam noch nicht dazu unsere einzukleben. Sie sind noch hier in der Tüte drin. Ich muss das noch machen, wenn ich Zeit habe", sagte ich und reichte ihm die Tüte. Er holte einen Packen Fotos heraus, die von dem letzten Dreivierteljahr waren, wo wir zusammen waren. Diese schauten wir uns ebenfalls noch an. Als wir damit fertig waren, schaute ich auf die Uhr. Ich erschrak, als ich sah, dass es schon halb zwölf war. Die Zeit war so schnell vergangen. Sixt schaute ebenfalls auf die Uhr.

„Oh, ich glaube, wir sollten so langsam mal ins Bett gehen, sonst kommst du morgen früh nicht aus den Federn", sagte er lachend.

„Ich glaube, du hast recht." Wir standen auf und gingen die Treppen nach oben ins Badezimmer, wo wir uns wuschen. Anschließend gingen wir ins Schlafzimmer, zogen uns um und legten uns ins Bett.

„Träume süß, meine Prinzessin", flüsterte Sixt mir ins Ohr.

„Ja, nur von dir", erwiderte ich und schmiegte mich eng an ihn. Ich war sehr müde und schlief schnell ein.

Kapitel 3

Am Donnerstagnachmittag packte ich meine Sachen weiter ein. Ich hatte schon zwei Umzugskartons voll und packte gerade den Dritten. Ab und zu schaute ich auf mein Handy, ob Sixt mir eine SMS geschrieben hatte. Aber es war nicht der Fall. Mich wunderte es ein bisschen. Sonst schrieben wir ständig, wenn wir uns nicht sahen. Die letzte SMS hatte ich am Ende der Vorlesung vor der Mittagspause von ihm bekommen. In seinem nächsten Kurs hatte er eine Klausur geschrieben und konnte mir nicht antworten. Ich hatte ihn nach der Uni nicht mehr gesehen. Die Klausur dauerte länger und so hatte Sasha mich nach Hause gebracht. Nun saß ich vor meinem Wohnzimmerschrank und packte meine DVDs ein. Mein Handy klingelte und ich griff nach ihm, um nachzuschauen, wer mir geschrieben hatte. Es war eine SMS von Sixt. Ich freute mich, dass er sich endlich meldete, und öffnete die Nachricht. Ich konnte es kaum erwarten, sie zu lesen. Mein Herz machte Luftsprünge. Doch was ich dann las, konnte ich nicht glauben.

-Jamie, es tut mir leid, aber ich mache Schluss mit dir. Ich liebe dich nicht. Ich habe dich auch nie geliebt. Du warst nur ein kleines Abenteuer. Ich liebe eine Andere!-.

Es war ein Stich in mein Herz. Warum tat er das? Ein Abenteuer? Ich war also nur ein Abenteuer für ihn gewesen. Tränen stiegen mir in die Augen. Ich schluchzte laut auf. Immer wieder las ich die SMS. Warum machte er jetzt auf einmal mit mir Schluss? Ich verstand es einfach nicht. Es war feige von ihm es mir nicht persönlich zu sagen, sondern mir eine SMS zu schicken. Warum sagte er mir es nicht ins Gesicht?

-Aber wieso? Ich verstehe es nicht? Du sagtest doch, dass du mich liebst und jetzt bin ich nur ein Abenteuer für dich gewesen?- Ich musste es einfach wissen. Warum hatte er mich die ganze Zeit belogen?

-Jetzt stell dich doch nicht so dumm. Ich habe dir meine Liebe nur vorgespielt, damit ich mit dir Spaß haben kann. Du wärst doch sonst nicht mit mir ins Bett gegangen.- Es tat so weh, diese Antwort zu lesen. Wieso tat er mir das an? Die Tränen rannten über meine Wangen und wollten

auch nicht aufhören. Waren seine Liebesschwüre wirklich alle nur gelogen? Wollte er mich wirklich nur ins Bett bekommen? Aber warum wollte er dann, dass ich zu ihm zog, wenn ich doch nur ein Abenteuer war?

„Hey Süße", hörte ich Sixts Stimme hinter mir.

„Verschwinde", rief ich mit tränenerstickter Stimme. Was wollte er hier? Er hatte doch Schluss gemacht. Er wollte mich doch nicht mehr und hatte mich auch nie geliebt. Ich schluchzte auf. Der Schmerz wollte nicht weniger werden.

„Jamie? Was ist los", fragte Sixt besorgt und setzte sich zu mir auf dem Boden, wo ich immer noch saß. Ich hatte mich, seitdem ich die SMS bekommen hatte nicht bewegt.

„Lass mich in Ruhe." Ich wollte nur, dass er verschwindet. Aber er ging nicht.

„Hey Süße, was ist denn los", fragte er wieder und strich sanft mit seiner Hand über meinen Rücken.

„Das weißt du doch ganz genau. Schließlich hast du doch mit mir per SMS Schluss gemacht", schrie ich ihn an und drehte mich zu ihm um.

„Ich weiß gar nicht, wovon du redest", sagte er ruhig und schaute mich verdutzt an.

„Nein? Hier das meine ich." Ich schmiss ihm das Handy entgegen. „Ich war ja nur ein Abenteuer und du hast mich nie geliebt. Du wolltest mich nur ins Bett bekommen. Herzlichen Glückwunsch. Das hast du auch geschafft. Warum hast du mir all die Liebesschwüre vorgelogen. Anstatt mir zu sagen, dass du nur auf eine Bettgeschichte aus warst? Wie konntest du mir das antun?" Ich schmiss ihm das alles an den Kopf. Es war mir egal, ob es ihm wehtat. Mir hatte er zuerst wehgetan. Sixt las den Nachrichtenverlauf und sah mich entgeistert an.

„Jamie, ich war das nicht. Ich habe diese SMS nicht geschrieben."

„Natürlich. Dein Handy hat sie selbst geschrieben oder was? Sie kamen von deinem Handy." Was dachte er sich eigentlich? Meinte er, ich sei so dumm und würde ihm das abkaufen?

„Jamie, sieh mich an", bat er und hob mit einer Hand mein Kinn an. „Ich habe diese SMS nicht geschrieben. Mir wurde heute Mittag mein Handy gestohlen. Ich hatte es in der Mensa vergessen, und als ich es holen wollte, war es weg."

„Und das soll ich dir glauben", fragte ich und schaute ihn wütend an.

„Ja. Süße, ich würde nie mit dir Schluss machen, vor allem aber auch nicht auf so einem feigen Weg. Du kannst Nathan und Maya fragen. Sie haben mir beim Suchen geholfen. Ich hätte mich doch schon längst bei dir gemeldet und wäre eher zu dir gekommen. Aber ich musste erst mein Handy sperren lassen und im Sekretariat den Vorfall melden. Du musst mir glauben. Ich war das wirklich nicht." Er sagte es mit so einer Überzeugung und in seiner Stimme lag nur die Wahrheit. Ich schaute ihm tief in die Augen. Ich wusste nicht genau, was ich suchte. Aber auch dort war nichts von einer Lüge zu sehen. Sein Blick war ehrlich und ernst. „Wenn ich mit dir Schluss machen wollte, würde ich dir dann die hier geben", fragte er und reichte mir einen Engel als Schlüsselanhänger, an dem drei Schlüssel hingen. Ich nahm sie in die Hand und schaute sie mir an. „Wofür sind die", fragte ich verwundert.

„Na, das ist einmal dein neuer Haustürschlüssel, der Briefkastenschlüssel und der Garagenschlüssel. Die brauchst du ab Samstag, wenn du zu mir ziehst", erklärte er und kam näher zu mir. „Glaubst du mir jetzt, dass ich mich nie von dir trennen würde? Ich liebe dich über alles auf der Welt. Ein Leben ohne dich ist für mich kein Leben mehr."

„Ich glaube dir. Ich liebe dich auch über alles und genau deshalb, tat es so weh, das zu lesen. Es tut mir so leid, was ich dir alles an den Kopf geworfen habe. Aber was hätte ich denn denken sollen? Du warst nicht bei mir und plötzlich kam diese SMS." Sanft wischte er mir die Tränen aus dem Gesicht.

„Naja, ich hätte wahrscheinlich das Gleiche gedacht", gestand er. Ich fiel ihm um den Hals. Er legte seine Arme um mich und hielt mich ganz fest. „Ich liebe dich", flüsterte er in mein Ohr. „Ich liebe dich auch." Unsere Lippen trafen sich und wir küssten uns. Seine Hände glitten über meine Seiten zum Rücken. Ich ließ mich sanft auf den Teppich sinken, auf dem ich saß, und zog Sixt mit mir. Seine Lippen wanderten zu meinem Ohr, an dem er leicht knabberte. Anschließend glitt er zu meinen Hals. In dem Moment klingelte mein Handy. Ich wollte nicht nachsehen, wer es war. Ich wollte lieber hier mit Sixt liegen bleiben.

„Schau doch mal lieber nach. Vielleicht ist es Sasha oder einer der anderen. Ich habe ihnen gesagt, sie sollen auf dein Handy die Nachrichten schicken oder anrufen, wenn etwas ist", sagte Sixt leise. Ich nahm mein Handy in die Hand und schaute nach. Es war wieder eine SMS und sie kam wieder von Sixts Handy. Verwundert schaute ich ihn an. Er schaute genauso verwundert zurück. Ich öffnete sie und las, was drinstand.

-Jamie, bevor ich es vergesse, lösche meine Nummer und komm nicht mehr bei uns vorbei. Ich möchte dich nicht mehr sehen-!

„Was soll das", fragte ich und sah Sixt an.

„Ich weiß es nicht. Eigentlich dürfte keine SMS mehr gesendet werden. Aber anscheinend dauert es etwas, bis das Handy gesperrt ist. Ich glaube aber, derjenige, der mir das Handy geklaut hat, will uns auseinanderbringen."

„Da fällt mir nur eine Person ein", sagte ich. „Monica!"

„Meinst du wirklich?"

„Ja, ihr traue ich alles zu", erwiderte ich und biss die Zähne zusammen. Sixt nahm meinen Kopf in seine Hände und schaute mir tief in die Augen.

„Niemand wird uns je trennen. Auch nicht Monica. Wir gehören zusammen und niemand wird es schaffen unsere Beziehung zu zerstören", sagte Sixt leise und beschwörend.

„Niemals!" Schon lagen unsere Lippen wieder aufeinander. Wir küssten uns immer leidenschaftlicher, als es an der Tür klingelte.

„Warum werden wir heute ständig gestört", fragte ich etwas genervt.

„Uns will wohl heute niemand den Nachmittag gönnen", sagte er sanft und gab mir einen Kuss.

„Ich sehe bestimmt schrecklich aus. Ich kann so doch nicht zur Tür gehen." Ich dachte an mein verheultes Gesicht.

„Du siehst wunderschön aus, wie immer." Sixt schenkte mir sein unwiderstehliches Lächeln.

„Kannst du bitte zur Tür gehen? Ich möchte doch erst ins Bad."

„Klar, mache ich", sagte er, gab mir einen Kuss und ging zur Tür. Ich stand auf, lief die Treppen hinauf ins Badezimmer und schaute zuerst in den Spiegel. Zum Glück sah man nicht mehr, dass ich geweint hatte. Ich wusch mir mein Gesicht mit kaltem Wasser und trocknete es ab. Anschließend kämmte ich noch meine Haare durch und machte mich auf den Weg nach unten.

„Ah da bist du ja. Kommst du mit", fragte Sixt.

„Wohin", fragte ich zurück.

„Wir wollten doch ins Möbelhaus. Ich habe es nur vergessen."

„Ach stimmt ja", fiel es mir wieder ein.

„Es kommen jetzt alle mit. Maya und Timothy wollen nach einem Bücherregal schauen." Ich nahm meine Tasche und den Haustürschlüssel und wir gingen hinaus. Ich schloss die Tür ab und folgte Sixt zu seinem Wagen. Die Anderen saßen in Nathans Lexus und warteten darauf, dass wir endlich losfahren konnten. Ich winkte ihnen kurz zu und stieg dann ein. Sixt startete den Motor und fuhr los. Die Anderen folgten uns.

„Hast du eigentlich bei der Polizei schon eine Anzeige wegen deines Handys erstattet,", fragte ich.

„Nein noch nicht. Mrs. Larson im Sekretariat meinte, ich soll bis morgen warten. Vielleicht hat es jemand gefunden und gibt es noch ab."

„Stimmt, das kann natürlich auch sein", erwiderte ich. Wir fuhren auf dem Parkplatz vom Möbelhaus und parkten. Nathan stellte seinen Wagen neben uns ab und wir stiegen aus. Zusammen gingen wir ins Möbelhaus.

„So wir sind fertig", sagte Sixt lächelnd, nachdem die Jungs die gekauften Möbel ins Haus der Schutzengel getragen hatten und er ins Wohnzimmer gekommen war. Sasha, Maya und ich saßen auf der Couch und hatten uns, solange die Jungs, die Möbel geschleppt hatten, unterhalten.

„Wollt ihr die Schränke nicht aufbauen", fragte ich.

„Doch. Morgen, wenn du arbeiten bist. Ich komme jetzt mit zu dir und helfe dir beim Packen", sagte er.

„Ihr baut meinen Schrank heute nicht auf", fragte Sasha entsetzt.

„Nein, das werden wir morgen tun", erwiderte Nathan, der zusammen mit Timothy ebenfalls ins Wohnzimmer gekommen war.

„Aber ich muss doch meine Sachen wieder einräumen", klagte Sasha.

„Das kannst du morgen tun. Auf den einen Tag wird es doch wohl nicht ankommen. Du hast eh zu viele Klamotten. Du könntest doch jetzt deine Sachen aussortieren und was du nicht mehr anziehst wegtun."

„Komm lass uns gehen. Das wird jetzt in eine große Diskussion ausarten", flüsterte Sixt mir zu und er hatte recht.

„Ich soll meine Klamotten aussortieren? Das geht nicht. Ich brauche alle meine Sachen noch", rief Sasha nun empört. Ich stand auf und folgte Sixt zur Tür.

„Wir sehen uns morgen", rief ich Maya über die lautstarke Diskussion, die Sasha und Nathan gerade führten, zu.

„Bis morgen", rief Maya amüsiert über die beiden Streithähne zurück. Sixt und ich machten uns auf den Weg zu seinem Wagen, stiegen ein und fuhren zu mir.

„Wer bringt denn den Transporter wieder weg", fragte ich Sixt während der Fahrt. Wir hatten uns vom Möbelhaus einen Transporter geliehen gehabt, da die Möbel nicht in die Wagen gepasst hatten.

„Das macht Timothy und Nathan fährt ihm mit seinem Wagen hinterher, um ihn wieder mit zurückzunehmen. Springen wäre bei dem Betrieb am Möbelhaus nicht gerade ratsam", erwiderte Sixt. Wir kamen bei mir zu Hause an und stiegen aus. Wir wollten gerade ins Haus gehen, als meine Mutter zu uns kam.

„Oh da komm ich gerade richtig. Oder wollt ihr weg", fragte sie.

„Nein, wir kommen gerade vom Möbelhaus wieder", sagte ich.

„Gut. Ihr habt bestimmt noch nichts gegessen. Ich wollte euch gerade selbstgemachte Pizza vorbeibringen." Sie reichte uns einen Teller mit zwei großen Stücken Pizza.

„Du hast Pizza gemacht? Aber Dad isst doch gar keine."

„Dein Vater ist auch nicht da. Er hat heute noch ein Geschäftsessen und Leslie hat so lange gebettelt, bis ich sie gemacht habe", erklärte sie. „Wie weit bist du denn mit dem Packen? Leslie hat schon alles eingepackt und würde am liebsten sofort umziehen."

„Das glaube ich. Aber da muss sie sich noch zwei Tage gedulden. Noch gehört das Haus mir", lachte ich.

„Braucht ihr Hilfe", fragte sie.

„Nein, das schaffen wir schon. Es ist nicht mehr viel. Und meinen Kleiderschrank nehme ich mir morgen vor. Dann kann ich auch gleichzeitig die alten Sachen aussortieren, die ich sowieso nicht mehr anziehe."

„Pack die Sachen, dann einfach in die Garage. Ich nehme sie dann mit zur Altkleiderstelle. Ich habe nämlich auch noch einiges, was weg kann. Wenn du Hilfe brauchst, sage einfach Bescheid."

„Ja, mache ich, Mom. Danke für die Pizza", sagte ich und schloss die Tür auf.

„Das habe ich doch gern gemacht. Ich wünsche euch noch einen schönen Abend." Meine Mutter ging wieder ins Haus und auch wir gingen rein.

„Nett von deiner Mutter, dass sie uns Pizza gebracht hat", sagte Sixt und nahm mir den Teller ab.

„Ja, so brauche ich heute nicht mehr kochen. Ich habe ehrlich gesagt auch kaum noch etwas hier", gestand ich. Mein letzter Einkauf war schon knapp drei Wochen her gewesen. Dadurch, dass ich ständig bei Sixt war, brauchte ich auch nicht mehr kochen. Nathan war schließlich der Küchenspezialist. Ich ging in die Küche und holte noch etwas zu trinken. Wir setzten uns ins Wohnzimmer auf die Couch und aßen jeder ein Stück der leckeren Pizza.

Nach dem Essen setzte ich mich auf den Boden und packte die DVDs weiter ein, die ich am Nachmittag, nachdem ich die SMS von Sixts Handy bekam, liegen gelassen hatte. Sixt setzte sich hinter mich und legte seine Arme um meinen Bauch. Immer wieder lenkte er mich mit seinen Küssen ab.

„Wenn du mich weiter ablenkst, werde ich nie fertig", sagte ich und drehte mich zu ihm um.

„Das schaffst du schon. Ich werde dir ja gleich helfen. Aber du brauchst jetzt erst einmal eine kleine Pause." Er schaute mich mit seinen strahlenden eisblauen Augen an. Ich konnte ihn einfach nicht widerstehen und zog ihn an mich. Seine Lippen verschmolzen mit meinen. Unwillig löste ich mich von ihm. Aber schließlich wollte ich fertig werden.

„So jetzt ist gut", sagte ich lächelnd und drehte mich wieder zum Karton um. Sixt legte seine Hände auf meine Schultern und massierte sie leicht. Er konnte es einfach nicht lassen.

„Du bist ganz verspannt", sagte er leise.

„Dann massiere mich doch mal."

„Mach ich auch. Aber erst die Arbeit und dann das Vergnügen." Er ließ mich los und kam nun neben mich.

„Wie kommt das denn jetzt auf einmal?"

„Du bist halt im Moment zu sehr abgelenkt und kannst die Massage gar nicht genießen. Wenn wir hier fertig sind, haben wir mehr Ruhe."

„Na gut. Einverstanden."

„Wie viel ist es eigentlich noch", fragte Sixt.

„Nur noch der Schrank hier. Da sind meine ganzen Unterlagen

drin. Den Kleiderschrank nehme ich mir ja morgen vor. Und im Badezimmer ist es nicht soviel. Passt das wirklich alles ins Zimmer?"

„Natürlich passt das. Was ist eigentlich mit dem Fernseher und dem DVD-Player? Möchtest du die Geräte auch mitnehmen?"

„Eigentlich nicht. Du hast doch auch einen Fernseher. Der ist sogar viel größer, als meiner", sagte ich und schaute ihn an.

„Schon. Ich dachte, wir könnten deinen in den Schlafbereich stellen. Dann können wir vom Bett aus fernsehen und DVDs schauen", schlug er grinsend vor.

„Das ist keine schlechte Idee. Von mir aus können wir die Geräte mitnehmen. Wo willst du denn dann den Fernseher hinstellen", fragte ich und stellte mir sein Zimmer bildlich vor.

„Ich dachte mir auf das kleine Regal, welches wir heute gekauft haben. Das wollte ich am Geländer der Empore hinstellen."

„Stimmt. Ich freu mich schon so, wenn wir endlich zusammenwohnen", sagte ich strahlend.

„Und ich mich erst." Er zog mich an sich und küsste mich.

Als wir die restlichen Sachen eingepackt hatten, gingen wir nach oben ins Badezimmer. Ich wollte noch duschen gehen und Sixt kam mit. Es tat gut nicht nur das warme Wasser, sondern auch ihn zu spüren. Wir schäumten uns gegenseitig mit Duschgel ein. Dabei küssten wir uns immer wieder und schauten uns tief in die Augen. Sixt stieg als Erster aus der Dusche. Ich drehte das Wasser ab und folgte ihm. Als ich aus der Dusche kam, hielt Sixt mir schon ein Badetuch bereit. Er wickelte mich darin ein und ich schmiegte mich an seine Brust. Sanft trocknete er mich ab und ich genoss seine Berührungen. Anschließend machten wir uns bettfertig und gingen ins Schlafzimmer.

„Hm, eigentlich hättest du dich gar nicht anziehen brauchen", sagte er grinsend.

„Wieso", fragte ich verdutzt.

„Ich wollte dich doch noch massieren."

„Oh, stimmt ja."

„Leg dich auf das Bett. Jetzt verwöhn ich dich", hauchte er in mein Ohr. Ich tat, was er sagte, und legte mich auf den Bauch. Sixt kniete sich über mich. Sanft zog er mir mein Top aus. Nun legte er seine Hände auf meine Schultern und begann, mich zu massieren. Es tat so gut und ich entspannte mich. Er massierte jeden Teil meines Rückens und durch die Berührung seiner starken Hände auf meiner Haut kribbelte es in meinen Körper.

„Das ist so schön. Hör ja nicht auf", stöhnte ich und genoss seine Berührungen.

„Werde ich nicht, Süße", erwiderte er und massierte mich weiter. Nach einiger Zeit begann er, meinen Rücken mit seinen Lippen zu liebkosen. Er bedeckte jeden Zentimeter meiner Haut mit Küssen. Als er an meinem Hals entlang bis zu meinem Mund glitt, drehte ich mich zu ihm um und schon lagen unsere Lippen aufeinander.

Am nächsten Tag wollten Sasha und ich gerade in die Mensa gehen, als Josh mir auf dem Gang entgegenkam.

„Hallo Jamie", sagte er und blieb stehen.

„Hi Josh", erwiderte ich. Früher hatten wir nie viel miteinander geredet. Josh hatte mich eigentlich die meiste Zeit über nicht beachtet. Das änderte sich erst, als er Monica die Freundschaft gekündigt hatte. Seitdem grüßte er nicht nur, wenn wir uns sahen, er führte sogar Small Talk mit mir. Sixt und Sasha waren der festen Überzeugung, dass Josh in mich verliebt war. Ich wollte es eigentlich nicht so recht glauben, aber andererseits interessierte es mich auch nicht, denn ich liebte nur Sixt und niemanden anderes.

„Jamie, es … tut mir leid … die Sache mit dir und Sixt", stammelte er. Ich verstand nicht, was er meinte und schaute ihn fragend an.

„Naja, dass er sich von dir getrennt hat und jetzt ausgerechnet mit Monica zusammen ist." Was war los? Hatte ich da etwas nicht mitbekommen?

„Wer erzählt denn so etwas", fragte ich ihn irritiert. Auch Sasha sah ihn fragend an.

„Monica erzählt es hier an der Uni herum."

„Monica. Das ist interessant. Jetzt verstehe ich auch, warum mich heute einige Studenten so mitfühlend angeschaut haben", fiel mir ein. Mir war es mehrmals am Vormittag aufgefallen. Nur niemand hatte etwas zu mir gesagt. „Josh, wir haben uns nicht getrennt. Sixt und ich sind glücklich zusammen und niemand wird uns trennen. Auch Monica nicht."

„Ach, dann spinnt Monica mal wieder rum. Das hätte ich mir auch denken können", sagte Josh.

„Die werde ich mir noch vornehmen. Langsam treibt sie es zu

weit", brachte ich mit zusammengebissenen Zähnen heraus.

„Ganz ruhig Jamie. Sie ist es nicht wert, dass du dich aufregst", beruhigte mich Sasha.

„Genau. Du weißt doch, dass sie ein Miststück ist. Sie kann einfach nicht verlieren", stimmte Josh zu.

„Ich weiß. Danke, dass du es mir gesagt hast, jetzt weiß ich wenigstens, was hier los ist. So wir müssen dann auch mal zur Mensa. Mach es gut", sagte ich.

„Ja, bis dann", erwiderte Josh. Sasha und ich gingen in die Mensa. Ich war immer noch wütend. Wie konnte Monica so etwas nur behaupten?

„Ihr kommt spät", stellte Sixt fest, als wir zu unserem Stammtisch kamen.

„Ja, wir haben gerade noch etwas herausgefunden", sagte ich bissig und schaute mich in der Mensa um. Monica schien noch nicht da zu sein.

„Ganz ruhig", beruhigte mich Sasha wieder.

„Was ist denn passiert", fragte Sixt und schaute mich besorgt an.

„Wusstest du eigentlich, dass du mich verlassen hast und jetzt mit Monica zusammen bist", fragte ich ihn.

„Nein, wieso? Wer erzählt denn so einen Mist." Sixt schaute mich fragend an.

„Monica natürlich. Sie erzählt es an der Uni herum. Deshalb wurde ich heute auch so komisch von den Leuten angeschaut."

„Und von wem hast du das jetzt", fragte Maya.

„Von Josh. Er hat mich gerade auf dem Gang darauf angesprochen. Ich habe erst einmal klargestellt, dass es nicht so ist. Wenn ich sie in die Finger kriege. Ich könnte ihr so … ."

„Komm wir gehen jetzt erst einmal etwas zu essen holen", unterbrach mich Sixt und zog mich mit zur Essensausgabe.

„Beruhige dich. Denk immer dran, ich liebe nur dich."

„Und ich nur dich." Er gab mir einen Kuss. Wir schauten, was es zu Essen gab. Ich nahm mir einen Salat. Sixt schaute mich an, sagte aber dazu nichts, nahm sich ein Sandwich und zwei Flaschen Wasser.

„Geh schon mal vor zur Kasse ich hole noch schnell den Nachtisch", sagte Sixt lächelnd und ging noch einmal zur Theke, wo es den Nachtisch gab. Ich stellte mich schon einmal an der Schlange zur Kasse an. Als ich mich umdrehte, dachte ich, ich sehe nicht richtig. Monica stand neben Sixt und versuchte sich wieder an ihn heranzumachen.

„Ich fand den gestrigen Abend von uns beiden sehr schön", hörte ich sie laut sagen. Das machte sie mit Absicht. Sie wollte, dass ich es mitbekam. Sie dachte wahrscheinlich, wir hätten uns den Abend nicht gesehen. Sie hätte sich besser informieren sollen.

„Du hast recht. Ich fand meinen gestrigen Abend mit Jamie sehr schön. Wie deiner war, interessiert mich nicht. Du interessierst mich nicht", erwiderte er bissig. Schadenfreude kam in mir auf. Ich sah, wie Monica der Mund aufklappte. Sie musste mitbekommen haben, dass einige Leute an der Theke standen, die sie jetzt alle anschauten. „Lass mich endlich in Ruhe. Meine Liebste wartet da vorne auf mich." Damit ließ er sie stehen und kam zu mir. Er stellte den Nachtisch auf das Tablett und zog mich an sich. Demonstrativ küsste er mich vor ihren Augen. Ich konnte mir das Grinsen nicht verkneifen, erwiderte aber seinen Kuss. Als wir uns voneinander lösten, sah ich wie Monica zu ihrem Tisch abbrauste. Wir bezahlten und machten uns auf den Weg zu unserem Tisch. Dabei kamen wir an Monicas vorbei. Ich schaute auf den Tisch und entdeckte Sixts Handy. Ich blieb stehen, und ehe sie reagieren konnte, hatte ich mir sein Handy schon geschnappt.

„Was soll das? Das gehört mir", rief sie und schaute mich wütend an.

„Du weißt, dass das nicht stimmt. Du hast gestern Sixts Handy geklaut. Und dann meintest du noch mir von dem Handy eine SMS schicken zu müssen, dass er angeblich mit mir Schluss macht. Tja, dein Plan ging aber nicht auf." Sie lächelte mich hämisch an. In ihrem Blick lag keine Reue. Ich wurde wütend. Schaute schnell zu unserem Tisch herüber und sah, dass mich alle beobachteten. Sixt wollte schon aufstehen und zu mir kommen, aber Nathan hielt ihn zurück.

„Lass sie. Sie schafft das schon alleine", hörte ich Nathan sagen. Emma und Bill, die bei Monica am Tisch saßen, schauten mich mit großen Augen an.

„Hör endlich auf mit deinen Spielchen und lass uns in Ruhe. Kapiere endlich, du hast verloren! Er will nichts von dir und wird es auch nie wollen. Wir lieben uns und niemand bringt uns auseinander. Auch du nicht", zischte ich ihr zu. „Da kannst du noch so viele Lügen erzählen, dass wir uns getrennt hätten. Selbst wenn es stimmen würde, würde er sich dennoch nicht mit so einem hinterhältigen Miststück wie dir einlassen. Schau dich doch nur um, du hast die meisten deiner Freunde schon verjagt. Wer weiß, wie lange Emma und Bill dir noch treu bleiben. Ich glaube nicht mehr lange." Nun schaute sie mich fassungslos an und konnte nichts mehr darauf sagen. Ich genoss meinen Triumph. „Weißt du was Monica, du bist so armselig. Und eins sag ich dir, unsere Liebe ist stärker, als alles andere." Ich wollte gerade gehen, da wandte ich mich noch einmal zu ihr um.

„Ach übrigens eine Anzeige wegen Diebstahl läuft bereits gegen dich", sagte ich und winkte mit dem Handy in der Hand, damit sie wusste, was ich meinte. Sie sagte immer noch kein Ton und sah mich nur entgeistert an. Ich ging zurück zu meinem Tisch. Als ich dort ankam, applaudierten meine Freunde und ich wurde rot im Gesicht. Sixt zog mich auf seinen Schoß und schon lagen seine Lippen auf Meinen. Wir küssten uns lange und leidenschaftlich. Sixt schaute mir tief in die Augen.

„Niemand wir uns je trennen", flüsterte er.

„Nein. Und wir werden uns auch nie trennen", flüsterte ich zurück.

„Niemals." Und dann küssten wir uns wieder.

„Ich habe noch etwas für dich", sagte ich, als wir uns voneinander lösten, und reichte ihm sein Handy.

„Danke." Er steckte es in seine Hosentasche und lächelte mich an.

„Du warst großartig. Und erst einmal ihr Blick. Der war echt zum Schießen", lachte Nathan.

„Ich glaube, sie wird euch jetzt in Ruhe lassen", sagte Sasha.

„Das hoffe ich", erwiderte ich.

Nach der Uni standen wir alle zusammen vor Sixts Wagen und unterhielten uns. Ich schaute kurz zu meinem Auto hinüber, das neben Sixts Wagen stand, und traute meinen Augen nicht. Ich betrachtete es näher und lief einmal um mein Auto.

„Was ist los", fragte Sixt, als ich dastand und nur noch fassungslos den Kopf schüttelte.

„Jemand hat mir alle vier Reifen zerstochen", erwiderte ich.

„Monica, dieses Miststück", rief Sasha. „Sie wollte sich bestimmt für heute Mittag rächen."

„Was mache ich denn jetzt. Ich muss doch gleich zur Arbeit."

„Ich fahre dich zur Arbeit und kümmere mich dann um deinen

Wagen", bot Sixt an.

„Aber du wolltest doch mit den Anderen die Schränke aufbauen."

„Das machen wir dann heute Abend. Nur kann ich dir dann nicht mit dem Packen helfen."

„Wir übernehmen das für dich", sagte Sasha und Maya nickte zustimmend.

„Siehst du, da hast du Hilfe. Und ich komme dann zu dir, sobald wir fertig sind", erwiderte Sixt.

„Na gut", stimmte ich zu und ging mit ihm zu seinem BMW.

Am Abend halfen mir Sasha und Maya beim Einpacken. Sie hatten mich von der Arbeit abgeholt und meinen Wagen mitgebracht, der nun vier neue Reifen hatte. Als wir fertig waren und die gefüllten Kisten ins Wohnzimmer getragen hatten, ließen sich die beiden geschafft auf die Couch fallen. Ich ging in die Küche und holte drei Gläser und etwas zu trinken. Als ich wieder ins Wohnzimmer kam, stellte ich die Gläser auf den Tisch ab und goss jedem etwas ein. Anschließend setzte ich mich auf den Sessel.

„Geschafft", rief Sasha.

„Ja endlich. Jetzt kann ich umziehen", sagte ich freudig.

„Nimmst du eigentlich auch einige Möbel mit", fragte Maya.

„Nein. Die bleiben hier. Sie würden nicht alle ins Zimmer passen. Leslie zieht hier ja ein und sie nimmt sie. Meine Eltern haben sie damals gekauft, als ich hier einzog und ich möchte auch nicht, dass sie wieder einiges kaufen müssen", erklärte ich.

„Da freut sie sich bestimmt. Jetzt, wo sie auf die Uni gehen wird, auch eine eigene Bleibe zu haben", stellte Maya fest.

„Und wie. Sie macht meine Eltern ganz verrückt. Am liebsten würde sie sofort einziehen."

„Das kann ich mir bei ihr gut vorstellen", erwiderte Sasha lachend. „Sie ist wie ein Wirbelwind."

„Ja, das stimmt. So ist sie immer, wenn sie aufgeregt ist."

„Wie machen wir das morgen denn? Sollen wir hier herkommen, oder wie hattest du es vor", fragte Maya.

„Eigentlich wollten wir die Sachen in Sixts Wagen und in das Auto von meinem Vater packen und ich fahr mit meiner Mom und Leslie, die mitmöchten, in meinem Auto hinterher. So viel ist es ja nicht. Da braucht ihr nicht extra zu kommen", antwortete ich.

„Okay, wir helfen dann beim Auspacken", erwiderte Maya. Ich

nickte zustimmend und lächelte.

„Hey, wie wäre es, wenn wir mittags mit deinen Eltern noch grillen", schlug Sasha vor.

„Das ist eine tolle Idee. Soll ich dann vorher noch einkaufen gehen", fragte ich, nahm mein Glas und trank einen Schluck.

„Das können wir doch morgens tun", sagte Sasha.

„Na gut."

„Was meint ihr, sind die Jungs wohl schon fertig", fragte Maya.

„Ja sind wir", hörten wir Nathans Stimme und im selben Moment tauchten sie mitten im Wohnzimmer auf. Wir erschraken. Warum mussten die Schutzengel immer ohne Vorwarnung auftauchen? Sixt kam zu mir, setzte sich auf die Sessellehne und küsste mich. Er legte einen Arm um meine Schulter und ich lehnte mich an ihn an.

„Tür, Klingel, solche Begriffe schon mal gehört", fragte Sasha gereizt.

„Ja diese Dinge kennen wir. Aber warum durch die Tür kommen, wenn wir springen können", lachte Nathan. „Du machst es doch nicht anders." Da musste ich Nathan recht geben. Sasha sprang auch lieber ins Haus, anstatt die Tür zu benutzen.

„Und wie weit seid ihr", fragte Sixt.

„Wir sind fertig", sagte ich stolz.

„Gut, dann kann es ja morgen losgehen." Er lächelte mich mit meinem allerliebsten Lächeln an und seine eisblauen Augen strahlten. Ich lächelte zurück und versank in seinen Augen.

„So dann lassen wir mal die Turteltauben alleine", lachte Nathan und ging gefolgt von den anderen zur Tür.

„Wir sehen uns dann morgen. Und verausgabt euch nicht, damit ihr für morgen fit seid", rief Timothy.

„Bis morgen und danke für eure Hilfe", rief ich hinterher.

„Und was machen wir beide jetzt noch", fragte Sixt, nachdem sie gegangen waren.

„Hm, ich weiß nicht", lächelte ich. „Wie wäre es damit?" Ich zog ihn an mich und küsste ihn.

Kapitel 4

Als ich am nächsten Morgen aufwachte, lag Sixt nicht neben mir. Verwundert schaute ich mich um. In dem Moment kam er mit einem Tablett ins Schlafzimmer.

„Oh du bist schon wach. Das ist schön", lächelte Sixt und setzte sich neben mir auf das Bett. „Ich habe Frühstück mitgebracht. Ich dachte mir deinen letzten Tag in diesem Haus, solltest du noch einmal mit Frühstück im Bett genießen." Er stellte das Tablett über unseren Beinen ab.

„Du bist so süß", sagte ich und gab ihm einen Kuss.

„Du bist noch viel süßer." Ich schaute auf das Tablett. Nicolai hatte wirklich an alles gedacht. Zwei Tassen Kaffee, frische Brötchen, Marmelade, Käse und Wurst. Ich nahm mir ein Brötchen, schnitt es auf und bestrich es mit Marmelade. Ich hielt es Sixt hin, der genüsslich davon abbiss.

„Mmh schmeckt gut. Aber du schmeckst viel besser", sagte er und legte seine Lippen auf meine.

Nachdem wir gefrühstückt, uns gewaschen und angezogen hatten, suchte ich die letzten Sachen zusammen. Ich schaute auf die Uhr. Es war bereits zehn. Meine Eltern wollten um halb elf herüberkommen. Ich fing im Badezimmer an und packte die letzten Sachen, die ich noch nicht einpacken konnte, weil ich sie noch gebraucht hatte, in einen Karton. Anschließend ging ich ins Schlafzimmer. Ich nahm den Wecker von meinem Nachtschrank und verstaute mein Bettzeug in einen Plastiksack. Ich wollte es im Ankleidezimmer verstauen. Man konnte ja nie wissen, ob man es bräuchte, wenn Besuch kam oder Sixt mir irgendwann die Bettdecke entzog. So hatte ich Ersatz und Leslie nahm sowieso ihr eigenes Bettzeug mit herüber. Als ich alles fertig eingepackt hatte, ging ich hinunter ins Wohnzimmer. Sixt hatte in der Zeit schon den Fernseher und den DVD-Player abgebaut und zu den Kisten gestellt. Es stand noch etwas bei den Kisten. Was hatte der CD-Schrank da zu suchen? Den wollte ich doch gar nicht mitnehmen.

„Sag mal willst du den CD-Schrank mitnehmen", fragte ich Sixt.

„Ja, natürlich nur, wenn du nichts dagegen hast. Meiner ist schon voll und irgendwo müssen deine CDs ja hin. Außerdem passt er farblich neben meinen. Sie sind beide schwarz."

„Da hast du recht. Von mir aus können wir ihn mitnehmen", stimmte ich zu. Ich stellte noch die Tasche mit meinem Laptop und den großen Bären, den ich von den Anderen, nachdem mich Terina mit dem Auto von der Straße gedrängt hatte, geschenkt bekommen hatte, dazu.

„Oh, der Bär kommt auch mit", fragte Sixt lächelnd.

„Natürlich. Bob kommt mit."

„Du hast ihm einen Namen gegeben?" Sixt schaute mich belustigt an.

„Ja. Bob der Bodyguard."

„Du bist so süß." Sixt zog mich an sich und legte seine Lippen auf meine. Wir küssten uns lange und leidenschaftlich. Als wir uns voneinander lösten, legte er seine Stirn an meine und schaute mir tief in die Augen.

„Ab heute beginnt ein neuer Lebensabschnitt für uns", flüsterte er.

„Ja, ein sehr schöner", erwiderte ich.

„Ich liebe dich."

„Ich liebe dich auch." Er gab mir noch einen Kuss. Wir hatten noch ein paar Minuten Zeit bis meine Eltern kamen und ich nutzte die Gelegenheit, um noch einmal durch das Haus zu gehen, damit ich auch nichts vergessen hatte. Oben im Flur blieb ich stehen. Ich schaute mir noch einmal alles genau an. Sixt kam zu mir und legte seine Arme um meinen Bauch. Ich seufzte auf.

„Du wirst es vermissen", stellte er fest.

„Naja, es war mein erstes eigenes Heim." Mir würde es sicherlich fehlen. Hier hatte ich viel erlebt. Aber ich freute mich wirklich darauf, zu Sixt zu ziehen.

„Möchtest du lieber hierbleiben? Ich meine, ich könnte es verstehen." In seiner Stimme schwang Traurigkeit mit. Ich drehte mich zu ihm um und sah ihm in die Augen.

„Nein. Wie du vorhin schon sagtest. Es ist ein neuer Lebensabschnitt und dazu gehören Veränderungen. Außerdem kann ich mir nichts Schöneres vorstellen, als zu dir zu ziehen. Mit dir für immer zusammen zu sein."

„Das werden wir", versprach er und schon lagen unsere Lippen wieder aufeinander. Es klingelte und ich rannte zur Tür, um sie zu öffnen. Ich kam ins Stolpern und wäre beinahe die Treppen heruntergefallen. Zwei starke Arme fingen mich von hinten auf.

„Danke", sagte ich, drehte mich zu Sixt um und gab ihm einen Kuss.

„Gern geschehen", erwiderte er lächelnd. Ich ging zur Tür und öffnete sie. Meine Eltern und Leslie standen davor.

„Guten Morgen. Seid ihr soweit", fragte mein Vater.

„Ja, eigentlich schon", gab ich zurück und zusammen gingen wir ins Wohnzimmer.

„Mom, schau mal, die Couch möchte ich dann hier stehen haben." Leslie zeigte in eine Ecke. „Und der Schrank da hin und ... ."

„Immer mit der Ruhe. Jetzt helfen wir erst mal Jamie beim Umzug und morgen bist du dran", beruhigte meine Mutter sie.

„Ja, aber schau doch mal, da könnte dann der Fernseher hin." Sixt und ich begannen zu lachen. Leslie war so aufgedreht und hüpfte durch das Häuschen. Ab und zu blieb sie stehen und es sah so aus, als ob sie am Überlegen war, wie sie das Häuschen einrichten wollte.

„Jetzt kannst du es nicht mehr ändern. Ich werde bei dir einziehen. Mein Haus wurde soeben von Leslie eingenommen und schau mal die Möbel werden auch schon verrückt", sagte ich lachend und schaute zu Leslie, die gerade die Couch verrückte. Meine Mutter stoppte sie und drückte ihr stattdessen einen Karton in die Hand. Schmollend ging sie mit meinem Vater zum Auto und begann die Sachen einzuladen.

„Na gut dann nehme ich dich halt auf. Wenn es nicht anders geht." Sixt stimmte in mein Lachen mit ein. Wir halfen beim Einladen und es dauerte nicht lange, bis alle Sachen in den Autos verstaut waren. Ein letztes Mal ging ich durch das Haus. Es sah ganz schön leer aus, obwohl die Möbel noch standen. Es war ein komisches Gefühl, das ich jetzt ein neues Zuhause hatte und nicht mehr in diesem Haus wohnen würde. Ich erinnerte mich daran, was ich hier alles erlebt hatte. Dabei wollte ich nur an die schönen Dinge denken, also nur ab der Zeit, wo ich Sixt kennengelernt hatte. Wie er nachts plötzlich in meinem Zimmer stand, wie wir zusammenkamen. Meine Mutter riss mich aus meinen Gedanken.

„Braucht ihr noch irgendetwas an Küchengeräten oder Geschirr", fragte sie mich.

„Ich weiß nicht. Ich glaube nicht." Ich sah Sixt an, der gerade ins

Haus kam. „Brauchen wir noch etwas für die Küche", fragte ich ihn.

„Ihr könnt ruhig etwas mitnehmen, wenn euch etwas fehlt", sagte meine Mutter.

„Nein danke, aber wir sind eigentlich gut ausgestattet. Sasha hat sich damals darum gekümmert, dass wir alles haben, auch wenn wir es gar nicht brauchen. Einige Küchengeräte haben wir noch nie benutzt", grinste Sixt.

„So wie sich das anhört, wurde Sasha damals einkaufen geschickt", lachte ich.

„Ja genau und sie hat alles gekauft. Wir haben Geschirr zu Hause, wo wir mindestens dreißig Personen zum Essen einladen könnten", erwiderte Sixt.

„Das hört sich so an, als seid ihr gut ausgestattet", sagte meine Mutter.

„Ja, das sind wir", gab Sixt zurück.

„Okay, hast du alles? Dann können wir los", fragte mich meine Mutter.

„Ja, ich habe alles." Wir verließen das Haus und ich schloss die Tür ab. Ich stieg mit meiner Mutter und Leslie in meinen Wagen und wir fuhren hinter Sixt und meinem Vater her. Leslie plapperte unaufhörlich auf meine Mutter ein, was sie im Haus verändern wollte. Ich lachte leise vor mich hin. Wir fuhren die Auffahrt zu meinem neuen Zuhause entlang und parkten vor dem Haus. Ich merkte, wie meine Mutter und Leslie große Augen bekamen, als sie das Haus sahen. Sie waren bis jetzt noch nie hier gewesen.

„Das Haus ist ja der Wahnsinn. So groß", rief Leslie und stieg aus dem Auto aus.

„Es ist größer als ich es mir vorgestellt habe und schön. Du hast wirklich untertrieben, als du von dem Haus erzählt hast. Ich hatte ehrlich gesagt bedenken, ob der Umzug für dich das Richtige ist. Von alleine wohnen in einen Sechspersonenhaushalt, aber in diesem Haus tretet ihr euch ja nicht auf die Füße, so groß, wie das ist", sagte meine Mutter und stieg ebenfalls aus.

„Dann wartet mal ab, bis ihr es von innen gesehen habt", entgegnete ich. In dem Moment kamen meine Freunde aus dem Haus und begrüßten uns. Meine Eltern kannten meine Freunde schon. Dadurch, dass sie oft bei mir waren und von der Silvesterfeier, die meine Eltern gemacht hatten und Leslie und ich unsere Freunde dazu einladen durften. Die Jungs trugen zusammen mit meinem Vater die Sachen hinein. Ich zeigte Leslie und meiner Mutter das Haus. Sie waren beide sehr beeindruckt und als wir in Sixts und jetzt auch meinem Zimmer kamen, waren sie sprachlos. Die Größe des Zimmers und dann noch der große Balkon ließen sie erstaunen. Meine Mutter fand als Erste ihre Sprache wieder.

„Oh mein Gott, das Zimmer ist ja so groß, wie eine Wohnung. Und erst einmal der Balkon. Die Aussicht ist ja traumhaft", sagte sie begeistert. Ich musste grinsen. Ich hatte damals, wo ich Sixts Zimmer das erste Mal gesehen hatte, genauso reagiert. Die Jungs hatten zusammen mit meinem Vater schon alle meine Sachen ins Zimmer gebracht. Dabei hatten sie den Fahrstuhl benutzt, damit sie die Kartons nicht die Treppen herauftragen mussten. Naja wahrscheinlich wären die Jungs sowieso eher gesprungen, aber dadurch, dass meine Familie da war, konnten sie es nicht, ohne zu riskieren, von ihnen dabei gesehen zu werden.

„Sixt, können wir tauschen? Ich ziehe hier ein und ihr alle ins Häuschen", fragte Leslie.

„Nein, wir tauschen nicht. Außerdem ist dein Haus für uns sechs viel zu klein. Es gibt doch auch nur ein Schlafzimmer", grinste Sixt sie an.

„Na und. Ihr könnt ja Doppelbetten aufstellen oder ihr schlaft alle auf dem Boden", schlug sie vor.

„Mit ihm schlafe ich nicht in einem Raum", mischte sich Nathan ein und zeigte auf Sixt.

„Warum denn nicht", wollte Leslie wissen.

„Er schnarcht", lachte Nathan.

„Ich schnarche überhaupt nicht", verteidigte sich Sixt.

„Na dann schnarcht Jamie eben."

„Ich schnarche auch nicht", gab ich zurück.

„Ich wache doch ständig davon auf. Es hört sich an, als ob ein Wald abgeholzt wird."

„Vielleicht bis du das auch selbst und wachst von deinem eigenen Schnarchen auf", neckte ich ihn.

„Nein, das bin ich nicht", sagte Nathan. Ich nahm mir den Karton mit meiner Kleidung und zog ihn zum Ankleidezimmer.

„Lass den Karton stehen. Wir machen das nachher. Lasst uns jetzt erst einmal grillen", sagte Sixt zu mir und wandte sich dann meinen Eltern zu. „Ihr bleibt doch noch zum Grillen?"

„Ja, sehr gerne", erwiderte meine Mutter.

„Aber wir wollten noch ins Möbelhaus", protestierte Leslie.

„Da können wir nachher noch hin. Es hat heute bis acht Uhr geöffnet", beruhigte meine Mutter sie.

„Gut. Nathan ist der Grill schon an", fragte Sixt ihn.

„Ja, ich habe ihn vorhin schon einmal angezündet. Es dauert schließlich etwas, bis die Holzkohle heiß genug ist. Jetzt müsste sie soweit sein", antwortete er.

„Na dann lasst uns herunter in den Garten gehen", schlug Timothy vor. Wir fuhren mit dem Fahrstuhl nach unten und gingen hinaus, wo wir uns auf die Terrasse setzten. Nathan legte Steaks und Würstchen auf den Grill. Währenddessen half ich Sasha den Tisch zu decken und die Salate zu holen. Als das Fleisch fertig war, begannen wir mit dem Essen. Es schmeckte richtig gut. Nathan und Timothy waren diejenigen, die am meisten aßen. Sie bräuchten als Schutzengel schließlich viel Energie, hatten die beiden mir mal erklärt, als ich sie gefragt hatte, wie sie so viel essen konnten.

„Das Essen war richtig gut. Wer hat denn die Salate gemacht", fragte meine Mutter, als wir fertig waren.

„Das war ich", sagte Nathan.

„Oh, du musst mir mal die Rezepte davon geben. Die waren sehr lecker", erwiderte meine Mutter.

„Das mache ich."

„Nathan ist unser Chefkoch", warf Timothy ein.

„Ich habe aber ab und zu auch eine Helferin. Jamie kann auch gut kochen", gab Nathan zu. Nathan war zwar für die Küche zuständig, aber wenn ich Zeit hatte, half ich ihm. Es machte mir Spaß mit ihm zusammen zu kochen. Wir gaben uns gegenseitig Tipps, was man verbessern konnte und ich hatte schon einiges dazugelernt, was ich zum Thema Kochen noch nicht wusste.

„Jamie hat früher schon gerne gekocht. Ich habe ihr viel beigebracht. Wo sie noch klein war, hat sie das eine Mal Bausteine in eine Pfanne gelegt und auf den Herd gestellt. Sie meinte, sie würde Steaks braten. Ich konnte gerade noch verhindern, dass sie den Herd einschaltete", lachte meine Mutter und alle fielen in ihr Lachen mit ein. Ich fand das gar nicht so komisch und hoffte, dass sie nicht noch mehr Kindheitsgeschichten erzählte.

„Mom, bitte keine Kindheitsgeschichten", sagte ich.

„Ach ich würde sie gerne hören", erwiderte Nathan.

„Ich kann euch nachher welche erzählen, wenn ihr uns beim Auspacken helft", schlug Sixt grinsend vor.

„Oh ja, das machen wir", rief Nathan.

„Dann schließ ich uns beiden ein", warf ich schnell ein.

„Du weißt, dass sie trotzdem reinkommen können", flüsterte Sixt mir zu, sodass es niemand mitbekam. Natürlich wusste ich das. Schließlich konnten die Schutzengel springen. Ich seufzte leise und Sixt strich mir sanft über meinen Arm. Dann viel mir etwas ein.

„Apropos einschließen. Hier Leslie, bevor ich ihn vergesse. Ich griff in meine Tasche, holte die Schlüssel von dem Haus heraus und gab sie ihr. Fragend schaute sie mich an.

„Wofür sind die?"

„Na für das Häuschen und den Briefkasten", erklärte ich. „Jetzt gehört das Haus offiziell dir."

„Oh danke danke danke", rief sie begeistert und fiel mir um den Hals. Durch den Schwung, den sie beim Aufspringen hatte, fiel ihr Stuhl nach hinten um und knallte auf den Boden.

„Hey ich dachte, du wolltest tauschen", erinnerte Sixt sie.

„Ach, ich habe es mir doch anders überlegt. Ich tausche doch nicht", erwiderte Leslie. Ungeduldig schaute Leslie auf ihre Armbanduhr. Mittlerweile war es schon zwei Uhr.

„Mom", fragte Leslie bittend.

„Ja, wir werden jetzt auch mal fahren, damit du in dein Möbelhaus kommst", sagte meine Mutter und stand auf. „Vielen Dank für das Essen. Es war köstlich."

„Es freut mich, dass es geschmeckt hat", grinste Nathan.

„Danke für eure Hilfe", bedankte ich mich bei meinen Eltern und Leslie.

„Das machen wir doch gerne, Schatz", erwiderte mein Vater.

„Braucht ihr für Leslies Umzug morgen Hilfe", fragte ich, schließlich hatten sie mir geholfen und ich wollte mich dafür revanchieren.

„Greg und ein paar Freunde kommen morgen vorbei und helfen mir. Es ist ja nicht viel", sagte Leslie.

„Na gut, wenn ihr doch noch Hilfe braucht, dann ruft an."

„Machen wir. Nach dem Umzug machen wir dann … ."

„Keine Party", wurde Leslie von meiner Mutter unterbrochen.

„Danach setzten wir uns alle zusammen und lassen den Abend ruhig ausklingen", fuhr Leslie genervt, dass es keine Party geben durfte, fort. Alle begannen zu lachen. Leslie und ruhig sitzen. Das konnte ich mir nicht vorstellen. Die Anderen anscheinend ebenso wenig. Ich begleitete meine Familie zur Haustür, um sie zu verabschieden.

„So bis dann mein Schatz. Melde dich zwischendurch und komm uns besuchen", sagte meine Mutter traurig. Ich nahm sie in den Arm.

„Ach Mom, es sind doch nur drei Straßen, die wir auseinander wohnen. Ihr könnt uns doch besuchen kommen", beruhigte ich sie. Anschließend umarmte ich noch Leslie und meinen Vater. Sie gingen zu ihrem Wagen, stiegen ein und fuhren los. Ich schloss die Haustür und half den Anderen beim Aufräumen, bevor wir nach oben gingen, um meine Sachen auszupacken. Maya und Sasha halfen mir beim Einräumen meiner Kleidung im Ankleidezimmer. Die Jungs nahmen sich in der Zeit meine CDs und DVDs vor.

„Hey Jamie, du hast noch genug Platz auf den Kleiderstangen. Das heißt, wir können shoppen gehen", rief Sasha erfreut, nachdem sie meine Kleidung auf die Stangen gehängt hatte.

„Hey, du hast doch von Nathan Shoppingverbot erteilt bekommen", erinnerte ich sie.

„Ach das hebt er schon wieder auf", erwiderte sie. Maya hatte mir beim Einräumen der Kommode und dem Schuhregal geholfen, welches Sixt mir noch zusätzlich gekauft hatte, damit ich auch einen Platz für meine Schuhe hatte, wobei ich gar nicht so viele Paare besaß. Ich legte die leeren Kartons zusammen und trug sie aus dem Ankleidezimmer. Maya und Sasha folgten mir.

„Ich hätte auch so gerne ein Ankleidezimmer", seufzte Maya.

„Nimm doch Dannys altes Zimmer. Das steht doch sowieso leer", sagte Sasha. „Ups," entkam es ihr und blickte entschuldigend zu Sixt. Dieser jedoch reagierte ganz anders als erwartet.

„Sasha hat recht. Benutz das Zimmer doch als Ankleidezimmer", sagte er zu Maya.

„Meinst du wirklich", fragte sie zweifelnd, denn sie wusste, wie die Anderen auch, wie sehr Sixt unter Dannys Tod gelitten hatte.

„Ja natürlich. Das Zimmer steht doch leer. Ich habe nichts dagegen, wenn du es als Ankleidezimmer benutzt und die Anderen nehme ich an auch nicht."

„Also von mir aus kannst du es haben", kam es von Nathan und wir anderen nickten zustimmend.

„Oh das ist so toll. Dann kann ich nachher meine Sachen umräumen", rief sie erfreut. „Mir muss nur jemand helfen, denn mein Kleiderschrank muss ins andere Zimmer."

„Lass uns doch morgen in Ruhe umräumen. Ein Umzug am Tag reicht doch. Außerdem wolltest du nachher noch zu deinen Eltern", schlug Timothy ihr vor.

„Da hast du recht. Also gut dann morgen. Jetzt müssen wir sowieso erst noch Jamie helfen."

„Das braucht ihr nicht. Ich schaffe das auch alleine. Ich meine, wenn ihr etwas anderes vorhabt, ist es okay", sagte ich.

„Natürlich helfen wir dir. Außerdem bist du so schneller fertig. So und jetzt komm. Wir nehmen uns jetzt das Bad vor", erwiderte Maya, schnappte sich den Karton mit den Badutensilien und marschierte ins Badezimmer. Sasha und ich folgten ihr. Sixt hatte mir im Bad etwas Platz freigeräumt. Nun hatte ich im Badezimmerschrank zwei Fächer für meine Sachen und eine Schublade. Mit Hilfe von Sasha und Maya war der Karton schnell geleert und meine Sachen eingeräumt.

„Oh wie süß", hörte ich Timothy sagen, als wir wieder ins Zimmer gingen. Ich schaute zu den Jungs herüber, die auf dem Boden saßen. Ich fragte mich, was Timothy denn so süß gefunden haben konnte. Da entdeckte ich, was sie in den Händen hielten. Die Jungs hatten meine Fotoalben und blätterten darin herum.

„Tut mir leid aber ich habe es zu spät gesehen", kam es von Sixt, der mich entschuldigend ansah.

„Ist nicht so schlimm", erwiderte ich lächelnd.

„Mach dir nichts daraus. Da musste ich auch durch, als ich hier eingezogen bin", sagte Maya, die neben mir stand.

„Irgendwann müssen wir mal ein Fotoabend machen", schlug Sasha vor.

„Ja und dann musst du hier mal einige Fotos erklären", grinste Nathan und legte das Fotoalbum zur Seite.

„Das ist keine schlechte Idee. Das machen wir mal und dann kriegst du deine Erklärungen", gab ich zurück. „Was ist denn noch zu tun?"

„Nur noch deine Unterlagen, die in den Schrank müssen. Sonst sind wir fertig", erwiderte Sixt. Ich schnappte mir den letzten Karton und ging zum Sideboard, welches hinter der Couch stand. Das Sideboard hatten wir ebenfalls zwei Tage zuvor im Möbelhaus gekauft gehabt, damit wir Platz für unsere Unterlagen hatten. Ich kniete mich davor und begann meine Sachen in den Schrank zu legen. Sixt kam mit den Fotoalben zu mir und stellte sie ebenfalls hinein.

„Ich hoffe, der Platz reicht aus, sonst müssen wir noch einen Schrank kaufen", sagte er und legte seine Arme um meinen Bauch.

„Nein, es reicht schon. So, ich bin fertig", erwiderte ich und kuschelte mich an ihn.

„Na dann, willkommen in deinem neuen Zuhause", flüsterte er mir ins Ohr und begann meinen Hals zu küssen. Ich drehte mich zu ihm um.

„Danke", hauchte ich, zog ihn an mich und küsste ihn. Sofort erwiderte er meinen Kuss und vertiefte ihn. Ich hörte Gläser klirren und wie eine Flasche geöffnet wurde. Ich ließ mich aber nicht ablenken.

„Können wir", fragte Sasha.

„Ja, wir können, wenn sich die beiden endlich voneinander trennen", hörte ich Nathan laut sagen. In dem Moment flog etwas gegen Sixts Rücken. Er löste sich von mir und ich sah, dass es ein Kissen gewesen war, das geworfen wurde.

„Schluss jetzt ihr beiden. Lasst uns auf unsere neue Mitbewohnerin anstoßen", rief Timothy. Sixt stand auf und zog mich mit sich. Sasha drückte uns jedem ein Sektglas in die Hand.

„Auf unsere neue Mitbewohnerin", sagte sie und wir stießen an. Ich nahm einen Schluck, obwohl ich Alkohol nicht so gerne mochte.

„Was haltet ihr davon, wenn wir heute Abend ins Moonshine gehen und Jamies Einzug feiern", schlug Nathan vor.

„Das hört sich gut an", sagte Sixt und wir anderen stimmten ebenfalls zu. Das Moonshine war ein beliebter Club hier in Portland. Die Getränke waren zwar etwas teurer, als in einer Disco, aber dafür war die Musik besser und für jeden Geschmack etwas dabei.

„Wann wollen wir denn los", fragte Sasha.

„Wie wäre es um neun", fragte Timothy.

„Oh, dann habe ich ja kaum noch Zeit", rief Sasha entsetzt.

„Wieso? Wir haben doch erst fünf Uhr. Das sind noch vier Stunden", erwiderte Nathan.

„Na und? Ich muss noch, duschen, anziehen, Haare machen und

schminken", zählte sie auf und verschwand im nächsten Moment. Verdutzt schauten wir zu der Stelle, wo sie gerade noch gestanden hatte und fingen dann an zu lachen.

„Nathan, kommst du bitte mal kurz", rief sie einen Moment später.

„Sie treibt mich noch in den Wahnsinn", seufzte Nathan und verschwand. Wieder lachten wir.

„So wir werden dann auch mal gehen. Wir sehen uns ja dann nachher", sagte Timothy, nahm die Gläser und die leere Sektflasche und verschwand mit Maya.

„Und was machen wir beide jetzt", fragte Sixt und zog mich an sich.

„Ich weiß nicht. Wie wäre es, wenn wir noch einen Film schauen? Mit dem Einräumen sind wir ja fertig."

„Na gut. Such dir einen Film aus", erwiderte er und ließ sich auf die Couch fallen. Ich ging zu dem DVD-Regal und suchte nach einem Film. Schließlich entschied ich mich für einen Actionfilm, legte ihn in den DVD-Player ein und setzte mich zu Sixt, der mir einen Arm um die Schulter legte. Ich drückte auf der Fernbedienung auf Play und kuschelte mich eng an Sixt.

Kapitel 5

Um halb zehn fuhren wir zum Moonshine. Eigentlich hatten wir vor um neun Uhr zu fahren, aber Sasha wurde nicht fertig und so konnten wir erst später los. Wie immer fuhren wir mit zwei Autos. Naja gut wir passten auch nicht alle in einem Wagen. Maya und Timothy fuhren bei Sixt und mir, in Sixts BMW mit und Sasha und Nathan fuhren in Nathans Lexus hinter uns her. Auf dem Parkplatz vom Moonshine parkten wir nebeneinander und stiegen aus.

„Auf geht' s. Lasst uns Party machen", rief Nathan und wir machten uns auf den Weg in den Club. Die Türsteher ließen uns sofort durch. Es war ein Vorteil, dass der Besitzer des Clubs ein Schutzengel und mit Timothy befreundet war. Somit brauchten wir uns nicht in der Schlange anstellen und konnten sofort in den Club hineingehen. Eigentlich arbeiteten Schutzengel nicht in richtigen Berufen, weil sie auf ihre Schützlinge aufpassen mussten. Aber Gideon hatte, um sich um seinen Schützling kümmern zu können, extra einen Geschäftsführer eingestellt, der den Club leitete. So konnte er beides unter einem Hut bringen. Zum Glück war es noch nicht so voll und wir ergatterten noch einen freien Tisch in der hintersten Ecke. Sasha, Maya und ich setzten uns schon einmal und die Jungs holten an der Bar etwas zu trinken. Ich ließ meinen Blick durch den Club schweifen. Es waren einige bekannte Gesichter von der Uni hier. Ich entdeckte auch Monica, die gerade dem DJ etwas ins Ohr flüsterte. Ich hoffte, sie ließ uns den Abend in Ruhe. Da sah ich, wie sie zu einem Jungen herüberging. Ich traute meinen Augen nicht, als ich ihn erkannte. Was wollte der denn hier?

„Oh nein nicht der auch noch", stöhnte ich. Maya und Sasha sahen mich verdutzt an. „Nicht nur das Monica hier ist, sondern auch noch Matt. Ich weiß gar nicht, was er hier will. Er geht normalerweise gar nicht in Clubs."

„Komm beachte die Zwei einfach gar nicht. Wir machen uns heute hier einen schönen Abend und feiern", sagte Maya und Sasha stimmte zu.

„Da habt ihr recht. Ich werde mir von den beiden nicht den Abend versauen lassen. Ich werde sie einfach ignorieren."

„Genau. Außerdem müssen wir deinen Einzug feiern", erwiderte Sasha. In dem Moment kamen die Jungs mit den Getränken zurück. Sixt setzte sich neben mich und reichte mir meinen Lieblingscocktail.

„Einmal den Dragonblood für die wunderschöne Dame", sagte er.

„Danke", erwiderte ich und lächelte ihn an. Der Dragonblood war ein alkoholfreier Cocktail, der aus verschiedenen roten Früchten bestand.

„Dann lasst uns noch einmal auf unsere neue Mitbewohnerin und auf einen schönen Abend anstoßen", sagte Nathan und wir stießen an. Ich nippte durch den Strohhalm an meinem Getränk und stellte es auf den Tisch. Sixt nahm meine Hand und strich über mit dem Finger über meinen Handrücken.

„Auf das du mir weiterhin in der Küche hilfst und ich dir beibringe, wie man richtig kocht", lachte Nathan.

„Hey, ich kann kochen", verteidigte ich mich.

„Ja genau, so wie das eine Mal wo der Spinat angebrannt ist", neckte er mich.

„Das war nicht meine Schuld. Du solltest darauf aufpassen, wurdest aber von dieser Fernsehshow abgelenkt", verteidigte ich mich.

„Hey, da haben sie ein neues Auto vorgestellt." Alle lachten.

„Ähm, entschuldigt", sagte plötzlich eine männliche Stimme. Ich schaute auf und sah Matt, der nervös an unseren Tisch stand. Was wollte der denn jetzt? „Jamie, kann ich bitte mal kurz mit dir sprechen."

„Warum", fragte ich. Ich hatte keine Lust mit ihm zu sprechen.

„Das würde ich gern mit dir unter vier Augen besprechen."

„Matt, wann kapierst du es endlich, dass ich nichts mehr mit dir zu tun haben möchte? Verschwinde einfach und lass mich endgültig in Ruhe ", sagte ich bissig. Sixt drückte sanft meine Hand zur Beruhigung.

„Aber ..."

„Nichts aber. Du hast doch gehört, dass du verschwinden sollst, also mach einen Abgang", schnauzte Sasha ihn an. Mit einem bedröppelten Gesichtsausdruck verschwand Matt Richtung Bar.

„Danke Sasha", bedankte ich mich bei ihr.

„Gern geschehen. Anders versteht er das ja nicht."

„Aber sein Gesichtsausdruck war genial. Damit hat er nicht gerechnet", lachte Nathan und imitierte sein Gesichtsausdruck nach. Es sah so komisch aus, dass wir alle lachen mussten. Ich nippte wieder an meinen Cocktail und schaute dabei zu Sixt herüber, der mich sanft anlächelte.

„Langsam bekomme ich Angst vor dir. Erst sagst du Monica die Meinung, dann diesem Typen und wer kommt als Nächstes dran", fragte Sixt grinsend.

„Das weiß ich noch nicht. Je nachdem wer mich als Nächstes nerven tut."

„Weißt du eigentlich, dass du richtig süß aussiehst, wenn du sauer bist", hauchte Sixt, nahm mir mein Glas aus der Hand und stellte es auf den Tisch. Im nächsten Moment zog er mich an sich und küsste mich. Ich erwiderte seinen Kuss und schlang meine Arme um seinen Hals.

„Man die beiden können auch nicht die Finger voneinander lassen. Was sagst du dazu Timothy", hörte ich Nathan. „Ach ihr seid auch am Rumknutschen. Komm Sasha, lass uns tanzen gehen." Ich musste grinsen und merkte das auch Sixts Lippen sich zu einem Lächeln verzogen. Wir ließen uns allerdings nicht von seinem Kommentar stören. Unsere Lippen lagen immer noch aufeinander und verschmolzen miteinander. Plötzlich wurde Sixt von mir weggerissen.

„Hi Sixt. Komm lass uns tanzen gehen", sagte Monica in einer zuckersüßen Stimme und versuchte ihn vom Stuhl hochzuziehen. Wütend schaute ich sie an. Wie konnte sie es wagen? Wie dreist war diese Frau? Ich dachte eigentlich, sie hätte es am Freitag in der Mensa verstanden, dass sie ihn in Ruhe lassen sollte. Anscheinend nicht.

„Lass mich los. Ich werde ganz bestimmt nicht mit dir tanzen. Und jetzt verzieh dich", erwiderte Sixt bissig und schüttelte ihre Hände ab, die sie um seinen Arm gelegt hatte.

„Ach komm schon. Nur ein Tanz", versuchte sie ihn zu überreden.

„Nein. Kapiere es endlich, dass ich weder mit dir tanzen, mit dir ausgehen, noch mit dir zusammen sein will oder sonst irgendetwas. Du interessierst mich nicht. Ich liebe nur Jamie und das werde ich immer tun. Sie ist die Einzige, mit der ich zusammen sein will." Sixt legte mir einen Arm um die Schulter und küsste mich. Ich hörte Monica wütend schnauben.

„Das werden wir ja noch sehen. Ich gebe nicht so schnell auf und du wirst noch zu mir angekrochen kommen und mich anflehen, dich zu nehmen", sagte sie hochnäsig.

„Das werde ich nicht", erwiderte Sixt nur knapp, wandte den Blick aber nicht von mir ab.

„Ich weiß gar nicht, was du an so einer findest. Sie ist noch nicht einmal schön", sagte sie abfällig und zeigte auf mich. „Ich dagegen bin perfekt für dich. Ich sehe sehr gut aus und mit mir kannst du jede Menge Spaß haben."

„Du bist so armselig. Du machst meinen Freund vor meinen Augen an und glaubst, dass er sich augenblicklich für dich entscheidet", erwiderte ich mit zusammengebissenen Zähnen.

„Was willst du denn, du kleine Schlampe", fragte Monica und lächelte hämisch. Wut packte mich und ich ballte meine Hände zu Fäusten. Sixt bemerkte es und zog mich fest an sich. Auch Maya legte einen Arm um mich.

„Ganz ruhig. Sie ist es nicht wert", flüsterte sie mir ins Ohr. Sixt wandte sich Monica zu. In seinen Augen spiegelte sich Wut.

„Erstens wirst du meine Freundin nicht beleidigen und zweitens ist sie die schönste Frau auf der Welt. Sie ist im Gegensatz zu dir intelligenter, was ja selbst ein Stein ist, liebevoller und vieles mehr, was du halt nicht bist. Du bist nur ein dummes, hochnäsiges Mädchen, was meint alles bekommen zu müssen, was sie will und nur an sich selbst denkt. Nur du wirst uns nicht trennen. Jetzt verzieh dich. Wir wollen hier in Ruhe feiern." Sixts Worte saßen. Das sah man Monicas Gesichtsausdruck an. In ihm sah man das Entsetzen. Anscheinend wurde sie noch nie von einem Jungen abgewiesen. Mit gespieltem Stolz verließ sie unseren Tisch.

„Du wirst schon noch sehen, was du davon hast. Niemand weißt mich ab", rief sie noch, bevor sie Richtung Bar ging.

„Was war denn hier los", fragte Sasha, die mit Nathan wieder an unserem Tisch kam und sich setzten.

„Monica meinte doch glatt, Ärger machen zu müssen. Sie hat es immer noch nicht kapiert, dass sie uns in Ruhe lassen soll", berichtete Sixt.

„Sixt hat ihr grad mal so richtig die Meinung gesagt und dann ist sie abgehauen", fügte ich noch hinzu und schmiegte mich eng an ihm.

„Oh dann haben wir aber etwas verpasst", erwiderte Sasha.

„Sie hat sich aber anscheinend gut erholt. So wie es aussieht, flirtet sie gerade mit diesem Matt an der Bar", sagte Timothy.

„Soll sie doch. Die Zwei würden auf jeden Fall gut zusammenpassen. Einer hinterhältiger und verlogener als der Andere", erwiderte ich.

„Komm lass uns tanzen gehen", sagte Sixt. Ich trank noch schnell meinen Cocktail aus und ging mit ihm auf die Tanzfläche. Seitdem mir Terina letztes Jahr Schlafmittel ins Glas geschüttet hatte, ließ ich mein Glas nicht mehr unbeaufsichtigt stehen. Obwohl ich meinen Freunden vertraute, wollte ich es nicht darauf ankommen lassen. Gerade jetzt wo Monica da war. Man konnte ja nie wissen, auf welche Gedanken sie kam. Ich tanzte mit Sixt einige Lieder durch und nach einer Weile kamen auch die Anderen auf die Tanzfläche. Als ein ruhiges Lied kam, legte ich meine Arme um Sixts Hals und er zog mich dicht an sich. Ab und an sah ich aus dem Augenwinkel, wie Monica mir böse Blicke zuwarf. Aber auch Matt schaute mich die ganze Zeit an. Ich ignorierte es und schaute Sixt tief in die Augen.

„Lass dir von niemandem etwas einreden. Du bist die wunderschönste Frau auf der ganzen Welt. Mein Herz gehört nur dir. Ich liebe dich über alles", flüsterte Sixt mir ins Ohr. Ich wurde rot im Gesicht. Es waren so schöne Worte.

„Danke", flüsterte ich verlegen. „So etwas Schönes hat noch nie jemand zu mir gesagt. Ich liebe dich auch über alles." Im nächsten Moment lagen unsere Lippen auch schon aufeinander. Als wir uns wieder voneinander lösten, sahen wir uns weiterhin in die Augen und bewegten uns zum Rhythmus der Musik.

Nach dem Lied musste ich zur Toilette. Sixt ging an den Tisch zurück und ich machte mich auf den Weg zu den Toiletten, die in einem Gang hinter der Bar lagen. Nachdem ich mein Bedürfnis erledigt hatte, wusch ich mir die Hände und verließ den Toilettenraum. Ich kam gerade aus der Tür, als mich jemand zur Seite zog. Ich schaute, wer derjenige war, und konnte es nicht glauben. Matt stand vor mir und hielt meinen Arm fest.

„Hallo Schönheit", sagte er.

„Was willst du", fragte ich knapp.

„Ich möchte nur mit dir reden. Mehr nicht", erwiderte er lächelnd.

„Ich aber nicht mit dir und jetzt lass mich los." Ich versuchte, mich aus seinem Griff zu befreien. Es gelang mir nicht. Er schob mich weiter in den Gang hinein in Richtung des Notausganges und drückte mich gegen die Wand. Hier hinten hielten sich keine Leute auf. Sowieso war der Gang im Moment leer. Einerseits konnte ich so Matt in Ruhe klarmachen, dass er mich endlich in Frieden lassen sollte, andererseits gefiel es mir gar nicht mit ihm hier alleine zu sein. Er war zwar nie handgreiflich geworden, aber ich traute ihm nicht.

„Hör mir einfach nur zu. Ich weiß, dass du und dieser Typ einfach nur so tut, als ob ihr zusammen seid, um mich und Monica eifersüchtig zu machen. Ich weiß, dass du mich noch liebst. Ich will dich zurück."

„Was? Wer hat dir denn so einen Mist erzählt", fragte ich entsetzt.

„Monica." Wer auch sonst? Das hätte ich mir auch denken können.

„Erstens, was Monica erzählt, stimmt nicht. Sixt und ich sind zusammen und wir lieben uns. Zweitens, ich liebe dich nicht mehr. Ich muss auch sagen im Nachhinein habe ich dich nie wirklich geliebt. Ich habe es mir immer nur eingeredet. Und drittens, ich will dich nicht zurück. Nie mehr. Ich habe mit dir und allem was du mir angetan hast abgeschlossen", sagte ich bissig. Jetzt wurde er wütend und drängte mich an die Wand.

„So redest du nicht mit mir. Du sagst, du hast mich nie geliebt? Dann hast du mich die ganze Zeit nur ausgenutzt. Das lasse ich nicht mit mir machen", schrie er und holte mit seiner Hand aus. Er schlug mir mit voller Wucht ins Gesicht. Ich schrie auf. Ein heftiger Schmerz durchzog meine Wange und Tränen traten in meine Augen.

„Aua. Bist du verrückt geworden? Lass mich endlich los", schrie ich ihn an und versuchte mich zu befreien. Matt verstärkte seinen Griff. In dem Moment sah ich Maya in den Gang kommen. Als sie uns sah, erschrak sie, kam aber auf uns zu und versuchte, Matt von mir wegzuzerren.

„Lass sie in Ruhe, du Mistkerl", rief sie. Als sie allerdings merkte, dass er zu stark war, trat sie ihm mit aller Kraft gegen das Schienbein.

„Ahh, du kleine Schlampe, verschwinde. Das hier geht dich gar nichts an", schrie er.

„Und ob. Lass meine Freundin los." Sie versuchte, ihn noch einmal zu treten. Allerdings holte er mit einer Hand aus und schlug ihr so fest ins Gesicht, dass sie auf den Boden flog und mit dem Kopf auf den harten Beton aufschlug. Benommen blieb sie liegen. Ich schrie auf.

„Maya." Aber sie rührte sich nicht. Ich versuchte mich zu befreien, aber er hielt mich im eisernen Griff fest und ich kam nicht weg. Tränen liefen mir an den Wangen entlang. Was war mit ihr? Ich musste ihr doch helfen. Meinetwegen war sie verletzt worden.

„Du wirst mit mir kommen und du wirst mich lieben", lachte er hämisch und wollte mich mitziehen. Ich wehrte mich und zog in die andere Richtung. Ich wollte zu Maya und wollte sehen, was mit ihr war. Warum sie sich nicht rührte?

„Nein, das werde ich nicht", erwiderte ich und wehrte mich gegen ihn. Er sah mich mit einem wutverzerrten Gesicht an. Seine Augen funkelten wütend. Aber etwas stimmte mit ihnen nicht. Er hatte doch sonst braune Augen und nun war seine Augenfarbe grell weiß. Ich erschrak, ließ mir aber nichts anmerken. Nicht nur die Augen veränderten sich, sondern auch sein ganzes Äußeres. Er verwandelte sich zu einer anderen Person. Matt hatte eigentlich schwarze kurze Haare. Nun wurden sie blond. Seine Gesichtsform, die vorher eher rund gewesen war, war nun kantig. Nur seine Körpergröße und seine Statur blieben gleich. Er war einen halben Kopf größer als ich und hatte einen schlanken, sportlichen Körper. Was hatte das alles zu bedeuten? Ich kannte diese Person nicht. Das war nicht Matt. Zumindest jetzt nicht mehr. Angst stieg in mir auf. Nun schlug er mir noch einmal ins Gesicht und begann mich weiter den Gang entlang zu ziehen in Richtung Notausgang. Ich schrie und wehrte mich so gut ich konnte, aber er war stärker als ich. Ein paar Leute waren am Anfang des Ganges zu sehen. Aber sie nahmen uns nicht wahr, da der hintere Teil des Ganges nicht beleuchtet war. Die Musik war zudem so laut, dass sie mich nicht gehört hätten. Er stieß die Tür vom Notausgang auf und zerrte mich hinaus in eine Gasse.

„Hilfe", schrie ich so laut ich konnte.

„Halt´s Maul", rief er. Seine Stimme hatte sich ebenfalls verändert. Sie war dunkler geworden und ähnelte gar nicht mehr der Stimme, die er sonst immer gehabt hatte. Er holte mit der Hand aus und schlug wieder zu. Dieser Schlag war so hart, dass ich torkelte und mit dem Kopf gegen die Hauswand knallte. Anschließend sackte ich zu Boden. Mein Kopf schmerzte und mir wurde schwindelig.

„Tja, das hast du jetzt davon", rief er und kniete sich über mich.

„Und nun wollen wir doch mal sehen, ob du mich nicht doch liebst." Matt kam näher und wollte mich küssen. Ich drehte meinen Kopf weg und schrie immer wieder. Die Tränen rannen meine Wangen hinunter. Warum tat er das? Er sollte mich in Ruhe lassen.
„Ich weiß, du willst es doch auch", hauchte er und fasste mich einer Hand mein Kinn und zog meinen Kopf wieder zu ihm herüber.
„Nein, ich will das nicht. Lass mich endlich in Ruhe." Ich schüttelte meinen Kopf, strampelte mit den Beinen und versuchte ihn von mir herunter zu bekommen.
„Komm schon. Sag, wie sehr du mich liebst." Er sah mich an und seine Augen glühten vor Zorn. Ich bekam Angst. Was würde er mit mir anstellen? Würde er mich töten, wenn ich nicht das tat, was er wollte? Seine Hand strich an meinem Körper entlang. Ein Schauder lief mir den Rücken hinunter und ein Ekelgefühl überkam mich. Ich wollte von ihm nicht angefasst werden.
„Nein", sagte ich bissig und nahm all meinen Mut zusammen. Er würde mich nicht dazu zwingen.
„Sag es", schrie er, packte mir in die Haare und zog an ihnen. Ich schrie vor Schmerzen auf.
„Nein. Ich liebe dich nicht und werde dich auch nie lieben." Wütend ließ er meine Haare los und hob seine Hand. Er wollte gerade wieder zum Schlag ausholen, als er von hinten weggezogen und er durch einen Schlag in den Magen zu Boden ging. Ich schaute auf und sah Sixt, der mit wutverzerrtem Gesicht weiter auf ihn einschlug. Nathan half ihm. Sasha kam sofort zu mir und nahm mich in den Arm. Ich schluchzte und mein Körper zitterte.
„Sch, ganz ruhig. Es ist alles gut. Wir sind ja da", versuchte sie mich zu beruhigen.
„Wo ist Maya", fragte ich und wurde nervös, als ich sie hier draußen nicht sah.
„Sie ist noch drinnen. Timothy ist bei ihr." Ging es ihr so schlecht? Wurde sie so schlimm verletzt?
„Ich muss zu ihr", sagte ich und stand auf. Ich schwankte leicht. Der Schwindel war noch da und mein Kopf schmerzte von dem Aufprall. Schnell war Sasha an meiner Seite und hielt mich fest.
„Du solltest dich wieder setzen", sagte sie eindringlich.
„Nein, ich muss zu Maya." Ich wankte auf die Tür zu. Sasha hielt mich die ganze Zeit fest. Ich achtete nicht auf die Anderen, was sie mit Matt noch anstellten. Ich wollte einfach nur zu Maya.

59

Meinetwegen wurde sie verletzt. Es war alles meine Schuld, weil ich mich damals auf Matt eingelassen hatte. Drinnen saß Maya auf dem Boden im Gang und hielt sich den Kopf. So schnell mein Schwindel es zuließ, lief ich zu ihr und hockte mich neben sie auf den Boden.

„Maya, es tut mir so leid", sagte ich und Tränen rannen über mein Gesicht. Sie schaute mich an.

„Oh mein Gott, Jamie. Geht es dir gut? Was hat dieser Typ mit dir gemacht", fragte sie entsetzt und nahm mich in den Arm.

„Es tut mir so leid. Nur wegen mir wurdest du verletzt", brachte ich unter Tränen heraus.

„Was redest du denn da? Dich trifft doch überhaupt keine Schuld. Und die Beule am Kopf ist nicht so schlimm. Aber was hat er mit dir gemacht", fragte sie und sah mir eindringlich in die Augen. Ich schluchzte wieder und fiel ihr in die Arme. Ich war so froh, dass ihr nichts Schlimmeres passiert war, aber ich konnte nicht darüber reden, was er getan hatte. Es kam immer nur ein Schluchzen aus meinem Mund, wenn ich versuchte etwas zu sagen.

„Er ist uns leider entkommen", hörte ich Nathan rufen. Sixt kam sofort zu mir und nahm mich in den Arm.

„Jamie, geht es dir gut? Bist du verletzt", fragte er besorgt. Ich schüttelte immer nur den Kopf an seiner Schulter. Noch immer brachte ich kein Wort heraus. Beruhigend strich er mir über den Kopf. Ich zuckte zusammen, als er an die Stelle kam, wo ich mit dem Kopf gegen die Wand geschlagen war.

„Timothy kommst du bitte mal. Ich glaube, Jamie ist am Kopf verletzt. Timothy kniete sich neben mich und schaute sich die Stelle an.

„Naja, sie hat eine ganz schöne Beule. Jamie, ist dir schlecht oder so etwas", fragte er mich.

„Nur etwas schwindelig", erwiderte ich leise.

„Kommt lasst uns erst einmal nach Hause fahren. Dann schau ich mir die beiden Kopfverletzten noch mal genauer an", sagte Timothy und hob Maya hoch.

„Kannst du laufen", fragte Sixt mich.

„Ich weiß nicht", erwiderte ich, versuchte aufzustehen, sackte aber wieder zurück.

„Komm ich trage dich auch. Lasst uns durch den Notausgang hier raus", schlug Sixt vor, hob mich auf seine Arme und trug mich zum Auto. Sixt setzte mich auf den Rücksitz seines Wagens und stieg ebenfalls hinten ein. Er gab Sasha den Autoschlüssel, sodass sie losfahren konnte. Hinter uns fuhren Nathan, Timothy und Maya. Sixt zog mich zu sich und hielt mich die ganze Fahrt über fest im Arm. Als wir zu Hause ankamen, trug mich Sixt ins Haus, setzte mich auf der Couch im Wohnzimmer ab und nahm neben mir platz. Timothy folgte mit Maya auf seinem Arm und sie setzte sich ebenfalls auf die Couch.

„Sasha, kannst du bitte mal zwei Eisbeutel bringen", fragte Timothy.

„Klar, mache ich." Timothy schaute sich erst Mayas und anschließend meine Verletzungen an. Bei keinem war es etwas Schlimmes. Sasha brachte uns beiden je einen Eisbeutel, den wir auf die Beule legen sollten. Ich lehnte mich an Sixts Schulter an und kühlte die Beule an meinen Kopf.

„Wie geht es dir denn", fragte er und schaute mich besorgt an.

„Es geht schon wieder. Der Schwindel ist auch weg. Nur mein Kopf tut noch etwas weh."

„Naja, der hat ja auch ganz schön etwas abbekommen. Was ist denn eigentlich genau passiert", wollte er nun wissen. Ich atmete tief durch. Eigentlich wollte ich darüber nicht sprechen. Ich wollte auch gar nicht mehr daran denken. Es war so schrecklich gewesen. Wieso hatte Matt mir das angetan? Er war nie gewalttätig gewesen und heute hatte er mich mehrmals geschlagen. Als ich daran dachte, spürte ich den Schmerz an meiner Wange. Ich holte noch einmal tief Luft und begann zu erzählen, was passiert war. Als ich an die Stelle kam, wo Matt über mir kniete, fing ich an zu zittern. Sixt zog mich näher zu sich heran und beruhigte mich.

„Das Schwein schnapp ich mir noch. Er wird nicht so ungeschoren davonkommen", schwor Sixt mit zusammengebissenen Zähnen.

„Keine Angst, Süße. Er wird dir nichts mehr tun. Das werde ich nicht zulassen", wandte er sich zu mir. „Es tut mir so leid, was er dir angetan hat. Hätte ich es doch nur eher gesehen. Monica dieses Miststück, hat mich mit ihren dummen Anmachversuchen abgelenkt und sich mir ständig in den Weg gestellt, wo ich zu dir wollte. Ich musste sie wegschubsen, um zu dir zu kommen." Entschuldigend sah er mich an.

„Es ist schon gut. Anscheinend war das Ganze von ihr und Matt geplant gewesen. Sie hat ihn doch mit ihren Lügen eingewickelt", erwiderte ich.

„Und der Typ war wirklich dein Exfreund Matt? Ich weiß nicht aber ich kenne ihn irgendwoher", sagte Nathan.

„Doch das war er", erwiderte ich. „Zumindest bevor er sich verwandelt hat. Ich verstehe das Ganze nicht."

„Ich kenne ihn aber auch", gab Sixt zu. Er dachte kurz nach und dann schaute er Nathan entsetzt an. „Du glaubst doch nicht, dass ...? Nein das kann nicht sein. Das ist doch nicht ...?"

„Tobin", erwiderte Nathan knapp. Ich verstand gar nichts. Verwirrt schaute ich von einem zum anderen.

„Kann mich mal bitte jemand aufklären", fragte ich in die Runde. Ich wusste immer noch nicht, was sie meinten. Vor allem wer dieser Tobin war. Und was hatte er mit Matt zu tun?

„Also, dein Ex Matt ist in Wirklichkeit Tobin, ein gefallener Engel", erklärte Nathan.

„Er ist was? Das kann nicht sein. Ich war doch damals ein Jahr mit ihm zusammen und habe nichts gemerkt", erwiderte ich.

„Ist dir nie etwas an ihm aufgefallen, was ungewöhnlich für einen Menschen war", fragte Sasha. Ich überlegte kurz. Mir viel nichts ein. Er hatte sich immer menschlich verhalten. Gut, er hatte mich belogen und betrogen, aber das war jetzt nichts Außergewöhnliches.

„Früher ist mir nie etwas aufgefallen. Er war immer der Matt gewesen, so wie er vorhin auch bei uns an den Tisch gekommen war. Das war er auch noch, als er mich im Gang festgehalten hat. Allerdings hat sich dann plötzlich erst seine Augenfarbe in Grellweiß und dann seine ganze Gestalt verändert", antwortete ich.

„Er ist es wirklich", sagte Sixt. „Das ist doch nicht wahr." Ich sah Sixt an. In seinem Gesicht spiegelte sich Entsetzen wieder. Was war denn hier los. Auch als ich in die Gesichter der Anderen schaute, sah ich nur Entsetzen. Selbst bei Maya, in deren Blick ich allerdings auch Angst aufblitzen sah und sich eng an Timothy drückte. Angst? Wieso Angst? Ich verstand überhaupt nichts mehr.

„Jetzt geht das Theater wieder von vorne los. Ich hoffe nur nicht, dass Gregory und Luzia auch noch auftauchen", murmelte Timothy.

„Nein das glaube ich nicht. Sie sind tot. Naja gut Tobin sollte es eigentlich auch sein. Ich frage mich, wie er doch wieder auf die Erde kommen konnte", kam es von Nathan.

„Das frage ich mich auch. Aber wer weiß, ob er uns überhaupt erkannt hat", überlegte Sasha.

„Doch hat er. Als Sixt und ich ihn uns draußen geschnappt haben, hat er unsere Namen geknurrt. Ich habe da allerdings gar nicht drauf geachtet, aber jetzt fällt mir das erst auf", sagte Nathan.

„Stimmt. Jetzt wo du es sagst. Ich war so wütend, was er mit Jamie gemacht hatte, dass ich darauf erst nicht geachtet habe", gab Sixt zu.

„Ich komme immer noch nicht mit. Könntet ihr mir das bitte alles mal erklären", fragte ich und hoffte, dass ich nun endlich eine Antwort bekam. Langsam wurde ich wirklich wütend.

„Naja, wie schon gesagt ist Matt oder eher gesagt Tobin ein gefallener Engel", wiederholte Nathan.

„Und was ist ein gefallener Engel und vor allem warum seid ihr alle so entsetzt?" Fragend schaute ich in die Runde.

„Am besten erklären wir dir erst einmal, was ein gefallener Engel ist", schlug Sasha vor. Ich nickte zustimmend und sie fuhr fort.

„Also Schutzengel sind Engel der unteren Hierarchie. Das heißt, sie müssen Befehle befolgen und den Menschen beschützen. Es gibt allerdings auch Engel, die ihren eigenen Willen durchsetzen wollen und sich nichts mehr sagen lassen. Einige von ihnen versuchen, den Engelsrat zu schädigen oder sogar die Macht an sich zu reißen. Diese Engel, die sich gegen den Engelsrat oder den Engelspräsidenten auflehnen, werden aus dem Himmel verbannt und sind somit gefallene Engel, die nie wieder in den Himmel zurückkehren können und dürfen. Viele von ihnen leben auf der Erde in Menschengestalt unter den Menschen. Sie tun ihnen eigentlich nichts Böses. Sie können aber den Menschen zeigen, was Sünde ist und wenn sie sich verliebt haben, kämpfen sie um ihre Liebe, so wie Matt oder eher gesagt Tobin es bei dir versucht und dich zurückhaben will." Sasha machte eine Pause und schaute mich an. Ich nickte, dass ich es soweit verstanden hatte.

„Haben sie denn auch solche Fähigkeiten wie ihr", fragte ich.

„Nein. Sie sind zwar schnell und stark, aber können nicht mehr springen, sich unsichtbar machen und zu weißen Licht werden. Allerdings hat jeder von ihnen eine eigene Fähigkeit, was sie gefährlich macht", erklärte Sasha und sah nicht erfreut darüber aus.

„Und Matt oder Tobin oder wie er auch immer heißt, ist einer von ihnen?"

„Ja genau."

„Oh man und ich habe nie etwas gemerkt", erwiderte ich.

„Ich frage mich allerdings, warum Anastasia sein Schutzengel ist. Gefallene Engel haben doch gar keinen Schutzengel", sagte Sixt, „Das frage ich mich auch. Wahrscheinlich wissen weder sie noch der Engelsrat etwas davon", erwiderte Timothy. „Er hat sie anscheinend durch seine Namensänderung gut getäuscht. Er wird auch seine Fähigkeiten die ganze Zeit nicht eingesetzt haben und in der Gestalt von Matt geblieben sein, sonst hätte sie es schon längst bemerkt."

„Wir müssen es ihr sagen", sagte Sasha. „Ich gehe sie eben anrufen." Sasha verließ das Wohnzimmer, um in Ruhe mit Anastasia telefonieren zu können.

„Ich weiß immer noch nicht, was eigentlich hier los ist. Wieso seid ihr so erschrocken darüber, dass er dieser Tobin ist? Was hat er denn getan", fragte ich und schaute nun Sixt an. Sanft strich er mir über den Arm, seufzte kurz und fing an zu erzählen.

„Vor vier Jahren waren wir wegen einer Besprechung im Himmel. Vor dieser Besprechung bekamen Nathan und ich ein Gespräch von drei Schutzengeln mit, dass sie den Engelspräsidenten Eoghan töten und die alleinige Herrschaft über die Engel an sich reißen wollten. Wir haben es Sasha und Timothy erzählt und überlegt, was wir tun könnten, um das zu verhindern. Nach der Besprechung sind wir noch im Himmel geblieben, haben die Schutzengel beobachtet und sind ihnen gefolgt, als sie zum Büro des Präsidenten gegangen sind. Als sie dort hineinstürmten, sind wir hinterher, haben sie uns geschnappt und konnten so den Angriff verhindern. Anschließend wurden sie aus dem Himmel verbannt und wurden somit zu gefallenen Engeln", erklärte Sixt.

„Und einer von ihnen war dieser Tobin?" Es war keine Frage, eher eine Feststellung.

„Ja genau."

„Wer waren die anderen beiden?"

„Der eine heißt Gregory und die andere Luzia."

„Kann sich jeder von ihnen in eine andere Person verwandeln", fragte ich und erinnerte mich daran, wie sich Tobin vor meinen Augen verwandelt hatte.

„Nein. Nur Tobin. Das ist seine Fähigkeit. Er kann sich in andere Personen verwandeln und kann auch seine Stimme verändern."

64

„Ich verstehe das immer noch nicht. Wieso habe ich nie etwas gemerkt?"

„Du hast ihn ja als Matt kennengelernt. Er muss vorher schon sein Aussehen geändert haben. Wahrscheinlich wollte er von keinem Schutzengel erkannt werden. Ob Terina gewusst hat, was er ist, weiß ich nicht. Vielleicht hat er auch bei ihr seine Fassade aufrechterhalten", erklärte Sixt.

„Und was wird jetzt passieren", fragte ich.

„Das wissen wir nicht. Die Drei hatten uns damals, wo sie verbannt wurden, Rache geschworen. Einen Versuch hatten sie und haben verloren."

„Sie haben versucht, sich an euch zu rächen? Wie denn", fragte ich geschockt.

„Vor dreieinhalb Jahren haben sie Maya entführt und wollten über sie an uns herankommen."

„Sie haben was?" Entsetzt schaute ich zu Maya, die zustimmend nickte.

„Ja, sie haben es damals mehrmals versucht uns anzugreifen. Es aber nie geschafft. Deshalb kamen sie auf die Idee Maya zu entführen, da sie wussten, dass wir sie auf jeden Fall retten würden. Und das haben wir auch getan und haben Tobin, Luzia und Gregory getötet."

„Aber wie konnten sie Maya denn entführen? Ich meine, ihr Schutzengel könnt doch sehen, wenn ein Schützling in Gefahr ist, beziehungsweise kurz bevor er in Gefahr gerät. Hätte Timothy nicht dann auch sehen müssen, dass Maya entführt wird", fragte ich.

„Ja, eigentlich schon. Aber damals hatten die Drei Hilfe von einer Dämonin namens Cassandra. Sie hat die Fähigkeit uns Schutzengel blind zu machen. Also, dass wir unsere Schützlinge nicht mehr sehen können. Diese Fähigkeit hat sie damals eingesetzt, als die Drei sie an der Uni abgefangen und verschleppt hatten. Wir konnten aber das Versteck der Drei ausfindig machen und haben so Maya gerettet", erklärte Timothy mir.

„Ich dachte, Dämonen könnten nur den Menschen beeinflussen, wenn sie ihn berühren", sagte ich.

„Normalerweise schon. Aber Cassandra ist die einzige Dämonin mit solch einer Fähigkeit", erwiderte Timothy.

„Sie lebt also noch", schlussfolgerte ich, da Timothy in der

Gegenwart und nicht in der Vergangenheit von ihr gesprochen hatte.

„Ja. Sie hat den Dreien damals nur bei der Entführung geholfen und ist dann verschwunden. Wir haben von ihr seitdem nichts mehr gehört", erklärte Sixt mir.

„Du hast mir davon noch gar nichts erzählt", wandte ich mich Maya zu.

„Naja ich wollte das Ganze eigentlich nur vergessen. Diese zwei Tage waren einfach nur die Hölle für mich gewesen. Ich war in einem dunklen Raum eingesperrt und wusste nicht, ob ich dort jemals wieder herauskomme", erwiderte sie leise und ich konnte den Schmerz an diese Erinnerungen, die bei ihr anscheinend wieder hochkamen, in den Augen sehen. Timothy zog sie noch enger an sich und strich ihr beruhigend mit der Hand über den Rücken.

„Das kann ich verstehen. Es muss schrecklich gewesen sein. Haben deine Eltern etwas davon mitbekommen", fragte ich nun.

„Nein. Zu der Zeit habe ich oft bei Timothy übernachtet und sie dachten, dass ich bei ihm wäre. Aber es war auch gut so. Sie hätten sich nur Sorgen gemacht und hätten wahrscheinlich die Polizei eingeschaltet. Wie hätte man denen denn erklären sollen, dass ich von gefallenen Engeln entführt wurde?"

„Da hast du recht. Sie hätten das nie geglaubt", sagte ich und wandte mich an Sixt. „Aber sagtet ihr denn nicht, dass ihr die Drei getötet habt? Wie kann es sein, dass Tobin am Leben ist?"

„Das wissen wir nicht. Wir haben sie damals wirklich getötet und ihre Leichen haben wir verbrannt. Irgendwie muss Tobin wieder auferstanden sein. Nur dazu musste er Hilfe gehabt haben. Das muss kurz, bevor ihr euch kennengelernt habt gewesen sein", kam es von ihm.

„Ist so etwas denn möglich", wollte ich nun wissen.

„Ja, aber es ist verboten. Wenn Schutzengel sterben, kommen sie ins Himmelreich und dürfen nicht wieder auf die Erde zurück. Darauf achtet der Engelsrat. Bei gefallenen Engeln ist es aber so, dass sie, wenn sie sterben, in die Hölle kommen. Also so wie die Dämonen. In der Hölle achtet Luzifer darauf, dass sie dortbleiben. Er gibt jedem eine Chance auf der Erde. Vergeigt derjenige sie und stirbt, hat er Pech gehabt und muss seine Zeit in der Hölle absitzen. Tobin muss jemanden gehabt haben, der ihm geholfen hat von der Hölle wieder auf die Erde zu kommen", erklärte er mir.

66

„Ist so etwas denn schon mal vorgekommen, dass jemand aus dem Himmel oder der Hölle abgehauen ist", fragte ich.

„Ja, das ist schon das ein oder andere Mal passiert. Aber diejenigen wurden wieder eingefangen und wurden ins Verlies gesperrt. Zumindest ist es im Himmel so. Ich denke mal, dass es in der Hölle nicht anders ist, denn Luzifer wird sich nicht für dumm verkaufen lassen, wenn jemand sein Gesetz bricht. Deshalb wird Tobin auch sein Aussehen verändert haben, damit ihn niemand erkennt", beantwortete Sixt mir meine Frage.

„Was heißt das jetzt für uns? Wie geht es jetzt weiter", fragte Maya.

„Wir werden die Augen offenhalten, aber wir werden so weiterleben wie bisher. Also auch erst einmal keine Sicherheitsmaßnahmen. Tobin weiß nicht, wo wir wohnen. Zumindest wusste er es damals nicht. Den Dreien war nur bekannt, dass wir in Portland leben. Und Portland ist groß. Vielleicht verschwindet er auch wieder, weil er weiß, dass wir ihn erkannt haben und ihn somit verpetzen könnten", sagte Timothy. Maya und ich atmeten erleichtert auf. Wir hatten keine Lust wieder so gesehen eingesperrt zu sein, wie damals wegen Terina. Sasha kam wieder ins Wohnzimmer und setzte sich zu uns.

„Und was hat Anastasia gesagt", fragte Nathan.

„Erst einmal war sie geschockt. Sie hatte wirklich nie etwas gemerkt und jetzt ist sie gerade beim Engelsrat und erzählt ihnen davon", berichtete Sasha. „Sie meldet sich, wenn sie wieder da ist."

„Gut. Ich bin mal gespannt, was der Engelsrat dazu sagt", erwiderte Nathan.

„Sagt mal, was gibt es eigentlich noch für mystische Wesen? Also ich weiß von Schutzengeln, gefallenen Engeln und Dämonen. Gibt es vielleicht auch noch Godzilla, Vampire und Werwölfe", fragte ich.

„Also Godzilla gibt es nicht. Der ist nur erfunden. Aber bei Vampiren und Werwölfen gibt es keine Beweise dafür, dass es sie nicht gibt. Es wurden angeblich schon welche gesichtet", erwiderte Sixt.

„Wirklich", fragte ich ungläubig.

„Ja."

„Und was ist mit Hexen, Feen, Wallküren und so etwas alles?"

„Es gibt Gerüchte und Legenden darüber, aber ob es sie wirklich gibt weiß niemand. Mir ist noch keiner von ihnen begegnet", sagte

Sixt und lächelte mich an.

„Ich dachte früher, als ich noch klein war, dass unser Hund ein Werwolf war", lachte Nathan. Wir schauten ihn verdutzt an. „Naja ich habe damals, mit sechs Jahren, einen Horrorfilm über einen Werwolf gesehen und danach habe ich gedacht, dass unser Hund sich auch in einem Menschen verwandeln könnte. Ich habe es ihm damals oft gesagt, dass er es tun soll, aber er wollte nicht." Wir lachten alle.

„Wie sieht es mit Geistern aus", fragte Maya.

„Die gibt es. Allerdings nicht so wie in Horrorfilmen. Eigentlich ist es ja so, dass der Geist eines Menschen oder auch Seele genannt, nach dem Tod in den Himmel aufsteigt. Manche hängen allerdings auch in einer Zwischenwelt fest. Das sind oftmals die, die nicht zur Ruhe kommen, wo etwas Schlimmes mit dem Menschen passiert ist und der Geist Gerechtigkeit möchte. Diese steigen dann erst in den Himmel auf, wenn sie die Gerechtigkeit auch bekommen haben. Zum Beispiel bei einem ungeklärten Mord, wenn der Verbrecher geschnappt wurde. Es gibt allerdings auch Geister, die sich nur von ihren Liebsten noch einmal verabschieden wollen, weil sie es kurz vor dem Tod nicht konnten. Sie sind eigentlich schon im Himmel, also Engel und kommen nur noch einmal mit Erlaubnis vom Engelsrat als Geist auf die Erde. Dann gibt es noch die Poltergeister, wobei deren Existenz nie richtig geklärt wurde. Also eigentlich sind Geister nicht bösartig. Wenn man es genau nehmen will, sind Geister nur Geister, solange sie auf der Erde sind, beziehungsweise bevor sie in den Himmel gehen, denn dort sind sie dann Engel", erklärte Timothy.

„Es ist schön zu hören, dass es Geister gibt. Ich habe schon immer an Geister und Engel geglaubt, nur viele Menschen tun es nicht. Wenn man mit ihnen darüber spricht, lachen sie einen nur aus", erwiderte ich.

„Das liegt daran, dass viele Menschen nur das glauben, was sie wirklich sehen. Normalerweise sieht man keine Geister oder Engel. Deswegen erscheint es ihnen als unwirklich", entgegnete Sixt.

„Komm wir gehen ins Bett", sagte Sixt nachdem wir uns noch eine Weile unterhalten hatten und ich gegähnt hatte. Er stand auf und zog mich von der Couch. Auch die Anderen standen auf und jeder ging in sein Zimmer. Wir gingen ins Badezimmer um uns zu waschen und zogen uns anschließend um. Als wir im Bett lagen, kuschelte ich mich eng an ihn und Sixt legte seinen Arm um mich.

„Wie geht es denn deinem Kopf", fragte er besorgt.

„Es geht schon wieder. Er tut kaum noch weh."

„Es tut mir so leid, wie der Abend gelaufen ist. Eigentlich wollten wir doch deinen Einzug feiern", sagte Sixt entschuldigend.

„Dir muss es nicht leidtun. Du kannst ja nichts dafür und abgesehen von dem Vorfall hat mir der Abend Spaß gemacht."

„Wir werden das trotzdem noch nachholen. Ich werde mir etwas Schönes überlegen", erwiderte Sixt und küsste mich. „Schlaf gut meine Süße." Ich kuschelte mich noch enger an ihn.

„Das werde ich. Du bist ja bei mir." Ich schloss die Augen. Es dauerte auch nicht lange und ich sank in einen traumlosen Schlaf.

Kapitel 6

Eine Woche war vergangen und wir genossen unsere Semesterferien ausgiebig. Von Tobin hatten wir bis jetzt nichts mehr gehört. Das war auch gut so. Ich wollte ihn nie wiedersehen. Ich war immer noch etwas geschockt darüber, dass mein Ex-Freund ein gefallener Engel war. Es war schon sehr seltsam, dass ich nie etwas gemerkt hatte. Bei Sixt war mir schließlich aufgefallen, dass er vor mir verheimlicht hatte, dass er ein Schutzengel war. Also warum hatte ich bei Matt oder eher gesagt bei Tobin nichts gemerkt? Es war noch immer komisch für mich ihn nun Tobin und nicht mehr Matt zu nennen. Daran musste ich mich erst noch gewöhnen. Anastasia wurde, nachdem sie beim Engelsrat gewesen war, einen anderen Schützling zugeteilt. Weder dem Engelsrat noch Anastasia war aufgefallen, dass Matt eigentlich der gefallene Engel Tobin war.

Am Dienstagmorgen wachte ich mit Bauchschmerzen auf. Den Abend davor war mir schon etwas übel gewesen. Ich hatte mir darüber aber gar keine Gedanken gemacht. Vielleicht hatte ich nur zu viel oder etwas Schlechtes gegessen. Sixt hatte ich von der Übelkeit nichts erzählt. Er hätte sich nur wieder Sorgen gemacht. Ich stöhnte vor Schmerzen auf und krümmte mich im Bett zusammen. Ich hatte zwar früher öfter Bauchschmerzen gehabt, aber solche noch nie.
„Süße, was hast du", fragte Sixt besorgt und beugte sich zu mir herüber.
„Bauchschmerzen", keuchte ich.
„Sollen wir zu einem Arzt fahren." Nein ich wollte zu keinem Arzt und auch nicht ins Krankenhaus. Ich hatte eine kleine Abneigung dagegen, obwohl ich wusste, dass sie nur Gutes für mich wollten. Nur ich mochte keine Krankenhäuser. Früher war ich öfter mal da gewesen und lag auch schon einige Male dort drin. Das reichte mir.
„Nein. Das geht schon wieder weg. Vielleicht ist es auch nur eine Magenverstimmung", sagte ich und hoffte selbst, dass ich damit recht hatte.

„Na gut. Ich hole dir jetzt erst einmal eine Wärmflasche und einen Tee", erwiderte Sixt und verschwand. Mir war so kalt, dass ich mir die Decke, bis zu meinem Gesicht hochzog. Zu den Schmerzen kam noch, dass die Übelkeit noch nicht verschwunden war. Sixt kam zurück und setzte sich zu mir ans Bett. Er reichte mir die Wärmflasche, die ich mir auf meinen Bauch legte. Die Wärme tat gut, da ich nun richtig fror.

„Trink mal einen Schluck Tee, das wird deinem Bauch gut tun", sagte Sixt und reichte mir die Tasse. Ich nahm einen Schluck und stellte sie anschließend auf den Nachttisch. Besorgt schaute er mich an und hielt seine Hand erst an meine Stirn und dann an meine Wange.

„Du bist ja ganz heiß. Du hast bestimmt Fieber. Ich hole eben das Fieberthermometer." Schnell verschwand er und kam wenige Sekunden später wieder. Er gab mir das Fieberthermometer, was ich mir unter den Arm steckte. Ja im Hause der Schutzengel gab es Fieberthermometer. Sie selbst brauchtes es nicht, aber es wurde für Maya und mich gekauft für den Fall, dass wir mal krank wurden. Nach einer Minute gab es einen Piepton von sich, als Zeichen dafür, dass die Temperatur gemessen wurde. Ich nahm es heraus und gab es Sixt. Er schaute auf das Thermometer und verzog das Gesicht.

„Jamie, du hast neununddreißig Grad Fieber. Sollen wir nicht doch zum Arzt?"

„Nein. Ich möchte nicht. Das geht schon wieder weg." Mein Magen fing an zu rebellieren und die Übelkeit nahm zu. Ich stand schnell vom Bett auf. Leider zu schnell, denn mir wurde schwindelig.

„Wo willst du denn hin", fragte Sixt und hielt mich fest.

„Ins Bad. Mir ist schlecht", brachte ich heraus und begann zu würgen. Sixt nahm mich in den Arm und sprang mit mir ins Badezimmer. Schnell wankte ich zur Toilette und übergab mich. Sixt hielt meine Haare, die mir mittlerweile bis zu den Schulterblättern gingen, zurück und strich mir beruhigend über den Rücken. Als ich fertig war, ging ich zum Waschbecken und wusch mir den Mund aus. Ich konnte kaum stehen. Durch die Bauchschmerzen krümmte ich mich. Sixt brachte mich wieder nach oben ins Bett und ich deckte mich zu.

„Versuch ein bisschen zu schlafen. Dann wird es dir bestimmt bessergehen", sagte er und strich mir über das Haar. Ich rollte mich

71

wieder zusammen. Trotz der Wärme der Wärmflasche wollten die Schmerzen nicht verschwinden. Ich schloss die Augen und versuchte nicht an die Schmerzen zu denken. Es half ein wenig und ich schlief ein.

Als ich wieder aufwachte, zitterte ich am ganzen Körper. Mir war immer noch so kalt und auch die Schmerzen waren noch nicht weg. Ich hatte das Gefühl, dass sie schlimmer geworden waren. Die Übelkeit war zum Glück nicht mehr so schlimm. Ich versuchte mich aufzusetzen, was mir noch mehr Schmerzen einbrachte. Sie zogen durch den ganzen Bauchraum. Ich stöhnte kurz auf und ließ mich wieder ins Kissen sinken. In dem Moment kam Sixt die Wendeltreppe zur Empore nach oben.
„Oh du bist ja wach. Wie geht es dir", fragte er und setzte sich neben mir auf die Bettkante.
„Mir ist so kalt", sagte ich.
„Komm messe noch einmal Fieber." Er reichte mir das Fieberthermometer. Wieder steckte ich es mir unter den Arm und nahm es, nachdem der Piepton erklang, wieder heraus.
„Es ist noch nicht heruntergegangen", stellte er besorgt fest. „Ich hole dir jetzt erst mal eine weitere Decke." Sixt sprang aus dem Zimmer. Durch das hohe Fieber wurde ich schläfrig und nickte kurz ein. Ich merkte, wie eine weitere Decke über mich gelegt wurde. Ich ließ aber meine Augen geschlossen. Als ich sie wieder öffnete, stand Sixt vor dem Bett. In der Hand hielt er einige Handtücher.
„Es tut mir leid Süße, aber das muss jetzt sein", entschuldigte er sich und hob die Decke hoch, sodass er an meine Beine herankam. Er legte mir die Handtücher, die nass und kalt waren, um die Waden und wickelte noch ein trockenes Handtuch darüber, damit nichts nass wurde. Anschließend legte er mir noch einen nassen Waschlappen auf die Stirn.
„Das ist so kalt", jammerte ich.
„Ich weiß, aber die Wadenwickel müssen sein, damit sich das Fieber senkt. Du musst auch viel trinken. Dein Körper trocknet sonst aus." Er reichte mir die Tasse. Der Tee war mittlerweile kalt, aber ich trank einen großen Schluck.
„Hast du Hunger", fragte Sixt. „Nathan kocht gerade zum Mittagessen eine Suppe."

„Nein. Ich habe keinen Hunger", erwiderte ich.

„Etwas essen musst du aber. Wenigstens ein bisschen." Mit seinem intensiven Blick schaute er mich an. Ich konnte mich nicht dagegen wehren. Mit diesem Blick schaffte er es immer wieder, dass ich nachgab.

„Na gut. Ich probiere es." Sixt wechselte noch einmal die Wadenwickel. Es klopfte an die Tür.

„Komm rein", rief Sixt und im nächsten Moment stand Sasha neben dem Bett.

„Ich wollte mal schauen, wie es dir geht", sagte sie.

„Was machen eigentlich die Bauchschmerzen", fragte Sixt.

„Sie sind noch nicht besser geworden. Aber die Wärmflasche ist schon kalt." Ich nahm die Wärmflasche von meinem Bauch und legte sie auf das Bett.

„Ich mach dir eine Neue", sagte Sasha und nahm die Wärmflasche.

„Kannst du auch ein bisschen Suppe mitbringen", fragte Sixt sie.

„Ja mache ich." Sie verschwand aus dem Zimmer. Sixt nahm mir die schon warmen Handtücher von den Beinen und deckte mich wieder zu. Sasha kam mit der Wärmflasche und einen Teller Suppe wieder. Sie reichte mir die Wärmflasche, die ich mir wieder auf den Bauch legte.

„Danke", sagte ich und versuchte mich aufzusetzen. Wieder durchfuhr mich ein Schmerz und ich keuchte auf.

„Jamie, das ist aber nicht normal. Wir sollten wirklich einen Arzt rufen", entgegnete Sixt und sah besorgt aus.

„Nein, das geht schon wieder weg", erwiderte ich. Sasha reichte mir den Teller mit der Suppe und ich begann zu essen. Bei der Hälfte hörte ich auf und gab Sasha schnell den Teller zurück. Mein Magen rebellierte wieder und ich versuchte, schnell aus dem Bett zu kommen. Sixt reagierte sofort und sprang mit mir ins Badezimmer. Wieder übergab ich mich und blieb erschöpft auf dem Boden sitzen. Sixt nahm mich auf dem Arm und brachte mich wieder zurück ins Bett.

„Ich bringe dir jetzt noch mal einen warmen Tee, der wird deinen Magen beruhigen", sagte Sixt und verschwand kurz.

„Ich glaube, die möchtest du nicht mehr weiteressen." Sasha deutete auf den Teller und ich schüttelte den Kopf. Sie stellte ihn auf den Nachttisch und setzte sich auf das Bett. „Ich gehe gleich mal in die Apotheke und hole dir etwas gegen die Übelkeit und die

Schmerzen."

„Danke. Du musst aber nicht extra gehen. Es ist bestimmt nur so eine Magen-Darm-Grippe, die ich mir eingefangen habe. Das wird schon wieder weggehen."

„Das macht mir nichts. Ich muss eh noch etwas einkaufen und dann bringe ich es dir mit." Sixt kam wieder und reichte mir die Tasse. Ich trank einen Schluck und verzog das Gesicht.

„Das ist ja Kamillentee", stellte ich fest.

„Ja, der beruhigt den Magen", entgegnete Sixt.

„Ausgerechnet die Sorte, die ich nicht mag."

„Aber er hilft", versicherte er mir.

„Ich gehe jetzt mal eben etwas essen. Kommst du mit oder soll ich dir etwas hochbringen", fragte Sasha an Sixt gewandt. Dieser schaute mich an.

„Du kannst ruhig runtergehen. Du musst doch auch etwas essen", sagte ich und legte mich hin.

„Na gut. Aber du schläfst dann jetzt noch etwas", befahl er und gab mir einen Kuss. Sie gingen beide aus dem Zimmer und ich schloss wieder meine Augen. Noch immer hatte ich diese Bauchschmerzen und mir war immer noch kalt. Ich war so müde und fühlte mich schlapp. Langsam schlief ich ein.

Ich erwachte durch starke Schmerzen und krümmte mich gleich zusammen. Ein Blick auf meinen Wecker verriet mir, dass es schon fünf Uhr war. Ich hatte also den ganzen Nachmittag geschlafen. Sixt saß neben mir auf dem Bett und las ein Buch. Als er merkte, dass ich wach war, legte er es zur Seite und schaute mich an. Ihm stand die Besorgnis ins Gesicht geschrieben. Ich fühlte mich schlecht. Nur meinetwegen hatte er den ganzen Tag zu Hause verbracht. Das Wetter war doch so schön und ich wusste, wie sehr er die Natur liebte.

„Geht es dir schon besser?"

„Nein", brachte ich leise heraus und krümmte mich wieder zusammen.

„Wenn du schon keinen Arzt möchtest, dann lass wenigstens Timothy nach deinem Bauch schauen. Er studiert schließlich nicht umsonst Medizin." Ich nickte nur und schon rief Sixt nach Timothy. Dieser kam auch gleich und mit ihm folgten die Anderen.

„Wo tut es dir denn direkt weh", fragte Timothy und kam zum

Bett.

„Eigentlich im ganzen Bauchraum, aber am meisten auf der rechten Seite. Timothy verzog wissend das Gesicht und warf die Decke zur Seite. Ich schob ein Stück mein T-Shirt hoch, sodass er den Bauch sehen konnte und er begann ihn abzutasten. Als er auf die rechte Seite kam, schrie ich auf.

„Jamie, du hast, so wie es aussieht, eine Blinddarmentzündung. Du musst ins Krankenhaus", sagte Timothy.

„Nein. Das geht schon wieder", blockte ich ab.

„Mit einer Blinddarmentzündung ist aber nicht zu scherzen. Es kann sogar zum Durchbruch kommen. Dann wird es lebensbedrohlich", versuchte mich Sasha zu überzeugen.

„Es ist doch nur zu deinem Besten. Sie können dir dort helfen", fiel Maya mit ein.

„Ich möchte aber nicht", erwiderte ich und setzte mich auf. Dabei durchfuhr mich wieder ein Schmerz und ich ließ mich stöhnend zur Seite fallen.

„Es reicht. Jamie, du hast jetzt zwei Möglichkeiten. Entweder wir fahren jetzt ins Krankenhaus oder ich rufe den Krankenwagen und der bringt dich dorthin. Du kannst es dir aussuchen", sagte Sixt ernst. Ich wusste, dass ich jetzt keine andere Möglichkeit hatte. Sixt würde mich irgendwie ins Krankenhaus kriegen und ich könnte nichts dagegen tun. Wie denn auch, durch die Schmerzen konnte ich mich nicht einmal richtig bewegen und könnte nicht weglaufen. Allerdings wollte ich auf keinen Fall mit dem Krankenwagen dort hingefahren werden.

„Na gut. Wir fahren", gab ich leise nach. „Ich möchte mich aber vorher noch umziehen." Sasha holte mir eine Jogginghose und ein kurzärmliges Shirt aus dem Ankleidezimmer und reichte es mir. Die Anderen verschwanden aus dem Zimmer und Sixt half mir beim Umziehen. Als wir fertig waren, nahm er mich auf den Arm und sprang zu seinem Wagen, an dem schon Nathan wartete.

„Ich fahr euch", sagte er und nahm Sixt die Schlüssel ab. Sixt half mir beim Einsteigen und setzte sich zu mir auf die Rückbank. Ich legte mich auf seinen Schoß und legte meine Arme um meinen Bauch. Sixt strich mir beruhigend über das Haar. Nathan wollte gerade losfahren, als Sasha auf den Beifahrersitz sprang.

„Ich komme mit", rief sie. Nathan startete den Motor und fuhr los. Mir war immer noch so kalt und Sixt legte mir eine Decke über, die er mitgenommen hatte. Es dauerte auch nicht lange und wir waren am Krankenhaus angekommen. Sixt nahm mich wieder auf den Arm und trug mich in die Ambulanz. An der Anmeldung schilderte er der Krankenschwester, was los war. Sie führte uns sofort in einen freien Behandlungsraum und Sixt legte mich auf eine Liege. Die Krankenschwester nahm noch schnell meine Daten auf und der Arzt kam direkt ins Zimmer. Sasha und Nathan warteten in der Zeit im Wartezimmer. Der Arzt, der sich als Dr. Martin vorstellte, tastete noch einmal meinen Bauch ab und machte eine Ultraschalluntersuchung.

„Miss Miller, Sie haben wirklich eine Blinddarmentzündung. Wir müssen heute noch den Wurmfortsatz, also das entzündete Endstück des Blinddarms, herausoperieren", sagte Dr. Martin.

„Muss das sein", fragte ich.

„Ja leider. Es kann sonst zum Darmdurchbruch kommen und dann wird es für Sie lebensgefährlich."

„Na gut", stimmte ich missmutig zu.

„Okay. Dann lesen Sie sich die Informationen hier durch und unterschreiben Sie diese. Ich werde schon einmal die Vorbereitung treffen. Gleich kommen noch eine Krankenschwester, die Sie zu Ihrem Krankenzimmer bringt und die Narkoseärztin, die alles mit Ihnen besprechen wird", sagte der Arzt, reichte mir ein Blatt und ging aus dem Raum. Seufzend las ich mir das Blatt durch, auf dem stand, was alles bei einer Operation passieren konnte. Es war sehr entmutigend. Ich nahm einen Stift und unterschrieb auf dem Blatt, dass ich alles verstanden hatte.

„Ich will nicht", flüsterte ich. Sixt nahm meine Hand und streichelte sanft darüber.

„Ach Süße. Dir wird es aber doch danach bessergehen", versuchte er mich zu überzeugen. Eine Krankenschwester kam mit einem Rollstuhl, in dem ich mich setzen sollte, und brachte mich in ein Krankenzimmer im ersten Stock. Sixt begleitete uns natürlich. Darüber war ich sehr froh, denn ich wollte nicht alleine sein. Zum Glück bekam ich ein Einzelzimmer, so brauchte ich mich nicht mit schnarchenden älteren Damen oder redefreudigen Frauen herumärgern. Es war mit einem Bett, einem Nachtschrank, einem Kleiderschrank, einen Tisch mit vier Stühlen und einen Fernseher ausgestattet. Außerdem hatte es noch ein eigenes Badezimmer. Auf dem Bett lag schon die OP-Kleidung, die ich anziehen sollte.

Murrend zog ich sie mit Sixts Hilfe an und legte mich ins Bett. Nun kam die Narkoseärztin und erklärte mir, wie die Narkose wirkte und was dabei passieren könnte. Ich bekam eine Vollnarkose. Wenigstens schlief ich während der OP und bekam davon nichts mit. Auch von ihr musste ich ein Blatt unterschreiben. Es war die Einverständniserklärung, dass ich alles verstanden hatte und sie die OP durchführen durften. Die Narkoseärztin verließ das Zimmer und nun waren Sixt und ich alleine. Ich dachte über die OP nach. Was wäre, wenn etwas schiefgehen würde? Wenn ich sterben würde? Ich wollte noch nicht sterben. Ich hatte doch noch mein Leben vor mir. Eine Träne rann meine Wange hinunter. Sixt sah sie und wischte sie mit der Hand weg.

„Süße, was ist denn los", fragte er und setzte sich neben mir auf das Bett.

„Ich habe Angst."

„Das brauchst du nicht. Das ist eine Routineoperation. Die Ärzte hier wissen genau, was sie tun."

„Aber was ist, wenn doch etwas schiefgeht? Ich will nicht sterben", sagte ich und meine Stimme wurde zum Ende hin immer leiser.

„Das wirst du nicht. Es wird alles gut gehen. Weißt du was? Ich werde die ganze Zeit bei dir sein", erwiderte er und lächelte mich an.

„Wirklich?"

„Ja. Ich tu einfach so, als ob ich in der Zeit Sachen für dich hole. So fällt es nicht auf, wenn ich plötzlich weg bin." Sasha und Nathan kamen ins Zimmer.

„Und was sagt der Arzt", fragte Sasha.

„Sie muss operiert werden. Könnt ihr gleich Sachen für sie holen und ihren Eltern Bescheid sagen? Ich bleibe während der OP bei ihr", fragte Sixt die beiden.

„Natürlich machen wir. Keine Sorge, du bist schnell wieder bei uns und es wird dir bessergehen. Ich habe mit zehn Jahren meinen Blinddarm herausbekommen. So schlimm ist das nicht", beruhigte mich Nathan.

„Das hoffe ich", erwiderte ich. Die Krankenschwester kam und gab mir eine Beruhigungstablette.

„So dann wollen wir mal", sagte sie und löste die Bremsen von dem Bett. Sixt gab mir noch einen Kuss.

„Ich bin gleich wieder bei dir", flüsterte er mir zu, bevor ich aus dem Zimmer gefahren wurde.

„Viel Spaß", rief Nathan grinsend, was ich nur mit einem halbherzigen Lächeln erwiderte.

„Sie brauchen wirklich keine Angst zu haben. Bei der OP wird alles gut laufen. Wir haben hier nur die besten Ärzte", beruhigte mich die Krankenschwester, als wir in den OP-Bereich fuhren. Nun musste ich mich vom Bett auf eine Liege legen. Durch die Bewegung zuckte wieder ein Schmerz durch meinen Bauch, wobei ich aufkeuchte. Die Bauchschmerzen hatten immer noch nicht nachgelassen. Auch das Fieber schien noch nicht gesunken zu sein, denn ich fror immer noch. Die Narkoseärztin kam zu mir und legte mir Elektroden für das EKG und die Blutdruckmessbandage an. Etwas Kaltes nahm meine Hand und ich wusste, dass es Sixt war. Sofort legte sich die Nervosität und ich schaute in die Richtung, wo er stehen musste. Die Ärztin legte mir nun einen Zugang an der anderen Hand.

„So nun spritze ich Ihnen das Narkosemittel. Suchen Sie sich schon mal einen schönen Traum aus", sagte sie lächelnd. Sie nahm eine Spritze ohne Nadel und spritze den Inhalt in den Zugang. Zuerst merkte ich gar nichts, aber dann wurde ich immer müder.

„Keine Angst. Ich bin bei dir", flüsterte Sixt mir noch zu. Dann schlief ich ein.

Ich wachte auf und blinzelte erst einmal, bevor ich die Augen ganz öffnete. Ich lag wieder in meinem Krankenzimmer. Die Bauchschmerzen waren verschwunden. Ich drehte meinen Kopf zur Seite und sah Sixt und meine Eltern, die neben dem Bett saßen.

„Hey", sagte Sixt und nahm meine Hand. „Wie geht es dir?"

„Ich weiß nicht. Die Schmerzen sind weg, mir ist auch nicht mehr kalt, aber ich bin noch so müde", erwiderte ich leise.

„Das ist normal. Morgen wird es dir schon bessergehen."

„Oh Schatz, du hast uns so einen Schrecken eingejagt", sagte meine Mutter und umarmte mich. „Als Sasha und Nathan bei uns vor der Tür standen und sagten, du wärst im Krankenhaus, habe ich so einen Schreck bekommen."

„Wo sind die beiden", fragte ich.

„Sie sind zu Hause. Sie kommen morgen mit den Anderen vorbei. Aber deine Sachen haben sie dir gebracht", erklärte Sixt.

„Ah, Sie sind ja schon wach. Das ist schön. Also die OP ist sehr gut verlaufen und Ihr Fieber ist auch heruntergegangen. Wie geht es Ihnen", fragte Dr. Martin, der ins Zimmer gekommen war.

„Soweit gut. Nur müde", erwiderte ich.

„Das ist normal. Ruhen Sie sich mal aus."

„Wann kann ich denn nach Hause", fragte ich. Ich wollte nicht länger als nötig hier im Krankenhaus bleiben.

„Wenn alles gut läuft und sich die Wunde nicht entzündet, dürfen Sie am Freitag nach Hause. Ich schaue morgen wieder nach Ihnen", lächelte er und ging aus dem Zimmer.

„Freitag. Na toll", stöhnte ich.

„Hey, wir haben doch schon Dienstagabend. Die zwei Tage kriegst du auch noch rum", sagte Sixt lächelnd.

„So wir werden uns dann mal auf den Heimweg machen. Wir kommen morgen Nachmittag wieder vorbei. Leslie will dich morgen auch besuchen kommen", sagte mein Vater und stand mit meiner Mutter auf. Er kam zu mir und nahm mich in den Arm. Meine Mutter tat es ihm gleich.

„Ruh dich aus und schlaf etwas." Sanft strich sie mir über die Wange und ging dann mit meinem Vater zusammen aus dem Zimmer.

„Danke, dass du bei mir warst."

„Das mache ich doch gerne. Außerdem konnte ich so bei einer OP zuschauen. Es war sehr interessant", grinste Sixt.

„Habe ich eine große Narbe", fragte ich.

„Nein. Sie ist recht klein. Sie wird noch verblassen und man sieht sie dann nicht mehr."

„Das hoffe ich doch. Meinst du, ich darf etwas trinken? Ich habe so einen Durst."

„Ich rufe die Krankenschwester. Sie wird es dir sagen können", sagte Sixt und drückte den Rufknopf, der am Nachtschrank hing. Noch nicht einmal eine Minute später kam die Krankenschwester ins Zimmer.

„Kann ich etwas zu trinken haben", fragte ich sie.

„Ja natürlich, ich hole Ihnen etwas", sagte diese und verschwand aus dem Zimmer. Sie kam mit einer Flasche Wasser und einem Glas zurück. Sixt nahm ihr beides ab, öffnete die Flasche und schüttete etwas von dem Wasser ins Glas.

„Kann ich sonst noch etwas für Sie tun? Haben Sie Schmerzen?"

„Nein. Aber was ist denn hiermit", fragte ich und hielt den Arm hoch, an dem der Schlauch von der Infusion am Zugang angeschlossen war.

„Die können wir jetzt abmachen, aber der Zugang bleibt noch bis morgen drin", erwiderte die Krankenschwester und schloss die Infusion ab. „Wenn noch etwas sein sollte, klingeln Sie einfach." Damit verließ sie das Zimmer. Sixt reichte mir das Glas und ich trank einen großen Schluck. Er nahm es mir wieder ab und stellte es auf den Nachttisch.

„Kann ich mir etwas anderes anziehen? Ich möchte aus diesem OP-Hemd heraus."

„Natürlich. Ich hole dir eben etwas." Sixt ging zum Schrank, wo meine Tasche drinstand und holte ein T-Shirt heraus. Er half mir beim Umziehen und legte das OP-Hemd zur Seite.

„Du solltest jetzt noch etwas schlafen", flüsterte Sixt.

„Bleibst du bei mir", fragte ich, denn ich wollte nicht alleine sein.

„Natürlich. Rate doch mal, warum da drüben eine Decke und ein Kissen liegen. Das habe ich vorhin schon mit der Krankenschwester geklärt. Wenn du etwas rückst, lege ich mich auch zu dir." Ich rückte ein Stück zur Seite, wobei mir die Wunde wehtat. Sixt legte sich neben mich und nahm mich in den Arm.

„Gute Nacht, Süße. Träum etwas Schönes."

„Mach ich. Du aber auch", erwiderte ich und schlief auch schnell ein.

Am nächsten Morgen ging es mir schon besser. Das Fieber und die Übelkeit waren weg und ich hatte auch keine Bauchschmerzen mehr. Nur wenn ich mich bewegte, tat die Wunde weh.

„Guten Morgen Miss Miller. Ich bin Dr. Young, die Stationsärztin hier auf dieser Station", stellte sich die Ärztin vor, die nach dem Frühstück ins Zimmer gekommen war. „Wie geht es Ihnen denn?"

„Gut. Die Beschwerden sind nicht mehr da."

„Das ist gut. Sie dürfen heute auch aufstehen, sollten sich aber trotzdem schonen. Also nicht soviel herumlaufen. So ich schaue mir jetzt noch die Wunde an." Ich schob mein T-Shirt ein Stück höher und Dr. Young entfernte das große Pflaster. Interessiert schaute ich mir die Wunde an. Sie war wirklich nicht so groß, wie Sixt mir schon am Tag zuvor gesagt hatte.

„Die Wunde sieht gut aus. Es hat sich nichts entzündet", sagte Dr.

Young und klebte ein neues Pflaster darauf. Nun entfernte sie auch noch den Zugang aus meiner Hand, worüber ich sehr froh war. Anschließend verabschiedete sie sich und ging aus dem Zimmer.

„Ich möchte mal eben ins Bad mich waschen", sagte ich. Vorsichtig versuchte ich aufzustehen, wobei Sixt mir half.

„Dich hält auch nichts lange im Bett, oder", lachte Sixt.

„Nur du", erwiderte ich grinsend. Langsam ging ich ins Badezimmer. Sixt ging neben mir und stütze mich etwas. Ich wusch mich und putzte mir die Zähne. Am liebsten hätte ich mich unter die Dusche gestellt, aber das durfte ich noch nicht. Allerdings konnte ich auch nicht lange stehen. Die Wunde tat noch ziemlich weh. Anschließend legte ich mich wieder auf das Bett. Sixt holte mir aus dem Schrank ein T-Shirt und eine Jogginghose, die oben am Hosenbund etwas weiter saß, damit sie nicht auf die Wunde drückte.

„Kann ich dich kurz alleine lassen? Ich möchte mich eben zu Hause umziehen. Bin gleich wieder da", fragte Sixt.

„Ja. Ich warte hier. Ich kann ja nicht weg", erwiderte ich murrend, da ich keine Lust hatte im Krankenhaus zu bleiben. Sixt wusste, dass ich Krankenhäuser nicht mochte und schmunzelte über meine Antwort.

„Soll ich dir noch etwas mitbringen?"

„Mein Buch wäre nicht schlecht. Dann kann ich weiterlesen."

„Mache ich. Ruhe dich aus, und nicht so viel herumlaufen." Er kam zu mir und küsste mich. „Bis gleich", sagte er und ging aus dem Zimmer. Ich schaltete den Fernseher ein und zappte durch die Kanäle. Bei einer Soap blieb ich stehen und schaute sie mir an. Es klopfte an die Tür und im nächsten Moment wurde sie geöffnet und jemand trat ein.

„Was willst du hier? Verschwinde", rief ich und wurde wütend, als ich sah, wer es war.

„Jamie, ich wollte schauen, wie es dir geht. Ich habe einen Schock bekommen, als ich erfahren habe, dass du im Krankenhaus bist", kam es von Tobin. Dieses Mal hatte er sich nicht in Matt verwandelt, sondern war in seiner echten Gestalt gekommen.

„Komm ja nicht näher", drohte ich, als er auf mich zukommen wollte. Er blieb stehen und sah mich an.

„Ich wollte mich für die Sache im Club entschuldigen. Ich wollte dir nicht wehtun. Es tut mir wirklich leid", entschuldigte er sich und kam nun doch etwas näher.

„Du sollst da stehen bleiben. Wie hast du herausbekommen, dass ich im Krankenhaus bin", fragte ich wütend.

„Ich habe bei dir zu Hause angerufen und mich als eine Kollegin von der Uni ausgegeben. Naja deine Schwester hat mir dann gesagt, dass du im Krankenhaus bist. Welches Krankenhaus hat sie zwar nicht gesagt, aber das habe ich leicht herausgefunden." Zum Glück hatte Leslie nicht gesagt, wo ich jetzt wohnte, sonst würde er da noch vor der Tür stehen. Nun musste ich ihn aber erst einmal aus dem Zimmer kriegen.

„Verschwinde endlich. Ich will dich nicht mehr sehen. Keinen Kontakt mehr mit dir haben. Kapier es endlich."

„Das kann ich nicht. Ich liebe dich noch immer. Komm zu mir zurück", sagte er und trat nun wieder näher zu mir. Er ignorierte meine stumme Aufforderung stehen zu bleiben.

„Ich liebe dich nicht und ich werde auch nicht zu dir zurückkommen. Wie oft soll ich es dir noch sagen?"

„Ich weiß genau, dass du mich noch liebst", sagte er und wurde wütend. Ich bekam Angst, als er nun an meinem Bett stand. Ich überlegte, was ich machen könnte und mir fiel der Rufknopf ein. Kurz schaute ich, wo er sich befand. Ich wollte ihn gerade drücken, aber Tobin kam mir zuvor.

„Vergiss es", knurrte er und schlug meine Hand weg. Er zog den Stecker von dem Gerät, womit man ebenfalls den Fernseher und das Licht bedienen konnte, aus der Steckdose heraus. Was sollte ich denn jetzt noch tun. Ich wusste nicht, ob jemand meine Hilferufe hören würde.

„Steh auf, du kommst jetzt mit", befahl er und seine Augen glühten weiß auf.

„Nein. Ich gehe nirgendswo mit dir hin. Lass mich in Ruhe und verschwinde endlich", schrie ich in der Hoffnung, dass mich jemand hören und mir helfen würde. Tobin raste jetzt vor Wut, packte mich am Arm und versuchte mich aus dem Bett zu zerren. Durch die ruckartige Bewegung tat mir die Wunde weh und ich schrie auf.

„Halt die Klappe. Du kommst jetzt mit." Wieder zerrte er.

„Nein. Lass mich los", wehrte ich mich.

„Hast du sie nicht gehört? Du sollst sie loslassen", knurrte eine mir vertraute Stimme und ich war sehr froh sie jetzt zu hören. In dem

Moment wurde Tobin auch schon von mir weggezogen. Sixt stand hinter ihm und schleuderte ihn zu Boden.

„Sie gehört mir", zischte Tobin, rappelte sich wieder auf und wollte sich auf Sixt stürzen. Dieser jedoch holte mit der Faust aus und schlug ihm in den Magen.

„Nein, das tut sie nicht und du wirst sie in Ruhe lassen", erwiderte Sixt wütend. Stöhnend richtete sich Tobin wieder auf.

„Das werden wir ja noch sehen. Ich werde sie bekommen, das schwöre ich dir. So schnell gebe ich nicht auf", knurrte Tobin und stürmte auf mich zu. Bevor er mich aber erreichen konnte, fing Sixt ihn ab und schleuderte ihn gegen die Wand. Benommen rutschte er an der Wand entlang auf den Boden.

„Geht es dir gut", fragte Sixt und kam zu mir.

„Ja", erwiderte ich. Plötzlich wurde Sixt an den Schultern gepackt und nach hinten gerissen. Tobin hatte sich von seiner Benommenheit erholt und schlug nun auf Sixt ein. Ich schrie auf und versuchte aufzustehen, um Sixt zu helfen, doch dieser schaffte es, sich gegen die Schläge zu wehren. Eine wilde Schlägerei begann und ich konnte nichts tun, außer zuzusehen, da ich mich durch die Wunde nicht richtig bewegen konnte. Tobin flüchtete durch die Balkontür, die zum Lüften offenstand und sprang über die Brüstung. Sixt folgte ihm, sprang aber auf Schutzengelart hinter ihm her. Verwundert schaute ich ihnen nach. Vorsichtig stand ich auf und ging langsam auf den Balkon. Ich schaute nach unten in den Klinikpark aber von den beiden war keiner zu sehen. Ich überlegte, ob ich nach unten in den Park gehen sollte. Doch die Wunde schmerzte, sodass ich zurück zu meinem Bett ging und mich hinlegen musste. Die Minuten vergingen und ich wurde nervös. Was wenn Tobin Sixt etwas getan hatte? Wenn er ihn vielleicht schwer verletzt oder sogar getötet hatte? Nein, das durfte nicht sein. Daran wollte ich gar nicht erst denken. Weitere Minuten vergingen und Sixt war immer noch nicht wieder da. Angst stieg in mir auf. Wo war er nur? Ich griff zu meinem Handy, welches auf dem Nachtschrank lag. Ich wollte Nathan anrufen, dass er Sixt helfen sollte. Ich scrollte im Telefonbuch nach seiner Nummer. In dem Moment tauchte Sixt wieder im Zimmer auf. Ich erschrak, als ich ihn ansah. Was war passiert? Sixt hatte eine Platzwunde am Wangenknochen und Blut lief ihm an der Wange herunter.

„Was ... was ist passiert", fragte ich, warf das Handy zur Seite und wollte aufstehen, um zu ihm zu gehen.

„Bleib liegen, Süße. Es ist alles gut", sagte Sixt und kam zu mir.

„Nichts ist gut. Du blutest", erwiderte ich. „Setz dich." Ich deutete auf das Bett, wo er platz nahm und nahm mir ein Taschentuch vom Nachtschrank.

„Das ist halb so wild. Du weißt doch, dass bei uns Schutzengeln die Verletzungen sehr schnell heilen. Spätestens in einer Stunde ist davon nichts mehr zu sehen", beruhigte er mich und er hatte recht. Bei Schutzengeln heilten Verletzungen wirklich sehr schnell. Das hatte Sixt mir gezeigt, als er von einem Dämon verletzt worden war. Von der Wunde war nach einer Stunde nichts mehr zu sehen gewesen.

„Ich weiß. Aber was ist denn passiert? Und wo ist Tobin?"

„Er ist abgehauen. Wir haben gekämpft und sind dadurch immer weiter Richtung des Parkplatzes gekommen. Jemand hat dort auf ihn in einem Wagen gewartet. Er ist in den Wagen gesprungen und sie sind weggefahren."

„Oh mein Gott, Sixt. Er hätte dich schwer verletzen oder sogar töten können. Sein Kollege hätte ihm helfen können. Was wäre gewesen, wenn er eine Eisenkette dabeigehabt hätte? Du hättest dich nicht wehren können." Die Eisenkette kam direkt aus der Hölle und sie war das einzige Mittel einen Schutzengel kampfunfähig zu machen. Wenn ein Schutzengel sie berührte oder mit ihr gefesselt wurde, funktionierten seine Fähigkeiten nicht und er bekam Stromschläge. Aber nicht nur Eisenketten konnten aus diesem Material hergestellt werden, sondern auch andere Dinge, die verhindern konnten, dass die Schutzengel ihre Fähigkeiten einsetzten. Terina hatte die Wände eines ganzen Raumes damit ausgekleidet, damit Sixt nicht entkommen konnte, als sie ihn sich damals geschnappt hatte, um an mich heranzukommen.

„Naja, er hatte eine dabei", gestand er und biss sich auf die Unterlippe.

„Er hatte was", fragte ich nun entsetzt.

„Ich konnte ihm noch rechtzeitig entkommen, bevor er sie mir um den Körper werfen konnte. Sie ist auf dem Boden gelandet und ich habe sie mit dem Fuß weggeschleudert. Hätte ich gewusst, dass er eine Eisenkette dabeihatte, wäre ich ihm nicht hinterhergesprungen. Er wird dir nicht mehr zu nahekommen. Dafür werde ich sorgen. Ich werde dich vor ihm beschützen."

„Ich bin nur froh, dass dir nichts passiert ist", sagte ich und strich ihm mit den Fingern über die Wange.

„Es tut mir leid, dass ich dich alleine gelassen habe. Hätte ich gewusst, dass er hier herkommt … ."

„Hey, du kannst doch gar nichts dafür. Er hat sich mit seiner Fähigkeit als eine Kollegin von der Uni ausgegeben und Leslie hat ihm am Telefon gesagt, dass ich im Krankenhaus bin", unterbrach ich ihn. „Er musste seine Stimme verändern, denn wenn er gesagt hätte, er wäre Matt, hätten weder meine Eltern noch Leslie ihm auch nur irgendeine Auskunft gegeben. Sie konnten ihn nie leiden. Ich kann sie verstehen. Ich habe es leider zu spät bemerkt, was er für ein Kerl ist."

„Aber du hast es bemerkt."

„Ja, wenn auch sehr spät. Aber das ist jetzt auch egal. Jetzt habe ich dich und werde dich nie wieder hergeben", sagte ich.

„Das hoffe ich doch. Du wirst mich auch nicht mehr los. Ich werde für immer bei dir bleiben." Er beugte sich zu mir herüber und küsste mich.

Am Nachmittag bekam ich sehr viel Besuch. Gut, dass ich ein Einzelzimmer hatte, so störte mein Besuch keinen anderen Patienten. Als Erstes kamen meine Eltern, Leslie und Greg vorbei.

„Hallo Schatz, wie geht es dir", fragte meine Mutter.

„Gut, und wenn ich mich jetzt noch ohne Schmerzen bewegen könnte, dann wäre es noch besser", sagte ich.

„Na, das wird schon wieder. In ein paar Tagen sind die Schmerzen verschwunden", erwiderte mein Vater.

„Ich habe schon Mrs. Evans Bescheid gesagt, dass du nicht zur Arbeit kommen kannst. Ich soll dir gute Besserung von ihr ausrichten und du sollst erst wieder arbeiten kommen, wenn du wieder fit bist", sagte meine Mutter.

„Das mache ich. Ich werde die Ärztin mal fragen, wie lange ich nichts tun darf."

„Und daran musst du dich dann auch halten. Mit Bauch-OPs ist es nämlich nicht so einfach. Da kann dann doch noch mal etwas aufreißen, wenn man zu früh etwas Schweres hebt oder sich anstrengt", entgegnete mein Vater.

„Ich werde da schon drauf achten", grinste Sixt.

„Ja, das heißt wieder die Couch hüten", schmollte ich. „Und das auch noch in meinen Semesterferien."

„Die sind doch wohl lang genug, dass du sie noch genießen kannst", meinte meine Mutter.

Meine Familie blieb den ganzen Nachmittag. Kurz bevor das Abendessen kam, machten sie sich auf den Weg nach Hause. Auch Sixt bekam etwas. Das Krankenhaus hatte für die Angehörigen, die den ganzen Tag dablieben, einen Service, bei dem man für einen kleinen Betrag auch etwas zu Essen bekam. Nach dem Essen kamen Nathan, Sasha, Maya und Timothy.

„Na Jamie, wie schlimm war die OP jetzt", fragte Nathan grinsend.

„Ich bin froh, dass ich es hinter mir habe. Aber Sixt war bei mir, deshalb war es nicht so schlimm, wie ich es gedacht hatte."

„Ja, ich konnte bei der OP zuschauen. Es war sehr interessant", grinste Sixt.

„Das hätte ich auch gerne gesehen", sagte Nathan und verzog enttäuscht seinen Mund.

„Ich kann ja das nächste Mal, falls ich irgendwann noch einmal operiert werden muss, was ich nicht hoffe, es mit der Videokamera aufnehmen lassen. So könnt ihr euch das alle ansehen", scherzte ich.

„Ja das ist eine gute Idee. Aber in Nahaufnahme bitte und mit Erklärungen, was gerade gemacht wird", erwiderte Nathan.

„Noch irgendwelche Wünsche", fragte ich.

„Nein, im Moment nicht", lachte er.

„Was war heute Vormittag eigentlich los, wo du so schnell verschwunden warst", fragte Timothy Sixt.

„Tobin war hier und wollte Jamie aus dem Krankenhaus zerren", berichtete Sixt in Kurzform.

„Der schreckt auch vor nichts zurück", sagte Maya.

„Er wollte das wohl ausnutzen. Er dachte sich, sie könnte sich nicht richtig bewegen und sich auch nicht wehren. Das war seine Chance, nur ob er nicht doch vom Krankenhauspersonal aufgehalten worden wäre, glaube ich schon. Aber vielleicht hat er daran auch nicht gedacht. Genauso wie er nicht daran gedacht hat, dass Jamies Freund ein Schutzengel ist", erwiderte Sasha.

„Das schien ihn wirklich entfallen zu sein oder er dachte, ich würde es nicht sehen", vermutete Sixt. „Es kam zum Kampf, den wir bis zum Parkplatz ausgetragen haben. Dort ist er dann in ein Auto gesprungen, indem schon jemand auf ihn gewartet hat, und ist abgehauen."

„Und es war sehr gefährlich. Tobin hatte eine Eisenkette dabei", sagte ich.

„Oh mein Gott, Sixt. Weißt du, wie gefährlich deine Aktion war? Er hätte dich töten können", kam es entsetzt von Sasha und ich war froh darüber, dass sie genauso dachte, wie ich.

„Ich weiß. Ich habe doch nicht gewusst, dass er die Eisenkette dabeihat, sonst wäre ich doch nie über den Balkon hinter ihm hergesprungen", erwiderte er.

„Jemand hat auf ihn gewartet? Konntest du erkennen, wer es war", fragte Timothy.

„Nein, ich konnte die Person nicht richtig sehen."

„Könnte es vielleicht Gregory gewesen sein", fragte Sasha.

„Ich weiß es nicht. Vielleicht war es auch einfach nur ein Kollege von ihm, der ihm einen Gefallen tun wollte", kam es von Sixt.

„Matt oder Tobin hatte, als wir zusammen waren, einige Freunde. Ich weiß nicht, ob es Dämonen, gefallene Engel oder einfach nur Menschen waren. Ich wusste damals ja noch nicht, dass es auch andere Wesen auf der Erde gibt", sagte ich.

„Wir können nur abwarten, ob er sich noch einmal blicken lässt", entgegnete Timothy.

„Ja und dann erledigen wir ihn", grinste Nathan kampflustig und schlug mit seiner zur Faust geballten Hand in seine Handfläche. Das war typisch Nathan. Er freute sich wahrscheinlich auf einen Kampf. Nathan begann Witze zu machen, wo alle lachen mussten. Sie hatten es gut, sie hatten keine Schmerzen. Ich konnte gar nicht richtig lachen, da mir die Wunde dabei wehtat.

„Ihr seid voll gemein", schmollte ich.

„Na komm schon, Jamie, lach doch mal", neckte mich Nathan.

„Nein. Kann ich nicht. Hab du mal die Schmerzen und jemand will dich zum Lachen bringen."

„Ich kann keinen Blinddarm mehr herausbekommen. Ich habe keinen mehr", grinste er.

„Lass dich nicht ärgern", flüsterte Sixt mir zu.

„Das ist leichter gesagt als getan", gab ich zurück.

„So wir werden dann mal gehen und dich in Ruhe lassen. Du musst dich schließlich schonen", sagte Sasha und verabschiedete sich von mir. Die Anderen taten es ihr gleich und sie verließen das

Krankenzimmer. Ich war ganz schön geschafft. Besuch war anstrengend. Vor allem wenn man nicht so ganz gesund war. Ich schaltete den Fernseher ein, und nachdem sich Sixt zu mir auf das Bett gelegt hatte, kuschelte ich mich in seine Arme. Es dauerte nicht lange, bis mir die Augen zufielen. Ich musste eingeschlafen sein, denn als ich wieder wach wurde, merkte ich, wie Sixt den Fernseher und das Licht ausschaltete. Ich hob meinen Kopf und schaute mich verschlafen um.

„Schlaf meine Süße. Es war ein anstrengender Tag für dich", flüsterte er und gab mir einen Kuss auf die Stirn. Ich schmiegte mich an ihn und schlief auch schnell ein.

Am nächsten Tag ging es mir zwar gut, aber meine Laune war auf dem Nullpunkt. Es war so ein schönes Sommerwetter. Blauer Himmel, die Sonne schien und es war herrlich warm und ich musste hier in diesem Krankenzimmer im Bett liegen. Mit meiner Mutter hatte ich morgens schon telefoniert. Sie und mein Vater konnten heute nicht vorbeikommen, da sie beide auf ein Geschäftsessen mussten. Dafür waren aber Leslie und Greg am Vormittag da gewesen.

„Ich will hier endlich raus", nörgelte ich. „Draußen ist so ein schönes Wetter und ich muss hier drinbleiben."

„Ach Süße, es ist doch nur noch heute. Die Ärztin hat dir doch heute Morgen gesagt, dass du morgen nach Hause darfst."

„Ja. Sie sagte auch, dass ich zwei Wochen nichts tun darf", seufzte ich.

„Sieh es als zusätzlichen Urlaub und ich verwöhne dich."

„Aber das tust du doch immer", erwiderte ich.

„Ja, weil du es auch verdient hast verwöhnt zu werden." Er gab mir einen Kuss. „Ich habe eine Idee. Warte hier. Ich komme gleich wieder."

„Guter Witz. Wo soll ich denn auch schon hin?"

„Du bist so süß, wenn du schlechte Laune hast." Sixt schmunzelte, stand vom Bett auf und ging aus dem Zimmer. Nach einigen Minuten kam er wieder.

„Zieh deine Schuhe an. Wir gehen jetzt raus", sagte er.

„Wie? Ich darf doch gar nicht", erwiderte ich verwundert.

„Doch. Ich habe gerade die Krankenschwester gefragt. Wir dürfen in den Klinikpark gehen." Sixt holte meine Schuhe aus dem

Schrank.

„Wirklich?“

„Ja und jetzt komm“, sagte er und half mir die Schuhe anzuziehen, da ich mich durch die Wunde nicht bücken konnte. Er half mir vom Bett und legte stützend einen Arm um mich. Mit langsamen Schritten verließen wir das Zimmer und gingen den Krankenhausflur entlang. Wir fuhren mit dem Aufzug hinunter ins Erdgeschoss und gingen hinaus in den Park. Ich genoss die warmen Sonnenstrahlen auf meiner Haut und atmete die frische Luft ein. Der Park war groß und hatte einige Fußwege, Wiesen, auf denen ein paar Bäume standen, einen Spielplatz für die Kinder und viele Blumenbeete. Wir gingen einige Meter und setzten uns auf eine Bank, die neben einem Blumenbeet stand.

„Danke. Es ist so süß von dir, dass du das für mich getan hast. Es ist so schön hier draußen“, sagte ich und lehnte mich an seine Schulter.

„Das mache ich doch gerne.“

„Tut mir leid, dass ich schlechte Laune hatte“, entschuldigte ich mich. „Aber ich kann nicht nur die ganze Zeit rumliegen, zumindest nicht bei diesem schönen Wetter.“

„Ich kann dich verstehen. Ist deine Laune denn jetzt besser“, fragte Sixt lächelnd.

„Ja, dank dir auf jeden Fall.“

„Das freut mich. Wenn du aber Schmerzen hast, musst du es sagen, dann gehen wir wieder rein. Und unterdrücke sie nicht. Ich werde es merken.“

„Werde ich schon nicht.“ Er beugte sich zu mir herüber und gab mir einen Kuss.

„Wann müssen wir eigentlich wieder zurück“, fragte ich.

„Die Krankenschwester meinte, dass wir um halb sechs, wenn es Abendessen gibt, wieder da sein sollen. Wir haben noch genug Zeit.“

„Na dann ist gut. Ich habe nämlich noch gar keine Lust wieder rein zu gehen.“ Wir saßen noch etwas auf der Bank und drehten anschließend eine Runde durch den Park, wobei wir immer wieder kleine Pausen einlegten und uns auf eine Bank setzten. Die Zeit verging wie im Flug, bis wir wieder zu meinem Zimmer mussten.

Am nächsten Tag wurde ich endlich entlassen. Ich war

auch sehr froh darüber. Allerdings wurde ich zu Hause auch gleich auf die Couch verbannt und durfte großartig nichts tun. So ging es die nächsten Tage weiter. Sixt achtete sehr darauf, dass ich mich nicht überanstrengte. Ich wusste, er meinte es nur gut. Aber er übertrieb es ab und zu, obwohl er versuchte mir die Zeit so angenehm wie möglich zu machen, indem wir oft kleine Spaziergänge machten oder uns einfach an unseren Lieblingsort an den Klippen setzten. Nathan überredete mich immer wieder mit ihm an der Spielkonsole zu spielen, wenn ich auf der Couch lag, wo wir dann entweder ein Kampf- oder ein Autorennspiel gegeneinander spielten. Nach zehn Tagen musste ich noch einmal ins Krankenhaus, wo mir die Fäden von der Operationsnarbe gezogen wurden. Dr. Martin meinte, die Wunde wäre sehr gut verheilt. Trotzdem sollte ich mich noch etwas schonen und mit Sport treiben, sollte ich auch noch eine Woche warten. Das Gleiche galt für die Arbeit.

Kapitel 7

Ein Monat war vergangen und es gab keine weiteren Vorkommnisse mit Tobin. Niemand hatte ihn gesehen. Weder in der Gestalt als Matt noch in seiner normalen Gestalt. Er sollte mich einfach nur in Ruhe lassen. Mir ging es wieder richtig gut und ich hatte auch keine Schmerzen mehr. Endlich durfte ich wieder alles machen, was ich wollte. Dazu zählte auch Arbeiten gehen und Sport treiben.

Es war Freitagnachmittag und ich war im Laden am Arbeiten. Ich stand an einem Tisch und sortierte Kindershirts, als Katie zu mir kam.
„Na und was gibt es so neues", fragte sie. Katie war immer noch so neugierig und wollte ständig alles wissen. Wie auch früher wo Megan noch da gewesen war, erzählte ich ihr nichts Persönliches. Oft hatte sie mich gefragt, was ich von der Kündigung von Megan hielt. Ich wusste, sie hatten immer noch Kontakt und waren anscheinend gute Freundinnen. Deshalb würde sie ihr auch alles erzählen, was ich über sie sagte. Das war mir aber egal. Ich sagte ihr meine Meinung, dass es Megans eigene Schuld war, dass sie gekündigt wurde, denn sie war schließlich von der Arbeit abgehauen und war nicht mehr zum Arbeiten gekommen.
„Eigentlich nichts. Alles so wie immer", sagte ich knapp.
„Hast du Samantha gesehen, was sie heute wieder für Klamotten trägt? Dieser rot-schwarz karierte Rock ist doch wirklich schrecklich. Hast du mal gesehen, wenn sie läuft? Dann wackelt sie immer mit dem Hintern", lästerte Katie. Das tat sie immer, wenn sie mal keine schlechte Laune hatte. Beides kam oft vor. Sie dachte, ich würde darauf eingehen und mit ihr zusammen lästern. Aber ich tat es nicht. Ich hatte auch gar keinen Grund dazu.
„Mir gefällt der Rock. So einen will ich mir auch noch kaufen", erwiderte ich. Der Rock sah wirklich gut aus. Ich musste Samantha mal fragen, wo sie den gekauft hatte. Katie lästerte weiter. Sie konnte es nicht lassen. Ich hörte ihr nicht mehr zu, sah zu Samantha herüber und lächelte sie an. Ich mochte sie und verstand

mich auch gut mit ihr. Mit ihr konnte ich besser zusammenarbeiten, als mit Katie. Samantha kam zu uns herüber und stellte sich hinter Katie, die immer noch am Lästern war.

„Na lästerst du wieder über mich", fragte Samantha sie. Katie fuhr erschrocken herum und starrte sie an. „Sag es mir doch einfach ins Gesicht, wenn du ein Problem mit mir hast." Katie wurde rot wie eine Tomate und lief weg. Samantha und ich grinsten uns an. Wir hatten uns schon öfter über Katies Lästerversuche unterhalten. Ich wusste auch, dass sie über mich lästerte, aber es war mir egal.

„Und was mochte sie dieses Mal nicht an mir", fragte Samantha etwas genervt.

„Deinen Rock und du würdest immer mit dem Hintern wackeln beim Gehen. Ich finde ja, das tust du nicht. Und dein Rock gefällt mir. Woher hast du ihn? So einen möchte ich auch gerne haben."

„Aus dem neuen Laden im Shoppingcenter. Die haben noch einige da. Aber Vorsicht, der Rock könnte dazu verleiten, dass du auch mit deinen Hintern wackelst", erwiderte sie grinsend.

„Oh, na dann werde ich mal darauf achten, wenn ich ihn im Laden anprobiere."

„Tu das. Jetzt mal ehrlich, Freunde macht sie sich mit ihrem Verhalten doch überhaupt nicht. Erst schleimt sie sich bei jedem ein und dann lästert sie über alle. Das ist doch nicht normal."

„Nein, ist es auch nicht. Vor allem versucht sie nur Aufmerksamkeit zu erregen", sagte ich.

„Aber so ist es nicht der richtige Weg. Naja sie muss selbst wissen, was sie macht. Allerdings könnte sie ja mal etwas arbeiten. Sie ist gerade mal wieder in den Aufenthaltsraum verschwunden."

„Ja, das könnte sie wirklich."

„Entschuldigen Sie bitte. Können Sie mir bitte helfen", fragte mich eine ältere Dame. Ich drehte mich zu ihr um.

„Ja natürlich. Wie kann ich Ihnen denn helfen", fragte ich sie.

„Ich bräuchte eine neue Bluse. Wissen Sie, ich bin am Sonntag zu einem Geburtstag eingeladen und da brauche ich etwas Neues zum Anziehen", erwiderte die Kundin,

„Na dann wollen wir doch mal schauen, dass wir etwas Passendes für Sie finden", sagte ich und ging mit ihr zusammen zu dem Ständer mit den Blusen.

Nach der Arbeit wurde ich wie so oft von Sixt abgeholt.

Lächelnd stand er an seinem Wagen und wartete auf mich. Eilig ging ich auf ihn zu. Auch wenn es nur drei Stunden waren, die wir uns nicht gesehen hatten, so hatte er mir sehr gefehlt. Sofort schlang ich meine Arme um seinen Hals und küsste ihn.

„Was bist du denn heute so stürmisch", fragte Sixt lachend.

„Ich habe dich vermisst", erwiderte ich und drückte mich an ihn.

„Ich dich doch auch, Süße", erwiderte er und gab mir noch einen Kuss. „So jetzt lass uns mal fahren. Du hast dieses Wochenende doch noch nichts vor, oder?"

„Nein, eigentlich nicht. Nur die Zeit mit dir verbringen", entgegnete ich und sah ihn fragend an.

„Gut ich habe nämlich eine Überraschung für dich."

„Oh, was ist es denn", fragte ich neugierig, wobei ich mir denken konnte, dass er es mir nicht verraten würde. Wenn Sixt eine Überraschung für mich hatte, bekam ich nie etwas heraus. Er gab mir noch nicht einmal einen Tipp.

„Wenn ich es dir verrate, ist es keine Überraschung mehr. Es wird dir aber bestimmt gefallen. Da bin ich mir sicher." Mit diesen Worten hielt er mir die Beifahrertür auf und ich stieg ein. Sixt setzte sich auf den Fahrersitz und fuhr, nachdem er den Motor gestartet hatte, los. Ich war gespannt darauf, wo wir hinfahren würden und vor allem was es für eine Überraschung war.

„Sag mal, nächste Woche hast du ja Geburtstag. Was wünscht du dir denn", fragte Sixt mich. Ja am elften Juli hatte ich Geburtstag. Es war nur noch eine Woche, dann würde ich einundzwanzig werden. Ich überlegte, ob ich mir etwas zum Geburtstag wünschte. Mir fiel aber nichts ein.

„Keine Ahnung. Ich bin eigentlich wunschlos glücklich. Schließlich habe ich ja dich", erwiderte ich.

„Das freut mich", lächelte er und strich mir sanft über die Wange. „Ich werde mal schauen, ob ich trotzdem etwas für dich finde. Vielleicht fällt dir ja auch noch etwas ein, dann kannst du es mir ja sagen."

„Das werde ich."

„Wann möchtest du denn deinen Geburtstag feiern", fragte er nun.

„Gar nicht", antwortete ich knapp. Ich hatte keine Lust meinen Geburtstag zu feiern.

„Wie gar nicht", fragte Sixt verdutzt und schaute zu mir herüber.

„Ich möchte nicht feiern", sagte ich leise und schaute aus dem

Fenster.

„Warum nicht?"

„Weil sowieso niemand mit mir feiert", erwiderte ich traurig. Ich erinnerte mich an meinen letzten Geburtstag, den ich gefeiert hatte, zurück und mir stiegen Tränen in die Augen. Schnell versuchte ich sie wegzuwischen, doch Sixt bemerkte sie. Er fuhr an den Straßenrand und machte den Motor aus.

„Hey Süße, was ist denn los", fragte er besorgt und zog mich in seine Arme. „Warum sollte niemand mit dir feiern wollen?"

„Weil ich das schon erlebt habe", schluchzte ich. „Meinen letzten Geburtstag habe ich vor zwei Jahren gefeiert. Zu diesem kamen von zwölf eingeladenen Personen nur drei. Die Jahre davor wurde es von Jahr zu Jahr immer weniger. Die Leute hatten immer Ausreden, auch wenn sie noch so absurd waren, wie „Ich muss meiner Mutter helfen" oder ich hätte zu kurzfristig Bescheid gesagt. Dabei hatte ich sie zwei Wochen vorher schon eingeladen. Vor zwei Jahren kamen wie gesagt nur diese drei Personen. Selbst Matt, mit dem ich da noch zusammen war, hatte mir abgesagt. Er wollte lieber ein Footballspiel im Fernsehen sehen, als mit mir zu feiern. Ich feierte trotzdem. Die Drei hatten mir weder gratuliert noch mir etwas geschenkt. Ich meine, mir war es egal, ob ich etwas geschenkt bekam oder nicht, aber zumindest gratulieren hätten sie mir gekonnt. So viel Anstand konnte man doch wohl erwarten. Vor allem, wenn sie zur Geburtstagsparty kamen. Als dann auch noch der Alkohol leer war, sind sie einfach gegangen, mit der Begründung ohne Alkohol sei die Party öde. Sie wollten lieber zum Stadtfest, was hier in Portland zu der Zeit gewesen war. Meine Mutter hatte sich so viel Mühe mit dem kleinen Buffet gegeben, was aber außer von mir, sonst von niemanden angerührt wurde. Ich hatte extra eine Karaoke-Anlage besorgt, wo aber auch niemand zu Lust hatte. Sie saßen einfach nur auf der Couch, unterhielten sich und tranken. Ich wurde noch nicht einmal mit in die Gespräche einbezogen. An dem Abend habe ich mir geschworen, nie wieder meinen Geburtstag zu feiern. Das Geld spare ich mir lieber und mache an diesem Tag lieber etwas, was mir mehr Spaß macht, als Leute einzuladen, die nur wegen des Alkohols kommen. Wie letztes Jahr, wo ich mit meiner Familie bowlen gefahren bin."

„Oh Jamie, das tut mir so leid", sagte Sixt und nahm mich fester in seine Arme.

„Ist schon gut. Eigentlich habe ich mich damit abgefunden. Trotzdem tut es weh, wenn ich daran denke, dass eigentlich keiner wegen meines Geburtstages kam. Und weil ich so etwas nicht noch einmal erleben will, möchte ich meinen Geburtstag nicht feiern", erklärte ich.

„Das brauchst du auch nicht", erwiderte Sixt sanft und wischte mir die Tränen weg. „Eigentlich schade. Ich würde gerne mit dir feiern. Sasha und die Anderen auch." Sixt schaute mich mit seinem süßen Lächeln an. Ich überlegte. Sollte ich mit ihnen meinen Geburtstag feiern? Sie waren meine besten Freunde, auch wenn ich es nie für möglich gehalten hatte, dass ich mal welche hätte.

„Wir können ja abends etwas zusammen machen. Vielleicht ausgehen oder so", schlug ich vor, legte mich aber nicht fest.

„Einverstanden", sagte Sixt und küsste mich. „Da ist doch noch etwas. Ich merke doch, dass dich seit einigen Tagen etwas bedrückt." So ein Mist. Er merkte wirklich alles. Klar das Thema mit dem Älterwerden schwirrte mir im Kopf herum. Ich hatte Angst, dass er mich in ein paar Jahren nicht mehr wollte, wenn ich zu alt für ihn war. Es war doch verständlich, dass ich mir darüber Gedanken machte. Das würde doch jeder Mensch tun, der mit einem Unsterblichen zusammen wäre. Denn der Mensch würde älter werden. Der Unsterbliche nicht. Wir hatten schon oft darüber geredet und Sixt versicherte mir immer wieder, dass er mich immer noch lieben würde, wenn ich alt wäre. Er wollte mit dem Engelsrat sprechen, ob er nicht wieder zum Menschen werden dürfte. Das war sein größter Wunsch. Er wollte mit mir zusammen alt werden. Er wollte nicht, dass ich für ihn starb, nur um mit ihm für immer zusammen sein zu können. Einmal hatte ich es gewagt meinen Gedanken auszusprechen, dass ich doch ebenfalls ein Schutzengel werden könnte. Sixt wurde daraufhin richtig wütend und ich schlug mir die Idee schnell wieder aus dem Kopf. Es gab die Chance, dass er wieder zum Menschen werden könnte, allerdings müsste er dafür einige Anforderungen erfüllen. Ein Schutzengel musste seine Aufgabe, auf seinen Schützling aufzupassen, erfüllen und er durfte sich nichts zuschulden kommen lassen. Aber auch wenn er diese Anforderungen erfüllte, wie Sixt es tat, so hatte der Engelsrat immer noch das letzte Wort und konnte das Anliegen ablehnen. So wie Sixt mir erzählt hatte, bekam nur selten ein Schutzengel diese Chance wieder ein Mensch zu werden.

„Da ist nichts. Können wir jetzt weiterfahren", versuchte ich das Thema zu umgehen.

„Du kannst mir nichts vormachen. Wir fahren erst weiter, wenn du mir erzählst, was los ist", sagte er und schaute mich an.

„Na gut. Also naja es ist ...", druckste ich herum.

„Na komm schon, Süße. Du weißt, du kannst mit mir über alles reden." Er nahm meine Hand und streichelte sie.

„Naja, mir wird nur bewusst, dass ich immer älter werde und du nicht", gestand ich.

„Ach Süße. Das Thema hatten wir doch schon."

„Ich weiß. Es ist nur, was ist, wenn du mich in ein paar Jahren nicht mehr möchtest. Wenn ich dir zu alt bin, alt aussehe", sagte ich leise und schaute auf den Boden.

„Hey, ich liebe dich über alles und werde es immer tun. Alt werden gehört zum Leben dazu. Außerdem weißt du doch, dass ich alles dransetze, um auch wieder ein Mensch zu werden, um mit dir zusammen alt zu werden. Ich habe beim Engelsrat schon den Antrag gestellt. Ich warte nur noch auf die Antwort. Nur das kann etwas dauern", erklärte er.

„Und was ist, wenn sie den Antrag nicht genehmigen?" Er hob mein Kinn an und zwang mich ihn anzusehen.

„Wenn es so sein sollte, werde ich nicht aufgeben und immer wieder einen Antrag stellen, bis sie ihn mir genehmigen. Außerdem vergisst du eine Sache. Wir werden auf ewig zusammenbleiben, denn wenn du irgendwann stirbst, kannst du auch ein Schutzengel werden oder ich komme zu dir ins Himmelreich." Er sagte es mit voller Überzeugung und seine Augen strahlten Liebe aus. Da hatte er recht. Daran hatte ich noch gar nicht gedacht. Wenn ich irgendwann sterben sollte, konnten wir trotzdem weiterhin zusammenbleiben. „Ist jetzt alles wieder gut?"

„Ja", sagte ich, zog ihn zu mir und küsste ihn.

„Mach dir darüber nicht so viele Gedanken. Ich liebe dich und werde es immer tun."

„Ich liebe dich auch", lächelte ich. „So jetzt lass uns weiterfahren. Ich möchte die Überraschung sehen." Sixt grinste mich an und fuhr wieder los.

Endlich kamen wir auf dem Parkplatz in der Nähe unserer Klippen an. Wir stiegen aus und Sixt führte mich einen Weg entlang. Wir gingen nicht zu dem schönen Platz an den Klippen, sondern zum Strand hinunter. Sixt führte mich noch ein ganzes Stück weiter den Strand entlang zu einer abgelegenen Stelle.

„So da sind wir", sagte er und lächelte sanft. Ich schaute mich um. Wir standen mitten im Sand. Hinter mir hörte ich das Meer rauschen und vor mir stand an einer Felswand ein Zelt, das gut geschützt durch zwei hervorstehende Felsvorsprünge war. Vor dem Zelt lag schon eine Decke ausgebreitet und eine Feuerstelle war vorbereitet.

„Gefällt es dir, meine Prinzessin", fragte Sixt und legte seine Arme um meinen Bauch.

„Ja, das ist so schön. Nur wir beide?"

„Ja, nur wir beide. Zumindest heute. Morgen habe ich noch eine Überraschung für dich."

„Ich nehme an, dass du mir die Überraschung noch nicht verraten wirst." Sixt schüttelte nur den Kopf. „Und meine Sachen", fragte ich, denn mir fiel ein, dass ich gar nichts dabeihatte.

„Es ist alles da, was du brauchst. Sasha hat für dich deine Sachen gepackt."

„Dann bleiben wir das ganze Wochenende?"

„Wenn du möchtest. So war es eigentlich geplant."

„Auf jeden Fall", sagte ich begeistert und konnte mir nichts Schöneres, als ein Wochenende am Strand, vorstellen.

„Wie wäre es, wenn wir erst etwas Essen gehen. Ich dachte da an den Italiener, der hier am Strand ist", schlug Sixt vor. Ich willigte ein und schon machten wir uns auf zum Restaurant.

Nach dem Essen gingen wir zu unserem Zelt zurück. Sixt machte das Lagerfeuer an und wir setzten uns auf die Decke, um den Sonnenuntergang anzuschauen. Ich saß zwischen seinen Beinen und kuschelte mich eng an ihn. Eine leichte Brise wehte und ich roch den Meeresduft. Die Sonne ging gerade im Meer unter und man konnte ein leises Zischen hören. Wir genossen einfach die Ruhe, hörten das Meer rauschen und das Feuer vor uns knistern.

„Es ist so schön hier. Danke. Die Überraschung ist dir gelungen", sagte ich.

„Das freut mich. Möchtest du etwas trinken? Ich hole uns eben etwas." Ich nickte zur Bestätigung. Sixt stand auf und ging zur akkubetriebenen Kühltasche, holte zwei Dosen Cola heraus und setzte sich wieder zu mir. Ich öffnete die Dose, trank einen Schluck und stellte sie in den Sand neben mir. Ich lehnte mich zurück und Sixt schlang seine Arme um mich. Eine ganze Weile saßen wir nur so da und kuschelten. Es war so schön. Nur wir beide. Ich schaute auf das Meer hinaus und streichelte dabei Sixts Arm. Mittlerweile war es schon dunkel geworden und am wolkenlosen Himmel schienen der Mond und die Sterne.

„Hast du Lust schwimmen zu gehen", fragte Sixt.

„Ja gerne. Aber ich habe gar keine Badesachen dabei", sagte ich und schaute ihn an. Er grinste nur und deutete auf das Zelt.

„Doch. Sasha hat dir deinen Bikini eingepackt. Der ist in der Tasche im Zelt." Wir standen auf und gingen ins Zelt. Sixt reichte mir eine Taschenlampe und ich suchte in der kleinen Reisetasche meinen Bikini. Als ich ihn gefunden hatte, zog ich ihn schnell an. Auch Sixt hatte sich umgezogen. Er trug jetzt eine dunkelblaue Badeshorts. Zusammen gingen wir wieder nach draußen und liefen Hand in Hand durch den warmen Sand zum Meer. Langsam glitt ich mit meinem Fuß ins Wasser. Es war angenehm. Lauwarm. Sixt ging weiter hinein und zog mich hinterher. Plötzlich packte er mich und schmiss mich ins tiefere Wasser. Ich schrie auf und tauchte kurz unter. Im selben Moment tauchte auch Sixt unter, kam zu mir und wir küssten uns unter Wasser. Ich schlang meine Beine um seine Hüfte und klammerte mich mit meinen Armen um seinen Hals fest. Der Kuss wurde immer intensiver und unsere Zungen spielten miteinander. Leider mussten wir schnell wieder auftauchen, da uns beiden die Luft ausging.

„Ich liebe dich", sagte ich und schaute ihm in die Augen.

„Ich liebe dich auch, meine Süße." Eng umschlungen standen wir im Wasser. Wir lösten uns voneinander und schwammen noch ein Stück. Immer wieder bespritzen wir uns gegenseitig mit Wasser. Nachdem wir uns gegenseitig untergetaucht hatten, standen wir wieder eng umschlungen zusammen. Mir wurde etwas kalt und ich begann, in seinen Armen zu zittern.

„Frierst du", fragte Sixt mich fürsorglich.

„Etwas", gab ich zurück.

„Komm wir gehen aus dem Wasser raus", sagte er hielt mich aber immer noch im Arm, schaute sich kurz um, ob auch niemand in der Nähe war und uns sah, und sprang mit mir zurück zum Zelt. Im Zelt angekommen holte er schnell zwei Badetücher aus der Tasche und legte mir eines davon um die Schulter. Mit dem Anderen trocknete er sich ab. Anschließend zogen wir uns um und hingen die nassen Sachen über das Zelt zum Trocknen. Wir setzten uns wieder auf die Decke und ich legte mich in seine Arme.

„Es ist so schön hier am Lagerfeuer zu sitzen. Das Meer rauschen zu hören und das alles mit dir", gestand ich.

„Es freut mich, dass es dir gefällt."

„Und wie. Davon habe ich schon immer geträumt. Mit einem gutaussehenden, liebevollen, charmanten Jungen am Strand zu übernachten mit allem, was dazugehört."

„Dir erfülle ich jeden Traum", flüsterte er, zog mich näher zu sich heran und küsste mich. Meine Arme legten sich automatisch um seinen Hals und unser Kuss wurde immer leidenschaftlicher. Sanft fuhr Sixt mit seiner Zunge über meine Unterlippe und bat um Einlass, dem ich ihm sofort gewährte. Meine Hände wanderten seinen Rücken hinab und glitten unter seinem T-Shirt. Sie strichen seinen Rücken entlang zu seinem Bauch und hoch zur Brust. Sixt stöhnte kurz auf und ich zog ihm sein T-Shirt aus.

„Wie wäre es, wenn wir ins Zelt gehen und dort weiter machen", fragte Sixt, als er sich kurz von mir löste. Ich nickte zustimmend und schon verschwanden wir ins Zelt. Sixt hatte unsere Schlafsäcke miteinander verbunden, sodass es einen großen ergab. Wir ließen uns darauf gleiten und unsere Lippen trafen wieder aufeinander. Sixts Hände wanderten zu meinem Top und er zog es mir aus. Sanft küsste er mein Dekolleté, was mich leise aufstöhnen ließ. Seine Hände machten sich an meinen Rock zu schaffen und zogen ihn ebenfalls aus. Er beugte sich über mich und unsere Lippen fanden wieder zueinander. Ich glitt zu seiner Shorts und zog sie ihm mit seiner Hilfe aus.

„Ich möchte gerne mal etwas ausprobieren", hauchte er. Ich sah ihn erwartungsvoll an.

„Was denn?"

„Wirst du gleich sehen. Vertraust du mir?" Sixt grinste mich an.

„Natürlich vertrau ich dir", versicherte ich ihm.

„Gut. Warte ich muss erst die Blase errichten, damit uns niemand stört", sagte er und konzentrierte sich. Schutzengel konnten Blasen errichten, die für die Menschen unsichtbar waren. Befand man sich darin, so war man ebenfalls für das menschliche Auge nicht sichtbar. „Okay, nun sind wir ungestört." Sixt wurde unsichtbar.

Was hatte er vor?

„Lass dich einfach fallen und genieße es", flüsterte er an meinem Ohr und schon lagen seine Lippen an meinen Hals. Sanft strich er an meinem Schlüsselbein hinab zu meinen Brüsten. Seine Berührungen fühlten sich kalt an. Das lag daran, dass Schutzengel, wenn sie unsichtbar waren, sich in einer Art Geistergestalt befanden. Seine Hände bewegten sich auf meinen Rücken, öffneten meinen BH und er strich ihn mir ab. Sanft küsste er abwechselnd meine Brüste, wobei ich aufstöhnte. Dadurch, dass ich ihn nicht sehen konnte und ich nicht wusste, was er als Nächstes tat, fühlte ich seine Berührungen und Küsse noch intensiver. Das Kribbeln in meinem Bauch nahm zu. Ich spürte, wie Sixt mir meinen Slip auszog und die Erregung in mir stieg. Er küsste nun meinen Bauch, strich mit seinen Lippen weiter hinunter, was mir ein Stöhnen entgleiten ließ. Sanft strich er mit seinen Händen an meinen Beinen entlang, die er mir spreizte. Und dann spürte ich ihn an meiner heißen Mitte, wo er mich mit seiner Zunge verwöhnte und ich stöhnte laut auf. Die Erregung in mir wurde unerträglich. Ich wollte ihn spüren. Ihm so nah sein, wie es nur ging.

„Sixt", flehte ich. Er erhörte es, wurde sichtbar und legte seine Lippen auf meine. Ich veränderte meine Position und dirigierte Sixt so, dass er nun auf dem Rücken lag. Ich küsste mich seinen Hals entlang hinunter zu seiner Brust. Sixt stöhnte auf. Meine Hände strichen über seinen ausgeprägten Sixpack und ich glitt mit meinen Lippen darüber. Ich griff nach seinem Slip und zog ihn aus. Ich strich mit meinen Händen seine Beine entlang nach oben und streichelte dort sein hartes Glied. Sixt atmete schwer und ihm entkam ein Keuchen, als ich begann, ihn mit meinem Mund zu verwöhnen.

„Oh Süße, wenn du so weitermachst, kann ich gleich nicht mehr", keuchte er und griff mit seinen Händen in den Schlafsack unter ihm. Ich ließ von ihm ab, setzte mich auf seine Hüften und ließ ihn tief in mich eindringen, was uns beide zum Aufstöhnen brachte. Ich bewegte mich auf und ab. Sixts Hände griffen nach meinen Brüsten und massierten sie. In mir baute sich der Druck auf und ich bewegte mich schneller. Ich beugte mich zu ihm herunter und unsere Lippen krachten aufeinander. Sixt drehte uns, sodass ich unter ihm lag und ich legte ihm meine Beine um die Hüften, damit ich ihn noch tiefer in mir spüren konnte.

100

„Sixt", stöhnte ich, als ich merkte, dass ich soweit war.
„Komm für mich, Süße", sagte er und beschleunigte sein Tempo. In mir explodierte alles und ich kam stöhnend zu meinem Orgasmus. Sixt folgte mir nur einen Augenblick später. Schwer atmend sackte er auf mir zusammen, glitt aber gleich darauf auf die Seite, damit sein Gewicht nicht auf mir lastete, und zog mich in seine Arme.
„Hat es dir gefallen", fragte Sixt.
„Ja. Es war unglaublich. So etwas habe ich noch nie erlebt. Das war so intensiv, deine Berührungen, deine Küsse und das ich nicht wusste, wo du bist und was du als Nächstes tun wirst."
„Wir können noch sehr viel mehr ausprobieren. Wir haben noch jede Menge Zeit", hauchte er und küsste mich.

Ich erwachte und bemerkte, dass Sixt nicht neben mir lag. Ich schaute mich um. Es war schon hell, also musste es morgens sein. Ich griff nach meiner Uhr, die ich am Abend zuvor in meine Tasche gesteckt hatte und erschrak. Es war schon elf. Solange schlief ich eigentlich nie. Ob das mit der Meeresluft zu tun hatte? Seufzend stand ich auf, zog mich an und trat aus dem Zelt. Sixt saß auf der Decke und lächelte mich an.
„Guten Morgen Süße. Komm setz dich. Das Frühstück ist schon fertig", sagte er und deutete auf die Decke. Dort war schon alles gedeckt. Sixt hatte an alles gedacht. Besteck, Teller, Gläser, Orangensaft, Marmelade, ja sogar Brötchen und Croissants lagen dabei. Ich brauchte gar nicht erst zu fragen, woher er die hatte. Er war höchstwahrscheinlich, wie er es öfter tat, zum Bäcker gesprungen. Ich setzte mich zu ihm auf die Decke und gab ihm erst einmal einen Guten-Morgen-Kuss.

Nachdem wir gefrühstückt hatten, gingen wir zu den Sanitäranlagen, die sich neben dem Restaurant an einem Kiosk befanden. Dort gab es Duschen, Toiletten und Waschbecken, jeweils für Frauen und Männer in abgetrennten Bereichen. Jeder ging in seinen Bereich und wusch sich. Ich ging schnell unter die Dusche und wusch mir das Salz vom Meerwasser aus den Haaren und von der Haut. Anschließend trocknete ich mich ab, zog mich an und putzte mir die Zähne. Als ich fertig war und wieder hinaustrat, wartete Sixt schon auf mich. Hand in Hand gingen wir zu unserem kleinen Lager zurück.

101

„Was haben wir denn heute vor", fragte ich.

„Hm, ich dachte daran, dass wir vielleicht erst einmal uns in der Sonne entspannen, bis die zweite Überraschung kommt", grinste Sixt.

„Okay, und wann wird das mit der Überraschung sein?"

„So gegen Nachmittag. Also noch genügend Zeit zum Sonnen." Ich ging ins Zelt, zog mir schnell meinen Bikini an und ging zu Sixt, der schon die Strandlaken vor unserem kleinen Zeltplatz ausgebreitet hatte. Ich legte mich auf eines der Strandlaken, während Sixt noch einmal kurz verschwand. Es dauerte noch nicht einmal eine Minute, da saß er schon wieder auf seinem Laken. Er hatte unsere Sonnenbrillen, die Sonnencreme und die Bücher, die wir gerade lasen, geholt. Ich nahm die Sonnencreme und cremte mich damit ein.

„Soll ich dir den Rücken eincremen", fragte Sixt, als ich mit den anderen Körperteilen fertig war.

„Das wäre lieb von dir. Ich komme da so schlecht dran", erwiderte ich und legte mich auf dem Bauch. Sixt nahm die Sonnencreme und begann meinen Rücken einzucremen. Dabei massierte er mich, was sich so gut anfühlte. Seine Hände auf meinen Rücken lösten bei mir ein Kribbeln im Körper aus. Ein leises Stöhnen entwich mir und Sixt kicherte.

„Fertig. Wir wollen dich ja nicht überstrapazieren", lachte er und legte sich neben mich.

„Schade. Es tat so gut", seufzte ich. „Aber sag mal, musst du dich denn nicht auch eincremen?"

„Nein, das brauche ich nicht. Schutzengel können weder braun werden, noch einen Sonnenbrand bekommen."

„Das heißt ihr behaltet die Hautfarbe, so wie ihr gerade gestorben seid", stellte ich fest.

„Ja richtig."

„Und warum bist du dann so schön braun", fragte ich. Sixt hatte tatsächlich einen sehr schönen Braunton, der nie verblasste.

„Naja ich glaube, das liegt daran, dass ich früher so oft draußen in der Sonne gewesen war. Ich wurde immer schnell braun und es verblasste nicht so schnell", erklärte er.

„Das heißt, wenn ich angenommen ein sehr heller Hauttyp wäre, also blass und ich sterben sollte würde ich diese Hautfarbe beibehalten und sie würde sich nicht mehr verändern?"

„Ja genau. Wie du weißt, wachsen bei uns Schutzengeln nur die Haare und die Nägel, wie bei den Menschen. Aber ansonsten verändert man sich nicht, wenn man stirbt. Man kann nur wieder etwas jünger werden. Viele alte Menschen sehen als Engel wieder jünger aus."

„Gut, ich glaube, ich würde mich auch wieder jünger machen, wenn ich alt wäre. Ich würde dann nicht ewig mit Falten im Gesicht herumlaufen wollen. Und warum legst du dich dann in die Sonne, wenn du es gar nicht brauchst?"

„Weil es schön ist, die warmen Sonnenstrahlen auf der Haut zu spüren und ich mich etwas entspanne. Außerdem verbringe ich so Zeit mit dir." Er beugte sich zu mir herüber und küsste mich. Ich nahm mein Buch und begann zu lesen. Sixt tat es mir gleich. Immer wieder schauten wir uns tief in die Augen und küssten uns. Ab und zu legte ich mein Buch zur Seite und drehte mich auf den Rücken, damit ich gleichmäßig braun wurde. Ich war gerade etwas am Dösen, als mir eine Ladung Wasser über den Bauch geschüttet wurde.

„Iiieeehhh", schrie ich erschrocken auf und blickte in Nathans lachendes Gesicht, der mit einem Eimer neben mir stand.

„Ich dachte, du könntest mal eine Abkühlung gebrauchen", lachte er.

„Das wird noch Rache geben", drohte ich ihm und stand auf. „Was machst du eigentlich hier?"

„Wir wollen euch Gesellschaft leisten", erwiderte Nathan grinsend.

„Wir", fragte ich überrascht.

„Ja, das ist die zweite Überraschung", sagte Sixt hinter mir und legte seine Arme um meinen Bauch.

„Es sind alle da und wollen mit uns zusammen zelten." Sixt deutete auf unseren Platz, wo unser Zelt stand. Dort standen jetzt drei weitere Zelte. Ich sah Sasha, Timothy und Maya. Ich überlegte. Timothy und Maya würden sich ein Zelt teilen. Ich nahm an, dass Sasha und Nathan auch zusammen in einem Zelt schlafen würden. Aber wem gehörte das andere Zelt? Fragend schaute ich Sixt an.

„Für wen ist denn das dritte Zelt? Oder habt Sasha und du euch gestritten", wandte ich mich zu Nathan. Diese Frage war gar nicht so abwegig, denn die beiden stritten sich häufig und ich hatte Nathan auch schon mal schlafend auf der Couch im Wohnzimmer vorgefunden, als Sasha ihn nach einem Streit aus dem Zimmer geschmissen hatte. Nach jedem Streit vertrugen die beiden sich allerdings wieder und kamen fast den ganzen Tag nicht mehr aus ihrem Zimmer. Ich konnte mir schon denken, was sie dort taten, wollte es aber gar nicht so genau wissen.

„Nein bei uns ist alles in Ordnung. Wir werden auch zusammen in einem Zelt schlafen", versicherte er mir. Wieder blickte ich fragend zu Sixt, der nun grinste.

„Wir werden heute deinen Einzug nachfeiern und haben noch zwei weitere Personen eingeladen." In dem Moment kamen Anastasia und Brian aus dem Zelt und liefen zu uns herüber. Überrascht lief ich ihnen entgegen und umarmte sie nacheinander.

„Hallo ihr beiden", begrüßte ich sie.

„Hallo", erwiderten sie. Brian und Anastasia waren ebenfalls gute Freunde von mir geworden. Brian war Monicas Schutzengel, der sie aber genau wie ich nicht leiden konnte und war seit einigen Monaten mit Anastasia zusammen. Brian war etwa einen Kopf größer als ich und hatte eine schlanke aber trotzdem sportliche Figur. Er hatte rötliches Haar, die er stufig bis kurz über den Ohren trug. Anastasia war so groß wie ich und ebenfalls schlank. Ihre dunkelblonden Haare gingen ihr bis zur Hüfte, die sie meistens zu einem Zopf trug. Sie war der Schutzengel von meinem Ex-Freund Matt, über den wir uns aber nie unterhalten hatten. Gut jetzt war es allerdings ein Thema, da er sich als einer der gefallenen Engel entpuppt hatte und Tobin anstatt Matt hieß. Richtig kennengelernt hatte ich die beiden erst im November, als sie auf Nathans Geburtstagsfeier waren. Ich verstand mich auf Anhieb mit ihnen und seitdem unternahmen wir ab und zu etwas zusammen.

„Na ist die Überraschung gelungen", fragte Sixt, der jetzt neben mir stand.

„Ja, auf jeden Fall. Ich freu mich so", erwiderte ich.

„Wir freuen uns auch, mit euch zu zelten. Das wird bestimmt lustig. Brian hat die Gitarre mitgenommen, um am Lagerfeuer zu singen", sagte Anastasia.

„Singen", fragte ich ungläubig.

„Ja, das tut man doch am Lagerfeuer. Genauso wie Marshmallows ins Feuer halten und Gruselgeschichten erzählen", erklärte sie. „Kennst du das nicht?"

„Nein. Ich habe noch nie einen richtigen Zeltausflug gemacht. Ich habe nur mal mit meiner Schwester im Garten gezeltet, mehr nicht", gestand ich.

„Na dann wirst du das heute alles kennenlernen", sagte Sixt und zog mich an sich.

„Genau und deinen Einzug feiern wir heute auch noch nach", rief Sasha, die mit Maya und Timothy dazu gekommen war.

„Na dann kann es ja losgehen. Wer spielt mit Volleyball", fragte Nathan und holte einen Ball und ein Netz aus einer Tasche. Alle stimmten zu und wir bauten das Netz an zwei Stäben im Sand auf. Als wir damit fertig waren, bestimmten die Jungs gegen uns Mädchen zu spielen. Das war wieder typisch, dieser Machtkampf des männlichen Geschlechtes. Die ersten zwei Spiele waren ausgeglichen. Das Erste gewannen wir Mädchen und das Zweite die Jungs. Nun kam das entscheidende Spiel. Es stand schon dreizehn zu zwölf für uns Mädchen und wer zuerst die fünfzehn Punkte erreichte, hatte gewonnen. Die Jungs versuchten jetzt, mit unfairen Mitteln zu kämpfen. Sie hatten es auf mich abgesehen und nur weil ich in meiner Schulzeit drei Jahre in einer Volleyballmannschaft gespielt hatte. Die Jungs hatten schnell herausgefunden, dass ich gut in dem Spiel und Anastasia die schwächste in unserer Mannschaft war. Mit Absicht schmetterten sie den Ball in Anastasias Richtung und ich sprang ihr dabei immer zur Hilfe. Nun stand ich durch unser Rotiersystem vorne am Netz und Sixt mir gegenüber. Wieder kam ein Schmetterball, zu dem ich gerade hinspringen wollte, aber es ging nicht. Ich wurde festgehalten. Ich sah mich verdutzt um, konnte aber niemanden sehen. Ich hatte einen Verdacht und schaute zu den Jungs. Sixt war nicht bei ihnen. In dem spürte ich aber schon einen kalten Hauch in meinen Nacken. Ich wusste, Sixt hatte sich unsichtbar gemacht und hielt mich nun mit seinen Armen um meinen Bauch fest, sodass ich nichts mehr machen konnte.

„Sixt, das ist unfair", sagte ich und versuchte weiterhin aus seiner Umarmung zu kommen, was aber sinnlos war.

„Finde ich nicht", erwiderte er an meinem Ohr und küsste mich weiter.

„Du weißt, dass ich dir nicht widerstehen kann."

„Das will ich doch hoffen."

„Punkt", schrie Nathan, als der Ball neben Maya im Sand landete.

„Das ist unfair. Jamie wird festgehalten", rief Sasha.

„Wer sagt denn das wir hier fair spielen", grinste Nathan.

„Okay. Was ihr könnt, können wir auch", erwiderte Sasha und sagte somit den Jungs den Kampf an. Mittlerweile hatte sich Sixt wieder sichtbar gemacht und drehte mich zu sich. Verschmitzt lächelnd schaute er mich an. Sein Blick war so intensiv, dass ich meine Augen nicht von ihm lösen konnte. Die Anderen spielten weiter, aber das interessierte mich nicht. Ab und zu sah ich Sasha und Anastasia auf die andere Feldhälfte springen, um die Jungs zu irritieren. Diese taten es den beiden gleich. Mein Interesse galt immer noch Sixt, alles Andere um mich herum verschwamm und wurde unwichtig. Sanft strich Sixt mir über die Wange. Er wollte gerade meinen Kopf zu sich heranziehen, als ich einen Schlag am Hinterkopf abbekam.

„Aua." Ich hielt mir den Kopf und schaute mich um, was passiert war. Ich hatte den Volleyball abbekommen, der nun neben mir im Sand lag.

„Tut mir leid. Das wollte ich nicht", rief Brian und kam auf mich zu. „Tut es sehr weh?"

„Nein, nicht so wild. Zum Glück ist der Volleyball nicht so hart", lächelte ich und Brian atmete erleichtert aus.

„Das wird aber eine Beule geben", stellte Sixt fest. „Komm wir holen mal etwas zum Kühlen. Und ihr spielt weiter. Wir wollen doch schließlich gewinnen", rief Sixt seiner Mannschaft zu und zog mich mit zu den Zelten. Aus der Kühlbox holte er einen Kühlakku und reichte ihn mir. Ich ließ mich in den Sand sinken und kühlte meinen Kopf.

„Wie geht es dir", fragte er und setzte sich neben mich.

„Es geht schon. Tut nur noch ein bisschen weh", erwiderte ich.

„Das war auch ein ganz schöner Schlag, den du abbekommen hast. Warte mal kurz. Ich komme gleich wieder", sagte Sixt und verschwand. Nach wenigen Minuten war er wieder da und überreichte mir einen Erdbeereisbecher.

„Hier damit du deine Beule auch von innen kühlen kannst", sagte er lächelnd und setzte sich wieder neben mich. Er selbst hatte sich einen Schokoladenbecher mitgebracht.

„Und warum hast du auch ein Eis? Hast du auch Schmerzen", fragte ich ihn lachend.

„Ich leide mit dir", entgegnete er.

„Ach so", erwiderte ich. „Sag mal, hast du den Ball nicht kommen sehen? Du bist doch mein Schutzengel und hättest mich doch davor beschützen müssen."

„Tut mir leid. Ich wollte ja aufpassen, aber ich war von dir so abgelenkt", sagte er entschuldigend, zog mich an sich und küsste mich.

„Ist das nicht eigentlich gefährlich, wenn sie springen? Ich meine, die Leute, die hier am Strand sind, könnten sie doch dabei sehen", fragte ich ihn, als wir uns wieder voneinander gelöst hatten und ich zu den anderen sah.

„Nein, Sasha hat, bevor wir das Netz aufgebaut haben, eine Blase um das Spielfeld und unserem Zeltplatz errichtet, sodass uns niemand sieht. Sie hat schon damit gerechnet, dass jemand springen wird", entgegnete Sixt.

„Ja, irgendwie werden die Spiele immer unfair und arten aus", lachte ich.

„Da hast du recht", stimmte er in mein Lachen mit ein. Ich schaute mir das Spiel weiter an und aß mein Eis dabei, was durch die Wärme schon zu schmelzen begann.

Nachdem das Spiel bei einem Unentschieden geblieben war, hatten wir beschlossen, eine Runde im Meer schwimmen zu gehen. Anschließend setzten wir uns, nachdem wir uns abgetrocknet und umgezogen hatten, ans Lagerfeuer, was Nathan schon angezündet hatte. Die nassen Sachen hatten wir zum Trocknen über die Zelte gehängt.

„So jetzt zeigen wir Jamie mal, wie so ein Abend am Lagerfeuer aussieht", sagte Anastasia und lächelte mich an. Sasha holte selbst gemachte Sandwiches aus der Kühlbox und verteilte sie an alle. Dazu gab es noch Stockbrot und Folienkartoffeln, die wir ins Feuer hielten. Als wir mit dem Essen fertig waren, gingen Anastasia und ich zu den Sanitäranlagen. Mittlerweile war es schon dunkel. Trotzdem war der Strand noch von einigen Jugendlichen besucht, die ebenfalls an einem Lagerfeuer saßen. Wir betraten die Anlage. Ich musste meinen menschlichen Bedürfnissen nachgehen und Anastasia wollte sich die Hände waschen, die sie von den Folienkartoffeln voller Ruß hatte. Als ich fertig war und die Tür der Toilettenkabine öffnete, erschrak ich. Direkt vor der Tür stand eine Frau. Sie hatte schwarze lange Haare und war nur einige Zentimeter größer als ich.

„Oh Entschuldigung. Habe ich dich erschreckt", fragte sie mit einem spanischen Akzent und lächelte entschuldigend.

„Nein, ist schon gut", erwiderte ich und trat aus der Kabine.

„Dann ist ja gut." Sie ging an mir vorbei in die Kabine und starrte mich an. Ich schaute kurz zu ihr und sah, dass ihre Augen aufblitzten. Sie hatte weiße leuchtende Augen, genau wie Matt beziehungsweise Tobin. Ich erschrak leicht und ging schnell zu einem der Waschbecken, um mir die Hände zu waschen. Was war das gerade? Hatte ich mir das gerade nur eingebildet oder hatte diese Frau wirklich ihre Augen weiß aufblitzen lassen? Wenn es so gewesen wäre, hätte es doch geheißen, dass diese Frau auch ein gefallener Engel gewesen wäre. Vielleicht war sie ja auch diejenige, die mit Tobin zusammen verbannt beziehungsweise getötet wurde.

„Bist du soweit", riss Anastasia mich aus meinen Gedanken.

„Ja, ich bin soweit", erwiderte ich, trocknete meine Hände mit einem Papiertuch ab und warf es in den Mülleimer. Ich schaute noch einmal zu der Toilettenkabine, in der die Frau verschwunden war. Die Tür war verschlossen und ich war froh darüber. Ich wollte diese Frau nicht noch einmal sehen. Sie war mir unheimlich.

Anastasia und ich verließen zusammen die Sanitäranlage und machten uns auf den Weg zurück zum Zeltplatz. Ich erzählte ihr nichts von der Frau, denn ich wollte sie nicht beunruhigen. Wahrscheinlich hatte ich mir die weiß aufblitzenden Augen auch nur eingebildet.

„Sixt und du, ihr liebt euch wirklich sehr. Das sieht man euch an", stellte Anastasia fest.

„Ja, er ist mein Ein und Alles und ich liebe ihn mehr als jeden Anderen auf der Welt", erwiderte ich.

„Das freut mich und er liebt dich über alles. Wenn wir uns mal sehen, redet er nur von dir."

„Wirklich", fragte ich erstaunt.

„Ja. Er ist so glücklich mit dir."

„Und ich mit ihm. Brian und du, ihr seht aber auch richtig glücklich miteinander aus."

„Ja, das sind wir auch. Brian ist der perfekte Mann für mich. Ich will ihn auch nicht mehr missen", sagte Anastasia freudestrahlend.

„Das ist schön. Ihr passt sehr gut zusammen."

„Danke. Ihr aber auch. So komm jetzt lass uns feiern", sagte sie, als wir an unserem Lager angekommen waren. Ich setzte mich mit dem Rücken zwischen Sixt Beine und er legte seine Arme um mich.

„Ich habe dich vermisst", flüsterte er mir ins Ohr.
„Ich dich auch", sagte ich leise, drehte mich zu ihm um und küsste ihn. Anschließend kuschelte ich mich an ihn an.
„Hey Brian, spiel uns mal etwas vor", rief Timothy zu ihm herüber.
„Na gut. Reich mir mal die Gitarre." Timothy reichte sie ihm herüber und Brian begann zu spielen. Es war ein bekanntes Lied und wir alle sangen mit. Als das Lied fertig war, stimmte Brian auch schon das Nächste an. Es machte viel Spaß und Brian konnte gut Gitarre spielen. Ich war so glücklich. Ich hatte Sixt und dazu noch neue Freunde gefunden.

Nach einigen Liedern kamen nun die Marshmallows dran. Jeder hielt einen langen Stock, an dem ein Marshmallow aufgespießt war, über das Feuer. So etwas hatte ich noch nie gemacht.
„Sei vorsichtig. Der ist sehr heiß", sagte Sixt, als ich das Marshmallow essen wollte. Kaum hatte er das gesagt, hatte ich mir auch schon die Finger verbrannt.
„Au", sagte ich und zog meine Hand wieder zurück.
„Ich habe es dir doch gesagt", grinste er mich an. Ich pustete um das Marshmallow abzukühlen und aß ihn anschließend.
„So ich glaube, es wird Zeit für die Gruselgeschichten. Wer weiß denn eine", fragte Nathan und schaute in die Runde. „Na gut dann fang ich an. Also ... ." Nathan erzählte eine der üblichen Gruselgeschichten von einem jungen Paar, dessen Auto auf einer Landstraße an einem Wald stehen geblieben war und der Mann nach Hilfe suchen wollte. Ich kuschelte mich eng an Sixt heran.
„Hast du Angst", fragte er flüsternd an meinem Ohr.
„Nein. Diese Geschichten machen mir keine Angst", flüsterte ich zurück und gab ihm einen Kuss. Als Nächstes erzählte Timothy eine Gruselgeschichte. Mir wurde etwas mulmig. Nicht von der Geschichte. Ich hatte das Gefühl, das uns jemand beobachtete. Ich schaute mich um, aber da war niemand. Ich lehnte mich wieder zurück und hörte Timothy weiter zu. Allerdings wurde ich dieses Gefühl nicht los.

Es war schon sehr spät, als wir alle aufstanden und schlafen gehen wollten. Ich ging mit den Mädels noch einmal zu den Sanitäranlagen, weil wir uns noch waschen wollten. Ich war als

Erste fertig und beschloss schon einmal zurückzugehen.
Mittlerweile waren die anderen Jugendlichen verschwunden und der
Strand war leer. Ich hatte das Gefühl, jemand würde mich
verfolgen. Immer wieder drehte ich mich um, aber niemand war da.
Ich lief weiter und schaute zu den Parkplätzen vom Restaurant. Da
sah ich eine Gestalt stehen, die zu mir herüberschaute. Ich erkannte
diese Gestalt. Es war diese Frau, die ich in der Sanitäranlage
gesehen hatte. Schnell schaute ich weg und beschleunigte meinen
Schritt. Ich wollte schnell wieder zurück. Als ich noch einmal zu
dem Parkplatz schaute, war die Frau verschwunden. Vielleicht hatte
ich mir das auch alles nur eingebildet. Ich schob es auf die
Gruselgeschichten, die erzählt wurden und dass meine Fantasie mir
einen Streich spielen wollte. Trotzdem hielt ich mein Tempo bei
und war froh, als ich wieder bei unserem Lager ankam. Die Jungs
hatten in der Zeit schon das Feuer gelöscht. Jetzt brannten nur
noch Taschenlampen. Als die Anderen wiederkamen, wünschten
wir uns alle eine gute Nacht und jeder ging in sein Zelt. Sixt ging
vor mir rein. Ich drehte mich noch einmal um, da das Gefühl, dass
uns jemand beobachtete, wieder da war. Wieder war niemand zu
sehen.
„Was ist los", fragte Sixt, da ich noch vor dem Zelt stand.
„Nichts. Ist schon gut. Ich hatte nur das Gefühl, als ob uns jemand
beobachtet, aber da ist niemand. Vielleicht liegt es auch nur an den
Gruselgeschichten von heute Abend", sagte ich lächelnd und ging
ins Zelt. Schnell zog ich mich um und legte mich zu Sixt in den
Schlafsack. Er legte seine Arme um mich und küsste mich.

Kapitel 8

Es war Donnerstag. Mein Geburtstag. Für mich war der Tag nichts Besonderes. Auch wenn ich einundzwanzig wurde und nun vom Gesetz her erwachsen war. Anders fühlte ich mich aber nicht. Ich wurde auch nicht mehr wegen einer Party gefragt. Ich wollte sowieso nicht feiern. Der Schmerz und die Traurigkeit über das letzte Mal, wo ich gefeiert hatte, saß noch sehr tief. So etwas wollte ich nicht mehr erleben. Jetzt stand ich hier in der Boutique und arbeitete. Mrs. Evans hatte mich am Montag gefragt, ob ich heute arbeiten kommen könnte, da sie einen wichtigen Termin hatte. Sie hatte sich mehrmals entschuldigt, dass ich an meinen Geburtstag arbeiten kommen sollte. Ich sagte ihr, dass es nicht schlimm sei. Dafür hatte ich den Freitag frei und heute war mein letzter Arbeitstag, da ich danach drei Wochen Urlaub hatte. Ich fing erst im August, wenn auch die Uni wieder begann, an zu arbeiten. Sixt hatte mich heute Morgen zu einem Frühstück auf unserer Klippe eingeladen, nachdem alle Anderen morgens schon weg waren. Er hatte eine Decke ausgebreitet und alles für das Frühstück vorbereitet. Sogar ein kleiner Kuchen mit einer Kerze war dabei gewesen. Wir blieben bis mittags dort und Sixt fuhr mich anschließend zur Arbeit. Abends wollten wir dann mit den Anderen zusammen grillen. Eigentlich wollte ich mit meinen Eltern abends zusammen essen, aber sie mussten es auf den nächsten Tag verschieben, da mein Vater ein wichtiges Geschäftsessen hatte, wo meine Mutter mitmusste und er es nicht verschieben konnte. Es war nicht so schlimm, da ich mir nicht mehr so viel aus meinem Geburtstag machte.

Die Zeit auf der Arbeit verging schnell. Ich sortierte gerade einige T-Shirts, als Tobin in den Laden kam. Erschrocken drehte ich mich um und schaute Hilfe suchend zu Samantha und Katie, die aber beide in der Kundenbetreuung waren. Schnell ging ich ins Lager. Ich hoffte, dass er mich noch nicht gesehen hatte und wieder verschwand. Um mich abzulenken, schaute ich mir den Bestand an, als plötzlich die Tür geöffnet wurde und Tobin eintrat. Er schloss die Tür hinter sich und kam auf mich zu.

„Was willst du hier? Verschwinde. Sofort", rief ich und bekam Angst.

„Jamie, ich möchte mich bei dir für das was in dem Club und im Krankenhaus passiert ist entschuldigen. Es tut mir wirklich leid, dass ich dir wehgetan habe. Das kommt nie wieder vor", entschuldigte er sich und trat näher an mich heran. Automatisch ging ich einen Schritt zurück.

„Verschwinde einfach. Ich möchte nichts mehr mit dir zu tun haben."

„Das kann ich nicht. Jamie, ich liebe dich und möchte dich zurückhaben. Bitte komm zu mir zurück", flehte er mich an.

„Nein. Ich liebe dich nicht. Ich habe jetzt ein neues Leben, ein schöneres. Außerdem liebe ich jemand anderen. Ich werde nie wieder zu dir zurückkommen", sagte ich bestimmend. Ich sah, wie Tobins Augen sich wieder weiß färbten und sich sein Gesicht wütend verzog.

„Du kommst zu mir zurück. Du gehörst mir und niemanden anderes", rief er wutentbrannt und kam auf mich zu. Panik stieg in mir auf und ich ging wieder rückwärts, bis ich mit dem Rücken ans Regal stieß. Ausgerechnet jetzt kam niemand hier herein. Hatte denn weder Samantha noch Katie gesehen, wie Tobin hier ins Lager gegangen war? Sonst sahen sie doch auch immer alles.

„Tja, tut mir leid. Aber niemand hat mich gesehen und somit wird dir auch niemand zur Hilfe kommen", lachte er hämisch und konnte wohl meinem Blick entnehmen, dass ich auf Hilfe hoffte.

„Und jetzt sag, dass du mich liebst", forderte er mich auf und packte mich am Arm.

„Nein, das werde ich nicht. Ich liebe dich nicht. Lass mich in Ruhe", rief ich und versuchte mich zu befreien. Tobin wurde noch wütender und erhob die Hand. Ich wusste, was jetzt passieren würde und machte mich auf den Schlag bereit. Mein Körper begann zu zittern und ich kniff die Augen zu. Plötzlich bemerkte ich, wie Tobin von mir weggezogen wurde. Ich öffnete die Augen und sah Sixt, der Tobin festhielt.

„Habe ich dir nicht schon einmal gesagt, dass du sie in Ruhe lassen sollst", zischte Sixt wütend und schleuderte Tobin zu Boden.

„Komm ihr nie wieder zu Nahe, sonst bekommst du es richtig mit mir zu tun." Tobin rappelte sich wieder auf und wollte gerade auf

mich zustürmen, als Nathan vor ihm auftauchte und sich ihm in den Weg stellte. Erschrocken blieb Tobin stehen. Er hatte nicht damit gerecht, dass noch ein Schutzengel erscheinen würde. Gut, ich ebenfalls nicht. Aber gegen einen Schutzengel hätte er vielleicht noch eine Chance gehabt, wobei ich wusste, dass Sixt alles getan hätte, um mich vor ihm zu beschützen. Doch gegen zwei, war Tobin chancenlos. Er schien zu überlegen, was er nun tun könnte. „Ich werde sie kriegen. Sie wird mir gehören. Hörst du Jamie. Du wirst zu mir zurückkommen, und wenn ich dich dazu zwingen muss", lachte Tobin hämisch auf und verschwand durch die Hintertür. Sixt kam direkt zu mir und nahm mich in den Arm. „Hey, es ist alles gut. Ich bin da. Er wird dir nichts tun. Ich passe auf dich auf", sagte er und streichelte sanft über meinen Rücken. Ich zitterte immer noch und drückte mich eng an ihn. „Scht, ganz ruhig." Langsam beruhigte ich mich wieder und schaute zu ihm auf. „Danke. Ohne euch wüsste ich jetzt nicht, wo ich wäre", sagte ich. „Du brauchst dich nicht zu bedanken, Süße."
„Nein, das brauchst du wirklich nicht. Schade, ich habe eigentlich auf einen Kampf gehofft. Aber der Feigling ist einfach abgehauen. Vielleicht hätten wir ihm folgen sollen", kam es von Nathan. „Ja, vielleicht. Aber wer weiß, ob er nicht draußen Verstärkung hatte. Das Risiko wollte ich nicht eingehen", entgegnete Sixt.
„War das eigentlich von euch geplant, dass Nathan ebenfalls hier ins Lager kam", fragte ich die beiden.
„Eigentlich nicht. Naja, als Sixt gesehen hat, dass du in Gefahr bist und Tobin erwähnt hat, bin ich mit ihm hier hergesprungen. Ich blieb allerdings noch unsichtbar, um den Überraschungseffekt zu wahren. Naja und die Überraschung ist mir gelungen. Tobin hatte damit überhaupt nicht gerechnet und wusste erst gar nicht, was er tun sollte", grinste Nathan.
„Was war eigentlich hier los, bevor wir aufgetaucht sind", fragte mich Sixt.
„Ich war im Laden, und als ich sah, dass Tobin hereinkam, bin ich schnell ins Lager gegangen, da ich dachte, dass er mich nicht gesehen hat. Naja und die anderen beiden waren halt in Kundengesprächen, da konnte ich sie nicht stören. Tobin kam ins Lager unter dem Vorwand, dass er sich entschuldigen wollte, für das, was im Club und im Krankenhaus passiert ist. Allerdings wurde er aggressiv und den Rest wisst ihr ja."

„Wahrscheinlich hatte er gehofft, dass du ins Lager gehen wirst, damit ihr alleine sein konntet. Im Laden hätte er dich nicht angreifen können. Wie geht es dir?"

„Es geht schon wieder", sagte ich und küsste ihn. „Ich muss jetzt aber mal wieder in den Laden. Ich werde bestimmt schon vermisst. Mich wundert es, dass noch keiner der beiden hier hereingekommen ist, um zu schauen, wo ich bin."

„Möchtest du, dass ich bei dir bleibe", fragte Sixt und sah mich besorgt an.

„Nein, das brauchst du nicht. Ich glaube nicht, dass er hier heute noch einmal auftaucht."

„Das glaube ich auch nicht. Er muss damit rechnen, dass wir bei dir sind. Aber ich habe dich im Blick und hole dich dann um sechs Uhr ab."

„Ja ist gut. Ich liebe dich", erwiderte ich.

„Ich dich auch", sagte Sixt und zog mich an sich. Es folgte ein sehr langer Kuss. Als wir uns wieder voneinander lösten, verschwanden Sixt und Nathan und ich ging wieder in den Laden. Samantha und Katie waren beide noch mit ihren Kunden beschäftigt. Anscheinend hatte mich noch keiner vermisst. Ich ging wieder zu den T-Shirts und sortierte sie weiter.

Der Feierabend rückte näher und Mrs. Evans kam von ihrem Termin wieder.

„Jamie, herzlichen Glückwunsch zum Geburtstag und alles Gute", sagte sie und umarmte mich kurz.

„Danke", erwiderte ich.

„Entschuldige noch einmal, dass du an deinem Geburtstag arbeiten kommen musstest, aber ich konnte den Termin nicht verschieben." Normalerweise hatte jeder Angestellte am Geburtstag frei und brauchte bei ihr nicht arbeiten kommen.

„Das macht mir nichts aus. In anderen Firmen muss man auch am Geburtstag arbeiten."

„Da hast du recht. War denn viel los?"

„Es ging eigentlich. Wir hatten immer etwas zu tun", berichtete ich.

„Dafür habt ihr ja jetzt Feierabend. Na los, hol deine Sachen und dann genieße noch deinen Geburtstag." Ich ging in den Aufenthaltsraum, holte meine Tasche und ging wieder in den Laden.

114

„So dann feier noch schön und ich wünsche dir einen schönen Urlaub. Genieße ihn. Du hast ihn dir verdient", sagte Mrs. Evans.

„Das werde ich. Tschüss", erwiderte ich und ging raus. Sixt wartete schon, am Wagen lehnend auf mich und lächelte. Ich ging zu ihm und küsste ihn.

„Alles in Ordnung", fragte er und schaute mich besorgt an.

„Ja. Es ist alles gut", erwiderte ich und lächelte. Sixt hielt mir die Beifahrertür auf und ich stieg ein. Anschließend stieg er ebenfalls ein und fuhr, nachdem er den Motor gestartet hatte, los. Ich schaute aus dem Fenster und dachte über das Geschehene nach. Würde Tobin seine Drohung wahrmachen? Würde jetzt wieder alles von vorne anfangen wie damals bei Terina? Vielleicht würde er aber doch einsehen, dass ich ihn nicht liebte. Sixt riss mich aus meinen Gedanken.

„Mach dir keine Sorgen. Tobin wird dir nichts mehr tun. Und nun denk nicht weiter darüber nach. Dieser Abend gehört dir und du sollst ihn genießen", sagte er sanft. Wir fuhren die Auffahrt zum Haus der Schutzengel hoch und Sixt hielt wie immer vor dem Haus. Wir stiegen aus und gingen zur Haustür. Sixt schloss die Tür auf und ließ mich zuerst eintreten. Im Haus war es stockdunkel. Was war denn hier los? Sixt war nach mir ins Haus gekommen und hatte die Tür geschlossen. Ich tapste vorsichtig zum Lichtschalter und betätigte ihn.

„Überraschung", ertönte es aus allen Richtungen und Leute kamen aus ihren Verstecken. Ich schaute mich erschrocken um und sah lauter bekannte Gesichter. Sixt trat hinter mich.

„Herzlichen Glückwunsch zum Geburtstag, meine Süße", flüsterte er mir ins Ohr. Ich drehte mich zu ihm um und schaute ihn überrascht an. In dem Moment kam auch schon Sasha angerannt und umarmte mich.

„Alles alles Gute zu deinem Geburtstag", sagte sie. Anschließend kamen alle Leute, es mussten über dreißig gewesen sein, und gratulierten mir. Bei den ersten waren meine Eltern und Leslie mit dabei gewesen. Als alle mir gratuliert hatten, schaute ich mich um. Erst jetzt bemerkte ich, dass alles feierlich geschmückt war. Überall hingen Luftballons und Luftschlangen. Auch eine große Geburtstagstorte stand auf dem Tisch. Im Wohnzimmer waren die Möbel für eine Tanzfläche verrückt worden und in einer Ecke stand eine Musikanlage mit DJ-Pult. Ich war vollkommen sprachlos. So

115

etwas hatte noch nie jemand für mich gemacht. Eigentlich hätte ich sauer sein müssen, weil ich nicht feiern wollte, aber ich war so überrascht und glücklich.

„Bist du jetzt sauer, weil es doch eine Party gibt", fragte Sixt und schaute mich an.

„Nein, eher überwältigt. So etwas Tolles hat noch nie jemand für mich getan", gestand ich.

„Naja, ich wollte dir mal zeigen, dass es auch Leute gibt, die alle nur deinetwegen kommen und mit dir zusammen feiern möchten, nachdem du so schlechte Erfahrungen gemacht hast. Ich habe gesehen, wie traurig es dich gemacht hat, als du mir erzählt hast, was passiert ist. Wir haben nur Leute eingeladen, die nur wegen dir hier sind", erklärte er.

„Danke. Ich weiß gar nicht, was ich sagen soll."

„Du brauchst nichts sagen. Hauptsache du hast deinen Spaß", sagte Sixt und küsste mich.

„Jamie, es wird Zeit, dass du die Geschenke auspackst", rief Leslie und kam zu mir. „Hier das ist von Greg und mir." Sie reichte mir ein kleines Päckchen.

„Danke", sagte ich und packte es aus. Es war mein Lieblingsparfüm.

„Bei deinem Umzug habe ich gesehen, dass dein Altes bald leer ist. Also haben wir dir ein Neues gekauft", erklärte sie.

„Danke. Das kann ich gut gebrauchen." Nun kamen meine Eltern und überreichten mir einen Umschlag und ein Päckchen. Ich öffnete zuerst den Umschlag. Neben einer Geburtstagskarte war noch ein Gutschein über die Bezahlung der Inspektion von meinem Auto, die im August wieder fällig war, mit in dem Umschlag. Anschließend packte ich das Päckchen aus. Es war ein Tablet-PC. Als Nächstes kamen meine Oma und mein Opa, die mir eine neue Digitalkamera schenkten. Sie mussten gewusst haben, dass meine alte Kamera kaputtgegangen war. Wahrscheinlich hatten meine Eltern es ihnen erzählt. Sixt hatte auch meine Tanten und Onkels, sowie meine Cousins und Cousinen eingeladen, von denen ich Umschläge mit Geld bekam. Nun kam Maya mit einem Umschlag zu mir.

„Das ist von Sasha, Timothy, Nathan und mir", sagte sie lächelnd. Ich nahm den Umschlag und öffnete ihn. Mich traf der Schlag, als ich sah, was sich darin befand.

„Las Vegas", fragte ich und schaute sie an.

„Ja genau. Und zwar für ein Wochenende und wir kommen alle mit", sagte Sasha.

„Das ist ja Wahnsinn."

„Das Datum steht auch schon fest. Am Dreiundzwanzigsten bis zum fünfundzwanzigsten August", grinste Nathan.

„Danke. Aber Freitag muss ich arbeiten und der Flug geht um drei Uhr. Da muss ich mir freinehmen", stellte ich fest.

„Das ist schon geregelt. Du hast den Freitag frei und kannst, wenn du möchtest, Donnerstag arbeiten kommen", sagte Mrs. Evans, die ebenfalls gekommen war. Es war alles von Sixt und Sasha geplant gewesen. Auch das ich heute arbeiten musste. So konnten sie alles vorbereiten. Meine Eltern hatten das Geschäftsessen nur erfunden, damit ich heute Abend zu Hause blieb.

„Na dann, auf nach Las Vegas", grinste ich. Jetzt folgten die anderen Gäste, die mir ebenfalls Geschenke reichten. Ich bedankte mich bei jedem und packte die Päckchen und Umschläge aus. Unter den anderen Gästen waren Samantha, Katie, Claire, Josh, Dave und noch einige aus Sashas und meinen Kursen, mit denen ich mich recht gut verstand.

„So nun fehlt also nur noch meins", sagte Sixt neben mir. „Dafür musst du aber mit mir nach oben kommen." Er nahm meine Hand und führte mich zum Fahrstuhl, mit dem wir nach oben zu unserem Zimmer fuhren. Normalerweise wären wir jetzt gesprungen, aber da Gäste im Haus waren, bewegten sich die Schutzengel ganz normal. Wir kamen bei unserem Zimmer an und stiegen aus dem Fahrstuhl aus. Sixt öffnete die Zimmertür und wir konnten kaum glauben, was wir sahen. Auf unserer Couch lag Monica mit einem Korsett und Strapsen bekleidet.

„Was suchst du denn hier", fragte Sixt halb überrascht, halb wütend.

„Du hast doch gesagt, dass ich hier oben auf dich warten soll. Allerdings dachte ich, dass du alleine kommst und nicht die da mitbringst", sagte sie und zeigte mit abfälligem Gesichtsausdruck auf mich.

„Erstens ist das hier Jamies und mein Zimmer, zweitens habe ich nie gesagt, dass du hier warten sollst und drittens ist das Jamies Party und du bist gar nicht eingeladen. Verschwinde sofort", herrschte Sixt sie an.

117

„Aber wir waren doch hier verabredet. Du hast doch zu mir gesagt, dass du mit ihr Schluss machst. Du würdest mich mehr lieben und sie würde es im Bett nicht bringen", versuchte sie sich zu verteidigen. Was fiel dieser Person eigentlich ein. Wie dreist musste man sein. Vor allem versuchte sie schon wieder, mit ihren Lügen uns auseinander zu bringen. Dachte sie wirklich, dass ich ihr auch nur ein Wort glauben würde? Ich wusste, dass Sixt mich liebte. Ich wusste auch, dass er nie ihretwegen mit mir Schluss machen würde.

„Jamie, hör nicht auf das, was sie sagt. Du weißt, dass es nur Lügen sind und ich dich über alles liebe", sagte Sixt und schaute mir dabei fest in die Augen.

„Ich weiß", erwiderte ich, zog ihn an mich und küsste ihn.

„Das sagst du jetzt nur, weil du sie nicht verletzen willst. Aber du musst ihr die Wahrheit sagen. Sag ihr, dass wir schon seit zwei Monaten ein Paar sind. Dass du mich mehr liebst. Dass ...", aber weiter kam sie nicht, denn sie wurde von Sixt unterbrochen.

„Hör auf mit deinen Lügen. Wir sind kein Paar. Ich liebe dich nicht und werde es auch nie tun. Und jetzt verschwinde. Sasha kommst du bitte mal hoch", rief Sixt. Es dauerte nicht lange und Sasha kam ins Zimmer. Schutzengel hatten ein sehr gutes Gehör und so hatte sie ihn trotz des Lärmes von der Party und den drei Etagen, die zwischen uns lagen, gehört. „Kannst du bitte diese unwillkommene Person, die einfach hier ins Haus reingeschlichen ist, hinauswerfen?"

„Klar mache ich. Das ist kein Problem", erwiderte Sasha und grinste. Sie ging zu Monica, warf ihr ihren Mantel zu, den sie auf den Boden geworfen hatte, zog sie von der Couch und mit sich aus dem Zimmer. Monica schrie, beschimpfte sie und versuchte sich zu befreien, aber Sasha war stärker als sie und zog sie die Treppen herunter. Sixt schloss die Tür und kam auf mich zu.

„Entschuldige, so war das nicht geplant", sagte er und schaute mich entschuldigend an.

„Ist nicht so schlimm. War ja klar, dass Monica vor nichts zurückschreckt."

„Jetzt feiern wir aber deinen Geburtstag. Ich habe hier etwas für dich. Herzlichen Glückwunsch, Süße." Sixt reichte mir ein schmales Päckchen. Ich nahm es und packte es aus. Zum Vorschein kam eine längliche Schatulle. Diese öffnete ich. Mein Mund blieb vor Überraschung offenstehen, als ich sah, was es war. In der Schatulle lag ein Armband aus Brillanten, die jeweils in einer zusammenhängenden silbernen Fassung steckten. Es sah wunderschön aus.

„Ich hoffe, es gefällt dir", sagte Sixt und schaute mich an. Ich konnte die Augen gar nicht davon abwenden.

„Es ist wunderschön. Danke. Das war doch sicher sehr teuer."

„Für dich ist mir nichts zu teuer." Sixt zog mich an sich und küsste mich. Ich erwiderte den Kuss und vertiefte ihn.

„Komm, ich lege es dir um", sagte Sixt, als er sich von mir löste. Er nahm das Armband aus der Schatulle, legte es mir um meinen rechten Arm und verschloss es. Ich betrachtete es wieder. Im Licht funkelten die Brillanten in allen Farben. Es sah so wunderschön aus.

„Und jetzt kommt noch das zweite Geschenk, aus welchem Grund ich es dir auch hier oben geben muss, da ich es keinen Lärm aussetzen will", hörte ich Sixt sagen.

„Noch ein Geschenk", fragte ich erstaunt.

„Ja", sagte er und zeigte auf etwas, was sich in der Ecke hinter der Wendeltreppe befand. Dort stand unter einem Laken etwas versteckt. Ich ging in die Ecke, nahm das Laken in die Hand und zog es weg. Zum Vorschein kam ein großer Eckkäfig, der genau in die Ecke passte und drinnen saßen zwei kleine Zwergkaninchen. Das eine war dunkelbraun und hatte Schlappohren und das Andere war weiß mit einem schwarzen Fleck auf der Nase und normalen abstehenden Ohren.

„Die sind ja süß", sagte ich leise, um sie nicht zu erschrecken und kniete mich vor dem Käfig.

„Ja und der mit den Schlappohren gehört dir. Es ist ein Weibchen."

„Und wem gehört der Andere?"

„Mir. Ich wollte nicht, dass dein Zwergkaninchen so alleine ist, wenn wir nicht da sind und deshalb habe ich noch eins dazu gekauft. Es ist ein Männchen", erklärte Sixt mir lächelnd.

„Haben sie denn schon Namen", fragte ich.

„Nein noch nicht. Die müssen wir ihnen noch geben."

„Dann müssen wir uns nachher noch welche überlegen." Ich stand auf und legte meine Arme um Sixts Hals. „Danke. Das sind die besten Geschenke, die ich je bekommen habe."

„Schön, dass dir die Geschenke gefallen. Du hattest mir ja mal erzählt, dass du gerne wieder ein Zwergkaninchen haben möchtest und da du dir bis jetzt noch keines geholt hattest, dachte ich mir, dass ich dir eines schenke."

„Du bist so süß", hauchte ich, zog seinen Kopf zu mir herunter und küsste ihn. Bereitwillig erwiderte er meinen Kuss und strich mir sanft über den Rücken.

„Ich glaube, wir sollten langsam wieder heruntergehen. Wenn Sasha gleich hier hochkommt, um uns zu holen, werden wir sie nicht aus dem Zimmer bekommen, weil sie nur am Käfig sitzen wird. Ich hatte heute Nachmittag schon Mühe sie hier herauszuhalten", erklärte Sixt, als wir uns voneinander lösten.

„Das kann ich mir vorstellen", sagte ich und lachte. In dem Moment wurde die Tür aufgerissen und Sasha kam mit Leslie, Greg und meinen Eltern herein.

„Die Kaninchen muss ich euch zeigen, die sind ja so süß", sagte sie und lief auf den Käfig zu.

„Entschuldige Schatz, aber sie wollte sie uns unbedingt zeigen und ließ nicht locker", entschuldigte sich meine Mutter bei mir.

„Ist schon gut. Wir wollten auch eigentlich schon wieder herunterkommen", erwiderte ich lächelnd.

„Das ist aber ein schönes Armband", sagte meine Mutter, nahm meinen Arm und schaute es sich an.

„Ja, das habe ich von Sixt bekommen."

„Das ist wirklich schön. Greg, so eins möchte ich auch haben", rief Leslie, als sie das Armband betrachtete.

„Was du so alles haben willst", erwiderte er. „Demnach muss ich Großverdiener werden." Schmollend wandte Leslie sich den Kaninchen zu.

„Sasha, lass bitte die Kaninchen im Käfig. Sie haben noch Angst und müssen sich erst an die neue Umgebung gewöhnen", hörte ich Sixt sagen, als Sasha den Käfig öffnen wollte.

„Ach man. Ich wollte sie doch nur auf den Arm nehmen."

„Morgen, okay", schlug Sixt vor.

„Na gut."

„Wir sollten langsam mal wieder heruntergehen. Die Gäste wundern sich bestimmt schon, wo das Geburtstagskind bleibt", wandte Sixt sich zu mir.

„Ja, das sollten wir, sonst kommen noch alle hoch und feiern hier", lachte ich.

„Also von der Größe des Zimmers her dürfte das kein Problem

sein. Platz habt ihr ja genug", kam es von meinem Vater.

„Ja, da hast du recht", erwiderte ich.

„Hast du dich denn schon eingelebt", fragte nun meine Mutter.

„Ja, soweit schon. Ich vermisse nur dein Essen", gestand ich ihr.

„Na dann müsst ihr mal wieder zum Essen vorbeikommen", erwiderte sie lächelnd.

„Ja und mein Häuschen müsst ihr euch auch ansehen. Es ist jetzt fertig eingerichtet", kam es von Leslie.

„Das werden wir. Wenn wir das nächste Mal zum Essen vorbeikommen, werden wir uns vorher dein Häuschen ansehen", versprach ich ihr und ging zur Tür. Es wurde wirklich langsam Zeit wieder zu meinen Gästen hinunter ins Erdgeschoss zu gehen. Die Anderen folgten mir, wobei Sixt Sasha aus dem Zimmer schieben musste und wir fuhren mit dem Aufzug hinunter. Unten angekommen kam Maya auf mich zu, nachdem ich aus dem Fahrstuhl gestiegen war.

„Wir haben noch etwas für dich. Bleib hier stehen." Ich tat, was sie mir befohlen hatte. Das Licht wurde gelöscht und aus dem Esszimmer kamen Nathan und Timothy, die eine große Geburtstagtorte auf einem Servierwagen hereinschoben. Sie blieben vor mir stehen und nun konnte ich sie mir genau ansehen. Es war eine Buttercremetorte mit einundzwanzig Kerzen, die angezündet und im Kreis aufgestellt in der Torte steckten. Im Kreis war die Zahl einundzwanzig geschrieben und drum herum war die Torte mit Wolken und Engel verziert. Ich musste grinsen, als ich die Engel sah. Es war eine Andeutung auf die Schutzengel.

„Jetzt musst du die Kerzen auspusten und dir etwas wünschen", flüsterte Sixt mir ins Ohr, der hinter mir stand. Ich überlegte kurz, was ich mir wünschen könnte. Eigentlich war ich wunschlos glücklich. Ich hatte schließlich alles, was ein Mensch brauchte, um glücklich zu sein. Ich war gesund, hatte meine Familie, hatte tolle Freunde und natürlich Sixt. Was brauchte ich mehr? Ich holte tief Luft und pustete die Kerzen alle auf einen Schlag aus. Dabei wünschte ich mir, dass ich mit Sixt für immer zusammen sein würde und Sixts großen Wunsch wieder ein Mensch zu werden erfüllt werden würde. Ich wusste, dass es eigentlich zwei Wünsche waren, aber das war das, was ich mir am Meisten wünschte. Das Licht wurde wieder eingeschaltet und alle Gäste applaudierten. Maya reichte mir ein Messer, mit dem ich die Torte anschnitt und sie an die Gäste verteilte.

Ich hatte gerade meinen Kuchen aufgegessen, als ich von Sixt gerufen wurde. Er stand im Flur und ich ging zu ihm.
„Da sind noch mehr Gäste gekommen", sagte er und deutete auf zwei Personen.
„Herzlichen Glückwunsch zum Geburtstag", rief Anastasia, kam zu mir und umarmte mich kurz.
„Danke."
„Alles Gute, Kleine", gratulierte mir nun Brian und umarmte mich ebenfalls. „Hier wir haben auch etwas für dich. Er löste sich von mir und überreichte mir ein Päckchen.
„Tut uns leid, dass wir jetzt erst kommen, aber wir mussten noch etwas erledigen", entschuldigte sich Anastasia. „Und ich habe noch meinen neuen Schützling zugewiesen bekommen", flüsterte sie mir zu.
„Na, das ist doch gut. Du hast ja schon darauf gewartet. Und welchen Schützling hast du bekommen", fragte ich sie.
„Ich wurde einem Säugling zugewiesen. Es ist ein Mädchen und heißt Lisa. Sie ist so süß", lächelte Anastasia.
„Ja, ist ja gut. Sie hat mir auf der Fahrt hierhin schon von der Kleinen vorgeschwärmt, wie süß sie wäre. Jamie, mach dein Geschenk auf. Ich hoffe es gefällt dir", kam es von Brian. Ich tat, was er sagte, packte das Geschenk aus und zum Vorschein kam ein neues Handy. Nein, es war kein normales Handy, sondern ein Smartphone. Es war genau das, was ich haben wollte. Nur ohne Vertrag war es sehr teuer und mein Mobilfunkvertrag lief erst in einem Jahr aus. Dann konnte ich mir erst ein neues Handy preisgünstig zum Vertrag aussuchen. Es war schwarz und hatte ein großes Touch-Display. Neben einer Digitalkamera und einen MP3-Player hatte es noch viele andere Funktionen.
„Das gibt es doch nicht. Woher wusstet ihr, dass ich das haben wollte", fragte ich erstaunt.
„Uns hat es jemand zu gezwitschert", grinste Brian und deutete in Sixts Richtung. Ich schaute Sixt an, der mir mein Lieblingslächeln schenkte.
„Danke, das wäre echt nicht nötig gewesen. Das Handy ist doch viel zu teuer gewesen", sagte ich und umarmte erst Brian und dann Anastasia.

„Ach Blödsinn. Du weißt doch, Schutzengel haben sehr viel Geld", flüsterte Anastasia mir zu, damit es niemand mitbekam. Ja, das wusste ich. Als Schutzengel bekam man vom Engelsrat ein volles Bankkonto, da man schließlich nicht normal arbeiten gehen konnte und Geld zum Leben auf der Erde brauchte.

„Da hast du recht. Danke. Das ist wirklich ein sehr tolles Geschenk. Holt euch Kuchen. Es ist noch genug da." Ich deutete auf die Geburtstagstorte, die zur Hälfte erst gegessen war. Die beiden holten sich Teller und schnappten sich jeder ein Stück Torte.

„Wollen wir tanzen gehen", fragte Sixt mich.

„Ja gerne", erwiderte ich, legte mein Handy zu den anderen Geschenken und wollte gerade mit Sixt zur Tanzfläche gehen, als er von mir weggezogen wurde.

„Da bist du ja. Ich habe dich schon gesucht. Komm lass uns tanzen gehen", sagte eine Stimme, die mir sehr bekannt vorkam. Ich drehte mich um und sah, dass Monica Sixt am Arm zog. Was machte die schon wieder hier? Wurde sie nicht schon von Sasha aus dem Haus geworfen? Ich sah, wie Sixt ihren Arm wegschlug und sie anschrie.

„Ich habe dir vorhin schon gesagt, dass du verschwinden sollst. Kapier es endlich."

„Jetzt stell dich doch nicht so an. Verbring nur einen Tag mit mir und ich werde dir beweisen, dass ich die Richtige für dich bin", versuchte sie ihn zu überzeugen.

„Nein danke. Der Tag mit dir wäre der schrecklichste in meinem Leben. Außerdem habe ich die Richtige für mein Leben schon gefunden und das ist Jamie. Das wird sich auch nie ändern. Also verzieh dich und lass uns ein für alle Mal in Ruhe", erwiderte Sixt wütend und funkelte sie an.

„Ach komm schon. Wir wären das perfekte Paar", versuchte sie es noch einmal und kniff ihn in den Hintern. Jetzt wurde ich wütend. Was nahm diese Person sich eigentlich heraus. Erst machte sie ihn vor meinen Augen an und dann betatschte sie ihn auch noch. Sixt wollte gerade reagieren, aber ich war schneller. Ich holte mit meiner Hand aus und schlug ihr ins Gesicht. Monica schrie auf und hielt sich die Wange.

„Du kleines Miststück, das bekommst du zurück", rief sie.

„Halt die Klappe", sagte ich bissig, packte sie am Arm und schleifte sie zur Haustür, die mir von Sasha schon aufgehalten wurde. Sie hatte Monicas Versuch sich an Sixt heranzumachen

123

mitbekommen. Monica wehrte sich und versuchte sich aus meinem Griff zu lösen, aber ich nahm all meine Kraft zusammen und schubste sie nach draußen.

„Tauchst du hier noch einmal auf, rufe ich die Polizei. Jetzt verzieh dich. Lass uns endlich in Ruhe. Sollte ich noch einmal sehen, dass du Sixt betatschst, bekommst du es mit mir zu tun", schrie ich sie an und knallte die Haustür zu. Ich blieb noch vor der geschlossenen Haustür stehen und atmete tief durch. Ich war selbst von mir überrascht. So kannte ich mich gar nicht. Noch nie wurde ich handgreiflich und hatte jemanden hinausgeworfen. Die ganze Wut über Monicas Taten hatte sich aufgestaut. Ich hatte immer alles geschluckt. Nun hatte ich meine Wut an sie herausgelassen und ich war froh darüber. Ich wusste, dass Gewalt falsch war. Zwar war es nur eine Ohrfeige, aber dies war auch schon eine Form der Gewalt, die ich eigentlich gar nicht mochte. Und doch musste ich sagen, dass ich mich gut fühlte. Als ob ein riesiger Berg von mir gefallen war.

„Wow Jamie, das war einfach klasse", sagte Sasha und schaute mich an.

„Naja, es hat mir gereicht. Diese Dreistigkeit von ihr, die ganze Zeit meinen Freund anzumachen, meistens vor meinen Augen und ihn gerade noch zu betatschen. Das war zu viel."

„Das kann ich verstehen. Ich hätte genauso reagiert", erwiderte Sasha grinsend.

„Da ist ja meine Retterin", hauchte mir Sixt ins Ohr und schlang seine Arme um meinen Bauch.

„Hat es irgendjemand mitbekommen", fragte ich, als mir einfiel, dass wir ja nicht alleine waren.

„Nein, deine Gäste sind alle im Wohnzimmer und die Musik ist so laut, dass es niemand mitbekommen hat", versicherte mir Sixt.

„Dann ist ja gut." Ich hatte keine Lust es meiner Familie oder sonst wem zu erklären, warum ich Monica aus dem Haus geworfen hatte.

„Komm lass uns jetzt tanzen gehen", meinte Sixt und schob mich zur Tanzfläche. Es wurde gerade ein ruhiges Lied gespielt. Ich legte meine Arme um seinen Nacken und Sixt zog mich näher zu sich. Eng umschlungen tanzten wir zu dem Lied und schauten uns tief in die Augen.

„Ich liebe dich", hauchte Sixt mir ins Ohr.

„Ich liebe dich auch", erwiderte ich und küsste ihn.

„Ah, da ist das Geburtstagskind ja", sagte Nathan, der plötzlich neben uns stand. „Komm mal mit, ich habe einen Drink für dich kreiert, den musst du probieren." Ehe ich mich versah, zog Nathan mich mit in die Küche. Sixt folgte uns. Dort angekommen reichte Nathan mir ein Glas.

„Was ist das", fragte ich überrascht und schaute mir den Inhalt des Glases an.

„Probier einfach mal und sag mir, wie es schmeckt", wies Nathan mich an. Ich tat, was er sagte und nippte an dem Drink. Es schmeckte sehr lecker.

„Es schmeckt richtig gut. Was ist da drin", fragte ich ihn und reichte das Glas an Sixt weiter, damit er ebenfalls probieren konnte.

„Kirschsaft, Kokosnussmilch, Orangensaft und garantiert kein Alkohol. Ich weiß doch, dass du es nicht so gern magst", grinste er.

„Der ist wirklich gut. Ich möchte auch so einen", sagte Sixt und reichte ihm das Glas zurück.

„Na gut. Ich werde euch zwei machen", erwiderte er und begann gleich mit dem Mixen. Als wir unsere Drinks bekommen hatten, führte mich Sixt ins Esszimmer.

„Komm wir essen jetzt erst mal etwas", schlug er vor. Im Esszimmer befand sich ein großes Buffet mit vielen leckeren Sachen.

Nach dem Essen unterhielt ich mich mit den Gästen und stellte Sixt meinen Verwandten vor, die sich nur vom Telefon her kannten und vorher noch nie gesehen hatten. Ich war froh, dass meine Verwandten Sixt als meinen Freund akzeptierten und sich angeregt mit ihm unterhielten.

„Sixt ist ein sehr netter Junge. Halt ihn gut fest", riet mir meine Großmutter und schaute zu meinem Freund hinüber, der gerade mit meinem Großvater redete.

„Das habe ich vor", versicherte ich ihr.

„Das freut mich, mein Kind. Er tut dir gut. Das sehe ich dir an. Du strahlst so."

„Ja, das tut er wirklich und ich bin froh, dass ich ihn habe."

Gegen elf Uhr verließen meine Verwandten und meine Eltern die Party, weil sie den nächsten Tag wieder arbeiten mussten, und verabschiedeten sich von mir.

„Das Essen holen wir noch nach", sagte meine Mutter lächelnd.

„Ja, das machen wir", entgegnete ich.

„Feier noch schön. Es war eine sehr schöne Party."

„Das werde ich", sagte ich und begleitete meine Eltern noch zur Tür. Auch Mr. und Mrs. Evans, Katie und Samantha machten sich auf den Heimweg. Sie mussten ebenfalls am nächsten Tag wieder arbeiten und somit früh aufstehen.

„So wir sehen uns dann in drei Wochen. Genieße deinen Urlaub und jetzt noch deine Feier", sagte Mrs. Evans.

„Danke. Das werde ich", erwiderte ich und sie gingen hinaus. Ich holte mir ein Glas Cola aus der Küche und ging wieder zu meinen Gästen zurück. Leslie und Greg waren auch noch da und tanzten zusammen. Claire und Dave, der schon am Torkeln war, gesellten sich zu mir. Beide hatten eine Flasche Bier in der Hand.

„Tolle Party", sagte Claire. „Komm, wir stoßen mal auf deinen Geburtstag an. Schließlich wird man ja nur einmal einundzwanzig."

„Da hast du recht", entgegnete ich. Wir stießen an und tranken einen Schluck.

„Sag mal Jamie, warum trinkst du denn Cola? Soll ich dir mal etwas Richtiges zu trinken holen", fragte Dave.

„Ich habe etwas Richtiges zu trinken", erwiderte ich.

„Ich meine etwas Alkoholisches. Du brauchst doch heute kein Auto mehr fahren, denn schließlich wohnst du hier. Da kannst du dann auch ruhig etwas trinken."

„Ich möchte aber nicht."

„Wieso? Jetzt sei doch kein Partymuffel", lallte Dave.

„Ich bin kein Partymuffel, nur weil ich kein Alkohol trinken möchte", erwiderte ich wütend.

„Lass sie doch, wenn sie nicht möchte", mischte Claire sich ein.

„Nein, ich verstehe nicht, warum sie nicht will", wehrte Dave sich.

„Jetzt lass Jamie doch in Ruhe", mischte sich Josh mit ein, der sich zu uns gesellt hatte.

„Du willst wissen warum? Okay, pass auf. Erstens mag ich nicht so gerne Alkohol, zweitens brauche ich keinen Alkohol um Spaß zu haben, egal ob auf einer Party oder sonst wo und drittens ist mir das Leben zu schade, um mich zu betrinken und den nächsten Tag mit einem Kater im Bett zu liegen. Menschen, die Alkohol brauchen, um Spaß zu haben, haben in meinen Augen ein sehr großes Problem", fauchte ich ihm entgegen und ging. Zum Glück

126

hatten die anderen Gäste nichts von der Auseinandersetzung mitbekommen. Ich wollte ihnen die Stimmung nicht verderben. Um mich abzureagieren, ging ich in die erste Etage und setzte mich dort auf die Treppe, die nach oben führte. Ich atmete einige Male tief durch und unterdrückte die Tränen, die sich in meinen Augen sammelten. Es tat weh, dass Dave mich als Partymuffel beleidigt hatte, nur weil ich keinen Alkohol trinken wollte. Warum akzeptierten die Leute es nicht, wenn man keinen Alkohol trinken wollte? Warum wurde man als Außenseiter abgestempelt, nur weil man nicht mittrank? Ich würde mich auf keinen Fall dem Gruppenzwang anschließen, nur damit die Leute ihren Willen bekamen. Es war ja auch nicht so, dass ich gar keinen Alkohol trank. Nur nicht so oft. Vielleicht mal ein Glas Sekt oder Wein aber mehr auch nicht und das auch nur bei besonderen Anlässen. Aber selbst wenn ich keinen Alkohol trinken würde, wäre es immer noch meine Sache. Diese ganze Erfahrung mit der Reaktion der Leute war halt einer der Gründe, warum ich nicht feiern wollte. Allerdings blieb mir ja nichts anderes übrig. Ich wollte meine Freunde und vor allem Sixt nicht verletzen. Sie hatten sich soviel Mühe mit der Überraschungsparty gegeben und bis gerade hatte es ja auch Spaß gemacht.

„Hier bist du. Ich habe dich schon gesucht", sagte Sixt, setzte sich neben mich und nahm mich in den Arm. „Ich habe die Auseinandersetzung mit diesem Dave gerade mitbekommen. Es tut mir so leid. Das sollte heute eigentlich nicht passieren. Ist alles in Ordnung mit dir?" Besorgt schaute er mich an.

„Ja, es geht schon wieder. Ich musste mich nur mal abreagieren. Ich habe keine Lust mehr auf diese ständigen Diskussionen, warum ich nichts trinke. Es ist doch meine Sache und kann den Leuten doch eigentlich egal sein, oder", fragte ich.

„So sind einige Menschen nun mal. Es ist dieser Gruppenzwang, wenn einer trinkt, müssen die Anderen mittrinken. Lass die Leute machen, was sie wollen. Bleib deinem Standpunkt treu. Du musst für niemanden etwas machen, was du nicht willst. Ich liebe dich so, wie du bist und auch Maya und die Anderen mögen dich so, wie du bist."

„Danke. Wofür habe ich so einen verständnis- und liebevollen Freund wie dich nur verdient?"

„Weil du die wunderschönste, klügste und liebenswerteste Frau auf

127

der ganzen Welt bist und ich dich liebe."

„Ich liebe dich auch", erwiderte ich. Sixt zog mich näher an sich und küsste mich. Der Kuss war lang und leidenschaftlich. Als er sich, zu früh wie ich fand, von mir löste, schaute er mir tief in die Augen.

„Möchtest du noch weiter feiern, sonst brechen wir die Party ab", fragte er liebevoll.

„Nein abbrechen kommt gar nicht infrage. Ihr habt euch soviel Mühe mit der Party gegeben und ich will sie mir jetzt nicht wegen Dave vermiesen lassen", sagte ich.

„Genau. Das ist die richtige Einstellung. Schließlich ist das deine Party und die musst du genießen."

„Danke. Du bist so süß."

„Und du bist noch viel süßer. Wie wäre es, wenn wir uns jetzt noch einen von Nathans Spezialdrinks ohne Alkohol holen? Der ist wirklich lecker", schlug er vor.

„Das ist eine gute Idee." Sixt gab mir einen Kuss und wir gingen zusammen hinunter in die Küche. Während Nathan uns die Drinks zubereitete, kam Sasha zu mir.

„Ist alles in Ordnung", fragte sie leise. Sie musste ebenfalls den Vorfall mit Dave mitbekommen haben.

„Ja, alles gut", bestätigte ich.

„Dann ist gut. Ab jetzt gibt es nur noch Spaß und keine unangenehmen Zwischenfälle mehr", versprach sie mir.

„Hey Jamie, ich wollte mich für Daves Benehmen entschuldigen", sagte Josh, der zu uns in die Küche gekommen war.

„Es ist schon gut. Du brauchst dich nicht für ihn zu entschuldigen", erwiderte ich.

„Naja Dave ist dazu nicht in der Lage. Er hat schon einiges getrunken. Ich finde es gut, dass du dich nicht von dem Gruppenzwang mit hineinziehen lässt. Du hast recht. Man braucht keinen Alkohol um Spaß zu haben", entgegnete er und deutete auf sein Glas Cola, welches er in der Hand hielt.

„Josh, ich glaube, Dave hat genug für heute und wir sollten ihn nach Hause bringen", sagte Claire und deutete auf einen massiv torkelnden Dave im Flur.

„Ja, ich glaube, es wird Zeit", erwiderte er und wandte sich dann zu mir. „Und ein Nachteil hat es, wenn man nichts trinkt, man muss solche Leute nach Hause bringen."

„Jamie, es war eine schöne Party. Feier noch schön", verabschiedete sich Claire und schnappte sich Daves Arm, damit er nicht wieder ins Wohnzimmer lief.

„Danke, dass ihr gekommen seid", bedankte ich mich bei ihnen.

„Es war eine tolle Party", kam es von Josh, der sich den anderen Arm von Dave griff und zusammen verließen sie das Haus.

„Und er ist doch in dich verliebt, so wie er dich gerade die ganze Zeit angeschaut hat", grinste Sasha, als die Haustür hinter den Dreien wieder geschlossen war.

„Ja, ich glaube, ich müsste mal mit ihm ein ernstes Wörtchen reden", überlegte Sixt und schaute zur Haustür.

„Nein, das brauchst du gar nicht, denn es ist egal, ob er in mich verliebt ist oder nicht. Ich liebe nur dich und das ist das Wichtigste", sagte ich und schaute ihn an.

„Und ich nur dich", erwiderte er, beugte sich zu mir herunter und küsste mich.

„Hey ihr Turteltauben, eure Drinks sind fertig", rief Nathan lachend.

Wir feierten noch bis zwei Uhr in die Nacht hinein und es wurde wie Sixt und Sasha versprachen noch richtig spaßig. Es war abgesehen von den Zwischenfällen mit Monica und Dave, die schönste Party, die ich je hatte. Als auch die letzten Gäste gegangen waren, räumten wir zusammen auf. Mit sechs Personen war es schnell erledigt. Ich hatte noch etwas Hunger und nahm mir ein Stück von der köstlichen Geburtstagstorte, von der ein Viertel übriggeblieben war. Ich setzte mich auf die Couch, die wieder an ihrem Platz stand. Die Anderen taten es mir gleich.

„Ich wollte mich noch bei euch für die tolle Party bedanken. Das war echt die schönste Geburtstagsfeier, die ich je hatte", bedankte ich mich bei allen.

„Kein Problem. Dann feiern wir ab jetzt immer so deinen Geburtstag", sagte Sasha.

„Ach so, eine kleine Überraschung haben wir noch. Es ist aber noch nicht ganz fertig", grinste Nathan. Ich schaute ihn verdutzt an. „Wir haben noch für die Zwergkaninchen ein Gehege für den Garten."

„Das ist ja toll. Danke. Da werden die beiden sich aber freuen."

„So konnten wir mal unser handwerkliches Geschick testen. Wir sind gar nicht so schlecht", kam es von Timothy.

„Ich werde es mir nachher mal ansehen, wenn ich wach bin. Ich glaube, ich gehe jetzt mal ins Bett", erwiderte ich, gähnte und stand auf. Auch die Anderen wollten ins Bett gehen. Mittlerweile war es auch schon drei Uhr. Sixt nahm mich in den Arm und sprang mit mir nach oben in unser Zimmer, wo wir zuerst ins Badezimmer gingen, um uns die Zähne zu putzten und uns zu waschen. Anschließend gingen wir zurück in unser Zimmer. Ich zog mich um und ging zum Käfig. Die beiden Kaninchen lagen angekuschelt aneinander im Heu.

„Das sieht so süß aus", sagte ich, als Sixt hinter mich trat und ebenfalls in den Käfig schaute.

„Ja, da hast du recht. Wir müssen ihnen noch Namen geben." Ich drehte mich zu ihm um und schlank meine Arme um seinen Nacken.

„Wie wäre es, wenn wir mein Kaninchen Chocolate nennen? Sie ist doch schokoladenbraun. Ich finde, es passt."

„Ja, das ist ein schöner Name. Und wie nennen wir meinen? Mir fällt kein Name ein."

„Hm, wie wäre es mit Paulchen", schlug ich vor. Wir beide schauten uns sein Kaninchen an.

„Ja das passt. Also Chocolate und Paulchen", stimmte Sixt lächelnd zu. Ich gähnte.

„Na komm, lass uns ins Bett gehen", meinte Sixt. „Gute Nacht ihr beiden", sagte er noch zu den Kaninchen und schob mich Richtung Treppe. Wir stiegen zur Empore hinauf, legten uns ins Bett und ich kuschelte mich eng an ihm.

„Danke für die schöne Party", bedankte ich mich noch einmal.

„Schön, dass sie dir gefallen hat. Schlaf gut meine Süße."

„Du auch", nuschelte ich noch. Ich war so müde, dass ich schnell einschlief.

Kapitel 9

Ich wurde von einem Kitzeln an meiner Nase wach.
„Psst, nicht erschrecken", flüsterte Sixt mir ins Ohr. Ich öffnete langsam die Augen und sah in zwei süße dunkle Kaninchenaugen. Chocolate saß auf meinem Bauch und schnupperte.
„Guten Morgen", sagte ich leise, nahm vorsichtig meine Hand und streichelte sie.
„Guten Morgen ist gut. Wir haben schon Mittag", lachte Sixt.
Neben mir spürte ich noch jemanden. Ich drehte meinen Kopf zur Seite und sah Paulchen über das Bett hüpfen.
„Oh, er ist ganz schön aktiv. Er passt zu dir."
„Ja und Chocolate ist sehr verschmust, so wie du. Da habe ich wohl die Passenden ausgesucht", lachte Sixt.
„Das scheint mir auch so", stimmte ich zu und lachte ebenfalls.
„Lust auf Frühstück", fragte Sixt.
„Ja, sehr gerne", erwiderte ich und mein Magen knurrte zur Bestätigung.
„Na dann komm." Sixt nahm Chocolate von meinem Bauch, damit ich aufstehen konnte, und brachte sie, nachdem er sich Paulchen geschnappt hatte, zurück in ihren Käfig. Ich stand auf und ging als Erstes ins Bad, wo ich mich fertigmachte. Anschließend zog ich mich an. Als ich fertig war, sprang Sixt mit mir nach unten in die Küche, wo wir uns etwas zu essen machten.

Nach dem verspäteten Frühstück zeigten mir Timothy und Nathan ihr selbst gebautes Außengehege für die Kaninchen. Es stand direkt neben der Terrasse und war sehr groß. Das Gehege bestand aus Gittern, die kreisförmig aufgebaut waren, oben drüber war ein Netz gespannt, damit die Kaninchen vor Vogelangriffen geschützt waren. Außerdem hatten die Jungs noch ein Häuschen für die Kaninchen gebaut, indem sie hineingehen konnten.
Am Nachmittag saß ich in unserem Zimmer auf der Couch und stellte mein neues Handy ein. Da darauf ebenfalls ein Organizer installiert war, gab ich dort meine Termine und Geburtstage ein. Auf meinem Schoß saß Chocolate und Paulchen hüpfte auf der

Couch herum. Sixt saß neben mir und testete die neue Digitalkamera. Ständig schoss er Fotos von mir oder den Kaninchen. Es machte ihm richtig Spaß. Ich schaute gerade nach den neuen Funktionen im Handy, als ich eine SMS bekam. Gespannt wer es war schaute ich nach. Ein Name wurde mir nicht angezeigt, nur die Handynummer. Sie kam mir irgendwie bekannt vor. Ich wusste allerdings nicht woher. Es wurde mir erst klar, als ich die SMS las.

-Jamie, bitte komm zu mir zurück. Ich liebe dich doch und es tut mir leid, was im Laden passiert ist. Tobin bzw. für dich Matt.- Das konnte doch nicht wahr sein. Woher hatte er denn jetzt meine Nummer?

„Das gibt es doch nicht", stöhnte ich und ließ mich in die Couch sinken.

„Was ist denn los", fragte Sixt und schaute mich an. Ich reichte ihm das Handy und er las die SMS.

„Woher hat er nur meine Nummer?"

„Naja, ich kann es mir schon denken. Monica", vermutete Sixt und gab mir das Handy zurück. Ich löschte die SMS und legte das Handy zur Seite.

„Aber selbst sie kannte die Nummer nicht. Als ich sie damals gewechselt habe, habe ich sie nur den für mich wichtigsten Personen gegeben und darunter zählt sie nicht."

„Vielleicht hat sie, als sie mein Handy geklaut hat, sich die Nummer herausgeschrieben." Wieder klingelte mein Handy und eine weitere SMS wurde angezeigt.

-Ich weiß, ich habe viel Mist gebaut und es tut mir leid. Bitte lass uns noch einmal von vorne anfangen.- Sixt und ich lasen sie zusammen und sofort ging ich wieder auf die Löschtaste. Ich wollte mit ihm gar nichts mehr zu tun haben.

„Oh Monica wird sich bestimmt die Handynummer herausgeschrieben haben, mit dem Hintergedanken, dass sie die Nummer bestimmt für irgendwelche Intrigen gebrauchen könnte. Tobin wird sie wahrscheinlich nach der Nummer gefragt haben und sie hat sie ihm selbstverständlich gegeben", erwiderte ich durch zusammengebissenen Zähnen.

„Süße, reg dich nicht auf. Die beiden sind es nicht wert. Wie wäre es, wenn wir beiden eine Runde spazieren gehen", schlug Sixt vor.

„Ja, das wäre schön."

„Na dann los." Sixt schnappte sich Paulchen und ich stand mit

Chocolate zusammen von der Couch auf. Wir brachten die beiden in den Käfig und sprangen, nachdem wir den Käfig geschlossen hatten, ins Erdgeschoss. Mein Handy hatte ich im Zimmer gelassen, da ich nicht von Tobin gestört werden wollte. Wir sagten den anderen Bescheid, dass wir spazieren gehen würden, und verließen das Haus.

„Man, wann kapiert er endlich, dass er mich in Ruhe lassen soll", stöhnte ich abends, als ich wieder eine SMS bekam. Er bombardierte mich regelrecht. Ich hatte seit dem Nachmittag an die dreißig SMS von ihm bekommen. Immer wieder hatte er geschrieben, dass es ihm leidtäte und wie sehr er mich lieben würde. Auf keine von den SMS hatte ich geantwortet. „Ich habe keine Lust schon wieder meine Nummer zu wechseln."
„Er wird schon aufhören, wenn er merkt, dass du nicht darauf reagierst", beruhigte mich Sixt. Ich las die SMS kurz und erschrak. Es war dieses Mal kein Liebesschwur, sondern eine Drohung.
-Ich war gerade an deinem alten Haus, aber du scheinst ausgezogen zu sein. Ich werde dich finden. Und dann werde ich dich mitnehmen und wir fangen woanders ein neues Leben an. Das verspreche ich dir.- Vor Schreck ließ ich das Handy auf die Couch fallen. Sixt hob es auf und las, was Tobin mir dieses Mal geschrieben hatte.
„Keine Angst. Ich werde nicht zulassen, dass er dich irgendwohin mitnimmt und so schnell findet er dich nicht", versuchte Sixt mich zu beruhigen. Sofort kam die nächste SMS hinterher. Mit zitternden Händen schaute ich nach.
-Ich werde dich kriegen. Du gehörst mir und niemanden anderes und da können selbst deine Schutzengel nichts ausrichten.- Ich bekam Panik und begann am ganzen Körper zu zittern. Sixt hatte sie ebenfalls gelesen und nahm mich nun fester in den Arm.
„Scht, ganz ruhig. Es wird dir nichts passieren. Komm lass uns mal hinuntergehen und den Anderen davon berichten", sagte Sixt besorgt. Er sprang mit mir ins Wohnzimmer, wo wir uns auf die Couch setzten und rief die Anderen zu sich.
„Was ist los", fragte Nathan und ließ sich neben mir auf die Couch fallen. Sixt berichtete ihm und den Anderen, die ebenfalls ins Wohnzimmer gekommen waren, von den SMS und das sie immer schlimmer wurden. Wieder klingelte mein Handy. Ich hatte es mit heruntergenommen, um den Anderen die SMS zu zeigen.

-Sei dir nie zu sicher. Ich werde dich überall finden. Ich habe schon dein Brautkleid gekauft. Das brauchst du, denn wenn ich dich erst einmal gekriegt habe, werden wir heiraten.- Anbei war ein Bild von dem Kleid, welches ich entsetzt ansah. Das war zu viel. Tränen liefen mir das Gesicht herunter. Sixt, der die SMS mitgelesen hatte, reichte den Anderen das Handy und nahm mich wieder in den Arm um mich zu beruhigen.

„Fängt das Ganze jetzt wieder an, wie mit Terina? Werde ich jetzt wieder nichts alleine machen können", fragte ich leise.

„Ganz ruhig. Wir werden jetzt erst einmal schauen, wie es weitergeht. Du hast ja jetzt erst einmal drei Wochen Urlaub und nächste Woche Freitag machen wir doch die Segeltour für acht Tage. Da kann dir auf jeden Fall nichts passieren. Vielleicht hat er bis dahin auch schon das Interesse verloren. Ich nehme an, dass es eh nur leere Drohungen sind", sagte Sixt und strich mir sanft über den Arm.

„Er ruft an", rief Sasha, die gerade mein Handy in der Hand hatte. „Ich geh mal dran und sage ihm, dass er die falsche Nummer hat. Das letzte Mal im Café hat es doch auch geklappt." Ich erinnerte mich. Es war unsere erste Shoppingtour, die ich mit Sasha und Maya gemacht hatte. Zu der Zeit kannte ich Tobin nur als Matt. Wir saßen gerade in einem Café und hatten uns unterhalten, als er anrief. Sasha hatte das Gespräch übernommen, da ich nicht mit ihm reden wollte. Sie erklärte ihm, dass er die falsche Nummer hätte und seitdem hatte er nie wieder angerufen. Sasha ging ans Handy und stellte den Lautsprecher an. Alle waren ruhig und hörten zu. „Ja", meldete sie sich.

„Jamie, bist du das", fragte Tobin. Bei seiner Stimme zuckte ich zusammen. Sixt gab Sasha ein Zeichen, dass sie den Lautsprecher wieder ausstellen sollte. Sie hatte meine Reaktion ebenfalls bemerkt und stellte ihn wieder aus.

„Nein, hier ist nicht Jamie. Sie müssen sich verwählt haben." Sie hörte ihm zu. „Genau das ist meine Nummer." Wieder Stille. „Nein ich kenne keine Jamie. Wie gesagt das ist meine Nummer und die habe ich schon seit einem Jahr. Ich möchte Sie auch bitten, mir keine SMS mehr zu schicken. Das nervt ganz schön und das Kleid ist ehrlich gesagt nicht gerade schön. Lassen Sie demnächst ihre Freundin es selbst aussuchen." Stille. Ich sah zu Sasha herüber und sah, dass sie am Grinsen war. „Ja, auf Wiedersehen." Sasha legte auf und lachte. „So der müsste dich zumindest per Handy jetzt in Ruhe lassen", wandte sie sich grinsend an mich.

„Was hat er denn gesagt", fragte Nathan neugierig.

„Naja, zuerst war er richtig verdutzt, dann hat er mir die Nummer noch einmal genannt und ich meinte, dass es meine wäre. Er wurde wütend und fragte noch mal nach Jamie, und als ich ihm das mit der SMS sagte, war er ziemlich schockiert, dass ich es alles gelesen habe. Bei dem Thema Kleid stotterte er nur noch etwas von „Ja ist gut". Ich habe extra gewartet, bis er aufgelegt hat, bis ich gelacht habe", erzählte Sasha. Sie gab mir mein Handy zurück, wobei es in dem Moment wieder klingelte. Ich schaute drauf. Es war wieder Tobin, der anrief. Schnell gab ich Sasha das Handy zurück, die auch gleich drangingen.

„Ja", fragte sie. „Ich habe Ihnen doch gerade schon gesagt, dass hier keine Jamie ist und Sie die falsche Nummer haben." Stille. Sashas Gesicht sah erschrocken aus, wobei sie sich schnell wieder fasste. „Nein ich bin nicht Sasha und ich kenne auch keine Sasha." Erschrocken schaute ich Sixt an. Wusste Tobin, dass es nur ein Trick war?

„Wieso sollte ich Ihnen sagen, wie ich heiße? Aber wenn es Sie interessiert, mein Name ist Kelly." Wieder Stille. „Nein meinen Nachnamen sage ich Ihnen nicht und auch nicht wo ich wohne." Sie schaute uns kopfschüttelnd an. „Jetzt werden Sie aber mal nicht frech. Wie gesagt es ist meine Nummer, ich kenne diese Personen nicht und jetzt auf Wiederhören. Nein, warten Sie. Nicht auf Wiederhören. Ich will sie gar nicht wiederhören", sagte Sasha in einem wütenden Ton und legte auf. Sie versicherte sich noch einmal, dass das Gespräch beendet war, bevor sie mir das Handy zurückreichte. Alle schauten sie gespannt an.

„Was wollte er denn noch", fragte Sixt.

„Anscheinend wollte er noch einmal überprüfen, ob es wirklich nicht Jamies Handynummer ist. Es hätte ja sein können, dass sie dieses Mal ans Handy geht. Nur hätte ich nicht sofort noch einmal angerufen, sondern erst einmal etwas gewartet", sagte sie.

„Warum wollte er deinen Namen wissen", fragte ich noch immer leicht zitternd.

„Ich weiß es nicht. Aber ich glaube, er hatte den Verdacht, dass einer von uns an dein Handy gegangen ist. Er wurde wütend, als ich ihm weder meinen Nachnamen noch meine Adresse genannt

135

habe. Vielleicht dachte er, ich würde einen Fehler machen und es ihm verraten. Ich hoffe, er hat es mir abgekauft und lässt dich jetzt in Ruhe."

„Das hoffe ich auch", erwiderte ich seufzend.

„Das wird schon. Und wenn er dich nicht in Ruhe lässt, dir noch einmal auflauert oder dich per Handy belästigt, dann schnappen wir ihn uns", versicherte mir Nathan grinsend. Timothy und Sixt nickten zustimmend.

„Sicherheitsmaßnahmen wird es jetzt aber nicht geben, oder", fragte Maya in die Runde.

„Nein, noch nicht. Wir warten jetzt erst einmal ab, ob er sich überhaupt noch einmal melden wird", kam es von Sixt.

„Dann ist ja gut", sagte Maya erleichtert und auch ich atmete auf, denn wir hatten beide keine Lust wieder nur Zuhause herumzusitzen und nicht ohne Schutz heraus zu dürfen. „Komm Timothy, wir müssen uns beeilen, wenn wir den Film noch sehen wollen." Sie stand auf und zog Timothy mit hoch.

„Wo wollt ihr hin", fragte Sasha.

„Ins Kino. Wir wollen uns eine Komödie ansehen", erklärte ihr Maya.

„Na dann viel Spaß euch beiden", erwiderte Sasha.

„Danke. Werden wir haben", entgegnete Maya und ging in den Flur. Timothy folgte ihr. Gleich darauf hörten wir, wie die Haustür geöffnet wurde und sich wieder schloss.

„Komm, ich glaube, du brauchst jetzt erst einmal etwas Entspannung", sagte Sixt, stand von der Couch auf und zog mich mit hoch.

„Seid nicht zu laut", grinste Nathan und ich errötete bei seiner Anmerkung.

„Wenn du an deiner Spielkonsole sitzt, bekommst du doch eh nichts mit", konterte Sixt. Sasha lachte.

„Da hast du recht", bestätigte sie Sixts Aussage. „Komm Nathan. Lass uns ausgehen. Ich habe Lust zu tanzen."

„Na gut. Dann haben die beiden das Haus für sich", grinste er.

„Viel Spaß euch beiden", sagte Sixt, nahm mich in den Arm und sprang mit mir in unser Badezimmer. Dort ging er zur Badewanne und ließ Wasser ein. Dann stellte er sich vor mich und schaute mir in die Augen.

„So und jetzt entspannst du dich und denkst nicht mehr darüber nach, okay?" Ich nickte nur, zog seinen Kopf näher zu mir heran und küsste ihn. Sofort erwiderte er den Kuss. Als die Badewanne vollgelaufen war, zogen wir uns aus und stiegen ins warme Wasser. Die Wanne hatte eine Whirlpoolfunktion, die daraus ein herrliches Sprudelbad zauberte. Sixt saß hinter mir am Wannenrand und ich lehnte mich an seine Brust. Ich genoss seine Berührungen und das Sprudeln in der Wanne. Es war einfach so entspannend und ich schaffte es wirklich nicht an Tobin und seine SMS zu denken.

„Geht es dir schon besser", fragte Sixt nach einer Weile und strich mit seiner Hand über meinen Bauch.

„Ja, es geht schon wieder", erwiderte ich und kuschelte mich an ihn. Er beugte seinen Kopf zu mir herunter und küsste mich auf die Stirn, die Wange und legte seine Lippen auf meine. Es war ein sehr langer und leidenschaftlicher Kuss. In meinem Bauch begann es zu kribbeln. Sixt vertiefte den Kuss und bat mit seiner Zunge an meiner Unterlippe um Einlass, den ich ihm sofort gewährte.

Eine ganze Weile saßen wir in der Wanne und genossen einfach unsere Zweisamkeit. Immer wieder küssten wir uns und sahen uns tief in die Augen.

„Lass uns aus der Wanne steigen. Ich werde dich gleich noch massieren", schlug Sixt vor, als das Wasser sich abgekühlt hatte. Sixt stieg aus der Badewanne und half mir anschließend heraus. Er nahm zwei große Badetücher aus einem Regal und reichte mir eins, damit ich mich abtrocknen konnte. Sixt band sich das Handtuch um seine Hüften und ließ das Wasser aus der Wanne. Ich schaute ihm dabei zu und konnte meinen Blick einfach nicht von seinem atemberaubenden muskulösen Körper nehmen.

„Na gefällt dir, was du siehst", grinste Sixt mich an, als er sich zu mir umdrehte. Ich wurde rot im Gesicht, denn es war mir peinlich, dass er mich beim Starren erwischt hatte. „Du bist so süß, wenn du rot wirst", hauchte er und gab mir einen Kuss. Ich wickelte mich in das Handtuch ein und mit Sixt zusammen verließ ich das Bad. Wir gingen die Treppe zur Empore hinauf und blieben vor dem Bett stehen.

„Leg dich auf das Bett", raunte er mir zu. Ich tat, was er sagte und legte mich bäuchlings auf das Bett. Sixt kniete über mir, streifte mein Handtuch ab und begann mich zu massieren. Es tat so gut seine starken Hände auf meinem Rücken zu spüren. Ein wohliges

Stöhnen entglitt mir. Sixt massierte jede kleine Stelle meines Rückens. Er konnte es so gut und ich genoss es in vollen Zügen. Als er mit dem Massieren fertig war, beugte er sich zu mir herab und küsste meinen Hals. Mit seinen Lippen glitt er weiter zu meinen Nacken. Mir wurde vor Erregung heiß und kalt zugleich. Ich hielt es nicht lange aus, drehte mich unter ihm um und schon lagen unsere Lippen aufeinander.

In der Nacht wurde ich durch das Klingeln meines Handys wach. Den Rest des Abends war es ruhig geblieben und ich hatte weder einen Anruf noch eine SMS von Tobin bekommen. Vielleicht hatte es doch geholfen, dass Sasha ans Handy gegangen war, als er angerufen hatte und er dachte tatsächlich, dass er die falsche Nummer gehabt hätte. Zumindest hoffte ich, dass er mich endlich in Ruhe ließ. Ich tastete im Halbschlaf nach dem Handy, was auf dem Nachttisch lag und ging, ohne darauf zu schauen, wer der Anrufer war, dran.

„Ja", fragte ich verschlafen. Sixt schaute mich fragend an.

„Hallo Jamie. Es ist ja doch deine Handynummer. Ich wusste es", sagte Tobin gereizt. Erschrocken schaute ich zu Sixt und stellte den Lautsprecher an, damit er mithören konnte. „Du kannst Sasha ausrichten, sie kann mit den Spielchen aufhören. Ich habe sie erkannt." Sixt nahm mir das Handy aus der Hand.

„Lass sie endlich in Ruhe", sagte er bissig und strich mir sanft über den Rücken, da ich angefangen hatte zu zittern.

„Ach Sixt, schön dich zu hören. Es war gar nicht nett von euch, was ihr uns damals angetan habt. Erst sind wir durch eure Schuld zu gefallenen Engeln geworden und dann habt ihr uns auch noch getötet."

„Du weißt genau, dass wir gar keine Schuld haben, dass ihr zu gefallenen Engeln geworden seid. Ihr wolltet damals den Engelspräsidenten töten und das war eure Strafe. Und das wir euch getötet haben, habt ihr euch auch selbst zuzuschreiben, denn ihr wolltet euch an uns rächen", setzte Sixt entgegen.

„Wir wollen uns immer noch an euch rächen und dieses Mal werden wir es auch schaffen. Das kannst du deinen Freunden ruhig ausrichten. Und danach werde ich mir Jamie schnappen und mit ihr ein neues Leben anfangen. Sie braucht sich nicht zu verstecken. Ich werde sie finden", lachte Tobin hämisch und legte auf, ehe Sixt etwas darauf erwidern konnte. Sixt nahm mich in den Arm und strich mir immer wieder sanft über den Rücken.

„Keine Angst, er wird dich nicht kriegen. Dir wird nichts passieren."

„Aber euch. Sie wollen sich an euch rächen", sagte ich und mir liefen die Tränen die Wangen herunter.

„Uns wird nichts passieren. Wir sind zu viert und die nur zu dritt, zumindest wenn man Tobins Aussage glauben kann. Somit müssten auch Gregory und Luzia von den Toten auferstanden sein. Nur haben die beiden sich bis jetzt noch nicht blicken lassen. Wenn sie uns aber wirklich angreifen sollten, müssen wir auf Gregory etwas aufpassen. Aber das werden wir hinbekommen."

„Wieso? Ist er so gefährlich", fragte ich ängstlich.

„Körperlich nicht, aber durch seine Fähigkeit schon. Er hat telekinesische Kräfte und kann Dinge mit seinen Gedanken bewegen."

„Oh", war das Einzige, was ich herausbekam.

„Keine Angst. Wir wissen uns schon zu verteidigen", beruhigte er mich.

„Und was kann die Andere?"

„Luzia kann Menschen beeinflussen. Also ihren Willen ändern."

„So wie die Fähigkeiten von Dämonen?"

„Ja, aber sie muss den Menschen dafür nicht berühren. Sie muss nur in der Nähe der Person sein. Mach dir nicht so viele Gedanken. Sie wissen doch gar nicht, wo wir wohnen und wer weiß ob Tobin überhaupt mit den anderen Kontakt hat, beziehungsweise, ob sie ebenfalls aus der Hölle entkommen sind. Vielleicht ist es auch nur eine Drohung von Tobin. Ich werde mit den Anderen morgen darüber reden."

„Aber, wenn es nur eine Drohung von ihm wäre und die beiden nicht der Hölle entkommen sind, dann müsste Tobin doch damit rechnen, dass ihr jetzt in Alarmbereitschaft seid", überlegte ich.

„Vielleicht hat er in seiner Wut, dass wir versucht hatten, ihn wegen der Handynummer zu täuschen, einfach nicht darüber nachgedacht und es ist ihm herausgerutscht. Ihm wird es hinterher auch klargeworden sein, was er getan hat und wird sich nun darüber ärgern, dass er es gesagt hat. Aber wie auch immer. Wir werden morgen mit den Anderen darüber reden. Du brauchst keine Angst zu haben. Weder dir noch uns wird etwas passieren. Komm, leg

139

dich hin und versuch noch etwas zu schlafen." Sixt legte sich hin und zog mich zu sich in seine Arme. Schlafen! Er hatte gut reden. Ich konnte nicht schlafen. Die Gedanken kreisten in meinem Kopf. Was wäre, wenn es doch nicht nur eine Drohung wäre und es Tobin ernst meinte? Wenn Luzia und Gregory es ebenfalls aus der Hölle geschafft hatten und sich an den Schutzengeln rächen wollten? Ich hörte ein Seufzen neben mir und im nächsten Moment sah ich Sixts Gesicht vor mir.

„Ich weiß, dass du über die Drohung nachdenkst, anstatt zu schlafen. Wie kriege ich dich nur auf andere Gedanken", fragte Sixt leise und strich mir mit dem Handrücken über die Wange. „Ich glaube, ich probiere es damit mal." Er legte seine Lippen auf meine und verwickelte mich in einen langen Kuss.

Am Dienstagnachmittag gingen wir mit unseren Freunden Laser-Tag spielen. Mit dabei waren neben Anastasia und Brian auch Leslie und Greg. Umso mehr Leute, desto mehr Spaß machte es. Laser-Tag war ein Spiel, dass man in einer dunklen Halle spielte. Man konnte entweder alleine oder in zwei Gruppen spielen und musste versuchen mit einer Laserwaffe seine Gegner abzutreffen. Natürlich wollten die Jungs gegen uns Mädchen spielen. Nathan hatte die Halle für uns für zwei Stunden reservieren lassen, sodass wir alleine spielen konnten. An der Anmeldung bekamen wir spezielle Westen mit Sensoren, die wir anziehen mussten und worauf mit den Laserwaffen geschossen werden sollten. Zusätzlich gab es noch Anweisungen, wie das Spiel funktionierte und welche Regeln wir einhalten mussten. Anschließend händigte uns die Mitarbeiterin die Laserwaffen aus. Wir verstauten unsere Taschen in die dazu vorgesehenen Spinde und ich stöhnte kurz auf, als ich noch einmal auf mein Handy sah, bevor ich es in die Tasche packte. Es war schon wieder eine SMS von Tobin gekommen. Er schickte mir weiterhin SMS, in denen er mir drohte, mich zu finden, auf die ich allerdings nicht antwortete. Wenn er anrief, ging ich nie dran. Ich wollte seine Stimme einfach nicht hören. Bei meinem Handy hatte ich nun den Ton ausgestellt, damit Tobin mich nicht nerven konnte. Ich überlegte, doch wieder meine Nummer zu wechseln, damit Tobin mich nicht mehr erreichen konnte. Sixt hatte am Tag zuvor den Anderen von dem nächtlichen Anruf und Tobins Drohung erzählt. Sie einigten sich darauf, erst einmal abzuwarten,

140

ob Luzia und Gregory auftauchen würden. Sicherheitsmaßnahmen sollte es im Moment noch nicht geben. Die Schutzengel würden zwar die Augen offenhalten, aber es gab keinen Grund, dass Maya und ich Zuhause bleiben müssten. Noch nicht und ich hoffte, dass würde auch so bleiben. Ich steckte das Handy, ohne die SMS zu lesen, in meine Tasche und schloss den Spind. Wir gingen in die Halle. In ihr war ein Parkour aufgebaut, durch den man laufen sollte und hinter einigen Wänden oder Tonnen konnte man sich verstecken. Nur einige bunte Leuchtröhren spendeten gerade so viel Licht, dass man nicht irgendwo vorlief und sich verletzte.

„Auf geht's", rief Nathan und begann mit der Waffe auf Sasha zu schießen.

„Hey, das ist unfair. Ich war noch gar nicht soweit", beschwerte sie sich und schoss zurück. Ich suchte mir schnell etwas, wohinter ich in Deckung gehen konnte und nahm gleich die erstbeste Tonne. Ich lugte daran vorbei und zielte auf die Weste von Sixt, der nur einige Meter von mir entfernt stand. Ich schoss und traf einen der Sensoren auf der Weste.

„Hey", rief Sixt und schaute auf das Display, welches sich in der Mitte der Brust auf der Weste befand. Dort wurden die Treffer angezeigt. Verdutzt schaute er sich um und sein Blick blieb auf mir haften. Ich grinste und winkte ihm kurz zu. „Du kleines Biest. Na warte", kam es von ihm. Er hob seine Waffe und zielte auf mich. Doch der Schuss ging daneben und ich machte, dass ich wegkam. Ich lief den Parkour entlang und blieb hinter einer Wand stehen. Ich hörte Leslie schreien, die im nächsten Moment zu mir hinter die Wand kam.

„Nathan und Greg waren hinter mir her und haben versucht, mich zu treffen. Aber sie haben mich nicht erwischt", grinste sie und deutete auf das Display auf ihrer Weste.

„Schau mal, wen wir da haben", hörte ich Nathans Stimme hinter mir sagen. Ich drehte mich zu ihm um. Neben ihm stand Greg und die beiden grinsten uns an. Sofort hob ich die Waffe und schoss. Treffer. Auf Nathans Display leuchtete nun eine Drei auf. Anscheinend hatte er schon zwei Treffer vor mir abbekommen.

„Los komm", wandte ich mich an Leslie, nahm ihren Arm und zog sie mit mir den Gang entlang.

„Verdammt warum treffe ich denn nicht. Irgendetwas stimmt mit der Waffe nicht. Greg gib mir doch mal deine", hörte ich Nathan

141

sagen. Schnell verschwanden Leslie und ich in einem anderen Gang. Wir liefen weiter und versteckten uns hinter großen Tonnen.

„Das war knapp", sagte Leslie.

„Ja, fast hätten sie uns erwischt."

„Hier seid ihr. Jamie, du musst deinem Freund …", begann Sasha, doch weiter kam sie nicht, denn Leslie schaute sie mit großen Augen an. Mir war gleich klar, warum Leslie sie so anschaute. Sasha war zu uns gesprungen. Oh nein, Leslie wusste doch gar nicht, dass Sasha ein Schutzengel war, und sollte es doch auch nicht erfahren, denn eigentlich sollten sich Schutzengel nicht vor Menschen als solche zu erkennen geben. Das war eine der Regeln, die Schutzengel befolgen mussten. Eigentlich hatte Sixt schon einige Regeln gebrochen, um mit mir zusammen sein zu können. Und das durfte der Engelsrat nie erfahren, denn sonst müsste Sixt sofort in den Himmel und wir würden uns erst wiedersehen, wenn ich starb.

„Wie hast du das gemacht", fragte Leslie.

„Wie habe ich was gemacht", kam es von Sasha. Sie hatte ihren Fehler bemerkt, ließ es sich aber nicht anmerken.

„Du … du bist gerade hier aus dem nichts aufgetaucht", erwiderte Leslie.

„Ich soll was", lachte Sasha. „Leslie, ich bin gerade aus dieser Richtung zu euch gekommen." Sie deutete mit der Hand auf die entgegengesetzte Richtung.

„Nein, ich habe es doch genau gesehen. Du bist plötzlich wie aus dem Nichts hier aufgetaucht."

„Nein, bin ich nicht. Wie soll ich das denn getan haben", fragte Sasha und wechselte kurz einen Blick mit mir. Ich kannte so eine Diskussion. Die hatte ich damals mit Sixt ebenfalls gehabt, bevor er mir gestanden hatte, dass er ein Schutzengel war. Ich wusste, wie Leslie sich fühlte und was sie dachte. Ich hatte damals schon fast an mir selbst gezweifelt, weil ich nicht verstand, warum Sixt alles abgestritten hatte.

„Ich weiß es doch auch nicht", kam es nun von Leslie. Sie sah sehr verwirrt aus und tat mir so leid.

„Ich bin wirklich zu euch gelaufen. Du musst es dir eingebildet haben", versuchte Sasha sie zu überzeugen. Hilfe suchend schaute Leslie mich an.

„Sie ist wirklich zu uns gelaufen. Ich habe es gesehen. Vielleicht kam es dir nur so vor, da du sie nicht gesehen hast und sie plötzlich neben uns war", entgegnete ich und hasste mich gleich darauf dafür, dass ich meine Schwester anlügen musste.

„Vielleicht habe ich es mir wirklich nur eingebildet. Es ist ja auch dunkel hier drin und die Lampe ist am Flackern." Leslie deutete auf die Lampe, die hinter uns an der Wand hing.

„Ich versichere dir, dass ich wirklich nicht plötzlich hier aufgetaucht bin. Auch wenn so eine Fähigkeit gerade wirklich gut wäre. Dann hätte ich vor Sixt schneller abhauen können", sagte Sasha. Anastasia kam zu uns und ließ sich auf dem Boden fallen.

„Dein Freund hat mich gerade durch den halben Parkour verfolgt, wandte sie sich an Leslie.

„Hinter mir war er auch schon her", erwiderte sie.

„Das war echt knapp. Fast hätte sie dich beim Springen erwischt", flüsterte ich Sasha zu und war froh, dass wir Leslie überzeugen konnten, dass sie sich getäuscht haben musste.

„Ja, tut mir leid. Ich habe echt nicht daran gedacht, dass sie dabei ist. Aber es ist ja noch mal gut gegangen", erwiderte sie so leise, dass nur ich sie hören konnte.

„Hey, wo seid ihr denn? Sasha, Jamie! Ich könnte hier Hilfe gebrauchen", hörten wir Maya nach uns rufen.

„Oh, ich glaube, da braucht jemand unsere Hilfe", lachte Sasha.

„Na dann mal los", erwiderte ich und stand auf. Die Anderen taten es mir gleich und zusammen, liefen wir zu Maya, die von Timothy, Sixt und Brian umzingelt war. Ich hob meine Laserwaffe und zielte auf Brian. Treffer!

„Wer war das", rief Brian und drehte sich um. Ich grinste ihn an. Im nächsten Moment musste ich mich ducken, da Sixt sich herumgedreht hatte und auf mich schoss. Er traf aber nicht. Ich zielte auf seine Weste und traf. Nun kamen auch Nathan und Greg zu uns und begannen auf uns zu schießen. Ein Schusswechsel erfolgte und ich bekam zwei Schüsse auf meiner Weste ab. Ich flüchtete in einen Gang und lief ihn entlang. Im nächsten Moment hörte ich schnelle Schritte hinter mir und schaute kurz nach hinten. Sixt lief hinter mir her. Ich bog in einen Gang ab und fluchte gleich darauf. So ein Mist. Sackgasse. Ich wollte gerade umdrehen, als Sixt vor mir stehen blieb und den Rückweg versperrte.

„Na wo willst du denn hin", fragte er grinsend und kam auf mich zu. Ich ging zwei Schritte zurück und stieß mit dem Rücken gegen die Wand. Er streckte seine Hand aus und strich mir eine

Haarsträhne hinter mein Ohr. „Weißt du, ich fand es gar nicht nett, dass du auf mich geschossen hast", raunte er an meinem Ohr, nachdem er sich zu mir vorgebeugt hatte. „Wie willst du das bloß wieder gut machen?"

„Hm naja da fällt mir etwas ein", erwiderte ich, zog ihn zu mir und legte meine Lippen auf seine. Sofort erwiderte er den Kuss und vertiefte ihn.

„So eine Wiedergutmachung lasse ich mir gerne gefallen", schmunzelte er, als wir uns voneinander lösten, und sah mir in die Augen.

„Leslie komm, hier entlang", rief Sasha und rannte mit ihr den Gang entlang.

„Ihr entkommt uns nicht", kam es von Nathan lief ihnen mit Greg und Brian hinterher. Bei uns am Gang blieb er stehen. „Brauchst du Hilfe", fragte er Sixt grinsend.

„Nein, ich habe hier alles unter Kontrolle", erwiderte dieser und grinste ebenfalls. Nathan lief weiter und Sixt wandte sich wieder mir zu. „Du siehst richtig sexy aus, in deinem Kampfoutfit." Sixt beugte sich wieder zu mir herunter und küsste mich. „So verführerisch", murmelte er zwischen den Küssen und strich mit seiner Hand an meiner Seite entlang.

„Hey, ihr sollt nicht rumknutschen. Sixt, ich könnte deine Hilfe gebrauchen", hörte ich Timothy hinter uns rufen, der sich im Gang eine Schießerei mit Anastasia und Maya lieferte.

„Ich glaube, die Arbeit ruft", seufzte Sixt, als er sich von mir löste, wandte sich dann um und half seinem Freund.

Nachdem wir mit dem Spiel fertig waren, verließen wir die Halle und schauten uns in der Empfangshalle auf dem Monitor die Rankingliste an. Zu meinem Erstaunen stand ich ganz oben auf Platz eins mit nur sieben Treffern und war somit die Siegerin des Spieles. Nach mir folgte Anastasia mit zehn Treffern und auf Platz drei stand Sixt mit elf Treffern. Nathan hatte die meisten Schüsse abbekommen.

„Irgendetwas stimmt wahrscheinlich nicht mit der Weste. Die Anzeige spinnt. Ich wurde doch nicht dreißig Mal getroffen", beschwerte er sich. „Und meine Waffe funktionierte auch nicht einwandfrei."

„Deine Waffe funktionierte. Du kannst bloß nicht zielen", lachte

Greg.

„Natürlich kann ich das. Ich will eine Revanche", schmollte Nathan.

„Die kannst du haben. Aber heute nicht mehr. Die Halle ist jetzt wieder belegt", kam es von Sasha und deutete auf die Gruppe, die gerade die Halle betrat.

„Na gut. Dann nach unserem Urlaub", erwiderte er. Ja unser Urlaub die Segeltour stand in drei Tagen an und ich freute mich schon wahnsinnig darauf, endlich mal ein paar Tage entspannen zu können.

„Wie wäre es, wenn wir noch etwas trinken gehen", schlug Timothy vor und deutete auf das Bistro, welches an das Laser-Tag-Center angrenzte. Wir stimmten alle zu und gingen ins Bistro.

Am nächsten Tag waren Sasha, Maya und ich im Shoppingcenter, um uns für die Segeltour noch einige Klamotten zu kaufen. Wir schlenderten durch die Einkaufspassage und jeder von uns hatte einige Tüten in der Hand.

„So, wo wollt ihr denn noch hin", fragte Maya.

„Also ich wollte gerne noch eben in die Drogerie", sagte ich.

„Und ich noch kurz in den Schuhladen dort drüben", erwiderte Sasha.

„Dann lass uns doch kurz trennen. Ich geh mit Jamie in die Drogerie und dann treffen wir uns wieder hier", schlug Maya vor.

„Alles klar. So machen wir das. Oh eigentlich müsste ich auch noch in die Drogerie", überlegte Sasha. „Oder könnt ihr mir etwas mitbringen?"

„Ja, das können wir machen", erwiderte ich.

„Gut, ich habe hier eine kleine Liste von den Dingen, die ich brauche", sagte sie und gab mir einen Zettel. Ich schaute mir den Zettel an und staunte nicht schlecht. Klein war diese Liste eigentlich nicht. Ich zählte darauf zehn Dinge.

„Klein ist gut", lachte ich.

„Ich weiß. Ich brauche diese Dinge aber alle für die Reise."

„Wir bringen sie dir mit. Dann treffen wir uns in einer halben Stunde wieder hier. Schaffst du das", fragte ich Sasha, da ich wusste, dass es auch schon mal länger dauern konnte, wenn sie in einen Schuhladen ging.

„Ja, das schaffe ich. Okay, dann bis gleich. Wenn etwas sein sollte, sagt sofort Bescheid", sagte Sasha und ging in den Schuhladen.

Maya und ich gingen in die Drogerie. Wir nahmen uns jeder einen Einkaufskorb und gingen durch den Laden, um die Sachen, die wir brauchten, zusammenzusuchen. Als wir alles zusammen und Sashas Liste abgearbeitet hatten, gingen wir zur Kasse, um zu bezahlen. Und wieder hatte jeder von uns eine Tüte mehr. Wir verließen den Laden und gingen zu unserem Treffpunkt. Sasha war noch nicht da und wir setzten uns auf eine Bank, um auf sie zu warten. Ich schaute auf die Uhr. Sie hatte noch zehn Minuten, bis wir uns eigentlich treffen wollten. Ich hoffte, dass sie nicht zu lange brauchen würde. Natürlich hätten wir zu ihr in den Laden gehen können, doch Maya und ich waren beide geschafft von dieser Shopping-Tour und es tat einfach mal gut zu sitzen. Wir waren morgens um zehn Uhr aufgebrochen und nun hatten wir vier Uhr nachmittags. Ja, so ein Shopping-Tripp mit Sasha konnte schon sehr sehr lange dauern, deshalb waren die Jungs auch froh darüber, wenn sie nicht mitmussten.

„Jamie", rief eine bekannte Stimme und ich erschrak. Nein, das konnte doch jetzt nicht sein. Ich drehte meinen Kopf in die Richtung, woher die Stimme kam und sah Tobin mit zwei weiteren Personen auf uns zu kommen.

„Oh nein. Da kommt Tobin. Was sollen wir jetzt machen? Sasha ist auch noch nicht da", sagte ich mit zitternder Stimme. Maya drehte sich ebenfalls in die Richtung aus der Tobin kam.

„Laufen", sagte sie, stand auf und zog mich mit hoch.

„Was sollen wir", fragte ich und schaute sie verdutzt an.

„Laufen. Nun komm schon", erwiderte sie und zog mich hektisch mit. Wir liefen so schnell wir konnten die Passage entlang. Dabei mussten wir immer wieder Leuten ausweichen. Kurz drehte ich mich um und sah, dass Tobin und die anderen beiden hinter uns herliefen.

„Jamie, warte doch mal", rief er mir hinterher. Angst stieg in mir auf und ich lief einfach weiter.

„Beeil dich, Jamie", rief Maya, die geradewegs auf den Fahrstuhl zulief, der zu den Parkdecks führte, wo wir geparkt hatten. Die Türen hatten sich gerade geöffnet. Schnell schlüpften wir hinein und ich drückte hastig den Knopf, womit sich die Tür wieder schließen sollte. Tobin kam immer näher. Es waren nur noch wenige Meter, bis er am Fahrstuhl ankommen würde. Endlich schloss sich die Tür. Wie wild klopfte Tobin noch dagegen.

146

„Macht die Tür auf", schrie er wütend.

„Warte ich versuch es mal", sagte eine andere männliche Stimme. Zum Glück setzte sich der Fahrstuhl schon in Bewegung.

„Mist, lasst uns die Treppen nehmen", hörte ich noch Tobin rufen. Völlig außer Atem schnappte ich nach Luft. Schnell holte ich mein Handy aus der Tasche und rief Sasha an.

„Ja", meldete sie sich.

„Sasha, komm schnell wir sind im Fahrstuhl. Tobin und zwei Andere verfolgen uns", rief ich panisch ins Handy.

„Ich komme. Ich muss nur eben einen ruhigen Ort finden, wo ich zu euch springen kann. Hier sind zu viele Menschen, dass würde auffallen", sagte sie. Der Aufzug stoppte und ich schaute verdutzt auf die Anzeigetafel. Wir waren in der ersten Etage. Die Tür ging auf. Oh nein, das durfte nicht wahr sein. Was wenn Tobin und die Anderen nun davorstanden? Sie würden uns schnappen und Sasha könnte uns nicht helfen. Vier Leute stiegen ein und ich atmete erleichtert aus, dass es nicht Tobin und seine Freunde waren.

„Bin sofort da", sagte Sasha.

„Warte, du kannst hier nicht reinspringen. Hier sind gerade Leute zugestiegen", warnte ich sie leise, damit die anderen Passagiere mich nicht hörten.

„Ich werde unsichtbar zu euch kommen", erwiderte sie und im nächsten Moment spürte ich eine kalte Berührung an meinem Arm. „Ich bin bei euch", flüsterte sie Maya und mir zu. Die Aufzugstür schloss sich wieder und der Aufzug setzte sich in Bewegung. Nun fuhren wir, ohne noch einmal anzuhalten, zu unserem Parkdeck. Wir stiegen aus und rannten zu Sashas Wagen. Dort wurde sie wieder sichtbar. Immer wieder schaute ich nach hinten, um sicherzugehen, dass uns niemand verfolgte, denn ich wusste nicht, wo Tobin und seine Freunde waren. Ob sie die Treppen bis zu den Parkdecks hochgelaufen waren oder sich noch im Einkaufszentrum befanden. Sasha schloss den Wagen gerade auf, als ein silberner Mercedes M Klasse neben uns hielt und die Tür öffnete. Im Wagen war es dunkel und die Scheiben waren getönt, sodass man nicht sehen konnte, wer da drinsaß. Ich merkte, wie ich den Drang verspürte dort einzusteigen und automatisch setzten meine Füße sich in Bewegung. In meinen Kopf war es vollkommen leer. Nur eine weibliche Stimme sprach zu mir, dass ich in den Wagen steigen sollte. Wie in Trance ging ich auf den Wagen zu. Ich wusste, dass es falsch war. Dass irgendetwas nicht stimmte, doch ich konnte mich nicht dagegen wehren.

„Maya steig ins Auto und du Jamie, kommst sofort wieder zurück", befahl Sasha, packte mich an der Schulter und zog mich zurück zum Wagen. Schnell verfrachtete sie mich auf die Rückbank und stieg vorne ein. Sie verschloss die Türen von innen, damit niemand herauskonnte, und fuhr los. Erst jetzt war ich wieder bei klarem Verstand und verstand nicht, was da gerade passiert war. Warum wollte ich unbedingt zu diesem Wagen gehen?

„Sasha, was war das eben", fragte ich sie.

„Das in dem Auto waren Tobin, Luzia und Gregory. Luzia hat deinen Willen beeinflusst und wollte, dass du in den Wagen einsteigst", erklärte sie und ich erschrak. Sie wollten mich entführen. Tobin wollte mich wahrscheinlich wegschleppen, wie er es angedroht hatte.

„Sie verfolgen uns", rief Maya panisch und schaute durch die Rückscheibe.

„Das habe ich mir gedacht. Sie wollen wissen, wo wir wohnen. Deswegen werden wir sie jetzt austricksen", sagte Sasha und grinste dabei. Sie fuhr auf den leeren Parkplatz von der Uni und stellte ihren Wagen dort ab. „So und jetzt springen wir nach Hause." Sie griff nach unseren Händen und sprang mit uns nach Hause. Im Erdgeschoss des Hauses tauchten wir im Flur wieder auf. Timothy kam gerade aus der Küche und schaute uns überrascht an.

„Wo kommt ihr denn her und wo sind eure Tüten", fragte er. „Ich dachte ihr ward shoppen."

„Waren wir auch. Komm mit, wir erklären es euch. Sind die Anderen im Wohnzimmer", fragte Sasha. Timothy nickte. Wir gingen ins Wohnzimmer. Sixt und Nathan saßen im Männerspielzimmer vor der Spielkonsole. Ja dieses Haus besaß ein Männerspielzimmer, welches einen Durchgang zum Wohnzimmer hatte und indem die Jungs ihre Spielkonsolen an den Fernseher angeschlossen hatten. In dem Raum gab es auch einen Billardtisch, an dem wir ab und zu eine Partie spielten. Timothy hatte Maya im Arm, die leicht am Zittern war. Auch bei mir war das Geschehene nicht spurlos vorbeigegangen und ich zitterte ebenfalls.

„Was ist los", fragte Sixt, als er uns sah und kam zu mir. Liebevoll nahm er mich in den Arm, führte mich zur Couch, auf die er sich setzte, und zog mich auf seinen Schoß.

„Tobin, Gregory und Luzia haben uns verfolgt", sagte ich leise. „Sie sind in der Einkaufspassage gewesen und hinter uns hergerannt. Im Fahrstuhl habe ich dann Sasha angerufen, da wir uns kurz getrennt hatten und sie ist sofort zu uns gekommen. Wir sind zum Wagen gerannt, wollten gerade einsteigen da kam ein Auto und ..." Ich konnte nicht mehr weitersprechen. Ich drückte mich eng an Sixt und vergrub meinen Kopf an seiner Brust. Beruhigend strich er mir über den Rücken.

„Scht, ganz ruhig", sagte er. „Was war dann", wandte er sich zu Sasha.

„In dem Auto saßen Tobin, Gregory und Luzia, die sie durch Luzias Fähigkeit in ihren Wagen locken wollten", berichtete Sasha und Sixt zog scharf die Luft ein. „Ich habe sie sofort zurückgezogen und wir sind weggefahren. Natürlich folgten sie uns, um zu sehen, wo wir wohnen, aber ich habe an der Uni geparkt und wir sind hier hergesprungen. Den Wagen und die Sachen hole ich morgen. Ich weiß nämlich nicht, ob sie jetzt noch auf dem Uni-Gelände sind."

„Jetzt wissen wir schon mal, dass er Kontakt zu den Anderen hat", sagte Timothy.

„Und was machen wir jetzt", fragte Sasha.

„Naja unser Urlaub steht kurz bevor. Ich würde vorschlagen wir machen jetzt erst einmal Urlaub und danach werden wir uns um sie kümmern", schlug Nathan vor.

„Ja, so sehe ich das auch. Sie wissen weder, dass wir wegfahren, noch wohin wir fahren und auf dem Boot können sie uns nichts anhaben. Zudem haben wir uns den Urlaub jawohl alle verdient", stimmte Timothy zu.

„Also abgemacht. Erst der Urlaub", sagte Sixt.

Am Donnerstag packten wir alle unsere Taschen, da es am nächsten Tag um zehn Uhr morgens losgehen sollte.

„Packt nicht zu viel ein. So viel Platz ist auf der Segelyacht nicht", sagte Timothy morgens beim Frühstück.

„Aber ich habe doch extra neue Sachen gekauft, die ich alle mitnehmen will", erwiderte Sasha.

„Dann musst du wohl einiges davon hierlassen. Ich weiß eh nicht, wofür du soviel brauchst. Wir sind nur eine Woche unterwegs und die meiste Zeit auf dem Boot. Wir können auch kein zusätzliches

Boot für dein Gepäck dranhängen. Das Gleiche gilt allerdings für alle", warnte Timothy.

„Ich dachte, die Yacht ist groß genug", hakte Sasha nach.

„Ja, das ist sie auch. Sie bietet Platz für sechs Personen. Aber trotzdem ist der Innenraum nicht so groß, dass wir jeder mehrere Koffer mitnehmen können. Oder möchtest du deine Koffer auf dem Deck lassen", entgegnete Timothy.

„Nein, das möchte ich nicht. Ich kenne euch. Ihr würdet sie glatt ins Meer werfen, wenn die Koffer euch stören und dann sind meine Sachen nass. Dann schaue ich lieber, was ich hierlassen kann", sagte sie schnell.

„Siehst du. Es geht doch", erwiderte Timothy zufrieden.

Mittags holte Sasha zusammen mit Nathan ihren Wagen vom Uni-Parkplatz ab. Von den gefallenen Engeln war nichts zu sehen und auch das Auto war nicht beschädigt worden. Sasha brachte uns die gekauften Sachen und wir konnten weiter packen. Ich hatte nur das Notwendigste eingepackt, wie Timothy gesagt hatte. In meiner Tasche war allerdings für jedes Wetterverhältnis etwas dabei. Dazu kamen noch die Kamera, mein Tablett-PC, auf dem ich mir einige E-Books geladen hatte, damit ich die Bücher nicht mitschleppen musste, der MP3-Player und die Pflegeutensilien. Anschließend machte ich den Kaninchenkäfig sauber und packte auch ihre Sachen zusammen. Wir waren abends bei meinen Eltern zum Essen eingeladen und nahmen die Kaninchen mit, da sie die Woche, in der wir nicht da waren, bei meinen Eltern bleiben würden. Auch Sixt hatte seine Sachen fertig gepackt.

„Freust du dich schon auf unseren ersten gemeinsamen Urlaub", fragte er mich, als er sich zu mir auf die Couch setzte und mich auf seinen Schoß zog.

„Ja und wie. Acht Tage mit dir und unseren Freunden. Das wird bestimmt super."

„Das glaube ich auch. Vor allem mit dir."

„Und dir. Sag mal, könnten wir auch mal im Meer tauchen gehen? Das würde ich gerne mal tun. Die Meereswelt muss sehr schön sein."

„Das ist sie auch. Hast du denn einen Tauchschein, denn ohne, sollte man nicht tauchen gehen", fragte er mich.

„Nein, den habe ich leider nicht."

„Hm, ich habe zwar einen gemacht, als ich noch ein Mensch war, aber ich darf dich nicht zum Tauchen mitnehmen, da es für eine unerfahrene Person sehr gefährlich werden kann. Wir würden mit Pressluftflaschen tauchen gehen, damit wir tiefer tauchen könnten und da du dich mit den Flaschen nicht auskennst, wüsstest du auch nicht, wie du dich verhalten müsstest, wenn etwas mit der Flasche nicht stimmt. Du könntest unter Wasser Panik bekommen oder körperliche Schäden davontragen, wenn du keine Luft mehr bekommst und das möchte ich nicht verantworten."

„Da hast du recht. Trotzdem ist es schade. Dann muss ich wohl mal einen Tauchschein machen, wenn ich mit dir tauchen gehen möchte."

„Naja es gäbe noch eine andere Möglichkeit. Ich könnte für uns eine Blase erschaffen und damit könnten wir auch tauchen gehen. Luft zum Atmen hätten wir darin genug", sagte er lächelnd.

„Oh, das wäre toll."

Am Abend fuhren wir zu meinen Eltern. Wir parkten vor dem Haus und holten vorsichtig den Käfig aus dem Kofferraum. Mein Vater kam gerade ebenfalls nach Hause und half Sixt den Käfig hereinzutragen. Ich nahm den Kasten, indem das Holzstreu, Futter und Heu für die Kaninchen war.

„Schön das ihr da seid", begrüßte uns meine Mutter. „Na und ihr beiden macht hier Urlaub", wandte sie sich an Chocolate und Paulchen. Mein Vater und Sixt stellten den Käfig im Wohnzimmer ab. Die Kiste stellte ich erst einmal daneben.

„Gibt es irgendetwas worauf wir bei ihnen achten müssen", fragte meine Mutter.

„Eigentlich nicht. Nur am besten jeden Tag Auslauf und alle zwei Tage muss der Käfig saubergemacht werden. Heute habe ich das schon getan", erklärte ich.

„Gut. Dann setzt euch mal. Das Essen dauert noch einen Moment." Meine Mutter ging wieder in die Küche und wir nahmen im Esszimmer am Tisch platz. Leslie und Greg kamen ebenfalls und setzten sich zu uns an den Tisch.

„Na und wie ist es alleine zu wohnen", fragte ich meine Schwester.

„Super. Niemand sagt dir, was du machen sollst. Und du kannst alles tun, was du willst", sagte Leslie strahlend.

„Aufräumen und putzen musst du aber schon. Vor allem allein. Mom hilft dir da nicht mehr."

„Ach das klappt auch. Außerdem kann Greg ja auch helfen."

„Du Armer", wandte Sixt sich an ihn.

„Naja ich helfe doch gerne", sagte Greg.

„Wollt ihr euch eben das Haus ansehen, das wolltet ihr doch sowieso noch tun", fragte Leslie uns.

„Gerne, aber das Essen wird doch gleich bestimmt fertig sein", wandte ich ein.

„Ihr könnt ruhig kurz hinübergehen. Das Essen dauert noch eine viertel Stunde", kam es von meiner Mutter, die gerade ins Esszimmer kam.

„Okay, dann lasst uns gehen", rief Leslie und sprang vom Stuhl auf.

Eine viertel Stunde später saßen wir wieder am Esstisch und aßen mit meinen Eltern zu Abend. Leslie hatte sich das Häuschen wirklich schön eingerichtet. Ein bisschen wehmütig war mir doch zumute gewesen, als ich es betreten hatte, schließlich hatte ich darin die letzten Jahre gelebt gehabt. Aber ich war doch froh, dass ich nun bei Sixt wohnte, beziehungsweise, dass wir nun zusammenwohnten. Auch wenn wir im Häuschen etwas mehr Ruhe gehabt hatten, als im Schutzengelhaus, weil in einem Sechspersonenhaus, war doch viel Trubel und immer etwas los, so brauchten wir aber auch nicht ständig darauf zu achten, dass Sixt oder meine Freunde dabei gesehen wurden, wenn sie ihre Fähigkeiten einsetzten. Im Häuschen war es das ein oder andere Mal fast passiert, dass sie dabei von meinen Eltern erwischt worden waren, wenn sie zu mir gesprungen waren. Es war immer sehr knapp gewesen. Im Schutzengelhaus brauchten sie darauf nicht zu achten, es sei denn, es war menschlicher Besuch da. Aber das kam nicht jeden Tag vor.

Nachdem wir fertig gegessen hatten, unterhielten wir uns noch etwas. Ich hatte vorher mit Sixt gesprochen, dass ich meine Familie darum bitten wollte, niemanden zu sagen, wo ich wohnte. Es könnte ja sein, dass Tobin hier nachfragen, seine Gestalt verändern oder jemand anderes dafür schicken würde.

„Ich möchte euch um etwas bitten. Matt belästigt mich mal wieder. Er muss meine Handynummer herausbekommen haben. Jetzt möchte er wissen, wo ich wohne. Wir haben ihm es nicht gesagt. Bitte sagt ihr es ihm auch nicht. Ich könnte mir vorstellen, weil er weiß, dass ihr nicht gut auf ihn zu sprechen seid, dass er jemand anderes schickt, der nachfragt. Ich will nicht, dass er weiß, wo ich wohne, sonst steht er wieder vor der Tür. Ich überlege, ob ich nach dem Urlaub nicht wieder meine Handynummer wechsel", berichtete ich und nannte Tobin extra Matt, da meine Familie schließlich nichts von gefallenen Engeln, Schutzengel und solchen Wesen wussten. Ich wusste auch nicht, ob sie überhaupt glauben würden, dass es diese Wesen gab.

„Wann lässt er dich denn endlich in Ruhe. So kann es doch nicht weitergehen", seufzte meine Mutter.

„Er will es einfach nicht verstehen. Ich hatte ja schon einmal bei der Polizei nachgefragt, aber sie sagten, sie könnten nur etwas tun, wenn etwas passiert. Ich sollte halt die Handynummer wechseln."

„Ein sehr toller Rat", sagte mein Vater sarkastisch.

„Ich konnte den Typen sowieso noch nie leiden", kam es von Leslie. „Soll er mal kommen. Ich sage ihm, du wohnst in Seattle, dann kann er dort suchen gehen."

„Ähm Greg, kannst du es bitte auch deinem Bruder sagen? Josh kennt Matt nämlich auch", fragte ich.

„Klar, kein Problem. Der wird von uns nicht herausbekommen, wo ihr wohnt", erwiderte er.

„Danke", entgegnete ich.

„Wo geht es morgen eigentlich genau hin? Oder fahrt ihr ohne Ziel los", fragte mein Vater Sixt.

„Wir wollen einfach Richtung Süden segeln und an den Städten, an denen wir vorbeikommen, halten wir an. So wie Coos Bay und Newport."

„Hat denn jemand von euch den Segelschein", fragte mein Vater.

„Ja Timothy. Er wird uns dann auch herumkommandieren, was wir zu tun haben."

„Wie groß ist den die Segelyacht?" Mein Vater interessierte sich sehr für Boote und Yachten. Er war am Überlegen, ob er sich nicht selbst eine zulegen sollte. Nur meine Eltern hatten durch ihre Bowlingmannschaft nicht soviel Zeit.

„Sie ist fünfzehn Meter lang. Also eigentlich groß genug für sechs Personen. Sie hat drei Doppelkabinen, ein Badezimmer, eine Küche und eine Wohnecke. Und dann noch das Deck, wo viel Platz ist", berichtete Sixt.

„Das hört sich doch gut an. Wir sollten auch mal Urlaub auf einer Yacht machen oder so eine Kreuzfahrt", sagte mein Vater.

„Wir berichten dann, wie es war", erwiderte ich.

„Du musst aber ganz viele Fotos machen. Ich will sie dann auch alle sehen", sagte Leslie.

„Ja, mache ich. So wir müssen dann mal los. Wir müssen morgen früh raus", sagte ich und stand auf. Sixt tat es mir gleich. Ich ging noch eben zu den Kaninchen.

„Und ihr seid schön artig und macht keinen Mist. Bis bald ihr beiden." Ich ging zur Haustür, wo Sixt und meine Familie schon warteten.

„Viel Spaß und das ihr uns gesund wieder zurückkommt", sagte meine Mutter und umarmte erst mich und dann Sixt.

„Das werden wir", versicherte Sixt ihr. Wir verabschiedeten uns von allen und fuhren nach Hause.

Kapitel 10

„Guten Morgen, meine Süße. Aufstehen. Heute geht es in
den Urlaub, flüsterte Sixt mir ins Ohr. Sofort schlug ich meine
Augen auf und schaute in Sixts lächelndes Gesicht.
„Na dann mal los", sagte ich und setzte mich auf.
„Bekomme ich denn keinen Guten-Morgen-Kuss", fragte Sixt
gespielt schmollend.
„Aber natürlich. Komm her." Ich zog seinen Kopf zu mir heran
und küsste ihn. Er erwiderte den Kuss und strich mir sanft über die
Seite. Ich legte meine Hände um seinen Hals und zog ihn mit mir in
die Kissen. Seine Hand glitt unter mein Top und streichelte über
meinen Bauch, wobei mir ein Stöhnen entglitt.
„Frühstück", rief Nathan und klopfte an die Zimmertür. Sanft löste
Sixt sich von mir.
„Ich glaube wir müssen aufstehen, sonst steht er gleich noch bei
uns im Zimmer", seufzte Sixt.
„Das glaube ich auch."
„Wir kommen gleich", rief Sixt ihm zu. Wir standen auf, zogen uns
an und gingen ins Badezimmer um uns zu waschen. Anschließend
sprangen wir hinunter ins Esszimmer, um zu frühstücken.

Nachdem wir gefrühstückt und aufgeräumt hatten, holten
wir unser Gepäck und machten uns reisefertig.
„Sasha, was hast du denn alles eingepackt. Der Koffer ist so
schwer", beschwerte sich Nathan, der ihren Koffer in den Flur trug.
„Da ist nur das Notwendigste drin. Ich darf ja nicht mehr
mitnehmen", verteidigte sie sich.
„Habt ihr alles? Die Taxis sind schon da", fragte Timothy.
„Moment noch. Die Rollläden müssen noch heruntergelassen
werden", rief Maya und betätigten den Knopf, womit die Rollläden
automatisch heruntergelassen wurden. „So wir können."
„Bist du soweit", fragte mich Sixt.
„Ja, ich glaube schon. Handtasche, Handy, Portemonnaie, Ausweis,
alles da", erwiderte ich, nachdem ich nachgeschaut hatte.
„Okay, dann können wir los." Die Jungs trugen das Gepäck zu den

Taxis und verstauten es. Sasha, Maya und ich folgten ihnen nach draußen, verschlossen die Haustür und stiegen in die Taxis, in denen die Jungs schon saßen. Sixt und ich fuhren mit Maya in einem Taxi und Sasha, Nathan und Timothy in dem Anderen. So hatte jeder von uns genug platz und wir brauchten uns nicht zu dritt auf die Rückbank quetschen. Wir fuhren zum Hafen, wo sich die Anlegestelle für die Segelyacht befand, die wir gemietet hatten. Als wir dort ankamen, wartete schon der Vermieter der Yacht auf uns, um uns den Schlüssel zu übergeben. Wir holten das Gepäck aus dem Kofferraum und gingen, nachdem wir bei den Taxifahrern bezahlt hatten, zu dem Vermieter, der uns herzlich begrüßte. „Guten Morgen. Ein wunderschönes Wetter, um eine Segeltour zu beginnen", sagte er und schaute in den Himmel, der wolkenlos war. „Guten Morgen. Ich hoffe, das Wetter bleibt die nächsten Tage auch so schön, wenn wir unterwegs sind", entgegnete Sasha. „Oh das glaube ich schon. Laut dem Wetterbericht soll es die nächsten Tage nur Sonnenschein geben. So hier ist der Schlüssel, Mr. Jenkins. Erklärt hatte ich ja schon alles. Wenn etwas sein sollte, können Sie mich jederzeit anrufen", wandte sich der Vermieter zu Timothy. „Ich wünsche Ihnen allen einen schönen Urlaub." „Danke", sagten wir alle, wie aus einem Mund. Der Vermieter machte sich auf den Weg zu seinen Wagen und wir stiegen mit unserem Gepäck auf die Yacht. Sixt stellte erst unsere Koffer an Deck, reichte mir dann seine Hand und half mir hoch. Als Erstes erkundeten wir die Yacht. Sie war weiß gestrichen und sehr groß. Auf dem Deck befanden sich die Segelstangen mit den großen Segeln und eine halb offene Steuerkabine, die nach vorne und an den Seiten mit Scheiben umgeben war und ein Dach besaß. Den Bug der Yacht konnte man als Liegefläche nutzen. Neben der Steuerkabine führte eine Treppe hinunter in den Innenraum, der mit zwei Flügeltüren verschlossen werden konnte. Der Innenraum war mit hellem Holz verkleidet. Er bestand aus drei doppelten Schlafkabinen, einer Küchenzeile und einer Wohnecke mit einem Tisch einer eingebauten Bank und Stühlen. In einem Schrank befanden sich noch ein Fernseher und ein DVD-Player. Außerdem gab es noch ein Badezimmer, in dem sich eine Dusche, Toilette und ein Waschbecken befanden.

„Ich habe uns schon einmal einen Schlafplatz reserviert", flüsterte Sixt in mein Ohr und deutete auf die Schlafkabine im Bug der

Yacht, wo er unser Gepäck hereingestellt hatte. Die anderen beiden Kabinen lagen im Heck der Yacht nebeneinander.

„Dann höre ich Nathans Schnarchen wenigstens nicht", lachte ich.

„Ich schnarche nicht", protestierte Nathan hinter mir, der gerade die Lebensmittel, die wir mitgenommen hatten, in der Küchenzeile einräumte.

„Doch ich habe es letztens genau gehört", neckte ich ihn.

„Wir wollen starten", rief Sasha, vom Deck aus hinunter.

„Okay, wir kommen", erwiderte Sixt. „Na dann mal los. Auf geht es in den Urlaub", wandte er sich mir freudestrahlend zu und gab mir einen kurzen Kuss auf meine Lippen. Wir gingen hinauf auf das Deck und halfen Timothy, die Yacht startklar zu machen. Er erklärte uns genau, was wir machen sollten und zeigte uns, wie man die Segel setzte. Anschließend lichtete er den Anker und schon fuhren wir los. Unsere Reiseroute hatten wir gestern Abend schon genau besprochen gehabt. Wir wollten die Küste südlich bis Coos Bay herunterfahren, dabei einige Tage auf See verbringen und uns auf der Rückfahrt, Coos Bay, Florence und Newport ansehen. Ich ging nach vorne zum Bug, setzte mich auf dem Boden und zog die Knie an, die ich mit meinen Armen umschloss. Ich genoss den Fahrtwind, der mir ins Gesicht wehte und schaute auf das Meer hinaus. Vor uns war nirgends Land zu sehen. Überall war nur Wasser und es sah so aus, als ob es nie enden würde. Das Meer hatte schon etwas Bedrohliches. Man wusste nicht, was in der Tiefe alles lauerte. Das Wasser selbst konnte einen einfach verschlucken. Aber es gab einem auch das Gefühl von Freiheit. Hier gab es keine Straßen oder Häuser, die einen einengen konnten. Hier war nur weit und breit Wasser, auf dem man trieb.

„Ich soll dir einen schönen Urlaub von Anastasia und Brian ausrichten", sagte Sixt, setzte sich hinter mich und zog mich in seine Arme.

„Oh. Danke. Sag mal warum sind sie denn nicht mitgekommen", fragte ich.

„Sie fliegen heute für ein paar Tage nach Paris. Brian will Anastasia damit überraschen. Sie weiß noch nichts davon", erklärte er.

„Fliegen oder springen sie?"

„Ich glaube, eher springen. Das geht schneller."

„Die Stadt der Liebe. Da würde ich auch gerne einmal hin", seufzte ich.

157

„Das können wir alles noch machen. Ich reise mit dir überall hin, wo du möchtest", erwiderte Sixt, beugte sich hinunter und küsste meinen Hals.

„Du bist so süß. Ich liebe dich", hauchte ich und drehte mich zu ihm um.

„Ich liebe dich auch." Schon lagen unsere Lippen aufeinander.

Den nächsten Tag verbrachten wir auf dem Meer. Die Yacht war mit dem Anker gesichert, damit sie nicht weggetrieben wurde. Sixt wollte mit mir tauchen gehen. Er und Nathan hatten es vorher schon getestet, ob man mit der Blase, die sie erstellt hatten, auch tatsächlich tauchen gehen konnte. Es funktionierte und man hatte genug Luft zum Atmen.

„Seid ihr so weit", fragte Sixt, als wir im Wasser waren.

„Ja, wir können", erwiderte Nathan und Sasha nickte zustimmend. Sie wollten ebenfalls tauchen gehen. Nathan nahm Sashas Hand und verschwand mit ihr vor meinen Augen.

„Sollen wir auch", fragte Sixt mich.

„Ja natürlich."

„Na dann los. Aber denk daran, du darfst mich nicht loslassen, sonst kann es sein, dass du aus der Blase heraus bist und das wäre unter Wasser nicht gut", wies er mich an und ich nickte zur Bestätigung. Sixt nahm meine Hand und bildete die Blase um uns herum. Ich schaute zu meinen Füßen und konnte es nicht glauben. Obwohl ich mich im Wasser befand, so wurde ich nicht mehr nass. Das Wasser wurde von der Blase verdrängt.

„Ist alles in Ordnung", fragte mich Sixt, als ich immer noch ungläubig nach unten schaute.

„Ja, es ist nur so unglaublich. Ich stehe mitten im Wasser und werde nicht nass."

„Es hat schon so seine Vorteile einen Schutzengel als Freund zu haben, oder", grinste Sixt.

„Auf jeden Fall", erwiderte ich und grinste ebenfalls.

„Komm Süße, lass uns die Meereswelt erkunden", sagte Sixt und ließ die Blase ins Meer hinabsinken. Es war atemberaubend. So etwas hatte ich noch nie erlebt. Es war so, als ob man in einer ganz anderen Welt eintauchte. Verschiedene Fischarten schwammen um uns herum. Auf dem Grund lagen Steine und sogar auch Überreste von einem gesunkenen Boot. Um das Boot herum schwammen

Quallen und Fische. Krebse krabbelten über den Boden und sogar einen kleinen Tintenfisch konnten wir sehen. Sixt hatte sich extra eine Unterwasserkamera gekauft und fotografierte die Unterwasserwelt. Auch von uns beiden machte er einige Fotos. Wir bewegten uns mit der Blase umher, blieben aber immer in der Nähe unserer Yacht.

Am Montag besahen wir uns die erste Stadt. Coos Bay war die größte Stadt an der Küste von Oregon und ein beliebtes Touristenziel, mit unberührten Seen und Flüssen und zahlreichen Parks. Den Tag darauf schauten wir uns jedes Paar für sich Florence an. Es war eine historische Altstadt, durch die Sixt und ich schlenderten, in der es einige Geschäfte gab. Natürlich war Sasha shoppen gegangen und Nathan hatte Mühe sie aus den Läden zu bekommen. Ihre Ausbeute zeigte sie uns am Abend, als wir uns alle an der Yacht trafen. Dort machten wir uns etwas frisch und gingen in einem Restaurant etwas Essen, bevor wir mit der Yacht weiterfuhren. Die Abende auf der Yacht verbrachten wir entweder mit Gesellschaftsspielen, Filmen, die wir schauten oder Gesprächen und Diskussionen. Zwischendurch mussten Sasha und Nathan immer mal wieder zu ihren Schützlingen, die sich in Gefahr befanden, und mussten ihnen helfen.

„Ich finde es langsam seltsam. Wieso gerät mein Schützling neuerdings in so viele Gefahren? Das war doch sonst nicht so", fragte Sasha Dienstagabend, als sie gerade wieder von ihrem Schützling kam. Wir saßen alle zusammen in der Wohnecke und sie setzte sich zu uns.

„Das frage ich mich bei meinem auch schon. So tollpatschig war er noch nie", stimmte Nathan ihr zu.

„Vielleicht ist es auch nur ein Zufall. Oder die beiden gönnen euch den Urlaub nicht", spekulierte Maya.

„Das Zweite glaube ich eher", stöhnte Sasha.

„Naja, wobei bei meinen vorhin die Bremsen an seinem Auto versagt haben. Ich fand es schon etwas eigenartig. Auch die anderen Gefahren waren nicht normal. Das eine Mal wäre er fast von einem Schrank erschlagen worden, wenn ich ihn nicht rechtzeitig weggezogen hätte", erzählte Nathan.

„Jetzt wo du es sagst. Stimmt, bei meinem Schützling waren es auch keine normalen Sachen."

159

„Ihr meint doch nicht, dass es etwas mit Tobin, Luzia und Gregory zu tun hat", fragte Timothy.

„Die Vermutung liegt nahe, dass sie etwas damit zu tun haben. Aber woher wissen sie, wer unsere Schützlinge sind", fragte Sasha.

„Sie werden das noch von früher wissen, als sie noch Schutzengel waren. Seitdem habt ihr eure Schützlinge ja nicht gewechselt", sagte Sixt.

„Und was sollen wir jetzt tun? Sollen wir den Urlaub nicht besser abbrechen", fragte ich und schaute in die Runde.

„Nein, das werden wir nicht. Von denen werden wir uns doch nicht den Urlaub verderben lassen. Außerdem wissen wir ja noch gar nicht, ob sie wirklich etwas damit zu tun haben oder es doch nur Zufälle sind. Ich werde jetzt mal Anastasia anrufen. Sie sollen doch mal die Drei beobachten, wenn sie wieder zu Hause sind. Vielleicht kriegen die beiden ja heraus, was sie vorhaben", sagte Sasha griff ihr Handy und ging hinaus an Deck.

„Jamie, komm bitte mal schnell", rief Sixt am Mittwochmorgen. Ich war gerade in der Küchenzeile und räumte das gespülte Geschirr vom Frühstück in den Schrank. Diesen Tag wollten wir wieder auf dem Meer verbringen. Schnell rannte ich die Treppe hinauf zum Deck. Bei der letzten Stufe wäre ich fast hingefallen, hätte Sixt mich nicht aufgefangen.

„Vorsicht meine Süße", grinste er. „Alles okay?"

„Danke. Ja alles gut."

„Schau mal", sagte er und führte mich an die Seite der Yacht an die Reling. Er zeigte auf zwei Delfine, die im Meer schwammen.

„Die sind ja süß", erwiderte ich und sah den beiden zu. Ich hatte noch nie Delfine in freier Wildbahn gesehen.

„Du bist noch viel süßer", hauchte Sixt und küsste meinen Hals.

„Und du erst", sagte ich und drehte mich zu ihm um. Sofort lagen unsere Lippen aufeinander und wir küssten uns.

„Immer diese Knutschereien", rief Nathan, als er an uns vorbeilief.

Am Donnerstag kamen wir vormittags in Newport an. Es war eine Kleinstadt, die für Fischgerichte sehr beliebt war. Nachdem wir die Yacht im Hafen festgemacht hatten, gingen wir von Bord. Unser Ziel war das Oregon Coast Aquarium, was über 190 Tierarten besaß. Alle zusammen gingen wir in das Aquarium.

Unter den Tierarten befanden sich Otter, Seelöwen, Seevögel, verschiedene Fischarten und sogar Haie. Wir gingen durch die Gänge und schauten uns die Tiere an. Bei den Haien blieben wir länger stehen. Ich hatte noch nie einen Hai, außer im Fernsehen oder auf Bildern, gesehen. Sie waren sehr groß und angsteinflößend.

„Ich möchte gerne einen mit nach Hause nehmen", sagte Nathan grinsend.

„Und wo soll der hin", fragte Sasha.

„Im Pool. Das wird ein mörderisches Vergnügen bei der nächsten Poolparty", lachte er.

„Nein. Das gibt es nicht", protestierte Sasha.

„Na gut. Dann kommt er halt in die Badewanne."

„Und wenn ich baden gehen möchte?"

„Hm, kannst ihn ja mal fragen, ob er dich dann mit hineinlässt."

„Nein. Ich möchte die Wanne für mich. Du kriegst keinen Hai."

„Das ist aber unfair. Jamie und Sixt haben auch zwei Kaninchen und keiner hat etwas dagegen", protestierte Nathan.

„Du willst doch jetzt nicht unsere Kaninchen mit dem Hai vergleichen", lachte ich.

„Doch. Der macht sogar weniger Dreck, als die Kaninchen. Gut die Blutspuren und die Knochen muss man beseitigen. Aber er ist auch pflegeleichter und macht keinen Krach", entgegnete Nathan.

„Es kommt kein Hai ins Haus oder in den Pool", kam es von Sasha.

„Ach man. Den hätte ich aber gerne", schmollte er. Lachend gingen wir weiter und schauten uns die nächsten Tiere an. Zum Schluss gingen wir noch durch den Souvenirladen. Maya und ich gingen schon einmal hinaus, da wir noch zu den Toiletten wollten. Als wir fertig waren, warteten wir am Ausgang auf die Anderen. Nathan kam als Erstes hinaus, gefolgt von Sasha.

„Seht mal. Den hat mir Sasha geschenkt", rief er freudestrahlend und zeigte uns einen ein Meter fünfzig großen Stofftierhai.

„Der ist ja süß", sagte Maya.

„Ja, aber auch sehr gefährlich", lachte Nathan. Nun kamen auch Sixt und Timothy aus dem Laden. Beide hielten ihre Arme auf dem Rücken. Irgendetwas versteckten sie. Sixt kam auf mich zu und gab mir einen Kuss.

„Ich habe dir etwas mitgebracht", hauchte er mir ins Ohr, holte hinter seinem Rücken einen fünfzig Zentimeter großen Delfin hervor und reichte ihn mir.

„Danke. Der ist ja süß und so weich", strahlte ich. Ich schaute kurz zu Maya hinüber. Sie hatte von Timothy einen Seehund in der gleichen Größe bekommen. Sixt zog mich eng an sich.

„Freut mich, dass er dir gefällt. Du musst ihn auch gut behandeln, sonst springt er wieder ins Wasser", lachte Sixt.

„Das mache ich", grinste ich, zog seinen Kopf zu mir herunter und küsste ihn. „Was hast du denn da noch?" Fragend schaute ich auf ein Buch, was er in der Hand hielt.

„Ich habe mir ein Buch über Delfine, Wale und Haie gekauft, was ich mal lesen wollte", erklärte er mir.

„Das hört sich interessant an."

„Wir können es ja zusammenlesen", sagte Sixt und lächelte mich an.

„Hey hier ist bis zum Wochenende ein Stadtfest mit Fahrgeschäften und um halb elf ist morgen Abend ein Feuerwerk. Wollen wir nicht hier im Hafen auf der Yacht übernachten, uns morgen die Stadt ansehen und abends dann auf das Stadtfest gehen", fragte Sasha.

„Oh das hört sich gut an", sagte ich und auch die Anderen stimmten zu.

„Gut dann lasst uns erst einmal zurück zur Yacht und anschließend können wir ja noch in den Irish Pub, den ich dort in der Nähe heute Morgen gesehen habe", schlug Timothy vor.

Nachdem wir unsere Sachen auf die Yacht gebracht und uns umgezogen hatten, gingen wir in das Irish Pub, welches Timothy gemeint hatte. Dort aßen und tranken wir etwas. Heute war Livemusik Abend und eine Rockband spielte auf der Bühne. Die Musik hörte sich gut an. Nicht nur mir gefiel sie, sondern auch den anderen Pubbesuchern, die nach jedem Lied applaudierten. Gegen elf Uhr verließen wir das Pub wieder und gingen zur Yacht zurück. Dort angekommen schloss Sasha die Flügeltüren, die zum Innenraum führten, auf und erschrak.

„Nathan, was soll das", fragte sie und deutete auf den Hai, der mit dem Gesicht zur Tür auf der Treppe lag.

„Na der passt auf", sagte Nathan grinsend und ging an ihr vorbei.

„Ja Fridolin pass schön auf, dass hier niemand hereinkommt." Er streichelte dem Hai über den Kopf. Nathan war manchmal ein ganz schöner Kindskopf.

„Du hast ihm einen Namen gegeben", fragte sie kopfschüttelnd.

„Natürlich", erwiderte er, nahm den Hai von der Treppe und ging hinunter. Wir folgten ihm und Sasha schloss hinter uns die Tür von innen ab. Das taten wir in den Nächten, die wir im Hafen verbrachten. Wir wollten nicht, dass Fremde ins Innere der Yacht eindrangen und so fühlten wir Mädchen uns sicherer. Auch wenn ich wusste, dass Sixt bei mir war und mich beschützte. Man musste es aber nicht unbedingt provozieren. Da wir alle sehr müde waren, machten wir uns fertig für das Bett. Ich schlüpfte ins Bett und deckte mich zu. Es war schon etwas komisch auf einer Yacht zu schlafen und das Schaukeln durch die Wellen zu spüren. Zum Glück war ich nicht seekrank, sonst hätte ich es nicht lange auf der Yacht ausgehalten. Sixt folgte einige Minuten später in unsere Schlafkabine, schloss die Tür und kam zum Bett.

„Du hast jemanden vergessen", sagte er und reichte mir den Delfin. „Er möchte bei dir schlafen, so wie auch ich."

„Oh. Danke", erwiderte ich und legte den Delfin neben mir. „Na dann komm zu mir." Sixt legte sich zu mir ins Bett, schaltete das Licht aus und schlang seine Arme um mich. Ich kuschelte mich eng an ihn heran.

„Hat dir der Tag heute gefallen", fragte er.

„Ja, er war sehr schön. Schade das wir nur noch zwei Tage haben und dann unser Urlaub schon wieder vorbei ist."

„Ja leider. Zum Glück haben wir beide noch ganz viel Zeit. Ich will mit dir noch die ganze Welt bereisen." Sanft strich er über meine Wange.

„Das will ich auch. Nur mit dir." Unsere Lippen fanden sich und wir küssten uns lange.

„Nathan, es freut mich, dass dir der Hai so gut gefällt, aber er braucht nicht bei uns im Bett in der Mitte liegen", schrie Sasha.

„Er möchte aber auch im Bett schlafen", verteidigte sich Nathan.

„Raus mit ihm, er nimmt den ganzen Platz weg." Sixt und ich mussten lachen. Ich konnte mir genau vorstellen, was Nathan getan hatte und wie Sashas Gesichtsausdruck gerade war.

„Ach man. Na gut", schmollte Nathan. Ich gähnte herzhaft.

„Schlaf gut meine Süße", flüsterte Sixt.

„Du auch", erwiderte ich.

Am nächsten Morgen trennten wir uns nach dem Frühstück. Jedes Pärchen ging für sich Newport erkunden. Sixt und ich schlenderten als Erstes am Yachthafen entlang. Hier gab es auch einen Privathafen für Yachten. Als Nächstes schauten wir uns den Leuchtturm an. Wir hatten die Kamera dabei und schossen viele Fotos. Auch von uns. Bei Fotos von uns beiden fragten wir ab und zu andere Leute, die freundlich reagierten und uns mit unserer Kamera fotografierten. Anschließend gingen wir in die Innenstadt von Newport und schauten uns die Geschäfte an. Hier gab es viele feinere Geschäfte, die recht teuer waren. Das störte Sixt nicht und wir gingen in fast jedes Geschäft hinein. Er war heute richtig in Shopping-Laune und kaufte nicht nur sich neue Klamotten, sondern auch mir. Nachdem wir noch ein Eis gegessen hatten, gingen wir vollgepackt mit Tüten zurück zur Yacht und kamen auch pünktlich um sechs Uhr, wo wir uns mit den Anderen treffen wollten, an.

„Was habt ihr denn da alles? Habt ihr die Läden leergeräumt", fragte Nathan lachend.

„Nein leer sind sie noch nicht, es sei denn, Sasha war nach uns in den Läden. Ich brauchte aber mal neue Klamotten und Jamie hat dann auch noch etwas gefunden", erklärte Sixt.

„Etwas sehe ich. Aber ich glaube, bei uns hätte es auch nicht anders ausgesehen, wenn ich Sasha nicht gestoppt hätte. Dann wären die Läden wirklich leer gewesen", entgegnete Nathan. Auch Timothy und Maya kamen bepackt zurück. Sie waren ebenfalls einkaufen gewesen.

Nachdem wir unsere Sachen in den Innenraum gebracht und uns etwas frisch gemacht hatten, machten wir uns auf den Weg zum Stadtfest. Es fand auf einen großen Festplatz am Rande der Stadt statt. Das Fest war gut besucht und dadurch recht voll. Wir beschlossen, als Erstes etwas zu essen. Im Anschluss gingen wir zur Achterbahn. Nathan war aufgeregt wie ein kleines Kind und lief schnellen Schrittes voraus. Er hatte uns schon beim Essen gedrängt und konnte es kaum abwarten, mit den Fahrgeschäften zu fahren. Die Schlange vor der Achterbahn war nicht so lang, wie erwartet. Sasha kaufte die Karten und verteilte sie an uns. Ich sah mir die Achterbahn genau an. Man wurde am Anfang katapultiert und fuhr von null auf hundert Stundenkilometer in eine Kurve. Danach folgten Berge, Schrauben und Loopings.

„Na hast du Angst", fragte Sixt und schaute mich an.

„Nein, du etwa?"

„Nein, nicht im Geringsten", erwiderte er grinsend.

„Sag mal, ist ein Schutzengel eigentlich auch bei seinem Schützling, wenn er mit solchen Fahrgeschäften fährt?"

„Nicht immer. Es sei denn, er sieht eine Gefahr. Wobei eigentlich müssten wir schon mitfahren und aufpassen das nichts passiert. Der Engelsrat schreibt es eigentlich vor. Aber manche von uns missachten die Anweisung. Es hat aber auch keine Konsequenzen. Der Engelsrat sieht darüber hinweg, vor allem wenn man eine gute Ausrede hat", erklärte Sixt.

„Also kann euch bei so etwas schlecht werden", fragte ich, wobei es eher eine Feststellung war.

„Manchen passiert so etwas, aber sie hatten dann schon in ihrem Leben als Mensch Probleme mit solchen Fahrgeschäften. Ich fahre allerdings gerne mit dir mit", sagte er, zog mich eng an sich und küsste mich. Im Augenwinkel sah ich, dass eine Gruppe von Mädchen sich enttäuscht wegdrehte. Wahrscheinlich wollten sie sich gerade an ihn heranmachen und mussten feststellen, dass er schon vergeben war. Ich war zwar etwas eifersüchtig, aber ich konnte es ihnen auch nicht verdenken. Er sah einfach atemberaubend aus.

„Sag mal, habe ich Danny eigentlich damals in den Wahnsinn getrieben, weil ich so oft und gerne Karussell gefahren bin", fragte ich. Sixt redete jetzt öfter über Danny und ich konnte ihn alles über ihn fragen. Oft erzählte er mir Geschichten, was sie früher so alles getan hatten. Die erste Zeit nach Dannys Tod, den Terina verschuldet hatte, sprach er so gut wie nie über ihn. Mit der Zeit änderte sich es und es fiel ihm nicht mehr so schwer über Danny zu reden.

„Nein. Er ist auch gerne Karussell gefahren. Ihm hat es nie etwas ausgemacht." Endlich waren wir an der Reihe. Alle zusammen kamen wir in einen Wagen und keiner musste warten. Es gab immer Zweiersitze und wir setzten uns hintereinander. Gesichert wurde man mit nur einem Bügel, der sich über die Beine schloss. Etwas nervös war ich schon, aber das war bei mir immer so, wenn ich eine neue Achterbahn fuhr.

„Keine Angst. Ich bin bei dir", flüsterte Sixt und nahm meine Hand. Wir verschränkten die Finger miteinander und dann begann

165

die Fahrt. Am lautesten schrie Sasha, die neben einem jubelnden Nathan saß, der während der Fahrt immer wieder die Arme hochriss. Viel zu schnell war die Fahrt vorbei und wir stiegen aus.

„Alles okay bei dir? Du warst während der Fahrt so ruhig", fragte Sixt.

„Ja, alles in Ordnung. Ich schreie eigentlich nie in Achterbahnen oder anderen Fahrgeschäften", gab ich zu.

„Na dann ist ja gut." Sixt legte mir einen Arm um die Taille und wir gingen mit den Anderen weiter. Als Nächstes fuhren wir Autoscooter. Es machte Spaß die Anderen mit dem Scooter zu rammen. Ich wurde von einem anderen Scooterfahrer in eine Ecke gedrängt. Ich versuchte dort wieder herauszukommen, doch ich schaffte es nicht.

„Hey Jamie, was ist los? Ich dachte, du kannst Autofahren", rief mir Nathan lachend zu.

„Das kann ich auch. Mit dem Scooter stimmt nur etwas nicht", erwiderte ich etwas genervt darüber, dass ich nicht aus dieser Ecke herauskam.

„Lass dich nicht ärgern. Komm, ich hole uns hier aus der Ecke heraus", sagte Sixt, übernahm das Steuer und lenkte uns aus der Ecke. „So und jetzt zeig Nathan, wie gut du fahren kannst", spornte er mich an und ließ mich wieder fahren. Ich fuhr hinter Nathans Scooter her und rammte ihn.

„Hey", rief er und drehte sich um. Ich grinste ihn an und fuhr winkend an ihm vorbei. „Na warte." Er wollte gerade hinter mir herfahren, als die Scooter stehen blieben und die Fahrt zu Ende war.

„Da hast du aber noch mal Glück gehabt", kam es von ihm, als wir zum nächsten Fahrgeschäft gingen.

„Wieso? Das kommt davon, wenn man sich über mich lustig macht. Ich wollte dir nur beweisen, dass ich fahren kann", erwiderte ich.

„Wie wäre es jetzt mit der Geisterbahn", fragte Timothy und deutete auf das Fahrgeschäft vor uns. Wir stimmten zu und stellten uns in der Schlange, die davor stand an. Mir war etwas mulmig zumute. Ich hatte keine Angst, aber ich mochte die Dunkelheit darin nicht unbedingt.

„Was ist los", fragte Sixt und schaute mich besorgt an. „Hast du Angst?"

„Nicht direkt. Ich mag nur Geisterbahnen nicht so."

„Sollen wir lieber draußen warten?"

„Nein, es geht schon. Außerdem möchtest du ja gerne mitfahren und ich möchte kein Spielverderber sein. Ich werde es schon überstehen."

„Nur wenn du möchtest. Ich bleibe auch gerne mit dir hier draußen", sagte Sixt und schaute mich skeptisch an.

„Nein ist schon gut. Du bist ja bei mir, dann geht es schon."

„Na gut. Ich werde dich ablenken, dann ist die Fahrt nicht so schlimm", erwiderte er und schon waren wir an der Reihe und stiegen ein. Die Wagen waren Halbkugeln und es gab eine Bank als Sitz. Sixt zog mich eng an sich und der Bügel schloss sich. Als Erstes fuhren wir ins Dunkle. Eng drückte ich mich an Sixt.

„Hey, keine Angst. Ich bin da", flüsterte er. Schon jetzt hörte ich Nathan, der mit Sasha vor uns fuhr, laut lachen. Timothy und Maya fuhren hinter uns. Nun kamen die ersten Gespenster und Monster und die Halbkugeln, drehten sich zu den Attraktionen. Sixt versuchte mich abzulenken und begann Witze über einige Figuren zu machen. Nathan machte ebenfalls lautstark Witze über die Gespenster oder die Gesichter der Monster.

„Schaut mal, das Monster sieht aus wie Sasha, wenn sie wütend ist", lachte Nathan und bekam dafür einen Schlag auf den Hinterkopf von ihr. „Aua."

„Das hast du nun davon, wenn du dieses Monster mit mir vergleichst", erwiderte Sasha bissig.

„Ich kann doch nichts dafür, wenn ihr euch so ähnlich seht."

„Ich sehe nicht so aus wie ein Monster", rief Sasha empört. Wir fuhren als Nächstes wieder durch einen dunklen Gang. Sixt beugte sich zu mir herüber und küsste mich.

„Was wird das", fragte ich unter den Küssen.

„Ich lenke dich ab."

„Na das ist aber mal eine gute Ablenkung." Ich zog ihn näher zu mir heran, legte meine Arme um seinen Hals und erwiderte den Kuss. Seine Zunge strich über meine Unterlippe und bat um Einlass, den ich ihm sofort gewährte. Unsere Zungen spielten miteinander und unser Kuss wurde immer drängender. Über die Hälfte der Fahrt saßen wir so da und waren in unseren Kuss vertieft, sodass wir gar nichts anderes mehr mitbekamen.

„Hey ihr beiden, hört mal auf euch zu küssen. Ihr verpasst ja die ganze schöne Fahrt", rief Nathan zu uns herüber, als die Kugeln sich so gedreht hatten, dass er zu uns herüberschauen konnte. „Wieso, wir haben doch eine schöne Fahrt", erwiderte Sixt, als er sich von mir löste. Lächelnd schaute er mir in die Augen. „Sollen wir uns jetzt noch etwas gruseln?" Ich nickte lächelnd zurück. Eng zog er mich wieder in seine Arme und machte wieder Witze über die Geister. Nathan und Timothy machten ebenfalls mit, sodass wir aus dem Lachen nicht mehr herauskamen. Dieses Mal unterließ es Nathan allerdings Ähnlichkeiten zwischen den Monstern und Sasha zu suchen. Es war auch besser für ihn, wenn er die Nacht nicht am Deck schlafen wollte.

Nach der Fahrt gingen wir zu einem Getränkestand und tranken erst einmal etwas. Nathan ging zum Schießstand nebenan und versuchte sein Glück. Er traf jeden Gegenstand und gewann für Sasha einen großen Teddybären, den er ihr überreichte. Nun wurde es Zeit uns einen geeigneten Platz zu suchen, von wo wir aus, das Feuerwerk gut sehen konnten, das in wenigen Minuten losging. Wir stellten uns etwas abseits von dem Fest. Die Jungs verschwanden kurz und kamen nach einigen Minuten wieder. „Ich habe dir etwas mitgebracht", sagte Sixt und hielt mir ein Lebkuchenherz entgegen. Darauf stand in weißen Buchstaben -*Ich liebe dich für immer*- geschrieben.
„Du bist so süß", sagte ich und küsste ihn. Sixt hängte mir das Herz um den Hals, stellte sich hinter mich und legte seine Arme um meinen Bauch. Ich kuschelte mich eng an ihn, denn das Feuerwerk begann. Ich sah kurz zu den Anderen herüber und auch Sasha und Maya hatten ein Herz bekommen. Das Feuerwerk war wunderschön. Es gab nicht nur die normalen Raketen, wie man sie von Silvester her kannte, sondern auch Spezielle die Figuren und Formen am Himmel zauberten.
„Schau mal, ich habe dir ein Herz an den Himmel gemalt", flüsterte Sixt und deutete in den Himmel, wo gerade durch eine Rakete ein Herz erschienen war.
„Das ist wunderschön", erwiderte ich. Er beugte sich zu mir herab und küsste mich.
„Ich liebe dich", hauchte er mir ins Ohr.
„Ich liebe dich auch." Wir schauten wieder in den Himmel um den Abschluss des Feuerwerkes zu sehen, das mit mehreren Raketen beendet wurde.

„So was wollen wir jetzt denn noch machen", fragte Timothy, als die letzten Funken der Raketen am Himmel verglühten.

„Ich würde gerne Wasserbahn fahren", sagte Maya.

„Oh ja Wasserbahn bin ich auch schon lange nicht mehr gefahren", erwiderte ich und Sasha stimmte mir ebenfalls zu.

„Und ich würde gerne in den Flugsimulator", rief Nathan.

„Na dann lass die Mädchen doch in die Wasserbahn und wir gehen in den Simulator", schlug Sixt vor. Alle waren damit einverstanden. Nathan sprang schnell zur Yacht und brachte den Bären weg, damit er in der Wasserbahn nicht nass wurde. Schnell, und ohne dass es jemand von den anderen Leuten auf dem Fest mitbekommen hatte, kam er auch schon zurück.

„Wir treffen uns dann vor der Wasserbahn", sagte Sixt, gab mir noch einen Kuss und machte sich mit den anderen beiden auf den Weg zum Simulator. Wir gingen ebenfalls zur Bahn und hatten das Glück, das wir nicht so lange warten mussten. Sasha wollte nach hinten und ich hatte das Pech und sollte vorne sitzen. Ich hoffte nur, dass ich nicht soviel Wasser abbekam. Maya hatte in der Mitte platz genommen und die Fahrt ging los. Der erste Berg, den wir hinunterfuhren, war nicht so schlimm, aber es folgte noch ein zweiter Berg, den wir gerade hinaufgezogen wurden. Dieser war größer und die Abfahrt war steiler.

„Die Jungs sind wieder da", sagte Maya und schaute zu ihnen hinunter. „Sie scheinen Ärger zu haben."

„Oh nein", rief Sasha und sah geschockt nach unten.

„Was ist denn los", fragte ich und drehte mich zu ihr um.

„Das darf nicht wahr sein. Das da unten bei den Jungs sind Luzia, Tobin und Gregory." Ich zuckte zusammen.

„Was machen wir denn jetzt", fragte ich und schaute panisch zu ihnen hinunter. Sie standen sich gegenüber und schauten sich wütend an.

„Wartet mal", sagte Sasha. Nathan schaute zu uns hoch und es sah so aus, als ob er etwas mit den Lippen formte, ohne dass ein Ton herauskam. Sasha nickte kurz und wandte sich dann zu uns. Allerdings konnte sie noch nichts sagen, da wir in dem Moment den Berg herunterfuhren. Mit einem lauten Platschen landeten wir mit dem Boot im Wasser und bekamen eine Welle, die hinein schwappte ab. Wir schrien auf und schüttelten uns das Wasser ab. „Wenn wir hier gleich raus sind, bleibt ihr dicht bei mir, und sobald wir weit genug vom Festplatz entfernt sind und uns keiner mehr sieht, springen wir zur Yacht und warten auf die Anderen", sagte Sasha.

„Okay", erwiderte ich und schaute zu den Anderen, an denen wir gerade vorbeifuhren. In dem Moment drehte Tobin seinen Kopf in unsere Richtung und grinste mich an.

„Ah, da ist sie ja", sagte er laut.

„Du lässt sie in Ruhe", knurrte Sixt.

„Was willst du dagegen tun", fragte er provozierend.

„Rührst du sie noch einmal an, mach ich dich fertig", hörte ich Sixt noch, als wir schon fast beim Ausgang waren. Ich atmete einige Male tief durch und versuchte mich selbst zu beruhigen.

„Also denkt daran, ihr bleibt dicht bei mir", trichterte Sasha uns noch einmal ein. Unser Boot kam zum Stehen und wir stiegen aus. Dicht nebeneinander gingen wir durch den Ausgang und bogen im Schutz der Menschenmenge in einem Zwischengang neben der Wasserbahn ein, der von dem Festplatz in einen angrenzenden Wald führte. Mehrmals drehte ich mich um, um sicherzugehen, dass weder Tobin noch Gregory oder Luzia uns folgten. Wir hatten fast den Wald erreicht, als mich eine Macht ergriff. Meine Füße gehorchten mir nicht mehr. Sie blieben einfach stehen. In meinen Kopf herrschte ein heilloses Durcheinander. Alles war wie vernebelt und ich konnte nicht mehr klar denken. Wie in Trance drehte ich mich um und ging zurück zum Fest. Ich sah, dass auch Maya wieder zurückging.

„Wo wollt ihr denn hin", hörte ich Sasha fragen. Sie hörte sich allerdings so weit weg an.

„Komm zu mir", hörte ich eine Stimme in meinem Kopf sagen. Ich lief auf diese Stimme zu. Je näher ich kam, desto lauter wurde sie. Sasha packte Maya und mich am Arm und zog uns zurück. Ich schüttelte kurz meinen Kopf und der Nebel verschwand. Jetzt erst konnte ich mich wieder bewegen. Mein Körper gehorchte mir wieder. Neben mir hörte ich Sasha wütend zischen. Einige Meter vor uns standen Luzia, Gregory und Tobin, die jetzt grinsend auf uns zukamen. Luzia musste ihre Fähigkeit eingesetzt haben, die aber, als Sasha uns berührt hatte, nicht mehr funktionierte. Sasha hielt uns weiterhin fest und wir gingen langsam zurück.

„Hallo Sasha, lange nicht gesehen", sagte Gregory und kam immer näher. Zumindest nahm ich es an, dass es Gregory war, denn ich hatte ihn nur einmal kurz im Einkaufszentrum gesehen gehabt und selbst da hatte ich ihn nicht richtig wahrgenommen, da ich mehr damit beschäftigt gewesen war, ihnen zu entkommen. Er war groß und hatte einen muskulösen Körper mit breiten Schultern. Seine schwarzen langen Haare hatte er sich zu einem Zopf gebunden. Automatisch gingen wir einen weiteren Schritt zurück. Hilfe suchend schaute ich mich um. Wo waren nur die Jungs?

„Du brauchst dich gar nicht umschauen. Eure Freunde werden nicht kommen. Sie denken, ihr seid gar nicht mehr hier", lachte Luzia.

„Was wollt ihr", fragte Sasha und ihre Augen funkelten wütend.

„Rache natürlich, für alles, was ihr uns angetan habt", erwiderte Gregory und ließ seine Augen weiß aufblitzen.

„Und Jamie", fügte Tobin hinzu und wandte sich dann zu mir. „Ich habe dir doch gesagt, dass wir uns wiedersehen. Oh wie süß, er hat dir ein Herz geschenkt. Es ist doch sowieso alles gelogen, was er zu dir sagt. Ich bin der Einzige, der dich liebt."

„Ach du meinst, er lügt so wie du? Mir erst die ewige Liebe schwören und dann mit Terina ins Bett hüpfen? Ich glaub dir kein Wort mehr. Ich liebe dich auch nicht, kapier es endlich", warf ich ihm wütend an den Kopf.

„Du weißt, dass es ein Ausrutscher war. Ich habe erkannt, dass ich nur dich liebe und jetzt sei ein braves Mädchen und komm zu mir."

„Nein, das werde ich nicht tun", schrie ich.

„Du gehörst mir. Also komm jetzt", erwiderte er und wurde wütend.

„Nein, ich werde nie dir gehören. Lass mich endlich in Ruhe."

„Na dann muss ich dich wohl mit Gewalt holen", knurrte Tobin und kam auf mich zu.

„Das wirst du nicht tun", zischte Sasha und stellte sich schützen vor mich und Maya. Dabei ließ sie uns aber nicht los.

„Was willst du denn schon gegen uns ausrichten", fragte Tobin und grinste hämisch. In dem kam auch schon ein Stuhl geflogen, der mich an der Schulter traf. Ich schrie kurz auf und hielt mir die Schulter. Im nächsten Moment kam eine Bierbank, die an der Seite gestanden hatte, in Mayas Richtung geflogen, die Sasha blitzschnell abwerte. Gregory benutzte seine Fähigkeit, um die Gegenstände gegen uns zu schleudern. Sasha zog uns ein weiteres Stück zurück. Panik überkam mich. Was sollten wir jetzt tun? Niemand war da um uns zu helfen. Springen konnten wir auch nicht, da zu viele Festbesucher da waren. Gregory hatte seine Attacken immer dann gemacht, wenn niemand hinsah. Plötzlich hörte ich hinter mir einen lauten Knall. Ein Luftzug wich an mir vorbei und ich wurde nach hinten gedrückt. Nun standen Timothy, Nathan und Sixt mit dem Rücken vor uns. Die gefallenen Engel wichen einen Schritt zurück. Sixt griff nach meiner Hand und hielt sie fest, damit Luzias Fähigkeit nicht funktionierte, falls sie diese wiedereinsetzte. Ich merkte wie angespannt und wütend er war.

„Das ist aber gar nicht nett von euch, Frauen mit Baumstämmen zu attackieren", sagte Nathan wütend. Geschockt drehte ich mich um und sah hinter uns einen Baumstamm auf dem Boden liegen.

„Wir können noch viel netter sein", grinste Gregory hämisch.

„Gib mir Jamie", stieß Tobin schnaubend heraus. Ich zuckte bei seinen Worten zusammen.

„Nein. Du wirst sie nie bekommen", zischte Sixt.

„Sasha bei meinem Zeichen haut ihr ab. Wir treffen uns dann da, wo wir es vorhatten", flüsterte Nathan. Anscheinend wollte er es nicht aussprechen, damit es die gefallenen Engel nicht hörten. Sie nickte und griff wieder nach Mayas und meiner Hand.

„Das werde ich", knurrte Tobin und versuchte an Sixt vorbei zu kommen. Sixt hielt ihn auf und stieß ihn zu Boden.

„Jetzt", rief Nathan und Sasha rannte mit mir und Maya los. Wir rannten so schnell wir konnten durch den Wald. Hinter uns hörten wir die Musik vom Fest und das Geschrei von Tobin.

„Jamie, ich werde dich kriegen", rief er. Ich rannte einfach weiter und drehte mich nicht um.

„So das müsste weit genug sein", sagte Sasha und blieb stehen.

„Hier ist auch niemand, der uns sehen könnte. Also los." Sie schaute sich noch einmal kurz um und sprang mit uns auf die Yacht. Im Innenraum kamen wir an und Sasha ließ uns los.

„Nein, lass das Licht aus", sagte Sasha, als Maya zum Lichtschalter ging. „Wir wissen nicht, ob sie uns folgen und sie sollen unsere Yacht nicht finden. Jamie, wie geht es deiner Schulter? Es tut mir so leid, dass ich es nicht verhindert habe, aber ich habe es nicht gesehen. Ich war so auf Tobin konzentriert, dass ich nicht auf Gregory geachtet habe."

„Dir muss es nicht leidtun. Du konntest doch nicht auf alles achten. Ich habe auch nur die Stuhllehne abbekommen. Aber meiner Schulter geht es schon wieder gut. Ich kann den Arm auch bewegen. Es wird nur einen blauen Fleck geben. Mehr nicht", erwiderte ich.

„Lass trotzdem nachher Timothy mal darauf schauen. Er studiert ja nicht umsonst Medizin", entgegnete Sasha.

„Ja, das werde ich, wobei es wirklich nicht so schlimm ist."

„Was machen wir denn jetzt", fragte Maya und leichte Panik schwank in ihrer Stimme mit. Hoffentlich passiert den Jungs nichts. Was ist, wenn es zum Kampf kommt?"

„Keine Sorge, sie werden gleich kommen und dann werden wir hier schnell verschwinden. Außerdem wird nichts passieren. Es sind zu viele Leute da", sagte Sasha. Kurz nachdem sie es gesagt hatte, hörten wir etwas auf der Yacht. Erschrocken schauten wir uns an. Im nächsten Moment standen die Jungs im Innenraum. Sixt kam direkt zu mir und nahm mich in den Arm.

„Ist alles in Ordnung bei dir", fragte er mich.

„Ja alles gut. Und bei dir? Bist du verletzt? Geht es den Anderen gut?" Die Fragen sprudelten nur so aus mir heraus.

„Ja, alles in Ordnung. Wir machen jetzt nur schnell die Yacht startklar und fahren dann los. Ich bin gleich wieder bei dir", sagte Sixt und gab mir einen Kuss. Die Jungs verschwanden wieder nach draußen, lichteten den Anker und Timothy startete den Motor, den die Yacht für den Notfall hatte. Wir fuhren einige Meilen hinaus auf das Meer, bis wir das Land nicht mehr sehen konnten und die Jungs der Ansicht waren, dass wir sicher sein müssten. Die Jungs kamen wieder zu uns herunter und Nathan schloss die Tür vom Innenraum ab. Alle zusammen setzten wir uns in die Wohnecke, wobei Sixt mich auf seinen Schoß zog und seine Arme um meinen Bauch legte.

„Und jetzt erzählt mal, was passiert ist. Warum seid ihr nicht sofort abgehauen, wie wir es besprochen hatten", fragte Nathan.

„Das hatten wir ja vor, nur Luzia hat ihre Fähigkeit eingesetzt und wollte Maya und Jamie weglocken. Als ich sie davon abgehalten habe, standen plötzlich alle Drei vor uns. Aber wie konnten sie von euch abhauen", fragte Sasha.

„Naja sie sind plötzlich in einer großen Menschenmenge verschwunden und wir haben sie nicht mehr gesehen, deshalb sind wir hinter der Wasserbahn hergegangen, um zu sehen, ob ihr schon weg seid. Und dann kam ein Baumstamm geflogen", erklärte

173

Nathan.

„Das war nicht das Einzige. Vorher waren es noch ein Stuhl und eine Bank. Ach Timothy kannst du dir bitte Jamies Schulter ansehen? Sie hat die Lehne vom Stuhl abbekommen", sagte Sasha und schaute mich entschuldigend an. Sie wusste, genauso gut wie ich, dass Sixt sich Sorgen machte, wenn ich mich verletzte.

„Klar, mache ich. Wie sieht es denn bei euch beiden aus? Seid ihr auch verletzt", fragte Timothy.

„Nein", kam es von Sasha und Maya zugleich. Timothy kam zu mir herüber, um sich die Schulter anzuschauen. Ich zog den Ärmel von meinem Oberteil hoch, und wie ich es mir dachte, kam ein Bluterguss zum Vorschein. Sixt zog scharf die Luft ein.

„Kannst du den Arm bewegen? Tut dir etwas weh", fragte Timothy und tastete die Schulter ab.

„Nein, alles in Ordnung", sagte ich und bewegte zum Beweis meinen Arm. „Mir tut auch nichts weh, außer, wenn ich auf den blauen Fleck drücke, aber das ist bei Blutergüssen doch immer so."

„Ja, da hast du recht. Hm, so kann ich halt nichts feststellen. Wenn es schlimmer werden sollte, musst du zu einem Arzt", entgegnete Timothy setzte sich wieder zu Maya.

„Was ist eigentlich passiert, nachdem wir abgehauen sind", fragte Maya.

„Naja, Tobin und Gregory wurden richtig wütend und wollten gerade auf uns losgehen, als drei Sicherheitsmitarbeiter von dem Fest kamen und fragten, was los sei. Wir erzählten ihnen, dass die Drei euch belästigt hätten, wir dazu kamen, um euch zu helfen und ihr vor ihnen abgehauen seid. Luzia beschimpfte uns als Lügner, aber wir waren sehr überzeugend, dass sie uns geglaubt hatten. Wir durften gehen und die Drei wurden noch festgehalten, bis wir aus der Sichtweite waren", berichtete Nathan.

„Woher wussten sie eigentlich, wo wir waren", fragte Sasha.

„Das wissen wir auch nicht. Entweder war es ein Zufall, dass sie in der gleichen Stadt waren, wie wir oder vielleicht hat sie jemand darüber informiert, wo wir sind", überlegte Sixt.

„Vielleicht haben sie uns auch vor der Abreise belauscht und wussten so, wo wir hinfahren würden", mutmaßte Sasha. „Aber sie konnten nicht wissen, wann wir in welcher Stadt sein würden. Das haben wir doch erst einen Abend vor unserer Reise besprochen."

„Da hast du recht. Aber ich glaube eher, dass sie jemand informiert hat. Vielleicht ein Freund oder Bekannter, der hier in der Stadt wohnt. So brauchten sie nur darauf warten, dass er sich meldet und Bescheid gibt, dass wir da wären", warf Timothy ein.

„Das wäre möglich. Vor allem glaube ich nicht, dass sie die ganzen Tage hier in der Stadt gewartet haben, dass wir endlich auftauchen. Sie hätten damit rechnen müssen, dass wir unseren Plan ändern und gar nicht Newport besichtigen wollten. Wenn sie wirklich etwas mit den Gefahren bei unseren Schützlingen zu tun haben, dann konnten sie nicht die ganze Zeit in Newport gewesen sein", kam es von Nathan.

„Stimmt. Sie hätten immer nach Portland gemusst, wenn sie unsere Schützlinge in Gefahr bringen wollten. Also wäre ein Informant die logischere Lösung für sie, um uns zu finden", sagte Sasha.

„Jetzt weiß ich auch, woher ich Luzia kenne", stellte ich erschrocken fest, nachdem ich überlegt hatte, woher sie mir so bekannt vorgekommen war. Im Einkaufszentrum hatte ich sie gar nicht so richtig gesehen. Dafür aber woanders. Beim Campingausflug stand sie direkt vor mir. Also hatte ich es mir doch nicht eingebildet, dass ihre Augen weiß aufgeblitzt waren. Dann war es wirklich Luzia gewesen, die da gewesen war.

„Im Einkaufszentrum hast du sie doch gesehen", sagte Sasha.

„Ja das schon, aber das meine ich gar nicht. Ich meine eher unseren Campingausflug."

„Du hast sie da gesehen? Aber warum hast du nichts gesagt", fragte Sixt und schaute mich geschockt an.

„Naja, als ich mit Anastasia in der Sanitäranlage gewesen bin, kam eine Frau hinein. Sie sah mich so komisch an und sie ließ ihre Augen weiß aufblitzen. Ich dachte, ich hätte mir das nur eingebildet. Ein weiteres Mal war, als wir nach den Gruselgeschichten Zähneputzen gegangen sind. Ich bin als Erste wieder zurück zu den Zelten gegangen. Da hatte ich doch das Gefühl, als ob ich beobachtet werden würde und ich sah auf dem Parkplatz die gleiche Frau stehen. Als ich noch einmal hingeschaut habe, war sie plötzlich verschwunden. Ich dachte zu der Zeit, es wäre alles Einbildung und es käme von den Gruselgeschichten. Jetzt weiß ich aber, dass diese Frau Luzia war. Ich habe sie wiedererkannt", erzählte ich.

„Das heißt, sie beobachten uns schon länger", stellte Timothy fest.

„Dann kann es auch sein, dass ich mich doch nicht in der

Geisterbahn geirrt habe", gab Maya zu.

„Wie geirrt? Was war da", fragte Sixt.

„Ich habe sie zwischen einigen Attraktionen gesehen. Sie schaute mich direkt an und fing dann an zu grinsen. Ich sah kurz zu euch herüber, aber ihr wart mit euren Witzen so abgelenkt, dass sie anscheinend keiner von euch gesehen hat und als ich wieder zurückschaute, war sie nicht mehr da. Ich dachte, ich hätte es mir nur eingebildet und deswegen habe ich auch nichts gesagt."

„Das hört sich so an, als ob sie uns vorher schon gesehen haben und uns gefolgt sind. Wir müssen unbedingt mit Brian und Anastasia sprechen, wenn wir wieder zu Hause sind. Vielleicht haben sie ja etwas herausbekommen", sagte Sasha.

„Und ab jetzt würde ich sagen, dass jeder der einen von ihnen sieht, auch wenn er sich nicht sicher ist, es sofort sagt", schlug Sixt vor und schaute dabei besonders mich und Maya an. Wir nickten zustimmend.

In der Nacht wachte ich auf, weil ich ein Geräusch gehört hatte. Es hatte sich angehört, als ob jemand am Deck der Yacht hin und her lief. Ich horchte noch einmal auf, aber alles war ruhig. Ich sah auf den Wecker, der auf einem Regalbrett über dem Bett stand. Es war halb vier. Also mitten in der Nacht. Ich legte mich wieder hin und schaute an die Decke, wo sich ein Oberlicht befand. Es war das einzige Fenster hier in der Schlafkabine. Draußen war ein sternenklarer Himmel und der Mond schien in die Kabine. Plötzlich beugte sich eine Gestalt über das Oberlicht und schaute hinein. Diese Gestalt grinste mich hämisch an. Ich schrie laut auf, sprang aus dem Bett und stellte mich zitternd an die Tür. Sofort war Sixt bei mir.

„Süße, was ist denn los", fragte er und schaute mich besorgt an. In dem Moment ging die Tür auf und die Anderen standen erschrocken davor.

„Da oben", sagte ich und zeigte auf das Oberlicht. „Tobin ist auf der Yacht. Er hat durch das Fenster geschaut und mich angegrinst." Ich zitterte am ganzen Körper.

„Scht, ganz ruhig", beruhigte mich Sixt. „Wir gehen nachschauen." Zusammen mit Nathan und Timothy sprang er an Deck. Sasha und Maya kamen zu mir und wir setzten uns auf das Bett.

„Jetzt beruhig dich erst einmal", sagte Maya.

176

„Bist du dir sicher, dass du das nicht nur geträumt hast", fragte Sasha.

„Ja, da bin ich mir sicher", erwiderte ich. „Ich habe ihn wirklich gesehen."

„Also wir haben niemanden entdeckt", sagte Nathan, der mit den anderen beiden im Innenraum der Yacht aufgetaucht war. „Und auch an der Yacht ist alles in Ordnung." Sixt kam zu mir und nahm mich in den Arm.

„Du bist dir auch ganz sicher, dass das nicht nur ein Traum war", fragte Timothy.

„Ja. Ich bin durch ein Geräusch wach geworden. Es hörte sich wie Schritte an und dann habe ich ihn gesehen", berichtete ich.

„Draußen war zumindest niemand. Wir haben auch das Wasser abgesucht. Weder ein Taucher, noch ein anderes Boot", sagte Timothy.

„Gibt es denn sonst noch eine Möglichkeit, wo er sein könnte? Vielleicht unter der Yacht oder noch hier drauf", fragte Maya.

„Also auf der Yacht nicht. Wir haben sogar die Segel und den Mast abgesucht. Ich glaube nicht, dass er unter der Yacht ist", sagte Nathan. „Jamie, ist dir irgendetwas aufgefallen? Hatte er eine Taucherausrüstung an oder so etwas?"

„Ich weiß es nicht. Das habe ich nicht gesehen. Ich habe mich halt so erschrocken, als er hier hereinschaute."

„Das hat jetzt aber auch keinen Sinn hinterher zu tauchen. Wenn dann ist er bestimmt schon weg", sagte Sixt.

„Und was machen wir jetzt? Was ist, wenn er wiederkommt? Oder, wenn er dann mit den anderen beiden kommt", fragte Sasha.

„Das Beste wäre, wenn wir jetzt nach Hause springen. Dort sind wir sicherer, als hier auf dem Boot", kam es von Timothy.

„Aber wir können die Yacht doch nicht hierlassen. Was ist, wenn die Drei sie zerstören, oder sie durch einen Angriff von ihnen kentert. Wir müssen sie doch dem Besitzer wiedergeben. Ich habe nicht das Geld ihm eine neue Yacht zu kaufen", wandte ich ein.

„Ich auch nicht", kam es von Maya.

„Und unsere Sachen können wir auch nicht hier lassen", sagte Sasha und schaute leicht ängstlich zu ihren Einkäufen vom Nachmittag, die im Aufenthaltsbereich standen.

„Ist ja gut. Wir fahren mit der Yacht nach Hause. Sollten wir aber angegriffen werden, dann springen wir, egal was mit dem Boot passiert", gab Timothy nach und schaute Maya und mich ernst an. „Gut, dann werden wir unsere Sachen packen und ich bringe sie schon einmal nach Hause, damit wir, falls wir springen müssen, kein Gepäck haben", schlug Sasha vor.

„Also gut, dann lasst uns fahren. Nathan, Sixt ich brauche euch an Deck. Wir müssen die Yacht startklar machen. Die Mädchen können in der Zeit die Sachen packen", wies Timothy uns an. Wir gingen in unsere Kabinen und zogen uns um, schließlich trugen wir immer noch unsere Schlafsachen.

„Bis gleich, Süße", sagte Sixt und gab mir einen süßen Kuss auf die Lippen.

„Seid vorsichtig. Wer weiß, ob die Drei nicht doch noch da draußen sind", erwiderte ich besorgt, denn ich hatte Angst, dass Tobin und seine Freunde angreifen würden und den Jungs etwas passieren könnte.

„Das werden wir. Mach dir keine Sorgen." Sixt sprang mit Nathan und Timothy an Deck. Ich nahm unsere Koffer und legte sie auf das Bett. Anschließend suchte ich unsere Sachen zusammen und packte sie in die Koffer.

„Lass mich das machen", hörte ich Sixt hinter mir sagen, als ich meinen Koffer vom Bett heben wollte. „Ich bringe unsere Sachen eben nach Hause." Sixt schnappte sich unser gesamtes Gepäck und verschwand. Wenige Sekunden später stand er auch schon wieder in unserer Schlafkabine.

„Habt ihr sie gesehen? Sind sie noch da draußen", fragte ich ihn.

„Nein, sie sind nirgends zu sehen. Wir sind gerade ein Stück mit eingeschaltetem Motor gefahren, um etwas weiter von der Stelle wegzukommen. Nun müssen wir allerdings mit den Segeln weiterfahren, da wir kein Benzin mehr im Tank haben. Ich muss jetzt gleich wieder an Deck und Timothy helfen. Leg dich noch etwas hin und schlaf etwas."

„Ich weiß nicht, ob ich überhaupt noch schlafen kann."

„Versuch es, Süße. Wenn etwas sein sollte, werde ich dich wecken." Ich zog meine Schuhe aus und legte mich ins Bett. Sixt deckte mich zu und küsste mich auf die Stirn. „Mach dir keine Gedanken. Wir kommen sicher Zuhause an."

„Ich liebe dich."

„Ich liebe dich auch, Süße", erwiderte Sixt, gab mir noch einen Kuss und verschwand. Natürlich konnte ich nicht schlafen. Wie

178

sollte ich auch, wenn ich Angst haben musste, dass die gefallenen Engel uns angreifen könnten? Wir waren hier mitten auf dem Meer und konnten nicht einfach verschwinden. Um uns herum war schließlich nur Wasser. Es klopfte an die Kabinentür.

„Herein", rief ich und setzte mich auf. Die Tür öffnete sich und Maya kam in die Kabine.

„Timothy hat mich zum Schlafen verdonnert, aber ich kann nicht einschlafen", sagte sie.

„Mir geht es genauso. Komm, leg dich hin und wir quatschen ein wenig", schlug ich vor und klopfte auf dem Platz im Bett neben mir.

„Das ist eine gute Idee", erwiderte sie, schloss die Tür und legte sich neben mir ins Bett. „Ich wollte irgendwie auch nicht alleine sein."

„Ich auch nicht. Ich habe Angst, dass die gefallenen Engel uns hier auf der Yacht angreifen", gestand ich ihr.

„Ich habe auch Angst."

„Ach hier seid ihr. Ich habe euch schon gesucht", kam es von Sasha, die gerade in der Kabine aufgetaucht war.

„Wir sollen eigentlich schlafen, aber wir können nicht einschlafen", sagte Maya.

„Und ich soll auf euch beiden aufpassen, während die Jungs die Yacht nach Hause steuern und aufpassen, dass wir nicht angegriffen werden", entgegnete Sasha.

„Genau davor haben wir Angst", erwiderte ich.

„Das braucht ihr nicht. Wir haben alles im Griff. Sollte es wirklich zu einem Angriff kommen, können wir ihnen immer noch entkommen, indem wir springen. Ihr wisst doch, dass sie diese Fähigkeit nicht haben", Beruhigte uns Sasha.

„Stimmt. Und was machen wir jetzt", fragte Maya.

„Na, wenn ihr sowieso nicht schlafen könnt, dann lasst uns quatschen", lächelte Sasha.

„Ja, das hatten wir sowieso vor. Also leg dich zu uns und wir machen es uns hier gemütlich", sagte ich.

„Wartet, ich hole uns eben noch etwas zu trinken", sagte Sasha, verließ die Kabine und kam eine Minute später mit Getränken, Schokolade und Chips zurück. Wir machten es uns im Bett bequem und unterhielten uns, wobei Sasha versuchte uns so gut es ging abzulenken, damit wir nicht mehr an einen möglichen Angriff dachten.

Am Samstagvormittag kamen wir bei uns Zuhause an. Wir
hatten die Yacht zurück zum Hafen gebracht und sie anschließend
noch gereinigt, denn wir wollten sie nicht dreckig zurückgeben.
Von Tobin und seinen Freunden war die ganze Fahrt über nichts
mehr zu sehen gewesen. Darüber war ich sehr froh. Nachdem wir
dem Vermieter die Schlüssel für die Yacht gegeben hatten, fuhren
wir in zwei Taxen nach Hause. Eigentlich war es schade, dass der
Urlaub schon vorbei war. Es war eigentlich sehr schön gewesen. Zu
Hause angekommen gingen Sixt und ich in unser Zimmer und
packten unsere Sachen aus.
„Schade das der Urlaub schon vorbei ist", sagte ich, als ich meine
neu gekauften Klamotten im Ankleidezimmer auf die
Kleiderstange hängte. Meine Reisetasche hatte ich schon so gut wie
ausgeräumt.
„Ja, es war ein sehr schöner Urlaub. Nur schade, dass er so unschön
geendet ist. So sollte es eigentlich nicht laufen", erwiderte Sixt und
nahm mich in den Arm.
„Ist ja nicht so schlimm. Wie geht es jetzt eigentlich weiter", fragte
ich.
„Sasha hat vorhin mit Anastasia gesprochen. Sie kommen morgen
Nachmittag vorbei. Sie sagte, sie hätten einiges zu berichten."
„Oh, da bin ich ja mal gespannt", erwiderte ich. Wir nahmen unsere
Klamotten, die gewaschen werden mussten und fuhren mit dem
Fahrstuhl hinunter in den Keller.

„Wie wäre es, wenn wir heute Abend alle zusammen,
grillen? Wir laden Mayas und Jamies Familie dazu ein und zeigen
die Urlaubsfotos", fragte Nathan, als Sixt und ich, nachdem wir die
Wäsche weggebracht hatten, ins Wohnzimmer kamen, wo die
Anderen auf der Couch saßen.
„Das ist eine gute Idee", sagte Timothy und alle stimmten zu.
„Ich rufe dann eben meine Eltern an und frage, ob sie heute Abend
vorbeikommen wollen." Ich nahm mein Handy aus der
Hosentasche und wählte die Nummer von meinen Eltern. Ich
verließ das Wohnzimmer und ging in den Flur, damit ich in Ruhe
telefonieren konnte, da die Anderen sich weiter unterhielten.
„Miller", meldete sich meine Mutter.

„Hallo Mom."

„Oh, hallo mein Schatz. Seid ihr schon zurück", fragte sie überrascht.

„Ja, wir sind vor einer halben Stunde nach Hause gekommen. Ich wollte fragen, ob ihr heute Abend vorbeikommt. Wir wollen grillen und dann können wir euch die Urlaubsfotos zeigen."

„Ja, wir kommen sehr gerne. Wir bringen dann eure Kaninchen mit. Wann sollen wir denn da sein", wollte meine Mutter wissen.

„Ich würde sagen, so gegen sechs Uhr. Kannst du bitte noch Leslie und Greg Bescheid geben, dass sie auch kommen sollen?"

„Natürlich Schatz. Sollen wir denn irgendetwas mitbringen, einen Salat oder Fleisch", fragte sie nun.

„Nein, das braucht ihr nicht. Wir müssen gleich sowieso noch einkaufen gehen, da wir durch den Urlaub nichts mehr Zuhause haben."

„Gut, dann sehen wir uns heute Abend."

„Tschüss Mom."

„Tschüss mein Schatz", verabschiedete sie sich und wir legten auf.

„Und kommt deine Familie", fragte Sixt mich, der in den Flur gekommen war.

„Ja, sie kommen und sie bringen unsere beiden Kaninchen mit."

„Das ist gut, dann brauchen wir sie nicht abholen. Wir wollen gleich alle zusammen einkaufen fahren. Möchtest du mitkommen?"

„Alle zusammen? Oh man, das kann ja etwas werden. Natürlich komme ich mit. Den Spaß lasse ich mir nicht entgehen", grinste ich und erinnerte mich an die einigen Male, die wir schon alle zusammen einkaufen gegangen waren. Es war das reinste Chaos gewesen, aber es hatte auch eine Menge Spaß gemacht.

„Ich mir auch nicht. Wir wollen in einer viertel Stunde los", sagte Sixt und grinste ebenfalls.

Am Abend kamen meine und Mayas Familie zum Grillen vorbei. Meine Eltern brachten den Käfig mit unseren Kaninchen mit, den Sixt und Greg nach oben in unser Zimmer brachten.

„Haben unsere beiden Kaninchen sich denn gut benommen", fragte ich meine Mutter.

„Ja, sie waren ganz brav und haben auch keinen Krach gemacht", sagte sie.

„Dann ist ja gut. Kommt, wir gehen auf die Terrasse, da sitzen die

181

Anderen schon. Nathan hat den Grill schon angeworfen." Wir
gingen hinaus und setzten uns zu den Anderen an den Tisch. Sixt
und Greg kamen ebenfalls dazu und wir erzählten vom Urlaub und
was wir alles erlebt hatten. Natürlich ließen wir den Vorfall mit den
gefallenen Engeln aus. Als das Essen soweit war, half ich Sasha, die
Salate, die wir am Nachmittag gemacht hatten, hinauszutragen und
den Tisch zu decken. Nathan legte die fertigen Steaks und
Bratwürstchen auf einen Teller und stellte sie auf den Tisch.

Nach dem Essen setzten wir uns ins Wohnzimmer.
Timothy schloss die Digitalkamera am Fernseher an und spielte
darüber die Bilder, die wir auf unserer Reise gemacht hatten, ab.
Insgesamt hatten wir vier Speicherkarten voll, wovon eine aus der
Unterwasserkamera war. Diese Speicherkarte hatten wir allerdings
weggelassen, da wir unseren Familien nicht erklären wollten, wie
wir denn Unterwasserbilder von uns gemacht hatten, ohne dass wir
eine Taucherausrüstung anhatten. Sie hätten es uns wahrscheinlich
gar nicht geglaubt, dass wir mit einer Blase, die die Schutzengel
erstellt hatten getaucht waren. Die unwichtigen Bilder wurden von
Timothy per Fernbedienung schnell weitergedrückt. Ansonsten gab
es zu fast jedem Bild eine Erklärung.
„Und das war Nathan, wo er geschlafen hat", sagte Sasha und
zeigte auf ein Bild, auf dem Nathan gerade mit dem Hai im Arm
schlief.
„Was hat er denn da im Arm", fragte Leslie.
„Das ist sein Hai, den ich ihm geschenkt habe, nachdem er einen
echten haben wollte", erklärte sie ihr.
„Ich durfte ja keinen Echten", warf Nathan ein. „Der hätte gut in
den Pool gepasst."
„Nein. Die Diskussion hatten wir schon einmal", sagte Sasha. „Es
gibt keinen echten Hai." Die letzten Fotos wurden auch noch
gezeigt, dann waren wir mit allen Speicherkarten durch. Es war
schon fast zwölf, als unsere Familien nach Hause fuhren. Wir
räumten noch auf und machten uns dann auf ins Bett.

Kapitel 11

Am Sonntagnachmittag kamen Anastasia und Brian vorbei. Wir setzten uns alle zusammen ins Wohnzimmer auf die Couch. Ich war gespannt darauf, was sie uns über die gefallenen Engel zu berichten hatten.

„Wie war euer Urlaub", fragte Sasha.

„Es war einfach toll. Brian hat mich ja mit der Reise überrascht. Er kam nachmittags zu mir und sagte, ich sollte meine Tasche packen. Ich wusste ja gar nicht warum und wieso. Paris ist so eine schöne Stadt. Wir waren auf dem Eiffelturm, haben uns den Louvre und das Schloss Versailles angesehen. Einfach traumhaft. Und die Modegeschäfte erst. Da müsst ihr auch mal hin. Da kann man richtig schön einkaufen gehen", schwärmte Anastasia.

„Bring Sasha nicht auf solche Ideen. Ihr Ankleidezimmer ist schon überfüllt", lachte Nathan, der sich für den Kommentar einen Seitenhieb von Sasha einfing. „Was denn? Ist doch so."

„Wie war denn euer Urlaub", fragte Brian.

„Eigentlich sehr schön. Wir waren tauchen, haben uns Coos Bay, Florence und Newport angesehen", erzählte ich.

„Was heißt eigentlich", wollte Brian wissen.

„Naja, wir hatten ein kleines Zusammentreffen mit den gefallenen Engeln", erwiderte Nathan und begann erst von den Vorfällen mit seinen und Sashas Schützlingen zu berichten und erzählten dann, was am letzten Abend und auch in der Nacht, als ich Tobin auf der Yacht gesehen hatte, passiert war.

„Das hört sich gar nicht gut an", sagte Anastasia.

„Was habt ihr denn herausgefunden", fragte Sixt.

„Es ist leider nichts Erfreuliches", erwiderte Brian und schaute in die Runde. „Also wir haben sie, nachdem wir aus Paris zurück waren, verfolgt beziehungsweise tauchte Tobin bei Monika auf. Er wollte von ihr wissen, wo ihr wohnt. Naja gut, eigentlich wollte er wissen, wo Jamie wohnt. Er hatte ihr erzählt, dass er mit Jamie noch einmal reden wollte. Sie war richtig entzückt davon und meinte, sie hätte ja dann freie Bahn bei dir." Dabei sah er Sixt an. Wut stieg in mir auf und ich ballte meine Hände zu Fäusten. Das war wieder klar. Mir schickte sie Tobin auf den Hals, damit sie sich an Sixt heranmachen konnte. Beruhigend strich mir Sixt über den Arm.

„Sie hat es ihm gesagt, oder", fragte ich.

„Ja leider. Doch das ist nicht das Einzige. Als Tobin dann ging, haben wir ihn verfolgt, natürlich unsichtbar. Er hat sich mit Luzia und Gregory in seiner Wohnung getroffen und sie haben beratschlagt, wie sie weiter vorgehen."

„Haben sie denn genau gesagt, was sie eigentlich wollen? Sie geben uns ja die Schuld, dass sie zu gefallenen Engeln geworden sind, obwohl wir nichts dafürkönnen", sagte Sixt.

„Sie wollen auf jeden Fall Rache und am liebsten würden sie euch tot sehen, aber sie haben noch keinen richtigen Plan. Das ist allerdings noch nicht alles", erwiderte Brian und sah jetzt erst mich und dann Maya an. Ich konnte mir schon denken, was noch kam.

„Tobin will mich", brachte ich leise hervor. Brian nickte und ich zuckte zusammen. Sixt legte einen Arm um meine Schulter und zog mich fest an sich.

„Ja, er will mit dir irgendwohin abhauen, nachdem sie ihre Rache bekommen haben. Er ist besessen von der Vorstellung, dass du ihm gehörst. Aber nicht nur du bist in Gefahr. Maya ist es ebenfalls."

„Was? Warum ich denn? Was habe ich ihnen denn getan", fragte Maya geschockt.

„Du hast ihnen eigentlich nichts getan, außer dass du Timothys Freundin bist. Sie sind am Überlegen, ob sie dich nicht entführen, um an Timothy heranzukommen oder sogar töten, um ihm das zu nehmen, was er am meisten liebt", erklärte Brian ihr und sie zuckte erschrocken zusammen.

„Keine Angst. Sie werden dir nichts antun. Ich werde dich beschützen", beruhigte Timothy sie.

„Und schon wieder werde ich von mystischen Wesen gejagt. Habe ich denn nie meine Ruhe", seufzte Maya.

„Hey ich bin, wenn du es so sehen willst, auch ein mystisches Wesen", stellte Timothy klar.

„Aber du bist nicht gefährlich und jagst mich", sagte sie und gab ihm einen Kuss.

„Was machen wir denn jetzt", fragte ich nervös.

„Eines steht schon einmal fest. Wir helfen euch natürlich", sagte Brian und Anastasia nickte zustimmend.

„Das ist nett von euch, danke", erwiderte Sasha.

184

„Dafür sind Freunde doch da", lächelte Anastasia.

„Ich will ja kein Spielverderber sein, aber für euch beiden steht jawohl fest, dass ihr erst einmal nicht alleine rausgeht", sagte Timothy zu mir und Maya.

„Na toll wieder Gefangenschaft", maulte Maya.

„Wieso greifen uns eigentlich immer solche mystischen Wesen im Sommer an? Letztes Jahr war es Terina, dieses Jahr die gefallenen Engel. Warum immer im Sommer, wenn ich gerne raus will? Warum nicht im Winter? Da ist es kalt und ich bleibe freiwillig drin", motzte ich.

„Ach Süße. Mir wäre es doch auch lieber, wenn es nicht so wäre", sagte Sixt und strich mir liebevoll über die Wange.

„Kannst du sie denn nicht fragen, ob sie uns jetzt in Ruhe lassen und sich im Winter wieder melden", fragte ich, obwohl ich wusste, dass es nur ein Wunschtraum von mir war.

„Ich glaube, das werden sie nicht machen." Natürlich würden sie es nicht tun. Sie wollten Rache und würden nicht, weil ich den Sommer genießen wollte, bis zum Winter damit warten.

„Weiß eigentlich schon der Engelsrat Bescheid", fragte Nathan.

„Nein noch nicht", sagte Anastasia.

„Na dann müssen wir wohl dort so schnell wie möglich hin und mit ihnen reden. Am besten heute Abend noch", erwiderte Timothy.

„Und was machen wir mit Jamie und Maya? Mitnehmen können wir sie nicht. Der Engelsrat hat etwas dagegen, wenn Menschen mit in den Himmel kommen, wenn sie nicht gestorben sind", fragte Sasha.

„Sie bleiben hier. Eigentlich dürften sie hier sicher sein", sagte Sixt.

„Ihr werdet vorsichtshalber die Rollläden herunterlassen und weder ans Telefon noch an die Tür gehen. Solange wird es ja nicht dauern", wandte sich Sixt an Maya und mich. Wir beide nickten zustimmend.

Am Abend machten sich die Schutzengel auf dem Weg zum Engelsrat. Anastasia und Brian waren ebenfalls mitgegangen, um zu berichten, was sie herausgefunden hatten. Maya und ich ließen alle Rollläden herunter und schlossen die Haustür ab. Anschließend machten wir es uns im Wohnzimmer gemütlich.

„Na dann, lass uns anstoßen. Auf unsere Gefangenschaft", sagte Maya.

„Auf das es dieses Mal nicht so lange dauert", erwiderte ich und wir stießen mit unseren Gläsern mit Limo an. Wir starteten den Film, den wir uns ausgesucht hatten, und machten es uns auf der Couch gemütlich, als plötzlich der Strom ausfiel.

„Na toll. Auch das noch", sagte Maya.

„Wo ist denn der Sicherungskasten", fragte ich und stand auf. Ich nahm mein Handy vom Wohnzimmertisch und schaltete die Taschenlampe ein, die ins Handy integriert war.

„Im Keller. Warte ich komme mit dir." Wir machten uns gerade auf den Weg, als der Strom wieder anging.

„Na gut. Dann war es wohl nur eine Störung", sagte ich und wir setzten uns wieder auf die Couch. Nun begann das Licht schnell zu flackern und auch der Fernseher ging an und aus.

„Was ist das denn jetzt", fragte ich und schaltete den Fernseher ganz aus, damit er nicht kaputtging. Plötzlich donnerte es von überall an den Rollläden und die Glühbirnen zersprangen in den Fassungen der Lampe. Jetzt war es stockdunkel, aber das Donnern hörte nicht auf.

„Was ist das", fragte Maya ängstlich. Ich bekam Angst und schaltete die Taschenlampe in meinem Handy wieder ein, die ich zuvor ausgeschaltet hatte, als das Licht wieder angegangen war.

„Ich weiß es nicht." In dem Moment schnellte der Rollladen von der Terrassentür hoch. Erschrocken schauten wir zur Tür. Dort standen Tobin, Gregory und Luzia und grinsten uns an. Wir schrien beide auf, sprangen von der Couch und rannten in den Flur.

„Schnell mach die Wohnzimmertür zu", rief Maya zitternd. Ich riss die Tür zu und drehte den Schlüssel um. Kaum hatte ich das getan, rappelte die Tür, als ob jemand versuchte sie zu öffnen.

„Was sollen wir jetzt tun", fragte ich leise.

„Ich weiß es nicht. Vielleicht sollten wir uns verstecken." Nun rappelte und donnerte es an der Haustür. Im nächsten Moment ging sie auf und Sasha, Sixt und Timothy kamen herein. Erschrocken aber auch erleichtert rannten wir zu ihnen. Sixt schloss mich gleich in seine Arme.

„Na Schätzchen alles in Ordnung", fragte er. Schätzchen? Seit wann nannte er mich denn so? Er ließ mich auch gar nicht antworten, sondern zog mich an sich und küsste mich. Es aber war nicht so, wie er mich sonst küsste. Nicht so zärtlich. Auch seine Berührungen waren nicht so wie immer. Sein Griff war so fest, dass es schon fast weh tat. Ich stemmte meine Hände gegen seine Brust und drückte ihn weg.

„Was ist mit dir los? Du bist doch sonst nicht so grob", sagte ich und schaute ihn an.

„Was soll mit mir los sein. Sei doch nicht so zickig und komm jetzt her", knurrte er und ließ seine Augen weiß aufblitzen. Da wurde es mir klar. Es war nicht Sixt, der vor mir stand. Es war Tobin.

„Du bist nicht Sixt", rief ich, wandte mich aus seinen Armen und ging einige Schritte zurück. „Und das sind auch nicht Timothy und Sasha." Maya musste es auch schon vermutet haben, denn sie war einige Schritte von Timothy zurückgewichen.

„Doch natürlich sind wir es. Du scheinst etwas durcheinander zu sein", versuchte Tobin mich zu überzeugen.

„Ich glaube dir kein Wort", gab ich bissig zurück.

„Lass mich los. Du bist nicht Timothy", schrie Maya und trat ihm, wahrscheinlich war es Gregory, gegen das Schienbein. Er schrie kurz auf und schlug Maya so fest ins Gesicht, dass sie mit dem Kopf gegen die Wand schlug.

„Nein. Maya", schrie ich und wollte zu ihr, doch Tobin hielt mich fest.

„Du bleibst schön hier", sagte er und drückte mich gegen die Wand. Ich schaute zu Maya, die sich gerade aufraffte und ins Esszimmer rannte. Gregory rannte ihr hinterher. Tobin versuchte, mich in der Zeit aus dem Haus zu schaffen. Ich wehrte mich mit Händen und Füßen.

„Luzia, mach den Wagen startklar", schrie er ihr zu, die in der Gestalt von Sasha zum Wagen lief und den Motor anließ. Nun hatte er sich und die Anderen verraten, dass sie nicht Sixt, Timothy und Sasha waren, sondern die gefallenen Engel. Ich schnappte mir eine Vase, die auf der Kommode stand, und schlug sie ihm auf den Kopf. Ich wusste, dass es nicht viel helfen würde, aber er ließ mich zumindest los. Ich rannte zur Treppe und rief nach Maya.

„Du kleines Miststück. Dafür wirst du bezahlen", rief Tobin, der durch die Vase eine Platzwunde am Kopf hatte, und kam hinter mir her. Ich wollte gerade die Treppe hinaufrennen, als er mich am Arm zu packen bekam und mich wieder hinunterzog. Dabei knickte ich mit meinem Fuß um und schrie auf.

„Das ist deine eigene Schuld. Wärst du brav gewesen und sofort mitgekommen, wäre das nicht passiert", sagte Tobin, der nun

187

wieder in seiner richtigen Gestalt war, und wollte mich zu ihm hochziehen. Ich wehrte mich und versuchte weiter die Treppen hinaufzugelangen. Ich war schon in der Mitte angelangt, als ich einen Knall hörte. Ich drehte mich um und sah Maya. Sie hatte ein Stuhlbein in der Hand und schlug von hinten auf Tobin ein. Dieser ging keuchend zu Boden. Ich verpasste ihm noch einen Tritt mit meinem gesunden Fuß gegen die Schulter und er fiel rückwärts die Treppen hinunter.

„Komm Jamie, na los. Sie kommen gleich wieder zu sich", rief Maya und half mir die Treppen hoch. Ich konnte mit meinem Fuß nicht auftreten. Es tat richtig weh. Wir eilten in das erstbeste Zimmer, welches Sashas Ankleidezimmer war hindurch ins Badezimmer verschlossen die Tür und schoben noch den Badezimmerschrank davor, damit sie nicht hereinkamen. Ich wusste zwar, dass es nicht viel helfen würde, aber wir hatten keine andere Möglichkeit. Aus Horrorfilmen wusste ich, wenn das Opfer nach oben rannte, gab es keinen Ausweg mehr und der Täter bekam sie doch, aber nach unten konnten wir nicht. Luzia saß im Auto am Vordereingang und bis wir ins Wohnzimmer gelangt wären, hätten uns Gregory und Tobin schon längst geschnappt. Wir ließen uns an der gegenüberliegenden Wand auf den Boden sinken. Ich holte mein Handy aus der Hosentasche heraus, welches ich, als die falschen Schutzengel ins Haus gekommen waren, dort hineingesteckt hatte und wählte Sixts Nummer. Doch anstatt eines Freizeichens kam nur eine Ansage, dass der Teilnehmer nicht erreichbar war. Ich probierte es noch einmal, aber wieder kam nur diese Ansage. Ich hatte schon vermutet, dass es im Himmel kein Handynetz gab, aber ich musste einfach probieren, Sixt zu erreichen. Eigentlich mussten Sixt und Timothy sehen können, dass wir in Gefahr waren. Aber warum waren sie dann noch nicht hier? Oder funktionierte diese Fähigkeit nicht, wenn sie im Himmel waren? Auch Maya hatte ihr Handy herausgeholt und probierte anscheinend Timothy zu erreichen.

„So ein Mist. Immer nur diese Ansage", fluchte sie und wählte wieder eine Nummer.

„Bei mir auch. Sie werden im Himmel kein Handyempfang haben."

„Das nehme ich auch mal an. Bei Sasha kommt ebenfalls nur eine Ansage."

„Maya du blutest ja", sagte ich entsetzt und schaute sie an. Ich hatte es jetzt erst bemerkt gehabt, als sie ihren Kopf zu mir gedreht hatte. Sie hatte über dem rechten Auge eine Platzwunde.

„Oh, das habe ich gar nicht gemerkt", erwiderte sie. Ich wollte aufstehen und einige Taschentücher holen, aber als ich mit meinem Fuß auftrat, sackte ich mit schmerzverzehrtem Gesicht wieder auf den Boden.

„Vielleicht ist er gebrochen", mutmaßte Maya. „Lass mich mal sehen." Sie wollte gerade nachschauen, als jemand wild an die Tür hämmerte.

„Macht die verdammte Tür auf", schrie Tobin und hämmerte weiter dagegen.

„Lass mich mal", hörte ich Luzia sagen. Das Hämmern hörte auf. Alles war ruhig. Plötzlich stand Maya auf. Ihr Blick war leer. Sie ging langsam auf die Tür zu. Luzia musste sie mit ihren Fähigkeiten beeinflussen.

„Nein, mach es nicht. Mach nicht die Tür auf", schrie ich sie an. Sie reagierte nicht und ging einfach weiter. Draußen hörte ich Gelächter. Ich raffte mich auf, versuchte die Schmerzen zu ignorieren und schaffte es hinkend zu Maya zu gelangen. Ich packte sie an beiden Schultern und rüttelte sie.

„Maya, hörst du mich? Mach nicht diese Tür auf." In dem Moment hörte ich draußen ein Stimmengewirr und Geschrei. Maya kam wieder zu sich und schaute mich verwirrt an.

„Was war denn los", fragte sie.

„Luzia wollte, dass du die Tür öffnest. Ich habe versucht dich davon abzuhalten", erklärte ich ihr. Erschrocken schaute sie mich an.

„Das wollte ich wirklich tun", fragte sie zitternd.

„Ja, aber du wurdest beeinflusst. Du warst nicht du selbst."

„Oh mein Gott, ich wollte die Tür öffnen und sie hereinlassen. Das kann doch nicht wahr sein." Sie lief vollkommen aufgelöst durch das Badezimmer.

„Beruhige dich. Du hast es doch nicht getan", redete ich auf sie ein. Ich schaffte es sie zu beruhigen und sie hörte auf im Badezimmer herumzulaufen. Im Haus hörten wir, wie Glas zu Bruch ging, und erschraken. Was war da los. Das Geschrei ließ nach und plötzlich war alles still. Wir standen da und schauten uns verwirrt an.

„Sollen wir hinausgehen", fragte Maya.

„Nein, noch nicht. Lass uns noch etwas warten." Wir hörten Schritte, die eilig ins Ankleidezimmer kamen.

„Jamie, Maya alles okay? Macht die Tür auf", hörte ich die Stimme von Sixt sagen. Aber war er es auch wirklich? Erschrocken gingen wir zurück zur gegenüberliegenden Wand und ließen uns auf den Boden gleiten.

„Nein, wir werden die Tür nicht öffnen", schrie Maya.

„Es ist alles gut. Sie sind weg", sagte Timothy. Was, wenn das alles nur ein Trick war? Wenn es immer noch Tobin und die Anderen waren und nur ihre Stimme verstellt hatten, beziehungsweise wenn Tobin seine Fähigkeit dafür nutzte.

„Wer sagt uns denn, dass es nicht nur ein Trick ist. Wer sagt, dass ihr wirklich die Echten seid", rief ich. Ein Gemurmel war vor der Tür zu hören.

„Hey, ich bin es Nathan. Macht bitte die Tür auf. Es ist alles in Ordnung."

„Nein", kam es von Maya und mir beiden gleichzeitig.

„Nathan, hau ab. Trau ihnen nicht. Das sind nicht die Echten. Es sind die gefallenen Engel, die sich als Sixt, Timothy und Sasha verwandelt haben", rief ich ihm zu. Wieder war ein Gemurmel zu hören.

„Ich versichere euch, das sind die Echten. Die gefallenen Engel sind abgehauen", erwiderte er. „Passt auf, wenn ihr nicht die Tür öffnen wollt, dann spring ich halt zu euch herein." Und schon stand er bei uns im Badezimmer. Ängstlich kauerten Maya und ich uns zusammen.

„Keine Angst. Ich bin es wirklich", sagte er, hockte sich zu uns und nahm uns in den Arm. „Was haben sie nur mit euch gemacht?" Schluchzend legte ich meinen Kopf an seine Schulter. Maya tat es ebenfalls.

„Es passiert euch nichts mehr. Ihr seid jetzt sicher", versicherte Nathan uns.

„Dürfen wir jetzt reinkommen", fragte Sasha vorsichtig. Nathan sah uns fragend an. Beide schüttelten wir den Kopf und verneinten.

„Was ist, wenn es doch die Anderen sind", fragte ich zitternd.

„Es sind wirklich nicht die gefallenen Engel. Die haben wir verjagt. Aber okay, wir beweisen es euch. Ich habe da eine Idee. Wisst ihr noch, was wir über die Unterschiede zwischen Schutzengel und gefallene Engel gesagt haben", fragte er. Wir nickten.

190

„Gut, wir haben gesagt, dass nur die Schutzengel springen können. Die gefallenen Engel können das nicht. Auch wenn sie vielleicht das Aussehen kopieren können, aber nicht die Fähigkeiten. Also, ich lasse sie jetzt zu uns hineinspringen. Keine Angst euch passiert nichts", sagte er und schaute uns eindringlich an. „Okay, ihr könnt", rief er den Anderen zu. In dem Moment kamen Sixt, Timothy und Sasha hineingesprungen. Sixt und Timothy wollten gleich zu uns kommen, aber Nathan hielt sie zurück. Immer noch ängstlich schauten wir sie an.

„Wo sind denn Anastasia und Brian", fragte Nathan erstaunt.

„Sie stehen noch draußen. Sie wollten nicht mitkommen, da das Badezimmer sonst überfüllt ist", antwortete Sasha.

„Na gut machen wir weiter. Schutzengel können sich auch unsichtbar machen, wie ihr wisst", sagte Nathan und gab den Dreien ein Zeichen. Sofort wurden sie unsichtbar und tauchten dann wieder auf. „Und um euch den letzten Zweifel auch noch zu nehmen, Schutzengel können sich auch in gleisendes Licht oder auch Glühbirne oder Taschenlampe genannt verwandeln." Wieder gab er ein Zeichen und schon verwandelten die Drei sich in Licht und wieder zurück.

„Haben wir euch jetzt überzeugt", fragte Sasha sanft. Maya und ich nickten.

„Gut dann habe ich jetzt meine Arbeit getan", sagte Nathan.

„Danke", sagte ich und umarmte ihn noch mal.

„Für euch mach ich das doch gerne." Er stand auf und ging zur Tür. Sasha half ihm, den Schrank wieder wegzuschieben und schloss die Tür auf. Sixt und Timothy kamen vorsichtig zu uns und knieten sich vor uns hin. Sofort fiel ich Sixt in die Arme. Tränen rannen über mein Gesicht.

„Hey, es ist alles gut. Ich bin ja da. Geht es dir gut", fragte er und schaute mich an. Ich konnte nicht sprechen. Ich schluchzte einfach nur und schüttelte mit dem Kopf.

„Komm, ist ja gut. Ich bin bei dir. Niemand wird dir mehr etwas tun", beruhigte er mich. Langsam ließ das Zittern nach und auch die Tränen versiegten. Sanft strich er mir über den Rücken.

„Geht es dir jetzt besser", fragte er liebevoll.

„Ja, etwas."

„Bist du verletzt", fragte er und schaute mich besorgt an.

„Naja, mein Fuß tut weh. Ich bin umgeknickt", sagte ich.

„Ich glaube, es ist besser, wenn wir ins Krankenhaus fahren“, erwiderte Sixt.

„Wir kommen mit. Maya hat eine Platzwunde am Kopf, die genäht werden muss“, sagte Timothy.

„Kommt dann lasst uns fahren“, sagte Sixt, hob mich auf seine Arme und trug mich aus dem Badezimmer. „Wir fahren eben ins Krankenhaus.“

„Wir schaffen hier in der Zeit Ordnung“, erwiderte Sasha. Sixt trat mit mir zusammen aus dem Ankleidezimmer und wollte mich gerade die Treppen heruntertragen, als ich wieder zu zittern begann.

„Was ist denn los“, fragte er und sah mich an.

„Ich will da nicht runter“, erwiderte ich. Sixt verstand sofort weswegen.

„Es ist alles in Ordnung. Sie sind weg.“

„Trotzdem“, sagte ich und klammerte mich fest an seinen Hals. Die Bilder von dem Geschehenen kamen wieder hoch und ich fing an zu schluchzen.

„Okay, wir springen zum Wagen“, schlug Sixt vor und schon standen wir draußen vor seinem Wagen. Sixt schloss die Tür auf und half mir mich auf dem Beifahrersitz zu setzen. Timothy und Maya stiegen hinten ein, und nachdem Sixt auf dem Fahrersitz saß, fuhr er los zum Krankenhaus.

In der Ambulanz meldeten wir uns an und nach kurzem Warten wurde ich auch schon zum Röntgen gerufen. Sixt trug mich hinein und half mir den Schuh und den Socken auszuziehen.

„Sie müssen jetzt leider draußen warten“, sagte die nette Röntgenassistentin zu Sixt.

„Ich will nicht, dass du gehst. Lass mich nicht alleine“, flehte ich flüsternd. Ich hatte Angst alleine zu sein.

„Ich bin doch nur vor der Tür. Es dauert doch nicht lange. Dir wird nichts passieren“, beruhigte er mich und gab mir einen Kuss. Dann ging er aus dem Raum und die Röntgenassistentin machte die Röntgenbilder in verschiedenen Positionen von meinem Fuß. Immer wenn sie den Raum verließ, um die Bilder zu machen, stieg Panik in mir auf und ich begann zu zittern. Ich wusste selbst nicht, was mit mir los war. So etwas hatte ich noch nie.

„So Sie können wieder herein“, sagte die Assistentin, als das letzte

Bild fertig war. „Nehmen Sie dann noch einmal kurz im Warteraum platz. Der Doktor ruft Sie dann auf." Sixt kam wieder zu mir. Jetzt schaute ich mir den Fuß erst einmal genauer an. Er war dick geschwollen und eine leichte Blaufärbung war zu erkennen. Ich hoffte wirklich, dass der Fuß nicht gebrochen war. Sixt nahm mich wieder auf seine Arme. Ich hielt meinen Schuh fest, in dem ich den Socken gestopft hatte und Sixt trug mich wieder in den Warteraum. Maya war schon fertig und hatte ein Pflaster über der Augenbraue kleben.

„Und was hat der Arzt gesagt", fragte Sixt.

„Es ist nicht schlimm. Die Wunde wurde mit drei Stichen genäht. Der Arzt hat mir noch Tabletten mitgegeben, falls ich Kopfschmerzen bekomme und ich soll mich bis Dienstag schonen", berichtete Maya.

„Miss Miller", rief der Arzt mich auf. Sixt hob mich wieder auf seine Arme und trug mich ins Behandlungszimmer. Auf der Liege setzte er mich ab.

„Guten Abend, ich bin Dr. Cohen", stellte er sich vor. „Ich habe mir die Röntgenbilder schon angesehen. Es ist nichts gebrochen. Sie haben eine Bänderdehnung. Wie ist das denn passiert?"

„Ich bin auf der Treppe umgeknickt", sagte ich, wobei es ja nicht gelogen war. Ich hatte nur nicht erzählt, wie es dazu kam. Er hätte mir das eh nicht geglaubt, dass gefallene Engel uns angegriffen hatten.

„Nun gut. Die Schwester legt Ihnen noch einen Salbenstützverband an und sie sollten die nächsten Tage nicht soviel auftreten. Am besten Sie legen den Fuß hoch und kühlen ihn, damit die Schwellung weggeht. Sie bekommen auch noch ein Paar Unterarmgehstützen mit. Am Freitag kommen Sie bitte vorbei, damit wir uns den Fuß noch einmal ansehen können." Die Schwester kam herein und legte mir erst eine Kompresse mit Salbe auf den Fuß und anschließend den Verband um. Im Anschluss brachte sie mir noch schwarz-lila farbige Unterarmgehstützen. Vorsichtig stand ich auf. Ich lief nicht zum ersten Mal auf den Unterarmgehstützen. Ich hatte mir, als ich dreizehn Jahre alt war, das Bein gebrochen und da brauchte ich sie ebenfalls. Wir verabschiedeten uns und gingen hinaus.

„Geht es oder soll ich dich tragen", fragte Sixt, der mit meinen Sachen, neben mir herlief.

„Nein, das geht schon. Ich laufe ja nicht zum ersten Mal mit Unterarmgehstützen.

„Ach du meinst damals, wo du dir bei einem galanten Sprung von einer Mauer das Bein gebrochen hast", grinste Sixt.

„Ja genau. Woher weißt du das?"

„Ich sagte dir doch schon, dass ich mich letztes Jahr über dich informiert habe, was du so alles getan hast."

„Ach stimmt ja." Wir holten Timothy und Maya aus dem Warteraum ab und gingen zusammen zum Auto. Sixt half mir wieder beim Einsteigen, und als alle drinsaßen, fuhren wir zurück nach Hause.

„Was hat der Arzt denn bei dir gesagt? Ist der Fuß gebrochen", fragte Maya.

„Nein zum Glück nicht. Es ist nur eine Bänderdehnung. Ich soll aber so wenig wie möglich auftreten, den Fuß hochlegen und kühlen", erzählte ich. Wir fuhren die Einfahrt zum Haus hoch und parkten den Wagen vorm Haus. Sixt half mir beim Aussteigen und zusammen gingen wir hinein. Mir kam es irgendwie unheimlich vor, obwohl wieder alles aufgeräumt war und es wieder normal aussah. Etwas zögernd ging ich durch den Flur.

„Keine Angst. Dir wird nichts mehr passieren", flüsterte Sixt mir zu.

„Ah da sind ja die zwei Schwerkranken", rief Nathan lachend, als wir das Wohnzimmer betraten.

„Was ist mit deinem Fuß", fragte Anastasia und schaute mich an.

„Es ist eine Bänderdehnung. Nichts Schlimmes."

„Oh. Und bei dir auch alles in Ordnung", fragte sie Maya.

„Ja, alles in Ordnung. Die Platzwunde musste genäht werden."

„Und die beiden sollen sich schonen", sagte Timothy, nahm Maya auf dem Arm und trug sie zur Couch. Sixt führte mich ebenfalls zur Couch, wo ich mich hinsetzte und mein Fuß hochlegte. Er verschwand kurz in die Küche und kam mit einem Eisbeutel wieder. Behutsam legte er ihn auf meinen Fuß, setzte sich dann neben mich und schlang seine Arme um meinen Bauch.

„Erzählt doch bitte mal, was passiert ist. Hier sah es ja aus, als ob eine Bombe eingeschlagen ist, überall Splitter und kaputte Stühle", sagte Sasha.

„Also wir haben, als ihr weg wart, alle Rollläden heruntergelassen und sogar die Haustür abgeschlossen. Wir schauten gerade einen

194

Film, als plötzlich der Strom ausfiel", begann Maya und schaute mich an. „Wir wollten in den Keller zum Sicherungskasten, als der Strom wiederkam. Dann begann das Licht zu flackern, bis die Glühbirnen zersprangen und an den Rollläden donnerte es, bis das Rollo an der Terrassentür hochging und die Drei davorstanden. Wir sind in den Flur gerannt und haben die Tür abgeschlossen. Plötzlich ging die Haustür auf und die Drei kamen halt als ihr, also Sixt, Timothy und Sasha herein. Wir haben uns nichts dabei gedacht und sind zu euch gerannt. Bis wir gemerkt haben, dass ihr es gar nicht seid."

„Wie habt ihr das bemerkt", fragte Sixt.

„Also eigentlich am Benehmen. Du hast mich Schätzchen genannt, was du sonst nie tust und deine Berührungen waren ganz anders. So hart und wütend", erklärte ich.

„Bei mir war es genauso. Du hast dich ganz anders verhalten, als sonst", stimmte Maya zu und schaute Timothy an.

„Und als dann noch die Augen weiß aufblitzten, war mir alles klar. Wir haben uns gegen sie gewehrt. Maya hat Gregory getreten und er hat sie geschlagen, sodass sie mit dem Kopf gegen die Wand knallte. Ich wollte zu ihr, doch Tobin hat mich festgehalten. Maya konnte dann aufstehen und ist ins Esszimmer gerannt. Tobin sagte zu Luzia, dass sie das Auto schon einmal startklar machen sollte und er wollte mich hinausziehen. Ich habe mich gewehrt und habe ihm die Vase auf den Kopf geschlagen. Anschließend wollte ich die Treppen hoch. Tobin versuchte mich wieder herunterziehen und dabei bin ich umgeknickt", berichtete ich und hörte Sixt scharf die Luft einziehen. „Was hast du eigentlich im Esszimmer gemacht", wandte ich mich an Maya.

„Erst wollte ich raus und Hilfe holen. Durch die Haustür und die Terrassentür ging es ja nicht, also wollte ich im Esszimmer durch das Fenster in den Garten gelangen, aber da stand Gregory schon neben mir. Ich habe ihm einen Stuhl zwischen die Füße geworfen, wodurch er auf den Boden flog und bin um den Tisch Richtung Tür gerannt. Ich habe mir einen weiteren Stuhl geschnappt und ihm Gregory auf den Kopf geschlagen. Ich nahm mir dann ein Stuhlbein und bin zu dir gekommen. Als ich sah, dass Tobin auf der Treppe hinter dir her war, habe ich ihm dann das Stuhlbein über den Kopf gezogen", sagte Maya stolz.

„Ja, das war echt klasse", gab ich zu.

195

„Aber dein Tritt gegen die Schulter, sodass er die Treppen herunterfiel, war auch nicht schlecht", lobte sie mich.

„Man kann ja richtig Angst vor euch beiden bekommen, wenn man euch so reden hört", lachte Brian. „Wie ging es denn dann weiter", fragte er.

„Maya hat mir die Treppen hochgeholfen und wir sind ins Badezimmer geflüchtet, haben die Tür abgeschlossen und den Schrank davorgeschoben. Anschließend standen die Drei vor der Tür und haben dagegen gehämmert, bis Luzia ihre Fähigkeit bei Maya eingesetzt hat und sie dazu bringen wollte die Tür zu öffnen. Ich wollte sie davon abhalten und dann müsst ihr gekommen sein", erzählte ich weiter. „Was ist da passiert?"

„Wir haben die Gefahr gesehen. Das Gespräch mit dem Engelsrat war gerade beendet. Wir sind sofort hier hergekommen und haben die Drei vor der Badezimmertür gesehen. Erst gab es Wortgefechte, dann sind sie nach unten geflüchtet. Wir sind sofort hinter her. Luzia flüchtete sofort nach draußen. Gregory versuchte uns mit seiner Fähigkeit außer Kraft zu setzen, indem er Stühle gegen uns schleuderte. Ich schnappte mir dann Tobin. Es gab eine Rangelei und schließlich schleuderte ich ihn aus dem Fenster im Esszimmer. Als ich ihn mir draußen noch mal schnappen wollte, war er leider weg. Auch Gregory konnte fliehen", erklärte Sixt.

„Wieso wolltet ihr uns denn nicht hereinlassen", fragte Timothy.

„Weil wir uns nicht sicher waren, ob ihr es wirklich seid. Die Drei haben doch so echt ausgesehen und auch die Stimmen waren gleich. Wir dachten, es wäre nur ein Trick, damit wir die Tür öffnen", sagte Maya.

„Wieso konnten eigentlich alle ihr Aussehen ändern", fragte ich.

„Tobin kann seine Fähigkeit auf andere übertragen. Aussehen und Stimme. Er muss dafür aber bei ihnen sein. Es funktioniert nicht, wenn er dafür zum Beispiel in einer anderen Stadt ist", erklärte Sixt.

„Und wieso konnten sie das Grundstück betreten? Ich dachte, sie würden dann in Flammen aufgehen. Es ist doch ein geweihtes Grundstück", fragte ich weiter.

„Ist es ja auch. Aber nur Dämonen können das Grundstück nicht betreten. Gefallene Engel schon, da sie mal Schutzengel waren", erklärte Sasha.

„Daran haben wir leider nicht gedacht, als wir euch hier alleine gelassen haben", sagte Sixt.

„Und was jetzt? Was hat denn der Engelsrat gesagt", fragte Maya.
„Der Engelsrat meinte, dass es nur eine Möglichkeit gibt. Wir müssen sie töten. Und für euch heißt es ...", setzte Timothy an, doch er wurde von Maya und mir unterbrochen.
„Gefangenschaft", sagten wir beide gleichzeitig.
„Leider ja. Nur dieses Mal etwas verstärkt", erwiderte Sixt und strich mir sanft über die Wange. „Es wird aber nicht lange sein."
„Inwieweit denn verstärkt", fragte ich ihn.
„Naja. Da sie auf das Grundstück und somit ins Haus kommen können, sind bei euch immer mindestens zwei von uns da, die auf euch aufpassen."
„Da wir euch helfen, sind ja immer genug Schutzengel da", sagte Brian.
„Außerdem haben wir uns überlegt, wenn wir sie suchen gehen, dass ihr euch so lange bei Brian und Anastasia in der Wohnung aufhaltet. Sie wissen nämlich nicht, wo die beiden wohnen und da ist es dann in der Zeit sicherer", fügte Timothy hinzu. Maya und ich stöhnten auf, woraufhin uns Anastasia und Brian verwirrt ansahen.
„Nicht dass ihr das jetzt falsch versteht. Wir sind euch dankbar, dass ihr uns helft", stellte Maya klar und ich nickte zustimmend.
„Aber uns nervt die Gefangenschaft. Schon wieder können wir nichts alleine machen und müssen ständig schauen, wer Zeit hat, wenn man irgendwo hinmöchte", vollendete ich ihren Satz und dieses Mal stimmte Maya nickend zu.
„Da kann ich euch verstehen. Mir würde es nicht anders gehen", sagte Anastasia mitfühlend. „Wir werden versuchen euch die Gefangenschaft so angenehm wie möglich zu machen okay?"
„Abgemacht", erwiderten Maya und ich.
„Wie ist es eigentlich mit der Uni und der Arbeit, was ja bald wieder losgeht", fragte ich und schaute dabei Sixt an.
„Da könnt ihr beruhigt hingehen. Allerdings gelten dort auch die Schutzmaßnahmen, wobei in der Uni es ja so ist, dass du eh alle Kurse mit Sasha zusammenhast und Maya mit Nathan. Das müsste in den Kursen ausreichen. Auf der Arbeit sind dann halt mindestens zwei von uns dabei. Aber vielleicht haben wir sie bis dahin auch schon erledigt."
„Das wäre schön. Wer geht denn dann von euch wieder Klamotten kaufen, den ich beraten soll", fragte ich grinsend und schaute dabei besonders die Jungs an. Ich dachte dabei an letztes Jahr, wo Nathan

und Timothy einkaufen gehen mussten, nur dass Terina nicht in meine Nähe kam. Sie hatten damals gesagt, sie bräuchten sowieso neue Kleidung. Bei Timothy hatte es gestimmt. Bei Nathan war ich mir nicht so sicher gewesen.

„Da schauen wir mal. Zur Not muss halt wieder Sasha ran, wobei Anastasia ja auch gerne einkaufen geht", sagte Nathan.

In der Nacht hatte ich einen Albtraum. Ich träumte von dem Geschehenem am Abend. Wieder donnerte es und das Licht ging aus. Maya und ich rannten in den Flur. Dort standen Sasha, Timothy und Sixt. Ich rannte zu Sixt, der mich in die Arme nahm. Ich fühlte seine Berührungen. Er fasste mich fest an, schon wütend. Ich versuchte mich gegen ihn zu wehren, aber er hielt mich fest, drückte hart seine Lippen auf meine. Ich wehrte mich wieder. Plötzlich lachte er hämisch und seine Augen glühten weiß. Ich schrie auf. Und schrie auch noch, als ich wach wurde. Zitternd saß ich im Bett. Sixt kam sofort zu mir und wollte mich in den Arm nehmen. Als ich sein Gesicht sah, erschrak ich so sehr, dass ich wieder aufschrie. Ich griff neben dem Bett, wo meine Unterarmgehstützen lagen und nahm mir eine. Ich hielt sie ganz fest in meiner Hand. Sixt hatte die Nachttischlampe eingeschaltet und schaute mich geschockt an.

„Hey Jamie, es ist alles gut. Ich bin es", versuchte er mich zu beruhigen. „Ich tue dir nichts." Ich ließ die Unterarmgehstütze wieder auf den Boden fallen und Sixt nahm mich in den Arm. Schon liefen die Tränen über mein Gesicht und ich schluchzte auf.

„Ach Süße, was haben sie nur mit dir gemacht", fragte er besorgt und strich mir beruhigend über das Haar. Ich konnte nicht sprechen. Die Tränen liefen unaufhörlich. Sixt hielt mich einfach nur im Arm. Langsam nahm das Zittern ab und ich beruhigte mich.

„Geht es dir wieder besser", fragte er leise und wischte mir die letzten Tränen aus dem Gesicht.

„Ja, es geht schon wieder. Tut mir leid, ich habe mich nur so erschrocken. Es war ein Reflex, dass ich nach der Unterarmgehstütze gegriffen habe", sagte ich und eine weitere Träne lief meine Wange hinunter. Zärtlich wischte Sixt sie mit seinem Daumen weg.

„Es ist schon gut. Du brauchst dich dafür nicht zu entschuldigen. Es ist ganz normal, dass du so reagierst, nachdem, was sie dir angetan haben", erwiderte er und verspannte sich dabei. „Sie werden dir nichts mehr tun. Dafür sorge ich." Ängstlich schaute ich ihn an.

„Ich möchte aber nicht, dass du verletzt wirst."

„Keine Angst. Mir wird nichts passieren."

„Versprochen?"

„Versprochen." Er zog mich zu sich und küsste mich. Mir viel etwas ein und ich zog mich erschrocken von Sixt zurück, woraufhin er mich fragend anschaute.

„Ich … ich muss dir noch etwas Beichten. Ich … ich habe heute Tobin geküsst. Eher gesagt hat er mich geküsst. Ich wusste doch nicht, dass es Tobin war. Ich habe es erst an seinem Verhalten gemerkt, dass er nicht du gewesen ist", gestand ich ihm. Ich fühlte mich schuldig. Ich hatte ihn eigentlich mit Tobin betrogen, auch wenn er mich geküsst hatte und ich der Annahme war, dass es Sixt gewesen war.

„Süße, es ist alles gut. Normalerweise wäre ich jetzt sauer, da du jemand anderes geküsst hast. Du weißt, dass mir Treue sehr wichtig ist." Er sah mich eindringlich an und ich nickte, denn auch mir war Treue sehr wichtig in einer Beziehung. Für mich zählte küssen schon zu betrügen. „Aber du konntest nichts dafür, dass es passiert ist. Dieses war eine Situation, in der du gar nicht wissen konntest, dass Tobin sich als mich verwandelt hat. Er hat es schamlos ausgenutzt, um dich zu bekommen. Mach dir darüber keine Gedanken. Ich bin nicht sauer auf dich."

„Wirklich nicht", hakte ich verwundert nach, denn ich hatte mit einem Donnerwetter gerechnet.

„Nein, wirklich nicht. Ich hoffe allerdings, dass dir meine Küsse besser gefallen, als seine."

„Auf jeden Fall. Deine Küsse sind die Besten auf der ganzen Welt und im Himmelreich."

„Das höre ich gerne", grinste er überheblich. Ich zog ihn zu mir und küsste ihn.

Am nächsten Morgen wurde ich mit sanften Küssen geweckt. Ich öffnete meine Augen und schaute in Sixts lächelndes Gesicht.

„Guten Morgen, Süße."

„Morgen. Wie spät ist es", fragte ich und regte mich.

199

„Elf Uhr."

„Was? Schon so spät?" Geschockt schaute ich ihn an.

„Ja. Ich habe dich schlafen lassen. Wie geht es dir denn?"

„Besser."

„Das freut mich. Ich habe uns Frühstück gemacht, und da du nicht soviel laufen sollst, frühstücken wir heute im Bett", sagte er und stellte ein Tablett auf das Bett. Darauf lagen frische Brötchen, Croissants, Marmelade und Wurst sowie zwei Gläser mit Orangensaft.

„Das sieht aber lecker aus."

„Ja, aber bevor du essen darfst, musst du mir erst einen Guten-Morgen-Kuss geben", grinste er. Ich zog ihn zu mir heran und küsste ihn. Sofort erwiderte er den Kuss und vertiefte ihn.

„So jetzt darfst du", sagte Sixt, als er sich von mir gelöst hatte. Ich setzte mich gemütlich hin, wobei ich mich an Sixt anlehnte. Er stellte das Tablett auf unsere Beine, nahm ein Croissant, das er mit Marmelade bestrich, und fütterte mich. Ich genoss es, von ihm verwöhnt zu werden. Immer wieder trafen sich unsere Blicke und wir küssten uns.

Kapitel 12

Am Donnerstagnachmittag waren Maya und ich bei Anastasia und Brian zu Hause. Die Jungs wollten die gefallenen Engel suchen gehen, von denen wir bis jetzt nichts mehr gehört hatten. Sasha war ebenfalls da und passte mit Anastasia auf, dass uns nichts passierte. Zuerst wollten wir zu Hause bleiben, aber nach dem Vorfall am Sonntag, war es doch sicherer zu Anastasia und Brian zu gehen, da die gefallenen Engel nicht wussten, wo sie wohnten. Ihre Wohnung war sehr schön und lag ebenfalls in Portland, etwa zehn Minuten von unserem Haus entfernt und befand sich in einem modernen Mehrfamilienhaus, das sechs Wohnungen beinhaltete. Das Haus gehörte dem Engelsrat und in den Wohnungen wohnten Schutzengel. Jede Wohnung hatte eine Küche, ein großes Wohnzimmer, zwei Schlafzimmer, ein Bad und einen Balkon. Wir saßen alle im Wohnzimmer auf der Couch und überlegten, was wir machen könnten.
„Wie wäre es, wenn wir DVDs schauen", schlug Anastasia vor.
„Was habt ihr denn für Filme", fragte Maya.
„Ich schau mal eben", erwiderte sie und ging zum Wohnzimmerschrank, wo die DVDs standen. Sie kam mit einigen Filmen zurück.
„Also wir haben Horror, Action oder Liebesfilme zur Auswahl", sagte sie und legte die Filme auf den Wohnzimmertisch. Wir schauten durch und entschieden uns für zwei. Als Erstes wollten wir eine Komödie schauen. Anastasia holte Getränke und Knabbersachen und stellte alles auf den Wohnzimmertisch. Anschließend startete sie den Film. Als Nächstes folgte ein Horrorfilm. Dafür ließen wir die Rollläden herunter und ließen das Licht aus. Der Film handelte von einer Familie, die in ein altes Haus zog. In diesem Haus spukte es und die Mutter versuchte herauszufinden, was dort früher passiert war. Der Film war richtig gruselig und wir schrien einige Male auf. Plötzlich öffnete sich die Wohnzimmertür und jemand kam mit einer Monstermaske und einem Messer in der Hand hinein. Wir schrien auf und drängten uns auf der Couch zusammen. Dieser Typ kam näher, wedelte mit

201

dem Messer herum und gab seltsame Töne von sich. Wieder schrien wir. Anastasia und Sasha sprangen mutig auf und stellten sich vor Maya und mich, um uns vor ihm zu beschützen. In dem Moment hörten wir Gelächter und die Jungs kamen herein. Auch der Typ mit der Maske lachte, zog sie sich vom Kopf und zum Vorschein kam Nathan. Sixt setzte sich neben mich und zog mich zu sich.

„Entschuldigt aber wir konnten nicht anders. Als wir euch gesehen haben, wie ihr hier mit Kissen vor den Augen gesessen habt, konnten wir nicht anders", entschuldigte sich Sixt.

„Schön das ihr soviel Spaß hattet. Wir fanden es gar nicht witzig", erwiderte Maya säuerlich und verschränkte die Arme vor der Brust.

„Können wir jetzt bitte noch die letzte halbe Stunde gucken? Ich möchte wissen, wie der Film ausgeht", kam es von Sasha.

„Na gut", erwiderte Nathan, setzte sich auf die Couch und legte einen Arm um Sasha. Nachdem sich Brian und Timothy ebenfalls auf die Couch gesetzt hatten, schaltete Anastasia den Film wieder ein, den sie, als die Jungs kamen, auf Pause gestellt hatte. Ich kuschelte mich eng an Sixt, der seine Arme um meinen Bauch gelegt hatte.

„Habt ihr sie eigentlich gefunden", fragte ich Sixt, als der Film zu Ende war.

„Ja. Wir haben Tobin verfolgt, der sich mit den Anderen im Einkaufszentrum getroffen hat. Entweder haben sie gehofft euch da zu treffen oder sie halten sich mit Absicht nur an Orten auf, die voller Menschen sind."

„Sie haben aber auch nichts gesagt, was sie vorhaben. Eigentlich haben sie sich nur über belangloses Zeug unterhalten", sagte Brian.

„Vielleicht haben sie auch eine Art Geheimsprache entwickelt, damit wir nichts herausbekommen", mutmaßte Timothy.

„Das könnte sein. Vielleicht haben sie auch für jeden von uns eine bestimmte Bezeichnung", vermutete Sixt.

„Das werden wir herausfinden", sagte Brian.

„Dann bin ich mal gespannt, wie sie mich nennen", lachte Nathan.

„Na vielleicht Kino, Tisch, Kühlschrank, Hühnerbein, …", begann ich lachend aufzuzählen.

„Hühnerbein", hakte Nathan nach und schaute mich irritiert an.

„Das wird dein neuer Kosename. Na mein Hühnerbeinchen",

lachte Sasha und tätschelte Nathans Bein.

„Ha ha, sehr witzig. Ich glaube eher sie nennen mich Adonis, Präsident oder König", verteidigte sich Nathan.

„Ja natürlich. Wovon träumst du nachts", fragte Sasha immer noch lachend.

„Nur von dir", erwiderte er und zog sie zu sich, um ihr einen Kuss zu geben.

„Und was war mit der Blondine letzte Nacht, von der du uns erzählt hast", grinste Timothy.

„Welche Blondine", fragte Sasha und schob ihn von sich.

„Was? Welche Blondine? Ich habe von keiner Blondine geträumt", verteidigte sich Nathan und wir alle lachten über seinen Gesichtsausdruck. „Wirklich Mausi, du musst mir glauben. Da war keine andere Frau in meinen Träumen. Nur du."

„Na dann werde ich es dir mal glauben", erwiderte Sasha grinsend, zog ihn zu sich und küsste ihn.

Den Rest der Woche waren die Jungs noch zweimal auf der Suche. Sie hatten allerdings noch nicht herausfinden können, ob die gefallenen Engel wirklich eine Geheimsprache hatten. Am Freitag war ich noch einmal im Krankenhaus gewesen. Meinem Fuß ging es besser und ich brauchte die Unterarmgehstützen nicht mehr. Ich bekam eine Schiene, die meinen Fuß beim Laufen stützen sollte. Am Montag begann wieder die Uni. Auch Anastasia und Brian studierten jetzt bei uns an der Universität. Anastasia studierte Geschichte der alten und neuen Zeit und Brian hatte sich dazu entschlossen, Informatik zu studieren. Wir trafen uns auf dem Parkplatz und gingen zusammen zum Unigebäude.

„Ich habe noch etwas im Auto vergessen", rief Maya und lief noch einmal zum Wagen zurück. Wir blieben auf dem Weg stehen und warteten auf sie. Ein Auto hielt neben ihr und die hintere Autotür wurde geöffnet. Maya wandte sich von Timothys Wagen ab und ging mit langsamen Schritten auf die geöffnete Tür des anderen Wagens zu.

„Maya, kommst du", rief Timothy, aber sie reagierte nicht. Timothy rief noch einmal, aber wieder reagierte sie nicht. Ich schaute zum Wagen. Er kam mir irgendwie bekannt vor. Den hatte ich schon einmal gesehen. Da fiel es mir ein. Es war der gleiche Wagen, wie der in dem Parkhaus. Ich schaute zur Windschutzscheibe und erschrak. Dort saß Tobin, der mich hämisch angrinste. Ich zitterte und bekam Panik.

„Das im Auto … . Da ist Tobin. Sie wollen Maya entführen", brachte ich heraus.

„Was", fragte Timothy und eh ich mich versah, rannten er und Nathan zu Maya, die schon fast am Auto war, und zogen sie weg. Der Wagen fuhr ein Stück zurück nur, um dann wieder vorwärts auf die Drei zu zurasen.

„Passt auf", rief Sasha. Die Drei reagierten sofort und sprangen zur Seite. Sixt und Brian rannten zu ihnen, um ihnen zu helfen.

„Sasha hol bitte Maya hier weg und ihr vier geht bitte rein", erwiderte Timothy. Sasha lief zu ihnen herüber, griff Maya am Arm und kam mit ihr zu uns zurück. Sofort gingen wir ins Gebäude. Immer noch zitterte ich und Maya ging es auch nicht besser. Sie hatte jetzt erst begriffen, was überhaupt passiert war.

„Sie … sie wollten mich ins Auto locken. Sie wollten mich entführen und fast hätten sie es geschafft", sagte sie mit zitternder Stimme.

„Komm her, alles ist gut", erwiderte Sasha und nahm sie in den Arm. Beruhigend strich sie ihr mit der Hand über den Rücken.

„Sie sind uns entwischt", sagte Nathan, als die Jungs zu uns kamen. „Sie waren feige und sind abgehauen, noch ehe wir die Autotür öffnen konnten."

„Alles Okay? Geht es dir gut", fragte Timothy und zog Maya in seine Arme.

„Ja, es geht wieder", erwiderte sie und schmiegte sich an seine Brust.

„Und bei dir", flüsterte Sixt mir ins Ohr.

„Ja, alles in Ordnung."

„Jetzt wissen wir, dass sie doch etwas geplant hatten. Jetzt werden sie sich bestimmt etwas Neues überlegen", sagte Timothy.

„Und das müssen wir herausfinden. Aber lasst uns jetzt erst einmal gehen, sonst kommen wir zu spät zu den Vorlesungen", erwiderte Nathan.

„Geht es dir wirklich gut, oder soll ich dich nach Hause bringen", fragte Timothy Maya besorgt.

„Nein, es geht schon. Ich werde die Vorlesungen schon überstehen", versicherte sie ihm.

„Gut. Wir sehen uns dann nachher in der Mensa. Komm Jamie, wir müssen los", sagte Sasha. Ich gab Sixt noch schnell einen Kuss und wir gingen zu unserem Kurs.

Am Nachmittag fuhr ich zur Arbeit. Dr. Cohen hatte mir am Freitag erlaubt wieder arbeiten zu gehen, aber ich sollte es langsam angehen lassen und den Fuß nicht überanstrengen. Das würde ich schon nicht. Sixt würde dafür sorgen, dass ich meinen Fuß schonte, denn durch die Sicherheitsmaßnahme waren er und Brian bei mir. Natürlich waren sie unsichtbar. Ich ging in den Laden und brachte als Erstes meine Tasche in den Aufenthaltsraum. Als ich wieder in den Laden ging, kam mir Mrs. Evans entgegen.
„Hallo Jamie. Na hattest du einen schönen Urlaub", fragte sie.
„Ja. Er war richtig schön. Erholt habe ich mich auch", erwiderte ich.
„Das freut mich. Aber sag mal, warum hinkst du denn? Hast du dich am Fuß verletzt", fragte sie besorgt.
„Ich habe mir die Bänder gedehnt, als ich umgeknickt bin. Aber es geht schon wieder. Ich soll den Fuß nur nicht überanstrengen", erklärte ich ihr.
„Bist du dir sicher? Du kannst gerne nach Hause gehen und deinen Fuß schonen."
„Nein, das geht schon."
„Na gut, aber du wirst dich zwischendurch hinsetzen, und wenn du merkst, dass du ihn doch überanstrengst, dann gehst du nach Hause."
„Ja, das werde ich. Gibt es hier etwas Neues", fragte ich und schaute mich um.
„Ja. Katie hat gekündigt. Sie hatte keine Lust mehr. Ich habe schon eine Stellenanzeige in die Zeitung setzten lassen. Heute Morgen waren schon zwei Damen da, die sich vorgestellt haben, nachher habe ich noch ein Gespräch und morgen kommen auch noch zwei Bewerberinnen."
„Oh. Naja arbeitswillig war Katie ja nicht gerade. Vielleicht ist ja bei den Bewerberinnen eine dabei, die auch arbeiten möchte." Es wunderte mich eigentlich nicht, dass sie gekündigt hatte.
„Ja, das hoffe ich auch."
„So ich werde dann auch mal anfangen", sagte ich und schaute, was zu tun war. Eine Kundin kam auf mich zu.
„Entschuldigen Sie. Können Sie mir bitte helfen", fragte sie.

„Ja natürlich. Wie kann ich Ihnen denn helfen?"

„Ich brauche ein Kleid für einen besonderen Anlass", erwiderte sie und lächelte mich an. Sie kam mir irgendwie bekannt vor. Ich hatte sie schon einmal gesehen. Wir gingen zu den Kleidern und ich zeigte ihr einige.

„Ach die sind alle so schön. Ich kann mich gar nicht entscheiden", lachte sie und warf ihre blonden Haare nach hinten. Dabei kam eine schwarze Haarsträhne zum Vorschein. Trug diese Frau etwa eine Perücke? Ich merkte einen festen Griff um meinen Bauch. Ich wusste, dass es Sixt war. Aber wieso? Ich war doch gar nicht in Gefahr, oder? Als wenn Sixt Gedankenlesen könnte, flüsterte er mir ins Ohr, was los war.

„Diese Frau, die du berätst, ist Luzia. Sie hat sich nur verkleidet. Keine Angst wir sind da. Mach einfach weiter. Sie wird dir nichts tun." Ich nickte leicht, sodass Luzia es nicht mitbekam. Ich versuchte mich zusammenzureißen, was aber nicht so einfach war, denn Angst machte sich in mir breit. Was hatte sie vor? Was wenn noch Tobin und Gregory hier auftauchen würden? Beruhigend strich mir Sixt über den Arm.

„Ganz ruhig. Ich bin bei dir", beruhigte er mich.

„Oh ich glaube, ich habe ein Kleid gefunden. Das werde ich mal anprobieren", sagte Luzia und ging mit einem Kleid zur Anprobe.

„Können Sie bitte mitkommen? Sie müssen mir sagen, ob das Kleid mir steht." Widerwillig ging ich mit und stellte mich etwas abseits der Kabine.

„Was machen wir denn jetzt", fragte ich flüsternd.

„Wir müssen abwarten, ob sie ihre Tarnung fallen lässt", sagte Sixt.

„Verdammt warum funktioniert meine Fähigkeit denn nicht? Sie hätte doch schon längst hier in die Kabine kommen müssen", hörten wir Luzia fluchen.

„Damit hat sie sich soeben verraten. Lass uns mal herausfinden was sie will", flüsterte Brian zu Sixt, als die beide sichtbar geworden waren. Zusammen stürmten sie in die Kabine, wo Luzia kurz aufschrie. Zum Glück hatte es niemand gehört, denn wie sollte ich Mrs. Evans erklären, dass die Jungs bei Luzia in der Umkleidekabine waren?

„Was wollt ihr denn", fragte sie verwundert.

„Das Gleiche wollten wir dich auch fragen", zischte Sixt.

„Ich will mir nur ein Kleid kaufen", verteidigte sie sich.

206

„Und das sollen wir dir glauben? Was willst du wirklich", fragte Brian.

„Das wisst ihr ganz genau. Ich bin hier, um mir Jamie zu schnappen." Ich zuckte zusammen. Eine Kraft überkam mich, derer ich mich nicht wehren konnte. Meine Füße setzten sich in Bewegung. Ich wollte gerade wieder in den Laden gehen, als ich am Arm gepackt und zurückgezogen wurde.

„Du bleibst hier", sagte Sixt leise. Sofort konnte ich wieder klar denken und hatte die Kontrolle über meinen Körper zurück. Luzia kam wütend aus der Kabine gestürzt. Hinter ihr folgte Brian.

„Du gehst jetzt besser", knurrte Sixt und seine Augen funkelten wütend.

„Na gut. Ich sehe, es hat keinen Sinn, aber ich komme wieder. Jamie fühl dich nicht zu sicher und auch unsere Rache an euch wird noch kommen", zischte sie und ging Richtung Ausgang.

„Alles in Ordnung bei dir", fragte Sixt mich und nahm mich in den Arm.

„Ja, alles gut", versicherte ich ihm.

„Okay. Ich glaube, wir besprechen das Ganze nachher zu Hause. Deine Chefin kommt gerade mit einer Kundin hier zur Anprobe", flüsterte Sixt, gab mir noch einen Kuss und wurde wie auch Brian wieder unsichtbar. In dem Moment kam Mrs. Evans zu den Kabinen mit einem Stapel Kleidung. Ich schnappte mir das Kleid, ging wieder in den Laden und hängte es zurück an den Ständer.

Am Abend trafen wir uns alle im Wohnzimmer. Ich saß auf der Couch und legte meinen Fuß mit einem Eisbeutel auf die Lehne. Mir tat der Fuß etwas weh, aber ich wollte nichts sagen, da Sixt mich sonst nicht mehr hätte arbeiten gehen lassen. Schon im Laden hatte er dafür gesorgt, dass ich mich immer mal wieder hinsetzte. Mrs. Evans hatte auch darauf geachtet und mir einige Aufgaben gegeben, die ich im Sitzen erledigen konnte. Sixt erzählte den Anderen, was im Laden passiert war.

„Luzia hat Jamie aufgesucht und Gregory war bei Maya im Laden", berichtete Timothy. „Allerdings hat er sich nicht die Mühe gemacht, sich zu verkleiden. Auch er hat versucht, sie aus dem Laden zu bekommen. Aber Nathan und ich waren ja da und damit hat er nicht gerechnet."

„Das war also ihr nächster Plan. Sie wollten uns aus den Läden locken", sagte ich. „Aber warum hat sich Luzia eigentlich verkleidet? Ich dachte, sie kann sich ebenfalls verwandeln, wenn Tobin in der Nähe ist."

„Das kann sie auch, aber Tobin war nicht bei ihr. Er stand mit seinem Auto vor dem Laden, wo Maya arbeitet. Wahrscheinlich durfte er nicht mit Luzia mit, weil er sich verraten hätte, wenn seine Augen wieder weißgeglüht hätten. Hätte sie es geschafft dich aus dem Laden zu bekommen, hätte er euch wohl mit dem Wagen abgeholt", mutmaßte Timothy.

„Naja, Luzia hat sich auch verraten. Sie hat ihre echten Haare nicht gut versteckt. Die konnte man unter der Perücke noch sehen", sagte Brian.

„Was hatte Gregory eigentlich genau vor", fragte Sixt.

„Er hatte eigentlich keinen richtigen Plan. Er kam in den Laden, drängte Maya ins Lager und wollte sie durch den Hinterausgang herausziehen", erklärte Timothy.

„Und dann hat er von mir einen Schlag ins Gesicht bekommen, sodass er gegen die Hauswand im Hof flog. Allerdings hat er sich zu schnell erholt und ist abgehauen", sagte Nathan.

„Ich verstehe nur nicht, warum sie es nur auf uns abgesehen haben", meldete sich Maya zu Wort.

„Sie haben es nicht nur auf euch abgesehen. Sie wissen halt genau, dass sie über euch an uns am besten herankommen. Wir würden schließlich alles versuchen, um euch zu retten", erwiderte Sixt.

„Ich schlage vor, dass wir gleich noch einmal auf die Suche gehen", sagte Nathan.

„Das wäre gar keine schlechte Idee. Sie werden sich bestimmt treffen und beratschlagen, was sie als Nächstes tun", stimmte Timothy zu.

„Können wir denn dann mal hierbleiben? Ich würde gerne noch etwas Sport treiben", fragte Maya.

„Das würde ich auch gerne", entgegnete ich und schaute auf meinen Fuß.

„Das wird noch etwas dauern, bis du wieder Sport machen kannst", sagte Sixt und strich mir sanft mit dem Handrücken über die Wange.

„Ich weiß. Schade."

„Und was ist jetzt", fragte Maya ungeduldig.

„Wenn Anastasia und Sasha damit einverstanden sind, dann könnt ihr hierbleiben", erwiderte Timothy.

„Ja natürlich. Und wenn etwas sein sollte, springen wir sofort in unsere Wohnung", erwiderte Anastasia.

„Gut, dann lasst uns mal aufbrechen", sagte Nathan.

„Bis nachher, Süße", sagte Sixt und gab mir einen Kuss. „Und schone deinen Fuß. Ich weiß, dass du Schmerzen hast."

„Wie? Woher weißt du das", fragte ich verdutzt.

„Ich kenne dich und ich merke, wenn du mir etwas verheimlichst."

„Oh, okay. Seid vorsichtig."

„Sind wir doch immer", erwiderte er und verschwand mit den Jungs.

„Na dann lasst uns etwas für unsere Fitness tun", rief Maya und stand von der Couch auf. „Jamie, kommst du mit in den Fitnessraum? Du kannst doch etwas mit den Hanteln trainieren. Dabei strengst du ja nicht deinen Fuß an."

„Da hast du recht. Okay, ich komme mit", erwiderte ich.

Es war bereits halb elf, als wir den Fitnessraum wieder verließen. Anastasia war kurz zu sich nach Hause gesprungen, um sich zu duschen und etwas Frisches anzuziehen. Ich fuhr mit dem Fahrstuhl nach oben in Sixts und mein Zimmer und ging gleich ins Bad, wo ich mich duschte und mir schon einmal die Zähne putzte, da ich nicht mehr vorhatte etwas zu essen. Anschließend zog ich mir eine Jogginghose und ein T-Shirt an. Es klopfte an die Tür und nach einem Herein von mir, wurde sie geöffnet und Anastasia kam herein.

„Jamie, hast du Lust noch einen Film zu schauen", fragte sie.

„Ja, gerne."

„Gut, Maya schaut auch mit. Bist du fertig? Dann nehme ich dich mit herunter?"

„Ja, ich bin fertig." Anastasia nahm meine Hand und sprang mit mir nach unten ins Wohnzimmer, wo wir wieder auftauchten. Sasha hatte schon alles vorbereitet. Nach uns kam auch Maya ins Wohnzimmer und wir machten es uns auf der Couch gemütlich.

„Was schauen wir denn", fragte ich.

„Wir haben uns für eine Liebeskomödie entschieden. Ist das in Ordnung, oder wollt ihr etwas anderes sehen", fragte Sasha und schaute Maya und mich an.

„Nein, das ist schon in Ordnung", erwiderte ich und Maya nickte zustimmen. Sasha drückte auf der Fernbedienung die Starttaste und der Film begann. Ich schaffte es ungefähr bis zur Hälfte des Filmes, als mir die Augen zufielen.

„Psst, sie schlafen", hörte ich Anastasia leise sagen.
„Was ist los", fragte Maya verschlafen.
„Na komm Schatz, ab ins Bett", kam es von Timothy.
„Ich bringe sie hoch. Gute Nacht. Bis morgen", kam es von Sixt und schon wurde ich auf seine Arme gehoben. Ich spürte ein bekanntes Kribbeln im Bauch und wusste, dass wir sprangen. Im nächsten Moment wurde ich auf etwas Weichem gelegt. Ich öffnete träge meine Augen und schaute direkt in Sixts Gesicht.
„Schlaf weiter, Prinzessin", sagte er leise.
„Ich muss mich doch noch umziehen", erwiderte ich und gähnte.
„Warte", kam es von Sixt, der mir die Jogginghose und die Socken auszog. „So erledigt", grinste er. „Danke. Habt ihr die gefallenen Engel eigentlich gefunden", fragte ich nun.
„Ja. Sie waren in einer Bar und haben über die gescheiterten Entführungsversuche gesprochen. Leider haben sie nichts gesagt, was sie als Nächstes vorhaben. Wir haben so lange gewartet, bis sie die Bar verließen, nur leider sind sie in den Club nebenan gegangen und dort haben wir sie in der Menschenmenge verloren. Aber wir werden sie kriegen, Süße. Ich gehe mich jetzt eben fertigmachen. Bin gleich wieder da."
„Ist gut", gähnte ich und drehte mich auf die Seite. Ich schloss meine Augen und nickte ein. Ich spürte, wie sich Arme um meinen Bauch legten und ich kuschelte mich an Sixt Brust.
„Schlaf gut, Süße."
„Du auch", nuschelte ich, bevor ich wieder in den Schlaf abdriftete.

Am nächsten Tag saß ich nachmittags im Wohnzimmer und las mein Buch weiter. Sixt hatte mich auf die Couch verbannt, damit ich meinen Fuß hochlegen und schonen konnte. Maya und Timothy waren bei Mayas Eltern und Sasha und Nathan waren oben in ihrem Zimmer. Im Haus herrschte friedliche Ruhe, was nicht oft vorkam.
„Jamie, kannst du mir das bitte mal erklären", fragte Sixt und kam zu mir ins Wohnzimmer. Er hatte einen Brief in der Hand, den er mir reichte. Sein Gesichtsausdruck war ernst und seine Augen

210

unergründlich. Was war denn jetzt wieder passiert. Ich nahm den Brief in die Hand und begann zu lesen. Was da drin stand, konnte ich nicht glauben.

Hallo Sixt
Ich weiß, wir kennen uns nicht. Aber ich sehe es als meine Pflicht an, dir dieses hier zu schreiben.
Ich möchte dich vor Jamie warnen. Sie ist nicht so, wie du denkst oder sie sich vorzumachen versucht. Ich bin ihre Affäre. Ich weiß, es ist jetzt bestimmt ein Schock für dich und sie wird es auch sicherlich abstreiten, wenn du sie danach fragst. Aber es stimmt. Wir haben uns im Mai und Juni mehrmals getroffen und wir haben uns nicht nur geküsst. Wir waren auch zusammen im Bett. Es tut mir leid, dass du es so erfahren musst. Aber es kommt noch mehr. Als wir uns das letzte Mal getroffen haben, erzählte sie mir, dass sie dich nicht mehr liebt, es dir aber noch weiter vorspielen wird, bis sie den richtigen Zeitpunkt gefunden hat, um es dir zu sagen. Ich finde es nur fair, dir das zu schreiben, damit du weißt, wie hinterhältig sie ist. Selbst bei mir meldet sie sich nicht mehr und ich habe gehört, dass sie schon wieder eine andere Affäre hat. Ich bin also bei ihr auch schon abgeschrieben. Ich hoffe, du erkennst ihr wahres Ich und trennst dich, bevor es zu spät ist.

Tom

Ich wusste nicht, was ich sagen sollte. Was sollte das alles? Wieso schrieb jemand so eine Lüge über mich?
„Wer ist Tom", fragte Sixt und sah mich wütend an.
„Ich weiß es nicht. Ich kenne keinen Tom. Und alles, was hier drinsteht, ist eine Lüge. Es stimmt nicht", verteidigte ich mich und sah ihn an.
„Ach nein? Hier sind noch zwei Fotos, die ja wohl sehr eindeutig sind", sagte er wütend und schmiss die Fotos auf den Wohnzimmertisch. Ich nahm sie und sah sie mir an. Auf dem einen Bild stand ich einem Typen gegenüber und schaute ihn verliebt an. Auf dem Anderen küsste ich in einer Bar oder Disco den gleichen Typen. Die Fotos sahen eindeutig aus, aber irgendetwas stimmte nicht.
„Das stimmt alles nicht."
„Erzähl mir doch nichts. Die Fotos sind doch eindeutig."
„Ach ja und wie kann es sein, dass ich auf dem Foto das Armband,

welches du mir zum Geburtstag geschenkt hast, trage, wenn es am dreizehnten Juni gemacht wurde", fragte ich und deutete auf das Datum, das am Bildrand des einen Fotos zu sehen war.

„Das weiß ich doch nicht. Ein Kamerafehler vielleicht. Oder vielleicht war es ja auch nach deinem Geburtstag, wo du dich mit ihm getroffen hast und er hat sich mit der Zeit vertan." Wütend schauten wir uns an. Wie konnte er so etwas nur von mir denken? „Ich habe mich nie mit einem Tom oder wie er heißt getroffen. Ich kenne auch gar keinen Tom und ich habe dich nie betrogen. Die Fotos sind gefälscht, wenn du sie dir mal näher anschaust, ist dieser Typ auf dem Bild du. Es wurde nur ein anderer Kopf daraufgesetzt. Ich erkenne doch deine Kleidung und deinen Körperbau. Jemand versucht uns auseinander zu bringen und da fällt mir nur eine Person ein, die zu solchen Mitteln greift. Monica", erwiderte ich und meine Stimme wurde immer lauter.

„Ich glaube dir kein Wort. Sag mir endlich die Wahrheit. Wie viele Affären hast du noch?" Das konnte doch jetzt alles nicht wahr sein. Er glaubte lieber so einem Brief und gefälschten Bildern, als mir? Wütend stand ich auf.

„Ich sage dir doch schon die Wahrheit. Das stimmt alles überhaupt nicht. Ich liebe dich mehr als alles andere, aber wenn du lieber der Lüge glaubst bitte schön. Ich muss hier raus", schrie ich ihn an und lief so schnell es mit meinem Fuß ging zur Haustür. In dem Moment kam Sasha die Treppe herunter und sah uns fragend an. Ich konnte nichts sagen. Die Tränen rannten mein Gesicht herunter.

„Nein du wirst nicht rausgehen. Das ist viel zu gefährlich", rief Sixt und rannte hinter mir her.

„Das ist mir doch egal", schrie ich, verließ das Haus und knallte die Tür hinter mir zu. Draußen regnete es, aber das war mir egal. Ich lief in den Wald und ließ mich auf den erstbesten Baumstamm nieder, der auf dem Waldboden lag. Wie konnte er nur so etwas von mir denken. Er wusste doch ganz genau, wie sehr ich ihn liebte. Ich könnte ihm nie fremdgehen. Vor allem aber stimmte das alles doch gar nicht. Monica hatte hundertprozentig etwas mit dem Brief und den Fotos zu tun. Hatte sie es nun wirklich geschafft, uns zu trennen? Ich schluchzte laut auf und legte meinen Kopf in meine Hände, die ich auf den Knien abstützte. Warum glaubte er dieser Lüge mehr als mir? Ein Schmerz bohrte sich in meine Brust tief in mein Herz. Warum glaubte er mir nicht? Es regnete weiterhin und ich war schon ganz durchnässt, aber das störte mich nicht.

„Darf ich mich zu dir setzten", fragte eine bekannte Stimme. Ich schaute auf und sah Sasha, die vor mir stand. Ich nickte nur und sie setzte sich neben mich.

„Warum glaubt er mir nicht. Wieso glaubt er eher diesem Brief und den gefälschten Bildern", fragte ich schluchzend.

„Die Fotos sehen auf dem ersten Blick schon echt aus. Es ist genauso, wie die SMS, die du bekommen hattest. Da hattest du auch geglaubt, Sixt hätte Schluss gemacht."

„Schon aber die SMS kam auch von Sixts Handy. Hier war es ein Brief ohne Absender. Und ich bin mir sicher, dass Monica das war. Jetzt hat sie es wohl geschafft. Er wird bestimmt mit mir Schluss machen", sagte ich und die Tränen liefen mein Gesicht herunter. Sasha nahm mich beruhigend in den Arm und strich mir sanft über den Rücken.

„Nein, das wird er nicht. Ihr liebt euch doch. Er glaubt dir, dass weiß ich."

„Woher", fragte ich und schaute sie verdutzt an.

„Ich weiß es einfach", sagte sie und lächelte mich an. „Ich werde jetzt mal gehen. Da will jemand mit dir reden." Sie deutete auf Sixt, der einige Meter von uns entfernt stand. Sie stand auf und sprang zum Haus zurück. Sixt kam zu mir und setzte sich neben mich. Er sah nervös aus und nahm meine Hand in seine.

„Es tut mir so leid. Ich hätte dir sofort glauben sollen und nicht so einem dämlichen Brief und den gefälschten Bildern. Aber im ersten Moment war es halt schon ein Schock", sagte er.

„Ehrlich? Du glaubst mir und machst nicht mit mir Schluss?"

„Nein, natürlich nicht. Wie kommst du denn auf so eine Idee? Süße, ich liebe dich über alles und würde nie mit dir Schluss machen. Das weißt du doch." Sixt zog mich in seine Arme. „Und ehrlich gesagt, selbst wenn du mich betrogen hättest, hätte ich dir das wahrscheinlich verziehen."

„Wirklich", fragte ich und schaute ihn ungläubig an.

„Ja. Das heißt jetzt aber nicht, dass du einen Freifahrtschein hast", lachte er.

„Den möchte ich auch gar nicht haben. Für mich gibt es nur dich und niemanden anderes", sagte ich, zog ihn zu mir und küsste ihn. Sofort erwiderte er den Kuss. Meine Zunge bat an seinen Lippen um Einlass, den er mir sofort gewährte.

„Komm lass uns nach Hause gehen", sagte er, als er sich keuchend von mir löste. „Du bist ja ganz nass. Nicht, dass du noch krank wirst." Wir standen auf und sprangen ins Haus. Sasha und Nathan kamen uns entgegen.

„Na habt ihr alles geklärt", fragte Sasha.

„Ja, alles wieder gut. Außer einer Sache. Was machen wir mit Monica", fragte ich und Wut kam in mir auf.

„Da fällt uns schon das Passende ein. Wir springen jetzt erst mal zu ihr und vernichten die Fotos. Ich hoffe, sie ist nicht zu Hause", erwiderte Sasha grinsend.

„Okay und wir gehen jetzt erst einmal duschen", sagte Sixt zu mir.

„Viel Spaß euch beiden und lasst euch nicht erwischen."

„Keine Angst. Das werden wir schon nicht", lachte Nathan. Sixt nahm mich in den Arm und sprang mit mir in unser Badezimmer. Dort angekommen hielt er mich weiterhin fest, legte seine Lippen auf meine und küsste mich. Sofort erwiderte ich den Kuss und vertiefte ihn. Seine Hand glitt unter mein Top und er zog es mir aus. Ich stöhnte leise auf, als sein Mund meinen Hals hinunter zum Schlüsselbein wanderte. Mit einer Bewegung hatte er meinen BH geöffnet und zog ihn mir ebenfalls aus. Seine Hände wanderten zu meinen Brüsten, die er sanft massierte. Ich griff mir den Saum seines T-Shirts und zog es ihm aus. Er stöhnte auf, als ich seinen Oberkörper küsste und hinab zu seinem Bauch wanderte. Ich öffnete seine Hose, die auch gleich hinunterfiel und er hinausstieg. Anschließend streifte ich ihm seine Boxershorts ab. Ich strich mit meinen Händen seine Beine entlang und stoppte bei seinem steifen Glied. Ich nahm ihn in die Hand, beugte mich vor und liebkoste ihn mit meinem Mund. Sixt stöhnte laut und griff mit einer Hand in mein Haar.

„Süße, wenn du nicht möchtest, dass es gleich vorbei ist, dann solltest du das lassen", keuchte er und zog mich wieder zu sich hinauf. „Du machst mich wahnsinnig", raunte er mir ins Ohr und begann wieder meinen Hals zu küssen. Dabei öffnete er meine Jeans und ließ sie hinunterfallen. Mir wurde heiß und kalt zugleich, als seine Hände meinen Rücken hinab zu meinem Po glitten. Dort streifte er mir meinen Slip ab, der ebenfalls hinunterfiel, sodass ich aus meinen Sachen hinaussteigen konnte. Sixt hob mich in die Duschkabine, legte seine Lippen wieder auf meine und stellte die

Dusche an. Warmes Wasser prasselte auf uns hinab und es tat gut, da ich durch meine durchnässten Klamotten leicht am Frieren gewesen war. Sixts Hand fuhr meinen Bauch entlang und glitt weiter zwischen meine Beine, wo er mich mit seinen Fingern verwöhnte. Ich stöhnte auf und drängte mich ihm entgegen. Er ließ von mir ab, hob mich hoch und drückte mich dabei an die kalten Fliesen. Sofort schlang ich meine Beine um seine Hüften. Meine Arme lagen schon um seinen Nacken und er drang in mich ein. Es war schön ihn zu spüren.

Am nächsten Morgen fuhren Sixt und ich getrennt zur Uni. Das gehörte zu unserem Plan, den wir uns abends noch ausgedacht hatten. Wir wollten so tun, als ob Sixt und ich uns wirklich getrennt hätten. In der Mittagspause, die, wie wir annahmen, Monica dazu nutzen würde sich an Sixt heranzuschmeißen, wollten wir sie darüber aufklären, dass es nur eine kleine Rache für den Brief und die Fotos war. Wir wollten sie in der Mensa bloßstellen. Klar, es war nicht gerade nett von uns, aber sie hatte es nicht anders verdient. Natürlich fuhr ich nicht alleine. Sasha und Nathan saßen mit mir im Auto. Es war ganz schön schwer, Sixt nicht gleich auf dem Parkplatz um den Hals zu fallen. Wir gingen getrennt zum Unigebäude. Auch Anastasia und Brian waren eingeweiht, als sie sich zu uns gesellten. Seitdem Leslie auf der Uni war, trafen wir uns morgens auch mit ihr und Greg. Ihnen hatte ich gestern Abend alles am Telefon erzählt, damit sie den Gerüchten, die herumgehen könnten, nicht glaubten. Leslie fand die Idee richtig gut. Sie konnte Monica noch nie leiden. Normalerweise hätte Sixt mich auch wie immer zu meinem Kursraum gebracht. Nur dieses Mal durfte er nicht. Es war ganz schön ungewohnt. Monica ging vor uns in den Raum und setzte sich genau in die Reihe vor uns. Vielleicht hatte sie schon etwas vermutet. Wir hofften es zumindest. Jetzt konnte die Show losgehen. Ich musste traurig gucken und durfte nicht lachen, was mir recht schwerfiel.

„Hey komm schon. Das wird schon wieder", fing Sasha leise an. Wir wussten, dass Monica uns hören konnte.

„Das glaube ich nicht. Er war stinksauer auf mich und hat mir noch nicht einmal zugehört", sagte ich versucht traurig.

„Der kriegt sich schon wieder ein."

„Nein. Er glaubt mir einfach nicht. Er ist der Meinung, alles, was in dem Brief steht, stimmt und dazu auch noch die Fotos." Ich merkte, wie Monica leicht den Kopf drehte. Dabei sah ich ein Grinsen auf ihrem Gesicht. Monica war es mit dem Brief und den Fotos gewesen. Zumindest hatten Sasha und Nathan genau diese Fotos, die sie Sixt geschickt hatte, den Tag zuvor auf ihrem Computer gefunden und so wie sie es vorhatten gelöscht. Monica war zu der Zeit zum Glück nicht Zuhause gewesen und so konnten sie in aller Ruhe ihren Computer nach den Fotos absuchen. Monica musste endlich verstehen, dass Sixt mir gehörte und sie keine Chance bei ihm hatte.

„Es klappt. Sie hat angebissen", flüsterte Sasha in mein Ohr. Ich nickte ihr lächelnd zu.

„Willst du nicht doch noch einmal mit ihm reden", fragte mich Sasha und musste sich das Lachen verkneifen.

„Das habe ich heute Morgen schon versucht. Er hat mir gar nicht zugehört. Ich habe ihn verloren. Das muss ich halt akzeptieren", sagte ich und schluchzte gespielt auf. Leider konnten wir nicht mehr weitersprechen, da unser Kursleiter nun hereinkam und mit dem Unterricht begann. Sixt schrieb mir eine SMS, die ich mit dem Handy unter dem Tisch las.

-Hey Süße. Und hat sie es schon mitbekommen?-

-Ja, das hat sie. Du hättest sehen sollen, was sie für große Ohren bekommen hat.- schrieb ich zurück.

-Ich freu mich schon auf ihren Gesichtsausdruck in der Mensa, wenn sie herausbekommt, dass das alles nur ein Fake war. Ich vermisse dich!-

-Ich vermisse dich auch.- Wir schrieben noch etwas weiter, wobei ich trotzdem zuhörte und mir Notizen zum neuen Thema machte, was wir gerade durchnahmen. Als der Kurs vorbei war, gingen Sasha und ich durch den Gang zum nächsten Raum. Auch dieses Mal setzte sich Monica direkt in die Reihe vor uns. Bis jetzt hatte sie mich noch nicht angesprochen. Wahrscheinlich dachte sie, sie würde noch etwas herausbekommen. Sasha und ich grinsten uns an. Gut dann ging die Show halt weiter. Wir setzten uns und holten unsere Bücher heraus.

„Ich habe ihm gerade eine SMS geschrieben und ihm versichert, dass ich die Wahrheit sage", fing ich an und schon spitze Monica wieder die Ohren.

„Und was hat er geantwortet", fragte Sasha und grinste verschwörerisch.

„Er würde mir kein Wort glauben und mich auch nicht mehr lieben", schluchzte ich.

„Komm her. Es wird alles gut." Sie nahm mich in den Arm und wir beiden mussten uns das Lachen verkneifen. „Sie fällt da wirklich drauf rein, und wie groß ihre Ohren werden, um ja alles mitzubekommen", flüsterte Sasha mir zu.

„Ja, wenn sie nicht aufpasst, hat sie bald Elefantenohren", lachte ich leise und Sasha stimmte in mein Lachen mit ein.

„Töröhhh", kam es von ihr und wir mussten uns ehrlich zusammenreißen nicht in schallendes Gelächter auszubrechen.

Nach dem Kurs machten wir uns auf den Weg in die Mensa.

„Na, hat Sixt mit dir Schluss gemacht? Das tut mir aber leid", sagte Monica sarkastisch, als sie an mir mit schnellen Schritten vorbeiging. Anscheinend wollte sie schnell in die Mensa.

„Lass mich in Ruhe", erwiderte ich einfach nur. Als sie aus der Sichtweite war, begannen Sasha und ich zu lachen.

„Sie hat es echt geschluckt", sagte Sasha.

„Ja. Und wie sie sich zum Teil verrenkt hat, um ja alles mitzukriegen. Komm, lass uns jetzt schnell zur Mensa. Ich will sehen, wie Sixt ihr die Abfuhr ihres Lebens erteilt", sagte ich und wir gingen schnell weiter. In der Mensa blieben Sasha und ich im Eingang stehen. Ich wollte ja nur beobachten. Geplant war, dass Sixt mich hinterher noch zu sich winken würde. Er stand mit den anderen Jungs an der Theke und wollte etwas zu Essen holen. Ich hoffte, dass Monica nicht auffiel, dass er für zwei Personen etwas kaufte. Ich sah, wie Monica zu ihm ging.

„Es tut mir so leid. Ich habe gehört, was passiert ist. Jamie erzählt überall herum, dass ihr Schluss gemacht habt. Ich weiß zwar nicht ganz, was los war, aber sie stellt dich als bösen Buben und sich als Unschuldslamm dar", sagte Monica und legte ihm die Hand auf die Schulter. Diese verlogene Schlange. Wie konnte sie nur solche Lügen erzählen.

„Hmhm", antwortete Sixt nur.

„Du Armer. Das muss dich bestimmt schwer getroffen haben. Aber sei froh, jetzt bist du sie los. Sie war doch eh nicht gut für dich."

„Wenn du meinst", gab er nur zurück. Ich sah, wie Nathan sich zusammenreißen musste, um nicht loszulachen.

„Wie wäre es denn, wenn wir heute Nachmittag zusammen etwas unternehmen. Ein bisschen Ablenkung kannst du gut gebrauchen. Ich bin eine gute Partie für dich." Mittlerweile hatte Sixt schon bezahlt und stellte jetzt sein Tablett auf einem leeren Tisch ab.

„Und du sollst eine gute Partie für mich sein", fragte er und schaute sie wütend an.

„Ja", sagte sie mit voller Überzeugung.

„Das glaube ich nicht. Sorry, aber mit so einem hinterhältigen Miststück, wie du es bist, möchte ich nichts zu tun haben", sagte er nun laut. Sie schaute ihn verdutzt an.

„Aber wie kannst du so etwas sagen? Jamie ist doch diejenige, die dich betrogen hat. Ich habe dir doch nie etwas getan."

„Hast du nicht? Hast du nicht erst mein Handy gestohlen und Jamie geschrieben, dass ich mit ihr Schluss mache? Hast du mir nicht gestern unter einem anderen Namen einen Brief geschrieben, wo drinstand, dass Jamie mich angeblich betrogen hätte und Fotos schlecht gefälscht nur um Jamie und mich auseinander zu bringen", fragte er wütend und knallte den Brief und die Fotos auf den Tisch. „Du bist so ein armseliges Wesen. Langsam solltest du es verstanden haben, dass du uns nicht auseinanderbringen kannst." Sixt winkte mich zu sich. Ich ging zu ihm und stellte mich direkt neben ihn. Monica schien mich gar nicht zu bemerken. Auch nicht, als Sixt mir einen Arm um die Schulter legte. Ihr Blick haftete die ganze Zeit auf Sixt.

„Aber ich habe es doch nur getan, weil ich dich liebe."

„Du liebst mich? Du weißt doch noch nicht einmal, was Liebe überhaupt ist. Dein krankes Gehirn kennt doch nur Egoismus. Du bist nur in dich selbst verliebt mehr nicht. Dir geht es doch nur um dich selbst und niemanden anderes. Das ist doch der Grund, warum du kaum noch Freunde hast. Und selbst die, die du noch hast, werden eines Tages zur Besinnung kommen und dann stehst du alleine da."

„Sag so etwas nicht. Warum bist du so gemein zu mir? Ich weiß doch, dass du für mich das Gleiche empfindest. Du hast es dir nur noch nicht eingestanden", verteidigte sich Monica.

„Ich werde es mir auch nicht eingestehen, weil es da nichts einzugestehen gibt. Ich liebe dich nicht und werde es nie tun. Ich liebe nur Jamie", sagte er und küsste mich.

„Aber ihr habt doch Schluss gemacht. Ich habe es doch genau gehört, dass es zwischen euch aus ist", stammelte sie nun.

„Schon mal etwas von Rache gehört", fragte ich. Daraufhin schaute sie mich nur verdutzt an. „Wir haben uns nicht getrennt und werden wir auch nicht. Unsere Liebe ist so stark, dass uns niemand trennen kann. Auch du mit deinen armseligen Versuchen nicht. Lass uns endlich in Ruhe. Du machst dich nur lächerlich mit deinen Aktionen."

„Du bist so eine falsche Schlange. Mich so herein zu legen und mit meinen Gefühlen zu spielen. Du weißt genau, dass ich ihn wollte, und hast ihn mir weggenommen. Du hast dich so verändert. Und mit so einer Person habe ich damals noch meine kostbare Zeit verschwendet. Ich bin froh, dass ich dich aus meinem Freundeskreis geworfen habe. So eine wie dich brauche ich nicht", fauchte sie mich an. Jetzt wurde ich richtig wütend. Ich löste mich von Sixt und baute mich vor ihr auf.

„Ich bin eine falsche Schlange? Schau lieber mal in den Spiegel. Ich habe dir Sixt nicht weggenommen und das weißt du ganz genau. Er hat sich für mich entschieden. Dazu gehören halt immer zwei. Aber so etwas verstehst du ja nicht. Außerdem gebe ich zu, dass ich mich verändert habe. Zum Positiven. Ich habe gelernt, dass ich mir von niemanden etwas gefallen lassen muss, besonders nicht von dir. Abgesehen davon bin ich froh, nichts mehr mit dir zu tun haben zu müssen und falls du es nicht gemerkt haben solltest, war ich diejenige, die sich von dir abgewandt hat. Ich habe gemerkt, dass ich solche Leute wie dich nicht in meinem Leben brauche", zischte ich zurück.

„Du miese kleine Schlampe … ." Aber weiter kam sie nicht, denn ich hatte mit der Hand ausgeholt und ihr eine Ohrfeige verpasst. Damit hatte sie nicht gerechnet. Erschrocken darüber schaute sie mich an.

„Das war für all das, was du mir jemals angetan hast. Für all die Demütigungen und hinterhältigen Spielchen, die ich deinewegen ertragen musste. Das war schon lange fällig", sagte ich und drehte mich zu Sixt um. „Komm lass uns gehen." Ich war immer noch so wütend, obwohl sie mir etwas leidtat. Es war schon gemein sie hier in der Mensa vor allen anderen Studenten bloßzustellen. Aber sie hatte es verdient. Wir machten uns auf dem Weg zu unserem Tisch.

„Ach so, falls du vorhast gleich wieder meine Reifen am Auto zu zerstechen, wie beim letzten Mal, dann wünsche ich dir viel Spaß. Ich weiß ja dann, wer es gewesen ist", rief ich ihr zu. Noch immer schaute sie mich verdutzt an. Plötzlich begannen die Leute in der Mensa zu applaudieren und zu jubeln. Da wurde mir erst einmal bewusst, dass alle unsere Auseinandersetzung mitbekommen hatten. Sofort lief ich rot an. Ich mochte es nicht im Mittelpunkt zu stehen. Sixt stellte das Tablett auf dem Tisch ab, setzte sich auf den Stuhl und zog mich auf seinen Schoß.

„Weißt du eigentlich, dass es mich anmacht, wenn du wütend bist", raunte Sixt in mein Ohr.

„Wirklich", fragte ich leise.

„Ja und jetzt komm her." Er zog mich zu sich und küsste mich. Ich erwiderte seinen Kuss und schlang meine Arme um seinen Hals.

„Jetzt geht das schon wieder los. Hallo hier spielt die Musik", rief Nathan. Grinsend lösten wir uns voneinander.

„Das war unglaublich. Ich hätte nie gedacht, dass du ihr eine knallst. So bist du doch eigentlich gar nicht", sagte Timothy.

„Ich weiß. Ich glaube, das war die ganze Wut, die sich in mir aufgestaut hat. Sie musste einfach mal raus. Wo ist sie jetzt eigentlich", fragte ich, und schaute mich suchend nach ihr um.

„Sie ist gerade mit ihrem kleinen Gefolge, Emma und Bill, aus der Mensa gegangen", erwiderte Sasha.

„Wahrscheinlich wird dann jetzt mein Auto wieder unter ihr leiden."

„Das glaube ich nicht. Sie wird es nicht wagen, etwas daran zu machen, da dann jeder der hier in der Mensa war weiß, dass sie es war", sagte Maya.

„Oh Schwesterherz, das war ja so cool", kam Leslie angerannt und umarmte mich. „Endlich hat sie mal eine Abreibung bekommen. Das wurde auch mal Zeit." Sie war vor mir in der Mensa gewesen und hatte alles mitbekommen.

„Naja es war ja schon gemein, sie hier bloßzustellen", sagte ich.

„Ach quatsch. Sie hat es verdient."

„Na hoffentlich lässt sie uns jetzt auch in Ruhe."

„Das wird sie bestimmt. Sonst muss sie ja wieder mit einem Schlag von dir rechnen", lachte Nathan. „Ich habe auch einen neuen Namen für dich. Wie wäre es mit Hau-drauf-Jamie?"

„Nein, lass mal. Ich bin mit meinen Namen sehr zufrieden", erwiderte ich.

220

„Na gut, dann eben nicht. Ich nehme an, dass ich die Kämpfe, die ich gerade schon für dich organisiert habe, dann auch absagen kann", fragte Nathan.

„Welche Kämpfe", fragte ich verdutzt.

„Na die ich für dich gerade organisiert habe. Ich habe einige Gegner gefunden, die gegen dich antreten wollen", erklärte Nathan grinsend.

„Ach lass mal. Ich möchte keine Kämpfe."

„Schade, die Wettquoten standen gut. Alle haben darauf gewettet, dass du gewinnst."

„Das würde sie auch", mischte sich Sixt ein. „Sie hat einen ganz guten Schlag drauf."

„Ich möchte aber trotzdem nicht."

„Das brauchst du auch nicht. Komm Süße, iss jetzt erst einmal etwas. Die Pause ist gleich um und ich möchte nicht, dass du hungernd in deinen nächsten Kurs gehst", sagte Sixt und deutete auf das gefüllte Tablett vor uns auf dem Tisch.

„Ja stimmt. Iss etwas, damit du genug Kraft für deinen nächsten Kampf hast", lachte Nathan.

„Ich werde nicht kämpfen", sagte ich und nahm mir ein Baguette vom Tablett.

Kapitel 13

Am Nachmittag fuhr ich mit Sixt und Nathan zur Arbeit. Monica hatte sich nicht mehr blicken lassen und auch mein Wagen war heil geblieben. In der Uni war Monica natürlich noch Thema Nummer eins gewesen. Einige Leute hatten mich darauf noch angesprochen und fanden es gut, dass wir ihr die Meinung gesagt hatten. Wir fuhren mit meinem Auto und ich saß am Steuer. Ich parkte vor der Boutique und wir stiegen aus. Sixt und Nathan waren schon unsichtbar und folgten mir in den Laden.
„Hallo Jamie", begrüßte mich Mrs. Evans, die an der Kasse stand.
„Hallo. Wie liefen denn die Bewerbungsgespräche", fragte ich.
„Gut. Ich habe auch eine passende Mitarbeiterin gefunden. Sie steht dahinten bei Samantha, die sie gerade anlernt. Sie heißt Luzia und ist sehr nett." Ich drehte mich um, sah zu der schwarzhaarigen Frau, die neben Samantha stand und erschrak. Da stand Luzia, der gefallene Engel. Sie drehte sich zu mir um und lächelte mich an. Sie würde jetzt hier arbeiten. Was sollte ich denn jetzt tun? Schnell fasste ich mich wieder. Mrs. Evans sollte schließlich nicht merken, dass ich über die Neueinstellung dieser Person nicht erfreut war.
„Na hoffen wir mal, dass sie auch arbeiten möchte", sagte ich und zwang mich zu lächeln.
„Ja, das hoffe ich auch."
„So ich bringe dann mal eben meine Sachen weg." Ich ging in den Aufenthaltsraum und stellte meine Tasche in meinen Schrank.
„Sixt, was machen wir denn jetzt", fragte ich und er tauchte vor mir auf.
„Das ist eine gute Frage. Damit habe ich auch nicht gerechnet", sagte er und schaute mich entschuldigend an.
„Ich kann doch jetzt nicht einfach meinen Job kündigen, nur weil sie jetzt hier arbeitet. Sie ist doch sowieso nur meinetwegen hier. Die freie Stelle kam ihr doch gelegen", erwiderte ich.
„Das sollst du auch nicht. Und wenn du dich erst einmal krankmeldest?"
„Das geht nicht. Ich kann mich doch nicht auf unbestimmte Zeit krankmelden, bis ihr sie gekriegt habt und vor allem kann ich dann

auch nicht in die Uni. Meine Eltern würden es ebenfalls mitbekommen, schließlich ist Mrs. Evans, deren Nachbarin und sie reden öfter miteinander. Ihr müsstet dann auch zu Hause bleiben und das will ich alles nicht."

„Da hast du recht. Dir wird auf jeden Fall nichts passieren. Wir sind bei dir. Geh ihr einfach so gut es geht aus dem Weg. Mehr kannst du im Moment nicht machen", sagte Sixt und zog mich zu sich. „Nathan, kannst du bitte Sasha holen und einkaufen schicken. Dann kann Jamie sie wenigstens beraten und Luzia wird nicht zu nah an sie herankommen."

„Ja, mache ich", sagte Nathan und verschwand kurz. Nach noch nicht einmal einer Minute war er wieder da. „Erledigt. Sie kommt sofort."

„Gut. Dann werde ich jetzt mal arbeiten gehen. Allerdings muss ich mich jetzt bei ihr erst einmal vorstellen. Obwohl sie mich ja schon kennt, aber das weiß Mrs. Evans ja nicht."

„Wir sind bei dir. Okay", sagte Sixt und gab mir einen Kuss. Sofort wurde er wieder unsichtbar und die beiden kamen wieder mit mir in den Laden. Als Erstes nahm ich all meinen Mut zusammen und ging zu Luzia.

„Hallo. Ich bin Jamie", stellte ich mich ihr vor und reichte ihr die Hand. Sixt hatte seine Hände um meinen Bauch gelegt und ich fühlte mich gleich sicherer.

„Oh, hallo ich bin Luzia", erwiderte sie überfreundlich und grinste mich an. Dabei funkelten ihre Augen weiß auf. Ich zuckte kurz zusammen.

„Auf eine gute Zusammenarbeit", sagte ich und zwang mich zu einem Lächeln.

„Ja, das hoffe ich auch." Ich drehte mich um und ging zu einem der Ständer, um die Sachen, die daran hingen zu sortieren. Sasha betrat den Laden und kam sofort zu mir.

„Hi Jamie."

„Hi", erwiderte ich und lächelte sie dankbar an.

„Also, ich brauche mal wieder neue Klamotten." Sie zog mich in eine hintere Ecke, wo der Ständer mit den Kleidern stand. Ich sah, wie Luzia uns wütend hinterher schaute.

„Keine Angst ich werde dich jetzt erst einmal in Anspruch nehmen", flüsterte Sasha.

„Das ist ja alles toll. Aber ihr könnt doch nicht jeden Tag, wenn ich arbeiten muss, einkaufen gehen", sagte ich leise.

„Sasha schon", ertönte Nathans Stimme neben mir. Sie holte kurz aus und trotzdem er unsichtbar war, traf sie ihm am Kopf. Schutzengel konnten sich gegenseitig sehen, auch wenn sie unsichtbar waren.

„Aua", flüsterte er. Sasha schnappte sich zwei Kleider und ging weiter zu den Hosen. Dort nahm sie sich eine und weiter ging es zu den Oberteilen. Immer wieder schaute Luzia zu uns herüber. Es sah so aus, als probierte sie ihre Fähigkeit einzusetzen. Ob sie wusste, dass Sixt mich die ganze Zeit festhielt? Voll beladen gingen wir zur Anprobe. Sasha probierte ein Teil nach dem anderen an und schaute sich lange im Spiegel an. Sie versuchte, die Zeit hinauszuzögern. Nach fast zwei Stunden war sie dann fertig und wir gingen zur Kasse. Sasha bezahlte und ich packte die Sachen in eine Tüte.

„Kommst du die letzte Stunde noch klar, oder soll ich dir Anastasia schicken", fragte sie flüsternd.

„Nein, das geht schon. Ich werde jetzt mal ins Lager gehen. Heute ist neue Ware gekommen. Luzia muss bei Samantha bleiben, weil sie ihr noch alles zeigt und sie anlernt."

„Gut. Dann sehen wir uns nachher."

„Ja, kann aber später werden, weil wir noch zu meinen Eltern müssen. Sie haben uns zum Essen eingeladen."

„Okay. Bis dann", sagte sie und ging aus dem Laden. Ich ging zu Mrs. Evans und sagte ihr Bescheid, dass ich ins Lager ging, damit sie mich nicht suchen würde. Im Lager packte ich die neue Ware aus, zeichnete sie mit den Preisschildern aus und brachte sie anschließend in den Laden, wo ich sie auf die passenden Tische legte.

Endlich war Feierabend. Ich ging in den Aufenthaltsraum und holte meine Tasche. Ich wollte gerade wieder hinausgehen, als Luzia in den Raum kam.

„Wir werden dich kriegen. Dagegen werden auch deine Freunde nichts tun können", flüsterte sie mir zu. Schnell ging ich wieder in den Laden, verabschiedete mich und ging hinaus. Ich lief zu meinen Wagen und stieg schnell ein. Sixt und Nathan saßen ebenfalls im Auto und waren wieder sichtbar geworden. Ich atmete tief durch.

„Hey, es ist doch alles gut gegangen", beruhigte mich Sixt.

„Schon, aber was wird in den nächsten Tagen, wenn ich arbeiten muss", fragte ich.

„Vielleicht werden wir sie bis dahin schon längst haben. Dann hat sich das Thema eh erledigt", sagte Nathan.

„Genau. Jetzt warten wir erst einmal ab", stimmte Sixt zu.

„Na gut", erwiderte ich, startete den Wagen und fuhr los.

„Kannst du nicht mal etwas schneller fahren", nörgelte Sixt.

„Nein. Ich fahre so, wie es mir passt. Außerdem kann ich hier in der Stadt nicht schneller fahren. Andere Autos, Ampeln, da vorne steht die Polizei. Ich dachte immer, Schutzengel müssen auf die Sicherheit ihrer Schützlinge achten und sie nicht in Gefahr bringen." Ich schaute zu ihm herüber und lächelte ihn an.

„Tu ich ja auch nicht. Ich passe ja schließlich auf dich auf, also kannst du ruhig schneller fahren. Dir wird nichts passieren", konterte er und grinste mich an.

„Na gut, aber wenn ich einen Strafzettel bekomme, bist du schuld", gab ich nach und gab etwas mehr Gas. Wir kamen beim Haus meiner Eltern an und ich parkte an der Straße. Nathan verabschiedete sich und verschwand nach Hause. Er wollte noch mit Sasha ins Kino. Sixt und ich stiegen aus und gingen zum Haus. Wir klingelten an der Tür, die auch gleich von meinem Vater geöffnet wurde.

„Hallo ihr beiden. Schön euch zu sehen. Kommt rein", sagte er und trat zur Seite, damit wir eintreten konnten. Meine Mutter kam aus der Küche und begrüßte uns ebenfalls.

„Hallo ihr zwei. Wie geht's euch?"

„Hallo. Uns geht's gut und euch", fragte ich.

„Uns auch. Geht schon einmal ins Esszimmer. Das Essen ist gleich fertig", sagte sie und verschwand wieder in der Küche.

„Was möchtet ihr denn trinken", fragte mein Vater, als wir ins Esszimmer kamen.

„Limo", kam es bei Sixt und mir wie aus einem Mund.

„Gut, ich bringe sie euch gleich", erwiderte mein Vater und ging in die Küche. Wir setzten uns schon einmal an den Esstisch, woraufhin mein Vater mit den Getränken zu uns kam und sie vor uns auf den Tisch stellte.

„Wir sind da", rief Leslie, die mit Greg gerade ins Haus kam.

„Wir sind im Esszimmer", rief ich zurück und sofort stand sie in der Tür. Meine Mutter kam mit dem Essen herein und stellte die Schüsseln auf den Tisch.

„Setzt euch. Das Essen ist fertig", sagte sie zu Leslie und Greg. Sie setzten sich zu uns und wir begannen mit dem Essen. Es gab Geschnetzeltes mit Spätzle und dazu Erbsen und Möhren. Wie immer schmeckte es richtig gut, sodass ich mir noch einen Nachschlag nahm. Sixt schaute mich verwundert an.

„Was ist denn mit dir los? Sonst isst du nie soviel."

„Arbeit macht hungrig. Vor allem Sasha beraten", sagte ich.

„Da hast du recht. Es ist ganz schön anstrengend, wenn sie einkaufen geht", stimmte er mir zu.

„Jamie, wie geht es eigentlich deinem Fuß", fragte meine Mutter und sah mich besorgt an.

„Es geht schon wieder. Er tut kaum noch weh", versicherte ich ihr.

„Wie ist das eigentlich passiert", fragte Leslie.

„Ich wollte etwas zu schnell die Treppen hochrennen und bin dann umgeknickt", log ich.

„Ja, sie war mal wieder zu schnell unterwegs", grinste Sixt.

„Das kennen wir. Früher ist sie mal die Treppe heraufgefallen und hatte danach ein blaues Auge", erzählte meine Mutter.

„Mom, bitte keine Kindergeschichten", murrte ich.

„Ach ich habe da nichts gegen. So erfahre ich noch mehr über dich", lachte Sixt.

„Du weißt doch schon alles über mich", sagte ich.

„Nein, so wie es aussieht noch nicht alles", erwiderte er.

„Du musst mal alleine zum Kaffee vorbeikommen und dann erzähle ich dir weitere Kindergeschichten", schlug meine Mutter ihm vor.

„Nein, das machst du nicht", warf ich empört ein.

„Ich komme sehr gerne", grinste Sixt.

„Das war ja klar", murrte ich.

„Ich fand es heute richtig gut, wie ihr Monica hereingelegt habt. Vor allem ihr Gesicht, als du ihr die Meinung gesagt hast", sagte Leslie.

„Ja, das war wirklich gut", grinste Sixt. „Jamie war sehr überzeugend." Meine Eltern sahen uns fragend an und ich begann ihnen die ganze Geschichte zu erzählen, von den Anmachversuchen, dem Handyklau und die SMS, das Auftauchen auf meinem Geburtstag und die Sache mit dem Brief und den

Fotos. Dann kam ich auf den heutigen Tag und unserer kleinen Rache zu sprechen. Zuerst wollte ich den Teil mit der Ohrfeige auslassen, aber Leslie kam mir zuvor und erzählte es ihnen.

„Also ich finde, sie hat es verdient", rief Leslie.

„Ich wusste schon immer, dass sie hinterhältig ist und ich habe dir immer gesagt, dass sie kein guter Umgang für dich ist. Aber ich hätte nie von dir gedacht, dass du Ohrfeigen verteilst. So bist du doch sonst nicht", sagte meine Mutter zu mir.

„Ich weiß. Aber das kam nur, weil sich die ganze Wut in mir gestaut hat und die musste mal raus. Naja und das mit der Ohrfeige ist einfach so passiert."

„Du sollst dir auch nicht alles gefallen lassen. Ich habe dir immer gesagt, dass du dich wehren sollst. Aber nicht, dass du jetzt zur Schlägerin wirst", lachte meine Mutter.

„Nein. Das war nur ein Ausrutscher."

„Aber ein Guter. Ihr Gesichtsausdruck danach war einfach nur zum Schießen", lachte Greg.

„Ja und du hattest alle Leute in der Mensa auf deiner Seite. Sie haben sogar danach applaudiert", berichtete Leslie.

„Na dann hoffen wir mal, dass sie euch jetzt endlich in Ruhe lässt", kam es von meinem Vater.

„Das wäre schön", erwiderte ich.

„Jamie, komm bitte mal in die Küche. Ich brauche deine Hilfe", rief Nathan Sonntagmittag aus der Küche.

„Ich bin schon unterwegs", rief ich zurück und lief in die Küche.

„Was ist denn los?"

„Kannst du bitte mal das Gemüse schneiden? Ich muss mich um das Fleisch kümmern."

„Na klar. Kein Problem", sagte ich, nahm mir ein Messer und das Schneidebrett und begann das Gemüse zu schneiden. Ich half gerne in der Küche mit. Nathan und ich waren ein gutes Küchenteam. Zwar lachten wir viel und machten Quatsch aber meistens gelang uns das Essen. Heute sollte es eine Fleisch-Gemüsepfanne geben. Die Hälfte hatte ich schon in Stücke geschnitten, als sich in meinen Kopf alles verschleierte.

„Töte Sixt", meldete sich eine Stimme in meinem Kopf. Ich wusste nicht, wo sie herkam. Die Stimme sagte es mir immer wieder. Ich ließ die Paprika los, die ich gerade geschnitten hatte, und drehte meinen Kopf in Sixts Richtung, der gerade in die Küche kam. „Jamie, stimmt etwas nicht? Was ist los? Du guckst so komisch", fragte Sixt und schaute mich an. Mein Körper drehte sich zu ihm um. Ohne, dass ich es wollte, setzte ich einen Schritt vor den Anderen.

„Jamie, was hast du", fragte Sixt und kam auf mich zu. Ich wollte ihm antworten, aber es ging nicht. Die Stimme erklang immer wieder in meinen Kopf.

„Töte ihn, töte ihn, töte ihn." Ich konnte es nicht ausschalten. Ich hatte meinen Körper nicht mehr unter Kontrolle. Sixt wollte mich gerade an den Schultern packen, als ich die Hand hob, in der ich das Messer hielt. Erschrocken schaute er mich an und ging zurück. „Jamie, was tust du da? Lass das Messer los", sprach er auf mich ein, aber ich konnte es nicht. Meine Hand blieb erhoben und ich ging weiter auf ihn zu. Ich versuchte mich dagegen zu wehren, aber schaffte es nicht. Der Nebel in meinem Kopf nahm zu und in meinen Ohren rauschte es.

„Jamie, lass das Messer fallen", rief Sixt. Aber seine Stimme hörte ich nur ganz leise, so als wäre er weit weg. Plötzlich wurde ich von hinten gepackt. Jemand nahm mir das Messer ab und legte es auf die Küchenplatte. Der Nebel und das Rauschen verschwanden und ich sank keuchend zu Boden. Erst jetzt nahm ich wahr, dass Nathan seine Arme um mich geschlungen hatte. Er war es auch gewesen, der mir das Messer abgenommen hatte. Langsam verstand ich, was ich vorhatte. Ich wollte wirklich Sixt mit einem Messer töten. Ich schluchzte auf und schon liefen die Tränen. Sixt kniete sich zu mir und nahm mich in seine Arme.

„Scht, es ist alles gut", versuchte er mich zu beruhigen.

„Nichts ist gut, ich wollte dich töten und konnte nichts dagegen tun. Ich konnte mich nicht gegen diese Macht wehren", schluchzte ich.

„Luzia", sagte Sixt und schaute zu Nathan.

„Ich gehe nachschauen. Vielleicht ist sie noch draußen", erwiderte Nathan und machte sich auf den Weg aus der Küche. „Timothy, komm bitte mal. Sasha, bleib bitte bei Maya." Sixt wollte auch aufstehen.

„Nein du bleibst hier. Jamie braucht dich jetzt. Wir schaffen das schon", sagte Nathan und ging mit Timothy hinaus. Ich saß immer noch auf dem Boden und die Tränen liefen in Strömen.

228

„Hey, es ist alles gut. Es ist nichts passiert", sprach Sixt auf mich ein.

„Doch. Ich wollte dich töten."

„Das wolltest du nicht. Luzia hat dich beeinflusst. Du konntest nichts dafür." Liebevoll strich er mir über den Rücken.

„Was ist denn passiert", fragte Sasha, die mit Maya in die Küche kam.

„Luzia hat Jamie beeinflusst. Sie sollte mich töten. Jetzt sind Nathan und Timothy draußen und suchen sie", berichtete Sixt.

„Oh mein Gott. Deshalb sollte ich bei Maya bleiben."

„Ja, falls Luzia sie auch noch beeinflusst."

„Ich wollte dich töten. Es tut mir so leid", flüsterte ich und begann zu zittern. Mir wurde schwindelig und das Rauschen trat wieder in meinen Kopf. Ich schnappte nach Luft. Konnte nicht richtig atmen.

„Nein, das wolltest du nicht", sagte Sixt und schaute mich ernst an. Sofort wich dieser Gesichtsausdruck, als er mich sah. Nun sah er erschrocken aus. „Jamie, was ist los?"

„Keine Luft", keuchte ich.

„Heb deine Arme und atme tief durch", befahl er. Ich tat, was er sagte. Es wurde etwas besser, nur jetzt wurde mir schlecht. In meinen Magen drehte sich alles. Schnell stand ich auf und ging schwankend zur Gästetoilette.

„Was ist los", fragte Sixt, der mir hinterherkam.

„Mir ist schlecht", keuchte ich und schon lag ich über der Toilette. Sixt hielt meine Haare zurück und strich mir sanft über den Rücken. Immer noch liefen mir die Tränen. Sie wollten einfach nicht versiegen. Wankend stand ich auf, spülte mir am Waschbecken den Mund aus, beugte mich allerdings im nächsten Moment wieder über die Toilette und erbrach mich erneut. Erschöpft ließ ich mich auf dem Boden sinken. Immer noch drehte sich alles.

„Komm, ich bringe dich ins Bett", sagte Sixt und hob mich auf seine Arme. Im Flur trafen wir auf Nathan und Timothy, die gerade zur Tür hereinkamen.

„Was ist denn hier los", fragte Nathan.

„Jamie geht es nicht gut. Sie hat sich gerade übergeben. Ich bringe sie jetzt ins Bett."

„Das wird der Schock sein. Sie nimmt jetzt erst einmal wahr, was wirklich passiert ist", sagte Timothy. „Etwas Schlaf wird ihr guttun."

„Habt ihr sie gekriegt", fragte ich leise.

„Nein. Aber sie muss am Küchenfenster gewesen sein. Es waren Fußspuren im Blumenbeet. So konnte sie dich sehen und ihre Fähigkeit anwenden. Anschließend muss sie abgehauen sein", sagte Nathan. Mein Magen rebellierte wieder und ich hielt mir die Hand vor dem Mund. Sixt schaltete sofort und sprang mit mir ins Bad. Sofort übergab ich mich in die Toilette. Schwankend ging ich zum Waschbecken und spülte den Mund aus. Ich mochte diesen Geschmack nicht.

„Geht es dir etwas besser", fragte Sixt besorgt.

„Vom Magen her schon. Aber ich fühl mich so schlapp und ich kriege diese Gedanken nicht aus meinem Kopf", sagte ich. So war es auch. Mein Magen beruhigte sich langsam, aber in meinen Kopf schwirrten die Gedanken herum. Ich wollte ihn töten. Auch wenn ich wusste, dass ich unter Luzias Macht gestanden hatte, aber trotzdem konnte ich es mir nicht verzeihen. Einige Tränen kullerten mir die Wange herunter.

„Hey, hör auf zu weinen. Du kannst nichts dafür und es ist auch nichts passiert." Er wischte mir die Tränen weg. „Na komm, ich bring dich jetzt ins Bett. Du brauchst etwas Ruhe." Er nahm mich wieder auf den Arm, da mir immer noch schwindelig war und sprang auf die Empore in unserem Zimmer. Sanft legte er mich auf dem Bett ab und deckte mich zu, da mir kalt war. Er setzte sich neben mich und zog mich in seine Arme.

„Versuch etwas zu schlafen. Dann wird es dir bessergehen."

„Ich kann nicht schlafen. Diese Gedanken. Es tut mir so leid. Du hast mich nicht verdient. Du hast eine Freundin, die dich töten wollte, nicht verdient. Es ist nicht zu entschuldigen, was ich getan habe. Und deine Fürsorge und Liebe habe ich auch nicht verdient", sagte ich leise.

„Jetzt hör aber auf. Schau mich an", befahl er und hob mein Kinn, sodass ich ihn ansehen musste. „Du weißt genau, dass es nicht deine Schuld war und du brauchst dich dafür auch nicht zu entschuldigen. Natürlich habe ich dich verdient. Du bist das Beste, was mir passiert ist. Ohne dich hätte mein Leben gar keinen Sinn. Du hast mir gezeigt, dass das Leben doch schön sein kann und ich liebe dich mehr als alles andere auf dieser Welt", sagte er und sah mir dabei fest in die Augen. In ihnen lag soviel Liebe und die reine Wahrheit.

„Es tut mir leid. Ich liebe dich auch. Du bist mein Ein und Alles."
Er beugte sich zu mir und küsste mich.
„Schlaf jetzt ein wenig", flüsterte er. Ich lehnte mich an ihn an und
es dauerte nicht lange, bis ich eingeschlafen war. Leider war es kein
ruhiger Schlaf. Ich träumte davon, wie ich in der Küche stand. Sixt
kam herein. Ich nahm das Messer und ging auf ihn zu.
„Jamie, was tust du da? Leg das Messer weg", sagte er. Ich hörte
nicht auf ihn, holte mit der Hand aus und stach ihm das Messer in
den Bauch. Blut strömte aus der Wunde und Sixt hielt seine Hände
darauf, nachdem ich das Messer wieder herausgezogen hatte.
„Jamie, warum hast du das getan", fragte er, bevor er auf dem
Boden zusammenbrach. Ich wachte auf und schrie.
„Hey ruhig. Es war nur ein Traum", sagte Sixt neben mir und legte
seine Arme um meinen Bauch.
„Es war so schlimm", schluchzte ich, drehte mich zu ihm um und
schlank meine Arme um seinen Nacken. Mein Kopf lehnte ich
über seine Schulter. „Du kamst in die Küche. Ich ging mit dem
Messer zu dir und stach zu. Du fragtest, warum ich es tat, und
brachst dann zusammen."
„Es ist alles gut. Ich bin hier. Es ist nichts passiert, okay?" Ich
nickte.
„Ach Süße. Das muss dich echt schlimm mitgenommen haben. Ich
schwöre dir, wir werden sie schnappen und erledigen. Dann kann
dir niemand mehr etwas antun", sagte er und strich mir sanft über
den Rücken. Langsam beruhigte ich mich wieder.
„Geht es wieder", fragte er und lehnte sich ein Stück zurück, damit
er mich ansehen konnte.
„Ja", sagte ich.
„Na komm, leg dich noch mal hin. Du siehst müde aus. Dein
Körper braucht noch etwas Ruhe." Ich tat, was er sagte, und legte
mich wieder hin. Sanft strich Sixt mir über die Wange. Ich schloss
meine Augen und schlief sofort wieder ein. Dieses Mal war es ein
traumloser Schlaf.

„Wie geht es ihr", hörte ich Nathan fragen, als ich wieder
wach wurde.
„Ich glaube etwas besser", antwortete Sixt. Ich schlug die Augen
auf und schaute die beiden an.
„Oh entschuldige, haben wir dich geweckt", fragte Nathan.

„Nein habt ihr nicht."

„Wie geht es dir", fragte Sixt.

„Besser. Der Schwindel ist weg und mein Magen rumort auch nicht mehr. Ich habe nur Hunger."

„Na dann komm runter. Spaghetti Bolognese ist gleich fertig", lachte Nathan.

„Wieso Spaghetti?" Ich schaute ihn fragend an.

„Naja, das Fleisch war angebrannt und so habe ich etwas anderes gekocht. Aber das isst du doch eh lieber."

„Da hast du recht", sagte ich. Spaghetti Bolognese war mein Lieblingsgericht. Ich freute mich darauf, auch wenn ich es schade fand, dass es die Fleisch-Gemüsepfanne nicht gab. „Ich muss nur noch eben ins Bad mich etwas frisch machen und dann komme ich runter." Ich stand auf und ging hinunter ins Badezimmer. Sixt war bei mir, falls mir doch noch einmal schwindelig wurde. Schnell putzte ich mir die Zähne, da ich immer noch einen leichten Geschmack von dem Erbrochenen im Mund hatte, und kämmte mir die Haare durch. Anschließend gingen wir hinunter ins Esszimmer und setzten uns an den Esstisch, wo die Anderen schon saßen.

„Geht es dir besser", fragte Sasha.

„Ja um einiges", erwiderte ich und schöpfte die Spaghettis und die Soße auf meinen Teller.

„Na du musst ja wirklich Hunger haben", lachte Nathan und deutete auf meinen vollen Teller.

„Habe ich auch", grinste ich zurück und begann zu essen. Es schmeckte wie immer richtig gut. Mir fiel Luzia wieder ein, wie sie draußen stand und mich beeinflusste.

„Sagt mal, wenn Luzia jetzt schon uns im Haus beeinflusst, dürfen wir uns dann jetzt gar nicht mehr frei bewegen? Muss einer von euch uns ständig berühren beziehungsweise an die Hand nehmen, damit ihre Fähigkeit bei uns nicht wirkt", fragte ich.

„Gute Frage. Theoretisch ja", sagte Timothy.

„Das wäre ja schrecklich. Nicht nur, dass wir sowieso schon eingesperrt sind, sondern dann sich auch nicht mehr alleine bewegen zu können", seufzte Maya.

„Wieso? Hast du etwa was dagegen, wenn ich die ganze Zeit bei dir bin und dich berühre", fragte Timothy gespielt entrüstet.

„Nein. Aber dann müsstest du auch mit mir die ganzen Liebesfilme

gucken, die du doch nicht magst", lachte Maya.
„Oh nein. Das wäre schrecklich."
„Nein, das können wir Timothy nicht antun. Wir müssen nur noch
aufmerksamer sein, als bisher", kam es von Sixt. „Wobei ich nichts
dagegen habe, dich den ganzen Tag zu berühren", flüsterte er mir
zu.
„Ich auch nicht."

Der Montag verlief recht ruhig. Monica machte in der Uni
einen großen Bogen um uns und auch in der Mensa ließ sie sich
nicht blicken. Ich war froh darüber. Endlich hatten wir unsere
Ruhe. Nach meinem letzten Kurs musste ich noch einmal in die
Bücherei. Brian begleitete mich, da Sasha noch etwas mit dem
Kursleiter besprechen musste und bei den anderen heute die Kurse
eine halbe Stunde länger gingen. Brian holte mich am Kursraum ab
und wir gingen zur Bücherei.
„Was genau suchst du denn", fragte Brian, als wir vor einen der
vielen Bücherregale standen.
„Ich brauche ein Buch für Rechtswissenschaft, wo die
Rechtsgeschichte mit drinsteht", erklärte ich und nahm mir ein
Buch aus dem Regal. Ich schaute ins Inhaltsverzeichnis und
entdeckte die Rechtsgeschichte.
„Ich glaube, ich habe eins gefunden", sagte ich und deutete auf das
Buch.
„Hier nimm das auch noch mit. Vielleicht steht da noch etwas
Anderes zu dem Thema." Brian reichte mir noch ein Buch und wir
gingen zur Bibliothekarin. Es war schon eine etwas ältere Dame, so
ungefähr an die sechzig Jahre alt. Ihre Haare waren schon ergraut
und sie trug eine Brille. Ich reichte ihr meinen Bibliotheksausweis,
den man hier in der Bibliothek brauchte, um sich Bücher ausleihen
zu können, und sie trug die ausgeliehenen Bücher in den Computer
ein. Sie reichte mir die Bücher und den Ausweis zurück und wir
verließen die Bibliothek.
„Wo gehen wir denn jetzt hin", fragte ich Brian.
„Lass uns am besten schon mal zum Auto gehen. Hier im Gebäude
weiß man ja nie, wer hier von den gefallenen Engeln so
herumläuft."
„Na gut", sagte ich und wir gingen zu meinen Wagen. Dort stiegen
wir auch schon einmal ein, da es regnete und wir nicht nass werden

wollten.

„Sag mal warum studierst du Informatik", fragte ich und schaute ihn neugierig an.

„Ich habe mich schon immer für Computer und die Technik interessiert. Früher wollte ich schon nach der Highschool Informatik studieren, nur leider wurde daraus nie etwas. Kennst du meine Geschichte eigentlich schon?"

„Nein. Die kenn ich noch nicht", erwiderte ich.

„Möchtest du sie hören?"

„Ja gerne. Ich finde es sehr interessant, wie ihr zu Schutzengeln geworden seid."

„Okay. Also es ist schon sechs Jahre her. Ich war siebzehn und wohnte mit meinen Eltern und meinen kleinen Bruder in Columbus im Bundesstaat Ohio. Ich ging noch zur Highschool und nebenbei arbeitete ich abends in einer Tankstelle, um mir mein Collegegeld zu verdienen. Meine Eltern waren nicht reich. Jeden Monat mussten sie schauen, wie sie uns ernährten. Mein Vater war arbeitslos geworden, als die Firma, wo er angestellt war, schließen musste, als sie in Insolvenz ging. Er suchte eine neue Arbeit, fand aber keine, oder sie war unterbezahlt, sodass er die Familie nicht hätte durchbringen können. Meine Mutter hatte Multiplesklerose und saß im Rollstuhl. Sie konnte durch ihre Krankheit nicht mehr arbeiten gehen." Er machte eine kurze Pause. „Eines Abends ging ich von der Arbeit aus nach Hause. Die Tankstelle lag nur zwei Straßen von unserer Wohnung entfernt. Es war schon nach elf Uhr durch. Ich ging die Straße entlang und wollte gerade in unsere einbiegen, als zwei Männer auf mich zukamen. Sie waren betrunken. Sie pöbelten mich an und schubsten mich herum. Ich hatte ihnen gar nichts getan, wehrte mich gegen ihre Attacken. Sie schlugen ohne Grund auf mich ein und traten mir gegen den Kopf und in den Bauch, als ich auf dem Boden lag. Ich konnte mich nicht mehr bewegen, mir tat alles weh. Einer von den beiden wühlte in meinen Taschen herum und fand mein Portemonnaie. Er wurde sauer, als er dort drin kein Geld fand, und trat mir noch einmal mit voller Wucht gegen den Kopf. Mir wurde schwarz vor Augen und ich wurde bewusstlos. Ich bin erst im Krankenhaus wieder zu mir gekommen. An Schläuchen angeschlossen lag ich da. Ein Passant hatte den Krankenwagen gerufen, als er mich auf der Straße gefunden hatte. Da waren die Typen aber schon weg. Die

Ärzte sagten mir, es sähe nicht gut aus. Ich hatte schwere innere Blutungen. Sie konnten sie soweit stoppen, nur in meinen Kopf hatte sich ein Bluterguss gebildet. Sie hofften, dass er sich ohne bleibende Schäden wieder zurückbilden würde. Mir ging es von Tag zu Tag schlechter. Am dritten Tag bin ich an den Verletzungen gestorben."

„Das ist schrecklich. Ich hoffe, sie haben die Typen gekriegt und für ewig eingesperrt."

„Ja, die Polizei hat sie schon einen Tag nach der Tat gekriegt. Sie haben lebenslänglich bekommen und werden nicht mehr aus dem Gefängnis kommen", sagte Brian.

„Das ist die gerechte Strafe für das, was sie getan haben. Hast du denn mal etwas von deiner Familie gehört?"

„Ja. Eigentlich ist es ja Schutzengeln verboten, nach der Familie zu schauen oder Kontakt zu ihr aufzunehmen. Allerdings habe ich meine Mutter im Himmel getroffen. Es war zwei Jahre nach meinem Tod. Sie ist ebenfalls gestorben", sagte Brian traurig.

„Oh, das tut mir so leid", erwiderte ich geschockt.

„Muss es dir nicht. Sie hat es jetzt besser. Sie hat keine Schmerzen mehr und kann sich wieder bewegen."

„Ist sie auch ein Schutzengel", fragte ich.

„Nein. Sie wollte nicht. Sie lebt jetzt im Himmel und hat meine Großeltern wieder getroffen. Es scheint ihr gut zu gehen und das ist die Hauptsache."

„Da hast du recht." Die Anderen kamen aus dem Gebäude zum Parkplatz. Sixt und Brian fuhren mit mir zur Arbeit. Luzia versuchte, immer in meine Nähe zu kommen. Zum Glück waren Sixt und Brian bei mir.

„Ich finde die Neue etwas seltsam", sagte Samantha, als wir zusammen die Ständer ordneten. Luzia war gerade mit einem Kunden beschäftigt und tat überfreundlich. „Kennt ihr euch?"

„Nein, wieso", fragte ich sie. Ich wollte ihr nicht sagen, dass wir uns doch kannten. Vor allem hätte sie mich für verrückt erklärt, wenn ich ihr die Wahrheit gesagt hätte. Wie hätte es sich denn angehört, wenn ich gesagt hätte, dass Luzia nur da war, um mich aus dem Laden zu bekommen, beziehungsweise, weil Tobin besessen von mir war und sie mit ihren Freunden die Schutzengel umbringen wollte?

„Naja, sie fragt mich ständig irgendwelche Sachen über dich. Es ist so, als ob sie dich ausspionieren will. Sie fragt mich auch über Sixt und deine Freunde aus. Ich sage ihr immer nur, dass sie dich selbst fragen soll, wenn sie etwas wissen will." Ich merkte, wie Sixt sich hinter mir verkrampfte. Er hatte seine Arme um meinen Bauch geschlungen und der Griff wurde etwas fester.

„Das ist wirklich seltsam. Ich kenne sie wirklich nicht. Ich verstehe auch gar nicht, warum sie dich über mich ausfragt."

„Das verstehe ich auch nicht. Merkwürdige Person. Ich habe das Gefühl, dass sie nur hier arbeitet, um an dich heranzukommen. Allein am ersten Tag, nachdem du dich ihr vorgestellt hast, hat sie mir gar nicht mehr richtig zugehört, sondern nur noch in deine Richtung gesehen." So ein Mist, sie hatte doch etwas gemerkt.

„Ich kann mir nicht vorstellen, was an mir so interessant sein soll", erwiderte ich.

„Tu mir nur einen Gefallen. Pass auf dich auf. Ich traue ihr nicht."

„Das werde ich. Achtung sie kommt", sagte ich, als sie zu uns herüberlief.

„Ja und dann war ich noch meine Oma besuchen", wechselte Samantha schnell das Thema und zwinkerte mir zu.

„Ich habe gestern nicht viel gemacht. Ein entspannter Tag vor dem Fernseher und abends habe ich noch etwas Sport getrieben", erwiderte ich schnell. Luzia schaute etwas verdutzt. Sie hatte wahrscheinlich gehofft, dass wir über etwas anderes reden würden.

„Das hört sich ja langweilig an", mischte sich nun Luzia ein.

„So langweilig war es gar nicht. Entspannung tut auch mal gut", sagte ich.

„Gehst du denn nicht aus", fragte Luzia.

„Doch. Oft sogar."

„Und wohin"? Anscheinend versuchte sie herauszubekommen, wo ich mich immer aufhielt. Ich beschloss ihr einige Informationen zu geben, wo sie mich finden könnte, auch wenn es gelogen wäre.

„Verschieden. Heute Abend geh ich ins Kino und am Wochenende wollen wir wahrscheinlich in die neue Bar, die vor ein paar Wochen eröffnet hat." Sixt kicherte leise an meinem Ohr. Er verstand sofort, dass ich sie hinters Licht führen wollte.

„Oh, in welchem Film gehst du denn", fragte sie und die Neugierde stand ihr ins Gesicht geschrieben. Ich überlegte schnell, welche Filme im Kino liefen.

„In den neuen Liebesfilm Sweet Heart. Der soll richtig gut sein."

„Ach da möchte ich auch gerne noch rein. Mal sehen, wann ich Zeit habe. So ich werde dann mal wieder weiterarbeiten", sagte sie und ging in die Kinderabteilung.

„Sag mal, stimmte das", fragte mich Samantha leise.

„Nein. Ich wollte sie nur etwas hereinlegen. Ich nehme an, dass sie heute Abend ins Kino gehen wird", lachte ich. „Aber psst, verrate es nicht."

„Nein werde ich nicht. Ich würde aber gerne mal Mäuschen spielen, ob sie wirklich hingeht."

„Ich kann mir ihr Gesicht vorstellen, wenn sie merkt, dass ich gar nicht da bin. Ich mag doch gar keine Liebesfilme, aber das muss sie ja nicht wissen. Außerdem wurde sie mir zu neugierig.

„Da hast du recht. Sie braucht nicht alles wissen."

„Na und du gehst heute Abend in einen Liebesfilm", fragte Sixt neckend, als wir im Auto saßen und nach Hause fuhren. Brian war schon zu sich nach Hause gesprungen.

„Ja und du kommst mit. Timothy nehme ich auch mit. Der mag doch auch solche Filme", scherzte ich.

„Ach weißt du, ich habe heute Abend noch etwas vor. Ich kann da gar nicht", redete Sixt sich da heraus.

„Und was hast du noch vor?"

„Ähm ich muss", stotterte er. „Die Garage aufräumen. Ja das war es, was ich vorhatte."

„Natürlich", lachte ich. „Eine bessere Ausrede fiel dir nicht ein?" Wir fuhren gerade die Landstraße entlang. Um diese Uhrzeit war hier wenig Verkehr. Plötzlich tauchte jemand auf der Fahrbahn auf. „Pass auf", schrie ich und Sixt wollte bremsen. Aber es ging nicht. Er trat mehrmals auf das Bremspedal, aber es tat sich nichts.

„Die Bremse reagiert nicht", rief er. Ich schaute wieder nach vorne. Jetzt erkannt ich, wer auf der Straße stand. Es war Gregory. Er setzte seine Fähigkeit ein und übernahm die Kontrolle vom Wagen. Das Lenkrad drehte sich von selbst. Der Wagen rutschte in den Graben und fuhr geradewegs auf einen Hang zu. Es holperte und ich knallte mit dem Kopf an die Seitenscheibe. Sixt probierte immer noch, den Wagen zu stoppen. Für ihn musste es wie ein Déjà-vu sein, denn ungefähr so war er damals gestorben. Sein Wagen war damals auch von der Straße abgekommen und eine Schlucht hinabgestürzt. Ich drehte mich um und sah Gregory, der am Seitenrand der Straße stand und hämisch grinste. Der Wagen war schon bedrohlich nah am Rand des Abhanges. Nur noch einen Meter und wir würden abstürzen. Panisch sah ich zu Sixt hinüber, der unsere Gurte löste.

„Jamie, wir springen jetzt", rief er packte mich am Arm und sprang mit mir nach Hause. Im Wohnzimmer erschienen wir wieder, wo die Anderen alle auf der Couch saßen und ich ließ zitternd meine Tasche fallen, die ich mir im letzten Moment noch gegriffen hatte.

„Was ist passiert", fragte Timothy, der auf der Couch saß und uns ansah.

„Gregory hat uns auf der Landstraße angegriffen, meinen Wagen unter seine Kontrolle gebracht und wollte, dass wir einen Abhang hinunterstürzen", erzählte Sixt und in seiner Stimme lag noch immer der Schock. Er drehte seinen Kopf zu mir und sah mich erschrocken an.

„Jamie, ist alles in Ordnung mit dir? Ist dir etwas passiert", fragte er leicht panisch.

„Nein. Mir geht es gut. Nur eine kleine Beule am Kopf mehr nicht", versicherte ich ihm und schon nahm er mich in den Arm.

„Bist du sicher", fragte er mich besorgt.

„Ja. Es ist wirklich nicht schlimm. Ist bei dir alles in Ordnung. Geht es dir gut", fragte ich ihn.

„Ja, mir geht es gut. Warum?" Fragend schaute er mich an.

„Na, weil Gregorys Angriff doch so ungefähr war, wie du damals bei dem Unfall gestorben bist. Es muss für dich doch wie ein Déjà-vu sein."

„Du hast recht. So ungefähr war es damals auch. Aber mach dir keine Sorgen, Süße. Mir geht es gut."

„Wirklich", hakte ich nach.

„Wirklich", versicherte er mir und wandte sich dann an Nathan. „Kommst du eben mal mit? Ich möchte schauen, was mit meinen Wagen ist und vielleicht ist Gregory ja noch da."

„Ja natürlich", sagte Nathan und die beiden verschwanden. Ich setzte mich zu den Anderen auf die Couch.

„Geht es dir gut? Du siehst ziemlich weiß im Gesicht aus", fragte Sasha.

„Nein, es ist alles gut. Das kommt bestimmt noch von dem Schock", sagte ich.

„Wie ist das eigentlich passiert? Waren die Anderen auch da", fragte

Timothy.

„Nein. Er war alleine. Zumindest habe ich keinen Anderen da gesehen. Wir waren auf dem Weg nach Hause und plötzlich stand Gregory auf der Straße. Sixt hat versucht zu bremsen, aber es ging nicht. Gregory lenkte das Auto in den Graben auf den Abhang zu und Sixt ist mit mir dann hier hergesprungen", berichtete ich. In dem Moment kamen Sixt und Nathan wieder und setzten sich zu uns auf die Couch.

„Gregory war nicht mehr da und von meinem Wagen war nicht mehr viel übrig. Er ist in Flammen aufgegangen, als er den Abhang hinuntergestürzt ist", sagte Sixt. Ich zuckte kurz zusammen, bei der Vorstellung wir wären nicht mehr rechtzeitig aus dem Wagen gekommen. Wir wären beide gestorben. Oder was wäre gewesen, wenn ich alleine im Auto gesessen hätte und es wäre passiert. Ich wäre da nicht lebend herausgekommen. Sixt strich mir beruhigend über den Arm. „Da seht ihr jetzt mal, wie sinnvoll unsere Sicherheitsmaßnahmen doch sind." Als ob Sixt Gedankenlesen konnte. „Wenn einer von euch ohne uns im Auto gesessen hätte, wäre es nicht so gut ausgegangen."

„Da hast du recht", erwiderte ich.

„Und wie gehen wir jetzt weiter vor", fragte Timothy.

„Ihr müsst heute Abend ins Kino, und zwar in Sweet Heart", grinste ich.

„Nein das kannst du vergessen", sagte Timothy.

„Doch. Wir haben da ein Date mit Luzia, und wenn wir Glück haben, sind Tobin und Gregory auch da", erwiderte Sixt.

„Das verstehe ich nicht ganz", sagte Timothy. Ich erzählte zuerst, was Samantha mir über Luzia erzählt hatte, dass sie Samantha über uns ausfragen würde und berichtete auch, wie Luzia zu uns kam und mich ausfragen wollte, wohin ich immer so ausging. Ich erzählte dann vom Kino und der neuen Bar.

„Tja, so war das. Und nun wird sie bestimmt heute Abend im Kino auftauchen."

„Aber warum musstest du unbedingt einen Liebesfilm nehmen", jammerte Timothy.

„Mir fiel kein Besserer ein. Außerdem, wenn ich schon lügen muss, dann richtig", grinste ich.

„Gut dann werden wir uns nachher auf den Weg zum Kino machen", sagte Sixt.

Nach dem Essen verschwanden die Jungs zum Kino in der Hoffnung, dass die gefallenen Engel da sein würden. Wir Mädels gingen in der Zeit etwas Sport treiben. Schnell zog ich meine Sportsachen an und ging in den Fitnessraum, wo schon Maya, Sasha und Anastasia, die vorbeigekommen war, um mit Sasha auf Maya und mich aufzupassen, waren.

„Da bist du ja. Dann können wir ja loslegen", sagte Sasha. Da ich meinen Fuß immer noch nicht voll beanspruchen wollte, wollte ich nur an die Sportgeräte gehen, wo ich den Fuß nicht für brauchte. Aber ich brauchte den Sport. Er tat mir gut. So konnte ich den ganzen Stress und das Geschehene der letzten Tage einfach wegtrainieren.

„Mal sehen, ob die Jungs jetzt wirklich in den Liebesfilm gegangen sind, um die gefallenen Engel zu suchen", sagte Maya.

„Da hast du denen etwas Schönes eingebrockt", lachte Sasha.

„Ich habe da gar nicht drüber nachgedacht. Aber wenn es ein Actionfilm wäre, würden sie eher den Film sehen, anstatt die gefallenen Engel zu jagen. So konzentrieren sie sich doch besser auf ihr Vorhaben", grinste ich.

„Ja, da hast du recht", erwiderte Sasha und wechselte das Gerät.

Nach dem Sport ging ich duschen und zog mich mir etwas Frisches an. Anschließend trug ich unsere beiden Kaninchen im Tragekorb hinunter und setzte mich im Wohnzimmer mit ihnen auf die Couch. Beide hüpften vergnügt auf der Couch herum, wobei ich eine Decke daruntergelegt hatte, damit nichts dreckig wurde.

„Na wer ist denn da", fragte Anastasia, als sie ins Wohnzimmer kam.

„Sie wollten mal hier ins Wohnzimmer kommen und schauen, was so los ist", sagte ich und streichelte Chocolate, die sich an mein Bein gelegt hatte.

„Die beiden sind aber sehr zutraulich", stellte Anastasia fest, als Paulchen zu ihr kam.

„Ja und ziemlich neugierig. Nur Kunststücke haben wir ihnen noch nicht beigebracht, wobei die beiden oben sogar auf die Couch springen", erzählte ich.

„Das ist ja schon einmal etwas. Den Rest schafft ihr auch noch. So was wollen wir denn noch machen?"

„Wie wäre es, wenn du mir erzählst, wie du zum Schutzengel geworden bist. Das heißt nur, wenn du es möchtest. Ich finde eure Geschichten nämlich sehr spannend."

„Gerne", lächelte sie. „Allerdings ist sie nicht so spannend, wie die der Anderen. Also es war vor dreieinhalb Jahren. Ich war zwanzig." Also war sie jetzt dreiundzwanzig Jahre alt. „Ich wohnte mit meiner Familie in New Orleans, Louisiana und studierte an der Universität Modedesign. Ich wollte Designerin werden. Eigentlich war alles perfekt. Ich hatte tolle Freunde und ein schönes Leben. Eines Tages ging ich zum Arzt. Ich hatte das letzte halbe Jahr fast täglich Kopfschmerzen. Zuerst fing es harmlos an. Es war nur einige Male im Monat. Dann häuften sich die Kopfschmerzen, bis ich sie täglich hatte. Am Anfang dachte ich, es kommt vom Lernen oder das ich eine Brille bräuchte. Aber das war es nicht. Der Arzt machte verschiedene Untersuchungen, in denen er auch die Gehirnströme maß. Ich musste zur Kernspintomografie. Durch die Aufnahmen sah der Arzt, dass ich einen Gehirntumor hatte. Er war schon soweit fortgeschritten, dass die Ärzte nichts mehr tun konnten. Eine Operation war nicht mehr möglich, da der Tumor schon zu groß war und sich in meinen Körper schon Metastasen gebildet hatten. Sie versuchten es mit einer Chemotherapie, die nicht anschlug. Mir ging es von Tag zu Tag schlechter. Der Tumor drückte auf mein Gehirn, was erst meine Beweglichkeit einschränkte. Ich konnte nicht mehr richtig laufen und musste im Rollstuhl herumgeschoben werden. Mein Sehfeld schränkte sich immer mehr ein. Meine Familie und auch meine Freunde waren die ganze Zeit für mich da. Ich wusste, dass ich sterben würde, und hatte mich auch damit abgefunden. Dann kam der Abend. Ich hatte das Gefühl, dass ich den nächsten Tag nicht mehr überleben würde. Ich verabschiedete mich von meiner Familie, wobei meine Mutter weinend zusammenbrach. Ich wollte ihr das nicht antun. Ich wollte sie nicht verlassen, aber ich wusste, dass es soweit war. In der Nacht schlief ich ganz normal ein. Ich hatte komischerweise keine Schmerzen gehabt. In dieser Nacht bin ich dann gestorben. Ich sah aber kein weißes Licht, wie viele Menschen behaupten, die schon einmal gestorben sind und wieder zurückgeholt wurden. Allerdings bin ich hinauf in den Himmel geflogen. Der Engelsrat hat mich halt vor die Wahl gestellt und ich wollte ein Schutzengel werden. Matt beziehungsweise Tobin war mein erster Schützling." Sie

241

endete und erst jetzt sah ich, dass sich Sasha und Maya zu uns gesellt hatten.

„Das ist sehr traurig", sagte ich. Ich wollte mir gar nicht erst vorstellen, wie es war so etwas durchlebt haben zu müssen. Es muss schrecklich gewesen sein zu wissen, dass man sterben muss. Dass man die Krankheit nicht überleben wird.

„Ja, das ist es wirklich", erwiderte Maya.

„Naja, ich habe zwar meine Familie und Freunde verloren, aber ich habe neue Freunde und die große Liebe meines Daseins gefunden", strahlte Anastasia. In dem Moment kamen die Jungs zurück. Entsetzt schauten wir sie an. Sie waren verdreckt, Nathan hielt sich die Schulter, Sixt hatte eine blutende Wunde an der Augenbraue und auch Timothy und Brian sahen lädiert aus.

„Um Gottes Willen, was ist denn mit euch passiert", fragte Sasha erschrocken und sprang auf. Auch ich lief gleich zu Sixt.

„Eine kleine Auseinandersetzung mit den gefallenen Engeln", sagte Nathan und setzte sich auf den Sessel.

„Nach einer kleinen Auseinandersetzung sieht das aber nicht aus", stellte Sasha fest und schaute sich seine Schulter an.

„Ich bringe mal die Kaninchen nach oben und hole den Arztkoffer", sagte Anastasia.

„Ja, das wäre besser. Danke", erwiderte ich. Sie nahm den Tragekorb, setzte die beiden schnell hinein und fuhr mit dem Fahrstuhl nach oben. Sie wollte nicht mit ihnen springen, weil sie nicht wusste, wie die Tiere das vertragen würden. Nach nur wenigen Minuten war sie wieder unten und hatte den Arztkoffer in der Hand. Sixt setzte sich auf die Couch und zog mich zu sich.

„Wie geht es dir? Die Wunde sieht nicht gut aus", sagte ich und schaute ihn besorgt an.

„Halb so wild. Mir geht es gut, ehrlich", versicherte er mir und lächelte mich an. Ich nahm ein Tuch, hielt mit der einen Hand einige seiner dunkelbraunen Haarsträhnen aus der Stirn und tupfte vorsichtig mit der anderen Hand das Blut ab.

„Jetzt kann ich mich mal um dich kümmern", grinste ich.

„Oh mir geht es ja so schlecht. Krankenschwester Jamie, können Sie mir bitte mal das Kissen aufschütteln", witzelte er.

„Solange du noch Witze reißen kannst, geht es dir auch nicht schlecht", lachte ich. Die Wunde hatte aufgehört zu bluten, und nachdem mir Timothy sagte, dass es nicht schlimm wäre, nahm ich mir ein Pflaster und klebte es darauf.

„So jetzt bist du fertig verarztet. Was ist denn jetzt eigentlich genau passiert", fragte ich.

„Wir sind am Kino gewesen. Dort standen Luzia und die anderen beiden. Sie haben auf dich gewartet, und als du nicht kamst und auch nicht im Kinosaal warst, sind sie in die nächste Bar gezogen. Wir sind ihnen unsichtbar gefolgt. Dort hatten sie sich gestritten, da alles nicht so laufen würde, wie sie wollen. Gregory beschwerte sich, dass wir noch leben. Das würde ihm alles zu lange dauern. Tobin war sauer, weil Luzia es noch nicht geschafft hat, dich aus dem Laden zu locken und Luzia machte den beiden Vorwürfe, weil sie es beide noch nicht geschafft hatten, Maya zu entführen", erzählte Sixt.

„Also gibt jeder jedem die Schuld", stellte ich fest.

„Ja genau. Sie diskutierten noch etwas herum, auch wegen Gregorys verpatzten Angriff auf uns heute Abend, kamen aber auf keinen gemeinsamen Nenner. Einen neuen Plan gibt es noch nicht. Sie gingen aus der Bar und wir folgten ihnen. Ihr Pech war, dass sie ihre Autos auf einen verlassenen Parkplatz abgestellt hatten. Als sie uns sahen, sind sie erst einmal in den angrenzenden Stadtwald geflüchtet. Wir sind gleich hinterher", berichtete Sixt weiter.

„Und so kam es zu einer kleinen Auseinandersetzung, wo allerdings Baumstämme und Äste durch Gregorys Kraft flogen. Luzia hat sich gleich still und heimlich aus dem Staub gemacht. Leider kamen die Ordnungshüter mit ihren Hunden vorbei, die uns abgelenkt haben und so sind Tobin und Gregory dann abgehauen", sagte Nathan. „Aber ein paar Schläge haben sie von uns einstecken müssen. Sie sehen schlimmer aus als wir."

„Das wird sie aber leider nicht davon abhalten uns weiter anzugreifen", erwiderte Timothy.

Kapitel 14

Mittwochmittag trafen wir uns alle in der Mensa. Die Jungs hatten schon etwas zu Essen geholt und nun saßen wir alle am Tisch und aßen.

„Wir haben einen Plan, wie wir Luzia schon einmal ausschalten können", begann Nathan leise zu erzählen. „Dafür brauchen wir heute Jamies Hilfe."

„Nur wenn du möchtest", sagte Sixt zu mir.

„Wie sieht denn euer Plan aus", fragte ich.

„Wir haben uns überlegt, dass du heute auf der Arbeit erzählst, du müsstest noch ins Gewerbegebiet, zu deinem Onkel etwas abholen. Um die Uhrzeit ist da ja so gut wie gar nichts mehr los. Luzia wird dir bestimmt folgen und dort können wir sie uns dann schnappen", erklärte Nathan.

„Keine Angst, dir passiert nichts. Wir sind bei dir und einer von uns bringt dich dann nach Hause", sagte Sixt.

„Okay. Von mir aus", erwiderte ich, obwohl mir etwas unwohl bei der Sache war. Aber so konnte ich wenigstens etwas helfen.

„Wichtig ist nur, wenn dich jemand fragt, dass du sagst, du bist alleine", fügte Timothy noch hinzu. „Ja ist gut. Und wie läuft das heute ab?"

„Also, Brian und ich passen heute auf dich auf und Nathan und Timothy auf Maya. Ihr habt ja beide zur gleichen Zeit Feierabend, sodass Maya schnell nach Hause gebracht wird und Nathan und Timothy dann zu uns stoßen werden. Einer von uns bringt dich dann nach Hause und Sasha und Anastasia passen auf euch auf", erklärte Sixt.

„Schön wäre es noch, wenn Luzia vorher noch Tobin und Gregory Bescheid sagt, dann wären es drei auf einen Schlag", grinste Nathan.

„Dann hoffen wir mal, dass sie anbeißt", sagte ich.

„Das wird sie schon. So eine Chance lässt sie sich doch nicht entgehen", erwiderte Sixt. Die Mittagspause war vorbei. Wir räumten die Tabletts weg und gingen zu der letzten Vorlesung an diesem Tag.

Nach der Uni fuhr ich mit Brian und Sixt zur Arbeit. Wie immer waren die beiden unsichtbar. Auf der Arbeit verlief alles ruhig. Luzia suchte zwar ständig meine Nähe, wandte aber anscheinend nicht ihre Kräfte an.

„Und was machst du heute noch", fragte ich Samantha, als Luzia in unserer Nähe stand.

„Ach ich wollte mich nach der Arbeit noch mit einer Freundin treffen und du?" Jetzt kam mein großer Auftritt. Ich hoffte nur, Luzia würde darauf hereinfallen.

„Ich muss noch nach der Arbeit ins Gewerbegebiet etwas von meinem Onkel abholen und dann treffe ich mich mit Sixt beim Chinesen", log ich und sah im Augenwinkel, wie Luzia große Ohren bekam und ein Grinsen aufsetzte. Sie hatte es also mitbekommen.

„Oh, ihr geht essen", fragte Samantha.

„Ja, er lädt mich ein."

„Hast du es gut. Stephan lädt mich nie irgendwo zum Essen ein. Wir essen immer zu Hause. Er sagt, es sei Geldverschwendung. Dafür steckt er das Geld in sein Auto rein. Es muss ja schneller, tiefer und lauter sein", seufzte sie. Stephan war Samanthas Freund, aber so wie sie erzählte, war sie mit der Beziehung nicht so glücklich. Sie gingen zwar mal aus, ins Kino oder tanzen aber sie hatte immer das Gefühl, dass er sie nicht richtig lieben würde und ihr etwas verheimlichte. In der Woche kam er nie pünktlich von der Arbeit und blieb immer noch ein bis zwei Stunden länger weg. Wenn sie ihn fragte, sagte er nur, er hätte länger arbeiten müssen, und wenn sie auf seinem Firmenhandy anrief, meldete sich irgendwann die Zentrale, wo ihr gesagt wurde, dass er schon längst Feierabend hätte. Lange würde diese Beziehung nicht mehr halten. Das wusste auch Samantha und war die letzten Tage am Überlegen, ob diese Beziehung überhaupt noch einen Sinn machte.

„Hast du jetzt eigentlich mal mit ihm über eure Beziehung gesprochen", fragte ich.

„Nein noch nicht. Aber das werde ich noch. So kann es nicht weitergehen", sagte sie traurig.

„Hey komm, das wird schon wieder", versuchte ich sie zu trösten. Mittlerweile war es sechs Uhr und wir gingen in den Aufenthaltsraum, um unsere Sachen zu holen.

„So dann werde ich jetzt mal losfahren. Ich hoffe, es dauert nicht so lange bei meinem Onkel", sagte ich, als Luzia den Raum betrat.

„Viel Spaß", rief Samantha.

„Ja, danke und du mach dir nicht so viele Sorgen, okay?"

„Nein, werde ich nicht." Ich ging durch den Laden, verabschiedete mich noch von Mrs. Evans und ging hinaus. Schnell setzte ich mich in meinen Wagen. Im Rückspiegel sah ich, wie Luzia ebenfalls aus dem Laden kam und in ihr Auto stieg.

„Also gut. Dann kann der Spaß ja beginnen", sagte Sixt. „Also du fährst jetzt ganz normal. Bleib ganz ruhig. Wir sind bei dir." Ich startete den Wagen und fuhr los.

„Sie folgt uns", sagte Brian.

„Das ist gut", erwiderte Sixt. Mir wurde etwas mulmig. Was wenn Gregory wieder auf der Straße auftauchte oder doch etwas schiefging. „Ganz ruhig, gleich sind wir da." Das Gewerbegebiet war nicht weit entfernt. Ich fuhr die Straße entlang, wo schon die ersten Gebäude von Firmen auftauchten.

„Fahr die Straße bis zum Ende durch. Dahinten bekommt dann keiner etwas mit", sagte Sixt. Ich stellte meinen Wagen am Ende der Straße an der Seite ab. Hier war niemand mehr. In den Büros waren die Lichter aus und es stand kein Auto mehr auf den Parkplätzen.

„Bleib im Auto sitzen. Nathan und Timothy stehen gerade an ihrem Wagen." Ich sah in den Rückspiegel. Luzia stieg gerade aus ihrem Auto aus. Nathan und Timothy wurden sichtbar und packten Luzia an den Armen.

„Okay. Brian, hilf ihnen, ich bring Jamie hier weg, falls Tobin und Gregory noch auftauchen", befahl Sixt nahm mich in den Arm und sprang mit mir nach Hause. Im Flur kamen wir an.

„Ich bin gleich wieder bei dir, okay?"

„Ja, aber seid vorsichtig."

„Sind wir doch immer. Ich liebe dich", sagte er und zog mich an sich.

„Ich liebe dich auch", erwiderte ich und küsste ihn. Schnell verschwand er wieder und ich ging ins Wohnzimmer, wo ich von den Anderen schon erwartet wurde.

„Und ist sie euch gefolgt", fragte Anastasia.

„Ja. Es hat auch alles super geklappt. Sie ist uns gefolgt und als sie ausgestiegen ist, haben Timothy und Nathan sie sich geschnappt", antwortete ich und setzte mich zu ihnen auf die Couch.

„Na das hört sich doch gut an", sagte Sasha.

„Waren denn Gregory und Tobin auch da", fragte Maya.

„Nein leider nicht. Vielleicht sind sie jetzt noch gekommen, dass weiß ich nicht."

„Vielleicht wollte sie dich auch auf eigene Faust entführen, um den Anderen zu zeigen, dass sie es doch kann", mutmaßte Maya.

„Das kann auch sein. Oder sie hätte die Anderen dann noch angerufen, sobald sie Jamie gehabt hätte", sagte Anastasia.

„Naja Hauptsache, die Jungs erledigen das jetzt", erwiderte ich.

„Da sind wir wieder", rief Nathan eine halbe Stunde später aus dem Flur. „Kommt ins Esszimmer." Verdutzt schauten wir uns an, standen dann aber auf und gingen ins Esszimmer. Die Jungs saßen schon am Tisch und hatten etwas zu Essen mitgebracht.

„Was ist denn hier los", fragte Sasha und wir setzten uns mit an den Tisch.

„Wir haben Essen vom Chinesen mitgebracht", sagte Nathan.

„Chinesisch", fragte ich Sixt und schaute ihn an.

„Ja. Essen gehen, können wir im Moment schlecht. Also kommt das Essen zu dir", grinste er.

„Du weißt, dass ich es nur wegen unseres Planes gesagt habe", fragte ich leise grinsend.

„Ja, aber ich hatte Hunger darauf", lachte er.

„Wie immer", fragte ich und deutete auf mein Essen.

„Ja, wie immer. Chinesisch süßsauer mit Schweinefleisch und Reis."

„Danke", sagte ich und küsste ihn.

„So und jetzt erzählt mal. Was ist mit Luzia", fragte Maya.

„Erledigt", schmatzte Nathan.

„Wie erledigt?"

„Na wir haben sie ausgeschaltet. Jetzt sind es nur noch zwei", erklärte Nathan, nachdem er heruntergeschluckt hatte.

„Echt", fragte ich verblüfft und schaute Sixt an.

„Ja. Jetzt hast du allerdings eine Arbeitskollegin weniger", grinste er.

„So ein Mist. Jetzt müssen wir ja wieder eine Neue suchen und ich habe mich doch gerade erst mit ihr so gut verstanden", scherzte ich.

„Naja das wird deiner Chefin nicht gefallen, wenn sie nicht mehr zur Arbeit kommt. Aber da hast du jetzt erst einmal Ruhe."

„Kamen Gregory und Tobin denn auch noch", fragte Anastasia.

„Nein. Die beiden haben sich nicht blicken lassen", sagte Brian.

„Wenigstens können wir uns jetzt wieder etwas frei bewegen. Arbeiten, wenn dich jemand festhält, ist nicht gerade so toll. Die Bewegungsfreiheit fehlt. Ich weiß auch gar nicht, wie oft ich dir auf die Füße getreten bin, als ich durch den Laden lief", lachte ich und sah dabei Sixt an.

„Eigentlich nicht einmal. Ich bin immer ausgewichen." Vergnügt und froh darüber, dass zumindest Luzia uns nichts mehr antun konnte, aßen wir weiter. Es schmeckte richtig gut, aber die Portion war so groß, dass ich sie gar nicht ganz schaffte. Satt lehnte ich mich in meinen Stuhl zurück.

„Jetzt gibt es noch Glückskekse", verkündete Nathan und gab jedem einen. Ich öffnete meinen und nahm den Zettel heraus, der sich darin befand. Auf dem Zettel stand – *In den Augen spiegelt sich die Seele* -.

„Das stimmt", flüsterte Sixt neben mir, der den Zettel ebenfalls gelesen hatte. „Wenn ich in deine Augen schaue, sehe ich auch immer deine wundervolle Seele." Sanft zog er mich zu sich heran und küsste mich. Nun öffnete er seinen Glückskeks und zusammen lasen wir, was auf seinen Zettel stand. - *Eine einzigartige Liebe erwacht* – stand darauf geschrieben.

„Sie ist schon erwacht und diese einzigartige Liebe sitzt neben mir", sagte Sixt leise.

„Du bist so süß", erwiderte ich gerührt und küsste ihn noch einmal.

„Na toll, bei mir steht - *Du sollst den Tag nicht vor dem Abend loben-*", maulte Nathan und aß den Keks.

„Ihr braucht uns ja heute nicht mehr. Dann werden wir uns mal auf dem Heimweg machen", sagte Brian und stand auf. Es war mittlerweile auch schon neun Uhr.

„Wir sehen uns ja dann morgen in der Uni", erwiderte Timothy.

„Ja, bis dann und euch noch einen schönen Abend", rief Anastasia, die ebenfalls aufgestanden war und mit Brian zur Tür ging.

„Bis morgen", riefen wir ihnen hinterher.

„Wie wäre es, wenn wir es uns im Bett gemütlich machen und noch einen Film schauen", schlug Sixt vor, als wir, nachdem wir im Esszimmer noch aufgeräumt hatten, in unserem Zimmer waren.

„Das hört sich gut an. Such du schon einmal einen Film aus und ich mach es uns gemütlich." Ich ging zum Bett, richtete die Kissen

so her, dass wir uns an sie anlehnen konnten, und zog mich schon
einmal um. Zur Nacht trug ich ein Top und eine Shorty. Ich legte
mich auf das Bett. Sixt kam mit einem Film in der Hand die
Treppen zur Empore hoch. Er hatte eine Komödie ausgesucht. Er
ging zum DVD-Player und legte den Film ein. Schnell zog er sich
um, schaltete, den Fernseher ein, startete den Film und legte sich zu
mir. Einen Arm legte er um meine Schulter und ich lehnte mich
gegen ihn. Der Film war sehr lustig und wir lachten viel. Ich war
gerade in den Film vertieft, als Sixt begann, meinen Nacken zu
küssen. Ein Seufzer entwich mir. Sixt wusste genau, was mir gefiel.
„Ich möchte gerne den Film sehen", sagte ich gespielt ernst und
starrte auf den Fernseher.
„Ach wirklich", fragte er und strich mit seinen Lippen hoch zu
meinem Ohr. Ein Schauer lief durch meinen Körper. Am liebsten
hätte ich mich zu ihm umgedreht und ihn geküsst, aber ich wollte
standhaft bleiben. Es war aber gar nicht so leicht, denn sein Mund
wanderte jetzt zu meinem Schlüsselbein.
„Ja", japste ich und versuchte mich zu konzentrieren.
„Und jetzt immer noch", fragte er und fuhr mit seiner Hand unter
mein Top. Die Erregung in mir nahm zu und überall, wo er mich
berührte, brannte es unter meiner Haut. Ich stöhnte auf, drehte
mich zu ihm um und schon lagen unsere Lippen aufeinander.
Langsam ließen wir uns auf das Bett fallen. Unsere Lippen trennten
sich währenddessen nicht voneinander. Meine Hände glitten unter
sein T-Shirt und ich streichelte über seine starke Brust und seinem
Sixpack, was ihn leise aufstöhnen ließ. Ich wollte gerade sein T-
Shirt auszuziehen, als wir einen lauten Knall hörten. Im nächsten
Moment hörten wir Glas zerspringen.
„Was war das", fragte ich erschrocken und ließ sein T-Shirt los.
„Ich weiß es nicht", sagte Sixt. Von unten konnten wir Stimmen
hören. Wieder gab es einen lauten Knall. „Ich gehe mal nachsehen,
bleib du hier." Sixt stand auf und ging die Treppe hinunter. Ein
Klopfen an der Tür ertönte und nach einem Herein von Sixt, wurde
sie geöffnet und ich hörte die Stimmen der Anderen. Nun stand ich
ebenfalls vom Bett auf und ging zu ihnen herunter. Schließlich
wollte ich wissen, was los war.
„Gregory und Tobin stehen unten vor der Tür. Wir haben es aus
dem Fenster gesehen. Gregory setzt seine Kraft ein", berichtete
Timothy. In dem Moment fing das Haus an zu beben. Maya und ich

fingen an zu schreien. Sixt kam sofort zu mir und nahm mich in den Arm.

„Es ist alles gut. Uns passiert nichts", sagte er beruhigend und küsste mich auf die Stirn. Das Beben hörte auf. Nun donnerte es an den Rollläden. Auch an denen bei uns an den Fenstern, die wir für den Film heruntergelassen hatten, da es noch hell draußen gewesen war. Als Nächstes fiel der Strom aus und es wurde dunkel im Zimmer.

„Nicht schon wieder", flüsterte ich zitternd und dachte an den Abend zurück, als die gefallenen Engel Maya und mich angegriffen hatten.

„Scht, ganz ruhig. Wir sind ja da." Sixt zog mich dichter an sich und ich beruhigte mich wieder etwas. Sixt wusste genau, dass ich Angst im Dunkeln hatte. Deshalb brauchte ich nachts immer etwas Licht, auch wenn es nur der Mond war, der ins Zimmer schien. Das reichte schon aus.

„Was machen wir denn jetzt", fragte ich leise.

„Lasst uns heruntergehen und denen den Gar ausmachen. Die Mädels bleiben hier", sagte Nathan und die Jungs stimmten zu.

„Ich bin gleich wieder da", flüsterte Sixt mir zu und verschwand mit den Jungs.

„Alles okay mit dir", fragte Sasha. Sie und Maya wussten ebenfalls von meiner Angst im Dunkeln. Auch wenn sich viele Erwachsene darüber lustig machten und der Meinung waren, das hätten nur Kinder, so gab es doch viele Menschen, die Angst im Dunkeln hatten oder die Dunkelheit auch einfach nicht mochten, es aber nicht zugaben, weil es ihnen peinlich war.

„Ja, es geht schon wieder. Ich habe mich nur erschrocken", versicherte ich ihnen.

„Wirklich? Ich kann mich auch in Licht verwandeln", schlug Sasha vor.

„Nein es geht schon. Aber vielleicht können wir ja die Rollläden wieder hochziehen."

„Tut mir leid. Aber vorsichtshalber sollten sie unten bleiben. Wir wissen nicht, was sie noch vorhaben", sagte Sasha entschuldigend.

„Okay. Es geht auch schon so. Ihr seid ja bei mir. Was ist eigentlich los", fragte ich und tastete mich zur Couch vor, auf die ich mich setzte. Sasha und Maya folgten mir und ließen sich neben mir auf der Couch nieder.

„Das weiß ich auch nicht genau. Ich war noch nicht im Erdgeschoss. Ich weiß nur, dass Gregory und Tobin draußen stehen", sagte Sasha.

„Sie haben bestimmt herausgefunden, dass Luzia tot ist und jetzt wollen sie sich erst recht rächen", mutmaßte Maya.

„Das kann sein. Aber sie sind nur zu zweit. Sie haben überhaupt keine Chance gegen uns", entgegnete Sasha. Wieder knallte es laut und ich zuckte zusammen.

„Was war das", fragte Maya panisch.

„Ich weiß nicht", erwiderte ich.

„Keine Angst. Wir bleiben hier und warten, bis die Jungs zurückkommen", versuchte Sasha uns zu beruhigen.

„Was ist, wenn den Jungs etwas passiert ist", fragte Maya leise.

„Ihnen wird nichts passiert sein. Da bin ich mir sicher", sagte Sasha.

„Woher weißt du das", fragte ich.

„Na, weil sie jetzt hier auftauchen werden. Sie sind hier gerade unsichtbar hereingesprungen und ich soll euch vorwarnen, dass ihr euch nicht erschreckt", lachte sie und in dem Moment erschienen sie und kamen zu uns. Sofort nahm Sixt mich wieder in den Arm. Nathan betätigte den Schalter, dass die Rollläden automatisch wieder hochgingen.

„Alles okay", fragte Sixt mich.

„Ja alles gut", versicherte ich ihm.

„Was ist mit dem Strom", fragte Sasha und versuchte die Lampe einzuschalten.

„Gregory hat die Stromzufuhr gekappt. Das muss morgen ein Elektriker erst wieder reparieren", sagte Timothy.

„Und was ist sonst passiert? Was war das für ein lauter Knall", fragte Maya.

„Gregory hat als Erstes die Scheiben unten zersprungen und Möbel durch die Gegend fliegen lassen. Er dachte wohl, wir seien noch im Wohnzimmer. Als wir dann aus dem Haus gingen, kam es erst zu einer Rangelei und sie hauten schließlich ab. Wir wollten ihnen hinterher. Allerdings hat Gregory uns Sashas Auto in den Weg geschmissen. Sasha, es tut mir leid, aber du musst dir wohl ein Neues kaufen", berichtete Nathan.

„Nicht so schlimm. Ich wollte mir eh ein neues Auto kaufen", sagte sie.

„Hey, dann können wir zusammen Autos kaufen gehen. Ich brauche auch ein Neues. Durch Gregory ist meines doch den Abhang hinuntergefallen", erwiderte Sixt. „Dich nehme ich natürlich auch mit", flüsterte Sixt mir zu und ich lächelte ihn an.
„Das können wir gerne tun. Haben Gregory und Tobin herausgefunden, dass Luzia tot ist", fragte Sasha.
„Ja. Sie waren sehr sauer darüber", sagte Nathan.
„Was machen wir jetzt", fragte ich.
„Heute können wir nicht mehr viel tun und ohne Licht ist es auch schlecht. Ich schlage vor, wir kümmern uns morgen um die Aufräumarbeiten und jetzt gehen wir erst einmal schlafen", sagte Timothy.
„Ja, das ist eine gute Idee", erwiderte Maya und gähnte. Jeder ging wieder in sein Zimmer. Sixt und ich gingen die Treppe zur Empore hoch und legten uns ins Bett.
„Ist wirklich alles in Ordnung mit dir", fragte Sixt.
„Ja, es ist alles gut. Es war nur der Schock und dann war auch noch der Strom weg", versicherte ich ihm. „Können wir denn jetzt einfach so schlafen? Ich meine, können sie jetzt nicht einfach hereinkommen?"
„Nein. Keine Angst. Hier kann nichts passieren. Die Rollläden sind unten, die Tür ist verrammelt, hier wird niemand so schnell hereinkommen. Außerdem haben wir Schutzengel einen sehr leichten Schlaf und ein gutes Gehör, wie du weißt. Bevor hier jemand hereinkommt, wären wir schon unten. Du kannst also beruhigt schlafen. Ich bin da und pass auf dich auf", sagte Sixt, zog mich in seine Arme und küsste mich. „Schlaf gut, meine Prinzessin."
„Du auch mein Prinz", erwiderte ich lächelnd. Es dauerte auch nicht lange und schon war ich eingeschlafen.

Timothy und Brian hatten sich am nächsten Tag von der Uni freigenommen und begannen schon einmal mit den Aufräumarbeiten. Wir anderen fuhren zur Uni. Die Glassplitter und die kaputten Möbel mussten weggeworfen werden, ein Glaser kam vorbei um für das Erdgeschoss neue Fensterscheiben zu bringen, die er mit Arbeitskollegen auch sofort einsetzte und ein Elektriker reparierte die zerstörte Stromleitung. Wenn jemand fragte, was passiert sei, wurde gesagt, dass bei uns eingebrochen wurde, als wir nicht da waren. Dabei hatten die Einbrecher alles verwüstet und zerstört. Die Wahrheit konnten wir nicht erzählen. Auch meldeten wir den Fall nicht bei der Polizei. Dort hätten wir auch nicht die Wahrheit sagen können. Uns hätte niemand geglaubt und Lügen wollten wir vor der Polizei nicht. Also ließen wir es. Die Schutzengel hatten genug Geld, um die Rechnungen für die Reparaturen zu bezahlen. Ich fragte mich, ob die Häuser der Engel überhaupt versichert waren. Hatten sie eine Hausrat- und eine Gebäudeversicherung? Bei Gelegenheit musste ich Sixt mal danach fragen. Nach der Uni fuhren wir nach Hause und halfen den Jungs beim Aufräumen. Sie hatten schon einiges geschafft und so waren es nur noch Kleinigkeiten, die zu erledigen waren. Die Glaser hielten sich ran, da sie bis abends fertig werden sollten, mit Geld ging halt alles. Der Elektriker hatte die Leitung repariert und der Strom funktionierte wieder.

Am frühen Abend wollten die Jungs wieder auf die Jagd gehen, nur dieses Mal verbrachten wir Mädels den Abend bei Anastasia. Die Jungs waren der Ansicht, dass wir dort sicherer wären.
„Na was wollen wir denn heute machen", fragte Anastasia.
„Wie wäre es mit einem Spieleabend", schlug Sasha vor. Wir stimmten zu und entschieden uns für ein Wettkampfspiel an der Spielkonsole, wo wir zu viert gleichzeitig verschiedene Wettkämpfe austrugen. Es machte viel Spaß und wir waren die meiste Zeit nur am Lachen. Als Nächstes stand ein Autorennen auf dem Plan. Jeder musste versuchen die anderen Autos von der Fahrbahn zu schubsen und so schnell wie möglich ins Ziel zu kommen.
„Hey, das war mein Auto", beschwerte sich Maya, die ich gerade in den Graben geschubst hatte.
„Pech gehabt", lachte ich und fuhr weiter. Nun feuerte sie eine Rakete auf mich ab, der ich schnell ausweichen musste. Zum Glück verfehlte sie mich. Das Ziel kam immer näher und ich hatte Anastasia eingeholt. Wir waren gleich auf und versuchten uns gegenseitig von der Fahrbahn zu schubsen. In einen Moment der Unachtsamkeit fuhr Sasha an uns vorbei geradewegs ins Ziel.
„Gewonnen", schrie sie und hüpfte auf und ab. Ich kämpfte immer noch gegen Anastasia und kam ganz knapp vor ihr ins Ziel. Sie wurde Dritte und Maya war auf dem vierten Platz.

„So auf zum nächsten Wettkampf", rief Sasha und drückte auf dem Joypad auf Start. In dem Moment klopfte es an der Wohnungstür.

„Wer ist das denn jetzt noch", fragte Anastasia und ging zur Tür. Sie schaute durch den Türspion und schrak zurück. „Gregory, Tobin und drei weiter Typen stehen vor der Tür", flüsterte sie uns zu.

„Macht die Tür auf. Wir wissen, dass ihr da seid", rief Gregory und hämmerte wieder gegen die Tür. Anastasia lief zurück ins Wohnzimmer.

„Macht den Fernseher und das Licht aus und seid leise. Vielleicht gehen sie dann wieder", befahl Anastasia uns. Wir taten, was sie sagte.

„Ich versuche Nathan zu erreichen", sagte Sasha leise, nahm ihr Handy und wählte seine Nummer. Das Hämmern hörte nicht auf.

„Na kommt schon. Macht die Tür auf. Wir tun euch auch nichts", rief Gregory erneut.

„Hast du ihn erreicht", fragte Maya.

„Nein. Anscheinend stecken die Jungs in einem Funkloch. Ich kann niemanden von ihnen erreichen", erwiderte Sasha. Indem sprang die Tür auf und die gefallenen Engel kamen herein.

„Na da seid ihr ja. Sagt mal, nennt ihr das hier eine Party? Da gehören doch wohl Männer dazu", lachte Tobin. „Jamie, lange nicht gesehen. Wieso versteckst du dich vor mir? Du weißt doch, ich finde dich, egal wo du bist. Komm her zu mir."

„Nein. Verschwindet", schrie ich.

„Schnappt sie euch", wies Gregory die drei Männer an und deutete auf uns. Sofort kamen sie auf uns zu. Sasha zog Maya zurück, die von einem der Männer gepackt wurde. Nun kam ein Mann auf mich zu.

„Nein. Sie gehört mir", sagte Tobin, packte mich am Arm und zog mich zu sich.

„Lass mich los", schrie ich und wehrte mich.

„Ach komm schon Schätzchen. Ich weiß doch, dass du mich liebst."

„Nein. Das tu ich nicht. Lass mich endlich los." Ich versuchte meinen Arm zu befreien, allerdings griff er noch fester zu. Hinter mir sah ich, wie Sasha und Anastasia gegen die drei Männer kämpften. Gregory stand nur lachend in der Tür und schaute uns zu.

„Na komm schon. Ich weiß, dass du mich auch willst", sagte Tobin und begrapschte mich. Wütend schlug ich seine Hand weg und trat ihm gegen sein Schienbein.

„Na na na, behandelt man so seinen zukünftigen Ehemann", knurrte er und schlug mir mit voller Wucht ins Gesicht. Im nächsten Moment hatte er eine Hand um meinen Hals gelegt, drängte mich gegen die Wand und drückte zu. Wieder wehrte ich mich, aber er war einfach zu stark. Die Luft wurde knapp und ich japste. Im Augenwinkel sah ich, wie Gregory durch seine Kraft das Sofa durch die Luft wirbelte und gegen Sasha, Anastasia und Maya warf. Sie reagierten sofort, sprangen und tauchten neben mir wieder auf. Das Sofa krachte gegen die drei Männer, die durch die Wucht zu Boden gingen. Tobin war kurz von dem Geschehen abgelenkt und so sah ich meine Chance. Ich zog mein Knie hoch und trat ihm mit aller Kraft zwischen seine Beine. Sofort ließ er mich los und sackte auf dem Boden zusammen.

„Du kleines Miststück. Dafür wirst du bezahlen", rief er wütend. Doch bevor er nach mir greifen konnte, hatte Sasha mich schon an die Hand genommen und wir sprangen aus der Wohnung. Im Stadtpark kamen wir an. Immer noch nach Luft schnappend und keuchend ließ ich mich auf den Boden sinken.

„Geht es euch gut", fragte Sasha und schaute erst mich und dann Maya an.

„Ja, alles bestens", erwiderte Maya und ich nickte zustimmend.

„Was machen wir denn jetzt", fragte ich, als ich wieder normal Luft bekam.

„Das weiß ich auch nicht", sagte Sasha. Ihr Handy klingelte. Sie zog es aus der Hosentasche und nahm ab.

„Nathan? Endlich. Ich versuche, euch die ganze Zeit zu erreichen. Passt auf. Kommt in den Stadtpark. Wir wurden angegriffen und sind hier her geflüchtet." Kaum hatte sie aufgelegt, schon standen die Jungs bei uns. Ich wurde sofort von Sixt in die Arme gezogen.

„Geht es dir gut", fragte er besorgt.

„Ja, mir geht es gut", erwiderte ich.

„Was ist passiert", fragte Timothy und Anastasia erzählte ihnen, was genau geschehen war. Dabei ließ sie die Sache mit dem Sofa und meinen Fußtritt nicht aus.

„Männer müssen ja richtig auf dich aufpassen", wandte Nathan sich mir lachend zu.

„Na dann leg dich nicht mit mir an", grinste ich.

„Soll ich vielleicht doch Kämpfe für dich organisieren", fragte Nathan grinsend.

„Nein, lass mal. Das heute Abend hat mir gereicht."

„Mir macht es etwas Sorgen, dass sie sich Verstärkung geholt haben", sagte Sixt.

„Sie haben anscheinend Angst es mit uns alleine aufzunehmen", erwiderte Nathan. „Aber die schaffen wir auch."

„Kanntet ihr die drei Anderen", fragte Sixt Sasha und Anastasia.

„Nein, ich habe sie leider noch nie gesehen", sagte Sasha und Anastasia schüttelte ebenfalls den Kopf.

„Konntet ihr denn erkennen, ob es gefallene Engel oder Dämonen waren? Haben sie irgendwelche Fähigkeiten eingesetzt", fragte Timothy.

„Nein, keine Ahnung. Sie haben sich nicht zu erkennen gegeben, was sie waren. Auch haben sie keine Fähigkeiten eingesetzt. Aber Dämonen konnten es nicht gewesen sein, denn sie wären durch das geweihte Grundstück nicht ins Haus gekommen", erwiderte Anastasia.

„Warum habt ihr uns eigentlich nicht angerufen", fragte nun Brian.

„Haben wir ja, aber anscheinend wart ihr in einem Funkloch. Wir konnten euch nicht erreichen", sagte Sasha.

„Warum seid ihr eigentlich hier in den Park gesprungen", fragte Nathan.

„Zu uns nach Hause wollten wir nicht, da wir nicht wussten, ob dort vielleicht auch noch ein paar Leute von Gregory und Tobin wären. Wer weiß, ob sie nicht angenommen haben, dass wir dorthin flüchten würden und dort noch Leute hingeschickt haben, um uns anzugreifen. Also brauchten wir einen Ort, der weit genug von der Wohnung weg ist und wo keine Menschen sind. An der Uni hätten sie uns vielleicht auch vermutet, deshalb der Park", berichtete Sasha ihnen.

„Woher wussten sie eigentlich, wo Anastasia und Brian wohnen", fragte Maya.

„Entweder haben sie uns belauscht oder vielleicht haben sie auch herumgefragt, bis ein Schutzengel es ihnen verraten hat. Sie kennen ja noch einige von früher", mutmaßte Timothy.

„Vielleicht haben sie uns auch ausspioniert", warf Brian ein.

„Und was sollen wir jetzt tun? Können wir nach Hause, oder ist es da nicht sicher", fragte ich und sah Sixt an.

„Wir sollten am besten die Nacht im Hotel verbringen. Dort ist es sicherer, bevor sie bei uns zu Hause noch einmal aufkreuzen", schlug Sixt vor.

„Muss das sein", fragte ich.

„Ach Süße, ich würde es uns auch lieber ersparen. Aber es ist im Moment sicherer für uns", sagte Sixt tröstend und strich mir sanft über die Wange.

„Na gut", gab ich nach.

„Na dann lasst uns kurz einige Sachen holen", sagte Timothy. „Ihr Mädels bleibt hier, falls Gregory und die Anderen bei uns im Haus sind."

„Welche Bücher brauchst du denn für die Uni morgen", fragte Sixt mich.

„Gesellschaftsrecht und Marketing."

„Okay. Ich bring dir alles mit. Bin gleich wieder da." Er gab mir einen Kuss und verschwand mit den Anderen. Nach einer Viertelstunde kamen sie zurück.

„Los kommt zum Parkplatz. Wir haben die Autos mitgebracht, damit wir morgen gleich zur Uni fahren können", rief Nathan. Wir liefen zum Parkplatz, wo Nathans und Timothys Wagen standen. Wir stiegen ein und fuhren zum Hotel, was außerhalb der Stadt lag. Die Wagen wurden in der Tiefgarage des Hotels geparkt und wir stiegen aus. Sixt nahm unsere Taschen und zusammen mit den Anderen gingen wir in die Hotellobby zur Rezeption. Es war ein sehr luxuriöses Hotel mit hundert Zimmern, einem Restaurant, einer Hotelbar und im Untergeschoss befanden sich noch ein Wellnessbereich und ein Fitnessraum. Die Wände und der Boden waren mit Marmorplatten verkleidet und in der Lobby standen rote Sessel. An der rechten Seite befanden sich drei Fahrstühle. Auf der linken Seite befanden sich die Türen zum Restaurant und zur Hotelbar. Gegenüber von der Eingangstür war die Rezeption, die aus einem dunklen Holz bestand.

„Guten Abend. Was kann ich für sie tun", fragte eine freundliche Dame.

„Wir bräuchten vier Doppelzimmer für eine Nacht", sagte Brian.

„Da haben sie aber Glück. Wir haben noch vier Zimmer frei. Der Rest ist wegen eines Kongresses hier in der Stadt ausgebucht", erwiderte die Rezeptionistin. Sie nahm unsere Daten auf und reichte uns die Zimmerschlüssel. Wir verabschiedeten uns von ihr und gingen zuerst zu unseren Zimmern, die sich im zweiten Stock befanden. Insgesamt hatte das Hotel fünf Stockwerke, wobei sich in der fünften Etage die Suiten befanden. Wir fuhren mit dem Aufzug nach oben. Im zweiten Stock angekommen suchten wir unsere Zimmer. Auch hier waren die Wände mit Marmorplatten bedeckt und der Boden war mit einem roten Teppich ausgelegt. „Also dann treffen wir uns in einer halben Stunde im Restaurant", rief Nathan und verschwand mit Sasha in ihrem Zimmer. Sixt schloss die Zimmertür auf und wir traten ein. Als Erstes gingen wir durch einen kleinen Flur, wo es durch eine Tür rechts zum Badezimmer ging. Dieses schaute ich mir zuerst an. Die Fliesen waren in einem weis-grau und es war mit einer Dusche, einer Toilette und einem Waschbecken, worüber ein großer Spiegel hing, ausgestattet. Wir gingen weiter den Flur entlang und kamen in einem großen Raum. Er war wunderschön. Die Wände waren in Cremefarben gestrichen und dazu passend war der Fußboden, sowie auch die Möbel, in einem dunklen Holz gehalten. An der linken Seite stand ein großes Bett. Ihm gegenüber standen eine Schrankwand, ein Tisch und zwei rote Sessel. Gegenüber der Tür befanden sich eine große Fensterfront und eine Balkontür, die auf den Balkon führte.

„Gefällt dir unser Notquartier", fragte Sixt und schaute mich an.

„Ja, es ist sehr schön."

„Es tut mir leid, dass wir nicht zu Hause übernachten", entschuldigte sich Sixt.

„Es ist schon gut. Außerdem, wenn ich mir vorstelle, morgen früh durch den Zimmerservice das Frühstück ans Bett gebracht zu bekommen, entschädigt es einiges", grinste ich und schlank meine Arme um seinen Hals.

„Du bekommst alles, was du möchtest", lächelte er und zog mich dichter an sich. Seine Lippen legten sich auf meine und wir küssten uns. Schnell machten wir uns noch etwas frisch und gingen dann zum Restaurant, wo wir uns mit den Anderen trafen. Das Restaurant war, wie das ganze Hotel, luxuriös. Hier waren die Wände weiß gestrichen. Der Fußboden war mit dem gleichen dunklen Holz ausgelegt wie in unserem Zimmer und dazu passend standen dunkelbraune Tische und Stühle im Raum. Sixt führte mich

zu einem großen Tisch, an dem schon Anastasia und Brian saßen.
„Wartet ihr schon lange", fragte ich die beiden.
„Nein. Wir sind auch gerade erst gekommen", antwortete
Anastasia. „Wir haben uns das Hotel noch angeschaut."
„Es ist richtig schön. Hier könnte man es echt ein paar Tage
aushalten", sagte Brian.
„Ja, das finde ich auch", erwiderte Sasha, die gerade mit den
Anderen an unseren Tisch gekommen war und sich setzte. Der
Kellner kam und wir bestellten etwas zu trinken und zu essen. Es
war gar nicht so einfach, in einem so noblen Restaurant etwas zu
Essen zu finden. Schnitzel mit Pommes gab es hier nicht und so
bestellte ich mir ein Rinderfilet in Pfeffersoße mit Salzkartoffeln
und feinem Gemüse. Es dauerte auch nicht lange, bis der Kellner
uns das Essen brachte. Höflich bedankten wir uns, und als alle ihre
Essen bekommen hatten, begannen wir zu essen. Es schmeckte
richtig gut.
„Wie sieht es denn mit einem Nachtisch aus", fragte Sixt mich, als
wir aufgegessen hatten.
„Naja, so ein Vanilleeis mit heißen Kirschen könnte ich noch
vertragen", grinste ich. Der Kellner kam und wir bestellten alle
noch einen Nachtisch.
„Wir müssen gleich noch mit euch reden", sagte Timothy und
schaute erst Maya und dann mich an.
„Worüber denn", fragte Maya.
„Wie es weitergeht. Aber das besprechen wir am besten oben auf
dem Zimmer. Hier bekommen es zu viele Leute mit und wir
können uns nicht sicher sein, ob nicht doch einer von Gregorys
Handlangern hier ist und uns belauscht", erwiderte Timothy.
„Genau, deshalb kommt ihr gleich alle zu uns ins Zimmer", sagte
Sasha. Sie wusste also auch schon, was los war.
„Na gut", sagten Maya und ich nickte zustimmend. Unser
Nachtisch kam und wir begannen ihn zu essen. Ich fragte mich, was
sie wohl mit uns besprechen wollten. Ich hatte schon bemerkt, als
Timothy es angesprochen hatte, dass Sixt sich etwas versteift hatte
und angespannt war. Was würde uns gleich wieder erwarten? Ich
hatte das Gefühl, das es nichts Gutes war.

Nachdem wir aufgegessen und bezahlt hatten, fuhren wir
nach oben und gingen mit ins Zimmer von Nathan und Sasha. Wir

setzten uns, wobei Sixt einen der Sessel nahm und mich auf seinen Schoß zog.

„Na dann schießt mal los", sagte Maya.

„Also wir haben uns vorhin, als wir die Sachen geholt haben, überlegt, was für euch das Beste wäre und wie wir weiter vorgehen", begann Timothy. „Da es zu Hause zu gefährlich ist und sie jetzt auch wissen, wo Brian und Anastasia wohnen, kam Brian auf eine Idee."

„Wir haben ein Sommerhaus an einem See, das vom Wald umgeben ist. Wir haben uns überlegt, dass ihr euch da erst einmal versteckt, bis wir sie erledigt haben", berichtete Brian weiter.

„Was", kam es auch Mayas und meinen Mund zugleich.

„Ihr könntet auch hier im Hotel bleiben, nur es ist eine Frage der Zeit, bis sie euch hier finden. Sie werden bestimmt schon angefangen haben nach uns zu suchen", sagte Sixt.

„Ach und ihr meint im Sommerhaus finden sie uns nicht", fragte ich.

„Nein eigentlich nicht, da niemand von dem Haus etwas weiß", erwiderte Brian.

„Vergesst es. Da mache ich nicht mit", rief Maya aufgebracht.

„Ich auch nicht. Es ist die eine Sache nicht alleine irgendwo hingehen zu können, aber eine Andere sich jetzt auch noch verstecken zu müssen. Da habe ich keine Lust zu", sagte ich und Wut schäumte in mir auf. Ich stand auf, ging in eine andere Ecke vom Zimmer, wo ich mich auf dem Boden setzte und verschränkte die Arme vor der Brust. Gut vielleicht benahm ich mich wie ein trotziges Kind. Aber war es denn nicht verständlich? Ich war wütend, auf die gefallenen Engel, die uns entführen wollten, um an die Schutzengel heranzukommen. Nur wegen ihnen mussten wir uns doch jetzt verstecken. Als ob es nicht schon reichte, dass wir nicht mehr alleine aus dem Haus gehen konnten. Ich hatte keine Lust meine Freiheit aufzugeben und mich verstecken zu müssen. Sixt stand auf, kam zu mir herüber und hockte sich vor mich hin.

„Hey Süße, es ist doch nur zu eurem Besten. Sieh mal, so können wir alle auf die Jagd gehen und brauchen keine Angst haben, dass euch etwas passiert. Außerdem sind wir nachts bei euch."

„Schön und wie lange soll das Ganze gehen? Ich habe keine Lust mich wegen durchgeknallter gefallener Engel zu verstecken", fragte ich ihn gereizt.

„Es ist erst einmal nur dieses Wochenende. Wir nehmen an, dass sie jetzt die nächsten Tage angreifen werden."

„Und was ist, wenn sie es nicht tun? Ich werde auf keinen Fall Wochen in dem Haus wohnen."

„Dann überlegen wir uns etwas anderes. Versprochen." Sixt sah mir tief in die Augen und versuchte mich davon zu überzeugen, dass es das Richtige wäre, wenn wir uns in dem Sommerhaus verstecken würden. Langsam verschwand die Wut in mir. Ich verstand ja, dass es wirklich das Beste für uns war, aber ich wollte mich nicht verstecken müssen. Ich wollte, dass es endlich vorbei war.

„Und wie soll das Ganze ablaufen? Was ist mit der Uni oder der Arbeit", fragte Maya. Man sah ihr an, dass sie sauer war.

„Darüber haben wir auch schon nachgedacht. Klar wäre es einfacher, wenn ihr morgen früh schon in dem Haus wäret, aber wir sind auch der Meinung, dass ihr erst zur Uni und zur Arbeit gehen könnt. Sie werden euch dort nichts tun, da es Orte mit vielen Menschen sind. Also werden wir morgen Abend mit euch zum Haus springen", erklärte Timothy. Maya und ich schauten uns an. Wir verstanden uns ohne etwas zu sagen und nickten beide.

„Okay, wir sind einverstanden, aber nur dieses Wochenende", sagte ich für uns beide.

„Seht es doch einfach als Urlaub an", erwiderte Nathan.

„Toller Urlaub. Ich nehme an, wir dürfen da nicht raus", mutmaßte ich.

„Besser wäre es wirklich, wenn ihr im Haus bleibt, aber wir schauen mal", sagte Sixt und streichelte beruhigend über meinen Arm. Ich sagte dazu nichts mehr. Meine Gedanken kreisten in meinen Kopf herum. Warum musste das passieren? Wieso mussten wir uns jetzt verstecken?

„Wo bringt ihr uns morgen eigentlich hin", fragte Maya nun. Stimmt es hatte noch niemand gesagt, wo das Haus überhaupt stand.

„Das sagen wir euch morgen, wenn wir da sind. Wir wissen nicht, ob wir belauscht werden und können nicht das Risiko eingehen, dass sie es erfahren, sonst ist unsere ganze Aktion umsonst", kam es von Timothy.

„Als ob uns hier jemand belauscht. Aber okay, dann warte ich eben bis morgen", murrte Maya.

„Na komm, wir gehen ins Bett. Es ist schon spät", sagte Sixt zu mir und stand auf. Auch die Anderen machten sich auf den Weg in ihre Zimmer. Ich stand auf, verabschiedete mich von den Anderen und ging mit Sixt in unser Zimmer. Ich zog mir meine Schlafsachen an und machte mich im Bad fertig. Sixt lag schon im Bett und wartete auf mich. Ich legte mich zu ihm und kuschelte mich in seine Arme.

„Was ist los? Du bist so ruhig", fragte er besorgt.

„Es ist nichts", erwiderte ich.

„Na los erzähl schon. Ich merke doch, dass etwas nicht stimmt", forderte er mich auf. Er durchschaute mich ständig.

„Naja, es ist die ganze Situation."

„Du willst nicht, dass wir euch verstecken."

„Ich weiß, dass es das Beste ist. Aber wieso muss uns das ständig passieren? Erst das mit Terina und jetzt die gefallenen Engel."

„Ach Süße, wenn ich etwas daran ändern könnte, würde ich es sofort tun. Es fiel uns nicht leicht diese Entscheidung zu treffen, aber es muss leider sein. Da seid ihr am sichersten. Wenn sie uns zu Hause angreifen und ihr seid da, ist es schwieriger auf alles zu achten, besonders, dass euch nichts passiert. Wenn sie nur zu zweit wären, wäre es etwas anderes, aber sie haben sich jetzt Verstärkung geholt."

„Ich weiß", seufzte ich. „Was ist eigentlich mit unseren Familien? Was ist, wenn die gefallenen Engel sie angreifen oder vielleicht entführen?"

„Das werden sie nicht. Die Schutzengel passen gut auf eure Familien auf. Dafür haben wir schon gesorgt. Ihnen wird nichts passieren. Der Engelsrat hat sogar noch extra einige Schutzengel mehr zur Sicherheit eurer Familien eingeteilt. Also sind sie doppelt geschützt", versicherte Sixt mir und strich sanft über meinen Rücken.

„Und was ist mit unseren Kaninchen? Wir müssen sie mitnehmen. Sie können nicht das ganze Wochenende alleine Zuhause bleiben. Sie brauchen doch Futter und Wasser. Außerdem möchte ich nicht, dass ihnen etwas passiert", fiel mir ein.

„Den beiden wird nichts passieren. Sasha und Nathan werden die Nächte zu Hause bleiben und auf sie aufpassen, beziehungsweise sich um sie kümmern. Mitnehmen können wir sie leider nicht, da wir zum Haus springen werden und das will ich den Kaninchen nicht antun. Wir wissen schließlich nicht, wie sie darauf reagieren werden. Das wäre wahrscheinlich zu viel Stress für sie. Wenn du aber möchtest, können wir sie zu deinen Eltern bringen."

„Nein, sonst müsste ich ihnen erklären warum und das muss, nicht sein. Sasha und Nathan werden sich bestimmt gut um sie kümmern."

„So sehe ich das auch. Außerdem werde ich auch immer mal nach ihnen schauen."

„Na gut, dann bin ich ja beruhigt", sagte ich und drehte mich zu ihm um.

„Es tut mir so leid, dass du dich jetzt auch noch verstecken musst. Ich weiß, wie dich das nervt, dich nicht frei bewegen zu können. Ich kann mir auch etwas Besseres vorstellen, als die ganze Zeit hinter den gefallenen Engeln herzujagen. Ich würde die Zeit viel lieber mit dir verbringen", entschuldigte er sich.

„Das wäre auch viel schöner", lächelte ich.

„Ich verspreche dir, dass wir jetzt alles daran setzten werden, um sie zu schnappen. Dann können wir endlich wieder in Ruhe unsere Zweisamkeit genießen."

„Da freu ich mich schon drauf." Ich zog ihn zu mir und küsste ihn. Sixt erwiderte den Kuss.

„Ich liebe dich", flüsterte er.

„Ich liebe dich auch", erwiderte ich und küsste ihn erneut.

Kapitel 15

Am nächsten Morgen wurde ich mit sanften Küssen geweckt. Ich öffnete die Augen und schaute in Sixts strahlendes Gesicht.

„Guten Morgen, Prinzessin. Das Frühstück ist schon da."

„Morgen", nuschelte ich und rieb mir die Augen. Ich setzte mich auf und sah, dass neben unserem Bett ein Servierwagen stand.

„Frühstück im Bett gefällig", grinste Sixt und deutete auf den Servierwagen.

„Oh ja, sehr gerne", erwiderte ich lächelnd. Sixt hob das Tablett vom Servierwagen und stellte es auf unsere Beine ab.

„Das sieht ja lecker aus", sagte ich, als ich die Vielfalt an Leckereien sah, die auf dem Tablett lagen.

„Für dich nur das Beste", erwiderte er, strich mir eine Haarsträhne aus dem Gesicht und küsste mich. Ich nahm mir ein Croissant und bestrich es mit Erdbeermarmelade. Langsam führte ich es zu Sixts Mund, der genüsslich davon abbiss.

„Mhhh, so können wir immer frühstücken", sagte er.

„Von mir aus gerne", grinste ich und biss ebenfalls von dem Croissant ab.

„Es gibt doch nichts Schöneres, als im Bett zu liegen, die wunderschönste Frau auf der ganzen Welt im Arm zu halten und von ihr gefüttert zu werden", flüsterte er und küsste meinen Hals.

„Und von dem süßesten und liebevollsten Mann auf der ganzen Welt verwöhnt zu werden", fügte ich noch hinzu.

„Du weißt gar nicht, wie sehr ich dich liebe."

„Bestimmt nicht mehr als ich dich."

„Doch."

„Nein", erwiderte ich und stoppte seinen Protest mit einem langen Kuss. Wir frühstückten noch zu Ende und machten uns dann für die Uni fertig. Mit gepackten Sachen standen wir unten in der Lobby und warteten auf die Anderen. Als alle eingetroffen waren, checkten wir aus und bezahlten die Zimmer. Anschließend fuhren wir zur Uni. Auf dem Parkplatz trafen wir uns und gingen zusammen zum Gebäude. Ich schaute an dem Gebäude vorbei und

264

sah Monica auf der Wiese stehen. Sie war aber nicht der Grund, warum ich erschrak. Neben ihr stand ein großer Mann mit schwarzen kurzen Haaren und einem breiten Kreuz und unterhielt sich mit ihr. Ich erkannte ihn. Das war einer von Gregorys Handlangern.

„Jamie, was hast du", fragte Sixt und erst da bemerkte ich, dass ich mich verkrampft hatte.

„Der Typ bei Monica ist einer dieser Handlanger. Er war gestern auch in der Wohnung."

„Bist du dir sicher", fragte Sixt und schaute kurz zu dem Typen herüber. Auch die Anderen sahen zu ihm.

„Ja, ich bin mir ganz sicher", versicherte ich ihm.

„Stimmt, er ist es", sagte nun Anastasia.

„Komm lass uns erst einmal weitergehen." Sixt führte mich ins Gebäude. Ich schaute noch einmal zu ihnen herüber und sah, wie Monica diesen Typen küsste. Auch das noch. Jetzt hatte sie sich auch noch an einem gefallenen Engel herangeschmissen. Oder war er ein Dämon? Naja vom Charakter passten sie auf jeden Fall zusammen. Egoistisch und bösartig.

„Was machen wir jetzt", fragte Maya.

„Wir gehen erst einmal zu unseren Kursen. Er ist alleine, vielleicht studiert er ja auch hier und hat uns noch nicht entdeckt. Viel ausrichten kann er hier nicht. Es sind zu viele Leute hier", erwiderte Timothy.

„Gut dann sehen wir uns in der Mittagspause", sagte Sasha. Ich verabschiedete mich von Sixt und ging mit Sasha in unseren Kursraum. Monica ging gerade an mir vorbei.

„Na eifersüchtig? Sorry aber der Typ gehört mir, den bekommst du nicht", zischte sie und schaute mich böse an.

„Keine Sorge. Den möchte ich auch gar nicht haben. Ich bin mit Sixt überglücklich und jetzt lass mich in Ruhe", erwiderte ich kühl und folgte Sasha zu unseren Sitzplätzen.

Bis zur Mittagspause verlief alles ohne Probleme. Von den gefallenen Engeln oder ihren Handlangern war nichts zu sehen. Sasha und ich gingen in die Mensa und setzten uns zu den Anderen an den Tisch, die schon für uns etwas zu Essen besorgt hatten. Heute hatte Sixt zwei belegte Baguettes, mit Käse, Salami, Salat und Remoulade und einen Schokoladenpudding zum Nachtisch mitgebracht.

„Bleibt es jetzt eigentlich alles so wie besprochen", fragte Maya.

„Ja. Nach der Arbeit bringen wir euch dahin", sagte Timothy und achtete darauf den Ort nicht auszusprechen.

„Was ist mit unseren Sachen? Wir haben doch keine Zeit mehr zu packen", fragte ich leise.

„Wenn ihr nichts dagegen habt, dann werde ich das für euch übernehmen. Ihr müsst mir nur sagen, ob ihr noch etwas Bestimmtes braucht", sagte Sasha. Maya und ich nickten zustimmend und wir schrieben ihr auf Zetteln auf, was sie noch mit einpacken sollte. Zwischen dem Schreiben biss ich immer wieder von meinem Baguette ab. Bei mir waren es neben meinen Klamotten und Hygieneartikel, noch mein Buch und meine Kursunterlagen für die Klausur, die wir in der nächsten Woche in Marketing schrieben.

„Gut. Ich werde dann alles zusammenpacken und die Sachen schon mal dort abliefern", sagte Sasha, als wir ihr die Zettel gaben. Wir brachten unsere Tabletts weg und gingen zum nächsten Kurs.

  Nach der Uni wurde ich von Sixt und Brian zur Arbeit begleitet. Wie immer waren sie dabei unsichtbar.

„Hallo Jamie", begrüßte mich Mrs. Evans.

„Hallo."

„Ach Jamie, ich glaube, dass Luzia doch keine so gute Wahl war", seufzte Mrs. Evans.

„Warum? Was ist mit ihr", tat ich ahnungslos. Ich wusste genau, wo sie war und musste innerlich grinsen.

„Sie ist seit gestern nicht mehr zur Arbeit gekommen und hat auch noch nicht mal angerufen. Sie hat mir nur ihre Handynummer gegeben, und wenn ich dort anrufe, kommt immer nur die Ansage, dass sie im Moment nicht erreichbar wäre. Ich verstehe das nicht. Sie war doch so eine nette junge Frau. Sie hätte doch mit mir sprechen können, wenn ihr die Arbeit nicht gefällt. Jetzt muss ich doch wieder eine neue Mitarbeiterin suchen", sagte sie.

„So etwas hätte ich von ihr nicht gedacht." Das war gelogen. Natürlich hatte ich das von ihr gedacht und ich hätte ihr noch viel mehr zugetraut. Aber jetzt konnte sie niemanden mehr etwas tun.

„Ich auch nicht. Na dann werde ich mir die anderen Bewerbungsunterlagen noch einmal ansehen. Vielleicht finde ich ja

266

doch noch die passende Mitarbeiterin."

„Bestimmt. Ich werde dann mal an die Arbeit gehen."

„Ja mach das. Samantha kann bestimmt Hilfe gebrauchen." Ich brachte meine Tasche weg und ging in den Laden. Es dauerte auch nicht lange, bis die erste Kundin zu mir kam. Ihre kleine Tochter brauchte eine neue Hose und ich beriet sie dazu.

„Ich möchte eine gelbe Hose", sagte die kleine Tochter, die Amy hieß.

„Nein, du bekommst eine Blaue", erwiderte die Mutter.

„Ich will aber eine Gelbe", rief Amy und stampfte wütend mit dem Fuß auf.

„Schau mal", begann ich und kniete mich zu ihr hinunter. „Eine gelbe Hose wird doch viel zu schnell dreckig. Damit kannst du dann gar nicht draußen spielen. Man sieht ja jeden Fleck. Auf einer blauen Hose sieht man das nicht so schnell. Außerdem hat diese blaue Hose hier sehr viele Taschen. Da kannst du viele Sachen hineinstecken." Sie schaute mich an und überlegte kurz.

„Na gut ich nehme die Blaue. Dafür möchte ich aber ein gelbes T-Shirt."

„Gelb ist ihre Lieblingsfarbe", erklärte mir ihre Mutter. Wir nahmen zwei Hosen in verschiedenen Größen und suchten ihr dann noch ein schönes T-Shirt aus, natürlich in Gelb. Als wir alles zusammenhatten, gingen wir zur Anprobe. Amy probierte eine Hose an und kam aus der Kabine heraus.

„Die passt Mom", rief sie.

„Gut, dann zieh mal das T-Shirt an", sagte ihre Mutter und Amy verschwand wieder in der Kabine.

„Sie haben eine süße Tochter", stellte ich fest.

„Ja, sie kann aber auch oft richtig anstrengend sein. Sie können aber gut mit Kindern umgehen. Haben Sie Eigene", fragte sie. Die Frage kam für mich ganz überraschend.

„Nein, ich habe keine Kinder", erwiderte ich lächelnd. „Ich habe früher in meiner Highschoolzeit nur oft babygesittet."

„Ach so. Na daher wird es dann kommen." Ich hatte früher wirklich neben der Schule noch auf einige Kinder in der Nachbarschaft aufgepasst. So hatte ich mir mein Taschengeld aufgebessert.

„Mummy, das gefällt mir. Kaufst du mir das", fragte Amy, die aus der Kabine kam. Sie hatte sich das T-Shirt angezogen und

267

betrachtete sich nun im Spiegel.

„Oh das sieht aber gut aus", sagte ich.

„Ja, da haben Sie recht. Gut wir nehmen beides. Amy, geh dich bitte wieder umziehen." Amy rannte wieder in die Kabine und zog sich in Windeseile um. Fertig angezogen kam sie mit der Hose und dem T-Shirt in der Hand wieder heraus und wir gingen zur Kasse. Die Mutter bezahlte die Sachen und verließ dann mit ihrer Tochter den Laden.

„Tschüss", rief Amy und winkte mir zu.

„Tschüss", rief ich zurück. Nun kam der nächste Kunde auf mich zu, den ich beraten sollte. Die Zeit verging und der Feierabend kam. Ich schnappte mir meine Tasche, verabschiedete mich von Samantha und Mrs. Evans und ging aus dem Laden. Ich stieg in Nathans Wagen, den Sixt sich von ihm geliehen hatte, und fuhr los. Sixt und Brian tauchten auf.

„Wie geht es denn jetzt weiter", fragte ich.

„Wir fahren jetzt erst nach Hause und dann springen wir zum Haus", sagte Sixt.

„Okay. Sind unsere Sachen denn schon da?"

„Ja, Sasha hat sie schon dort hingebracht. Sie ist auch im Moment mit Anastasia dort", erwiderte Brian. Wir fuhren die Auffahrt zum Haus hoch und ich parkte das Auto in der Garage. Ich schnappte mir meine Tasche und stieg aus. Sixt nahm mich in den Arm und sprang mit mir ins Sommerhaus. Brian folgte uns. Dort erwarteten uns schon die Anderen. Auf der Veranda des Hauses tauchten wir wieder auf. Ich ließ meinen Blick schweifen und es sah alles genauso aus, wie Brian es erzählt hatte. Das Haus lag an einem See. Ringsherum war Wald und dahinter konnte man eine Bergspitze sehen. Es sah richtig schön aus. Auch das Haus war ein Traum. Es war aus einem hellen Holz, mit großen Fenstern, und wenn ich es von außen richtig deuten konnte, besaß es zwei Stockwerke. Wir betraten das Haus und begrüßten die Anderen.

„Na ihr drei. Auch endlich da", fragte Nathan grinsend.

„Wir wären schon eher hier gewesen, wenn Jamie auf dem Heimweg etwas schneller gefahren wäre", kam es von Sixt.

„Jamie ist meinen Wagen gefahren", fragte Nathan nun geschockt. „Ist alles in Ordnung mit ihm? Hat er Schrammen oder eine Beule?"

„Hey, ich kann Auto fahren. Deinem Wagen ist nichts passiert. Er steht unversehrt in der Garage", verteidigte ich mich.

„Da seid ihr ja. Jamie, du musst dir das Haus ansehen. Das ist echt unglaublich", rief Maya mir zu.

„Ja, das werde ich jetzt auch, als Erstes tun", erwiderte ich.

„Ich komme mit dir", sagte Sixt und wir sahen uns gemeinsam im Haus um. Von der Haustür aus kam man direkt in ein großes Wohnzimmer. Die Innenwände waren ebenfalls in dem hellen Holz verkleidet. Der Fußboden war mit beigefarbenen Fliesen ausgelegt. An der linken Seite stand eine mokkafarbene Couch, ein Wohnzimmertisch aus Glas und auf einer Kommode standen ein großer Flachbildschirm und ein DVD-Player. An der rechten Seite war eine Kochnische mit einer farblich zum Haus passenden Küche in einem Braunton. Nach hinten hinaus stand ein Esstisch mit sechs Stühlen. Gegenüber vom Eingang befanden sich eine Fensterfront und eine Terrassentür, die auf eine kleine Terrasse führte. Hinter der Couch an der linken Seite führte eine Treppe nach oben in die erste Etage, die Sixt und ich hinaufgingen. Hier befanden sich zwei Schlafzimmer, die beide gleich eingerichtet waren. Beide hatten ein großes Himmelbett mit weißen Vorhängen und einen Kleiderschrank. Hier waren die Wände weiß gestrichen. Zu jedem Zimmer gehörte auch ein kleiner Balkon, von dem man aus einen Blick auf den See hatte. Der Fußboden war mit Laminat ausgelegt und die Möbel waren in einem hellen Holz. Das Badezimmer befand sich ebenfalls im Obergeschoss. Dieses war mit beigen Fliesen gefliest und hatte neben einer Dusche, einer Toilette und einem Waschbecken, weiße Badezimmermöbel. Ein großer Spiegel hing über dem Waschbecken.

„Und meinst du, du kannst es hier ein paar Tage aushalten", fragte Sixt mich.

„Ich glaube schon. Das Haus ist richtig schön", sagte ich und drehte mich zu ihm um.

„Da bin ich aber froh. Es wird auch nicht lange dauern. Versprochen", erwiderte Sixt und zog mich zu sich.

„Sag mal wo sind wir hier eigentlich? Sind wir noch in Oregon?"

„Nein. Wir sind in Vancouver."

„In Kanada", fragte ich ungläubig.

„Ja genau."

„Ich wollte mir schon immer mal Kanada ansehen. Die unberührte Natur, die Wälder, Flüsse, Seen und die Tiere. Nur jetzt bin ich hier und kann es mir alles nicht ansehen", sagte ich traurig. „Raus dürfen wir ja nicht."

„Weißt du was? Ich spreche nachher mal mit den Anderen, ob wir morgen Vormittag nicht doch mal eine Runde hier durch die Natur drehen können. Dann siehst du wenigstens etwas. Ansonsten werden wir mal eine komplette Rundreise durch Kanada machen. Wir haben ja noch sehr viel Zeit zusammen. Okay", schlug Sixt vor.

„Na gut einverstanden. Stimmt, wir haben noch alle Zeit der Welt zusammen", lächelte ich, stellte mich auf Zehenspitzen und küsste ihn. Zusammen gingen wir hinunter zu den Anderen.

„So dann werden wir jetzt mal aufbrechen und uns auf die Suche machen", sagte Nathan.

„Essen und Trinken findet ihr in der Küche. Wir haben eingekauft, der Kühlschrank ist voll", erklärte uns Anastasia. Timothy ließ überall die Rollläden herunter.

„Warum tust du das? Es ist doch noch hell draußen", fragte Maya.

„Vorsichtshalber. Es soll niemand mitbekommen, dass ihr hier im Haus seid."

„Aber das Haus liegt doch so abgelegen, dass hier niemand vorbeikommt."

„Und was ist mit Wanderern? Hier kommen bestimmt oft welche vorbei."

„Aber doch nicht abends", wandte ich ein.

„Man kann nie wissen. Wir müssen vorsichtig sein", entgegnete Timothy.

„Ist ja gut", sagte Maya.

„Ach ja und macht nicht die Tür auf, egal wer es ist und sollte etwas sein, ihr habt hier Handyempfang, also ruft an." So wie Timothy es sagte, hörte es sich an wie bei einer Mutter.

„Ja Mom", lachten Maya und ich.

„Das ist nicht witzig", beschwerte sich Timothy.

„Und wir sind keine kleinen Kinder mehr", erwiderte ich.

„Ich sage es ja nur", verteidigte sich Timothy.

„Okay dann lasst uns los", sagte Brian.

„Heute Nacht sind wir wieder da. Ich liebe dich", flüsterte Sixt mir zu.

„Ich liebe dich auch", erwiderte ich und küsste ihn. „Passt auf euch auf."

„Wie immer", grinste er und verschwand mit den Anderen.

270

„So und was machen wir jetzt", fragte ich Maya.

„Wie wäre es, wenn wir erst einmal etwas essen. Ich habe Hunger."

„Okay. Mal schauen, was sie für uns eingekauft haben", sagte ich und ging zum Kühlschrank. Ich öffnete die Tür und schaute hinein. Der Kühlschrank war wirklich gut gefüllt. Wir hätten hier locker eine Woche bleiben können. Doch ich hoffte, dass wir es nicht mussten. Es war das eine, ob man wegen eines normalen Urlaubes in dem Haus war, oder ob man aufgrund dessen, dass man sich verstecken musste, gezwungen war hier zu bleiben. Urlaub würde ich hier jederzeit machen, denn das Haus war wirklich sehr schön.

„Wie wäre es mit Tortellini und Tomatensoße?"

„Ja das hört sich gut an." Wir nahmen die Tortellini aus dem Kühlschrank und begannen unser Abendessen zu kochen.

Nach dem Essen spülten wir das Geschirr ab und setzten uns anschließend auf die Couch. Ich schaltete den Fernseher ein und zappte durch die Kanäle. Da nichts Gutes kam, überlegten Maya und ich, was wir tun könnten und entschieden uns für ein Gesellschaftsspiel, welches sich in der Kommode befand. Anschließend schauten wir noch einen Film im Fernsehen. Zwar kannten wir ihn schon, aber er war so gut, dass man ihn sich einfach mehrmals ansehen konnte. Der Film handelte über Werwölfe. Wir mussten lachen, als wir dran dachten, wie Nathan versucht hatte, seinen Hund zu überreden, dass er sich in einen Menschen verwandeln sollte. Dabei ließen wir es uns richtig gut gehen mit einer Chipstüte und zwei verschiedener Sorten Tafeln Schokolade, die auf dem Wohnzimmertisch lagen. Dazu hatten wir uns zwei kleine Flaschen Cola geholt, die ebenfalls auf dem Tisch standen.

„Was lacht ihr denn so", fragte Sixt, der mit Timothy im Wohnbereich auftauchte. Sie kamen zur Couch und setzten sich zu uns.

„Über die Werwölfe und Nathan, als er erzählt hat, dass sein Hund sich verwandeln sollte", erzählte ich.

„Warum seid ihr eigentlich so schnell wieder da", fragte Maya.

„Wir wollten nur mal schnell nach euch sehen. Aber so wie es aussieht, geht es euch richtig gut", erwiderte Sixt.

„Ja, uns geht es gut", sagte ich grinsend.

„Na das sehen wir", grinste Sixt und deutete auf den

271

Wohnzimmertisch.

„Habt ihr sie schon gefunden", fragte Maya nach.

„Nein, leider noch nicht. Aber wir sind dran", erwiderte Timothy.

„Ach hier seid ihr. Ich habe euch schon gesucht", kam es von Anastasia, die im Wohnzimmer aufgetaucht war.

„Ja, wir wollten nur mal nach den beiden schauen, aber ihnen scheint es sehr gut zu gehen", erklärte ihr Sixt.

„Ja, das sehe ich", grinste sie und schaute auf den Wohnzimmertisch.

„Okay, dann werden wir mal wieder auf die Jagd gehen." Sixt gab mir noch einen langen Kuss und verschwand wieder mit Timothy und Anastasia.

„Oh der Film ist schon vorbei. Schade, ich hätte gerne mitbekommen, wie er geendet ist. Aber nein, wir wurden ja gestört. Dabei dachte ich, wir hätten hier erst einmal ruhe vor unseren Schutzengeln", lachte Maya.

„Das habe ich auch gedacht. Aber anstatt nach den gefallenen Engeln zu suchen, stören sie uns hier bei dem Film."

„Das haben wir gehört", kam es von Timothy, der mit Sixt und Anastasia wieder im Wohnzimmer auftauchte.

„Was macht ihr denn schon wieder hier", fragte Maya verdutzt.

„Wir haben die Gegend kontrolliert, damit ihr hier in Ruhe Filme schauen könnt", erwiderte Timothy schmunzelnd.

„Wir haben euch also gestört", fragte Sixt grinsend und setzte sich neben mich.

„Ja, wir haben den Schluss des Filmes verpasst", lachte ich.

„Als ob ihr den Film nicht schon kennt", schmunzelte Sixt, zog mich zu sich und gab mir einen Kuss. Ich wollte gerade den Kuss vertiefen, als Sixts Handy klingelte. Er holte es aus der Hosentasche, schaute kurz auf das Display und ging dran.

„Nathan, was gibt es", fragte er und schaute mich an. Sanft strich er mit dem Handrücken über meine Wange. „Ja, ist gut. Wir kommen zu euch", sagte er und legte auf.

„Was ist los", fragte ich und die Anderen sahen in ebenfalls fragend an.

„Die Anderen haben einen der Handlanger gesehen, wie er um unser Haus geschlichen ist", berichtete Sixt.

„Na dann lass uns los. Vielleicht führt er uns ja zu Gregory und Tobin", kam es von Timothy.

„Da hast du recht", entgegnete Sixt und wandte sich dann mir zu. „Jetzt lassen wir euch wieder in Ruhe. Bis nachher, Süße." Sixt küsste mich und verschwand mit den anderen beiden. Maya und ich beschlossen, uns schon einmal zu waschen und Schlafsachen anzuziehen. Anschließend machten wir es uns auf der Couch gemütlich und schauten einen weiteren Film.

Ich musste eingeschlafen sein, denn als ich wach wurde, trug Sixt mich in unser Schlafzimmer.
„Schlaf ruhig weiter, Süße", flüsterte er und legte mich ins Bett.
„Habt ihr sie gekriegt", fragte ich schlaftrunken.
„Nein leider noch nicht. Wir haben den Handlanger verfolgt, aber er ist zu Monica in die Wohnung gegangen", berichtete Sixt und legte sich zu mir.
„Okay", nuschelte ich, kuschelte mich an ihn und gähnte. Sixt lachte leise.
„Schlaf meine Süße. Ich erzähle es dir morgen."
„Mmhm", erwiderte ich nur und schlief wieder ein.

„Guten Morgen Süße. Aufwachen", hörte ich eine samtene Stimme neben mir. Verschlafen öffnete ich die Augen und schaute in ein strahlendes Gesicht. „Na los Schlafmütze. Das Frühstück ist auch schon fertig." Wie konnte man morgens schon so eine gute Laune haben. Ich drehte mich noch einmal um und zog mir die Decke über den Kopf.
„Na dann muss ich wohl zu härteren Methoden greifen", sagte Sixt. Plötzlich wurde mir die Decke weggerissen und er kitzelte mich durch. „Stehst du jetzt auf?"
„Das ist unfair", brachte ich unter Lachen heraus. Aber er hörte nicht auf.
„Nein ist es nicht. Du willst ja nicht aufstehen. Oder ergibst du dich?"
„Ja, ich ergebe mich", lachte ich und setzte mich auf. Sofort hörte er auf mich zu kitzeln.
„Gut. Ich habe dann noch eine Überraschung für dich."
„Was ist es denn", fragte ich, obwohl ich schon wusste, dass er es mir nicht verraten würde.
„Das wirst du schon sehen. Los jetzt", sagte er und scheuchte mich aus dem Bett. Ich stand auf, nahm mir etwas Frisches zum

Anziehen und ging ins Badezimmer um mich zu waschen. Als ich fertig gewaschen und angezogen war, ging ich mit Sixt zusammen hinunter ins Erdgeschoss. Dort saßen schon Maya und Timothy am Frühstückstisch.

„Guten Morgen", sagten wir und setzten uns zu ihnen.

„Morgen", erwiderten die beiden. Ich nahm mir ein Brötchen und goss mir Kaffee in die Tasse.

„Jetzt erzähl mir bitte noch mal, was gestern los war. Ich habe das heute Nacht nicht so wirklich mitbekommen", bat ich Sixt.

„Das habe ich gemerkt. So verschlafen, wie du warst", lachte er und begann zu erzählen.

„Also habt ihr Gregory und Tobin gestern gar nicht gesehen", stellte Maya fest.

„Nein leider nicht. Wir haben überall nachgeschaut. Waren auch in sämtlichen Bars. Nirgends waren sie. Auch nicht bei uns am Haus, in der Wohnung von Anastasia und Brian oder in der von Tobin", sagte Timothy.

„Vielleicht haben sie sich ein neues Versteck gesucht", mutmaßte ich.

„Das werden wir auch noch finden", versicherte uns Sixt.

„Guten Morgen. Na seid ihr soweit", fragte Sasha, die mit Nathan, Anastasia und Brian im Wohnzimmer auftauchte.

„Ja, wir sind fertig mit frühstücken", erwiderte Sixt. Ich schaute sie verdutzt an. Warum fragte sie, ob wir fertig waren?

„Na dann mal los", rief Nathan. Jetzt war ich wirklich irritiert. Was hatten sie vor?

„Komm Jamie. Es wird Zeit für die Überraschung", grinste Sixt und stand auf.

„Sagst du mir jetzt, was es ist."

„Na zieh deine Schuhe an und ich zeige es dir." Wieder keine richtige Antwort. Ich tat, was Sixt mir sagte und wir gingen zusammen aus dem Haus. Auch Timothy und Maya kamen mit. Ich verstand immer noch nicht, was das alles sollte. Sixt nahm mich an die Hand und führte mich in den Wald.

„Was wollen wir hier? Es ist doch viel zu gefährlich", sagte ich.

„Wir schauen uns etwas die Natur an. Ich weiß, dass ich dir im Moment nicht ganz Kanada zeigen kann, aber wenigstens etwas und zur Sicherheit kommen die Anderen mit. Es wird nichts passieren", erklärte er.

„Das ist also die Überraschung", fragte ich und lächelte ihn an. Ich freute mich wirklich, auch wenn ich nicht soviel von der Natur sehen würde.

„Ja."

„Du bist so süß", erwiderte ich und küsste ihn. „Jetzt opfern die Anderen aber doch extra ihre Freizeit für uns."

„Nein, tun sie nicht. Ich wäre auch mit dir alleine gegangen, aber sie wollten mit. Ich glaube, ein wenig Ablenkung tut uns allen gut."

„Dann ist ja gut." Arm in Arm schlenderten wir durch den Wald. Schauten uns die unberührte Natur an. Die Sonne schien und der Himmel war wolkenlos. Ich hörte die Vögel zwitschern und einen Bach in der Nähe plätschern. Ich genoss die frische Waldluft und atmete mehrmals tief ein.

„Na wie war die Nacht hier allein im Wald", fragte Anastasia, die sich zu uns gesellt hatte.

„Die war gut. Das Haus ist wirklich schön und das Bett richtig gemütlich", erwiderte ich.

„Freut mich, dass es dir gefällt."

„Naja unter anderen Umständen wäre es alles bestimmt noch viel schöner."

„Das stimmt. Aber wir werden sie kriegen", sagte Sixt und zog mich eng an sich.

„Ja, da bin ich mir auch sicher", stimmte Anastasia zu. Sixt half mir über einen Baumstamm, der im Weg lag. Anastasia sprang leichtfüßig herüber und ging weiter neben uns her. Wir wanderten bis zu einem Berg. Von hier aus hatte man eine herrliche Aussicht über Wälder und Wiesen. Unten am Berg entlang floss ein Fluss. Mit meinem Handy machte ich einige Fotos. Ich wusste zwar, dass ich sie erst einmal nicht meiner Familie zeigen dürfte, da sie sicher wissen wollten, wo die Fotos entstanden waren und ich es ihnen nicht sagen konnte, aber ich wollte sie für mich haben.

„Schau mal Jamie, da unten im Fluss", sagte Sixt und zeigte auf das, was er meinte. Dort waren zwei Braunbären, die in dem Fluss nach Fischen suchten.

„Sind die süß. Ich habe noch nie Bären in der freien Wildbahn gesehen. Laufen sie auch am Haus herum?"

„Eigentlich nicht. Sie halten sich schon vom Menschen fern", erklärte er.

„Leute langsam sollten wir wieder zurückgehen, wenn wir heute

Nachmittag noch auf die Jagd wollen", rief Brian.

„Schade. Hier ist es so schön", seufzte ich. „Aber Hauptsache ich habe etwas von der Natur gesehen."

„Wir werden hier noch einmal hinfahren. Jetzt ist es erst einmal wichtig, dass wir die gefallenen Engel schnappen und wieder in Ruhe leben können", sagte Sixt und küsste mich auf die Stirn.

„Ja, da hast du recht. Also lasst uns wieder zurückgehen."

Kapitel 16

„Hat dir der kurze Ausflug denn trotzdem gefallen", fragte Sixt, als wir wieder am Haus waren.

„Ja. Das war wirklich eine tolle Überraschung. Danke."

„Für dich immer." Er führte mich ins Haus.

„Also gut, dann werden wir jetzt gleich aufbrechen und uns ein paar gefallene Engel vornehmen", freute sich Nathan.

„Genau, dann lasst uns mal los", stimmte Sasha zu.

„Ich komme zwischendurch mal nach dir sehen", flüsterte Sixt mir zu.

„Okay. Passt auf euch auf und besonders du auf dich. Ich liebe dich."

„Ich liebe dich auch, Süße. Bis nachher", sagte er und gab mir einen leidenschaftlichen Kuss. Anschließend verschwanden sie und Maya und ich blieben alleine zurück.

„Und was machen wir jetzt", fragte Maya.

„Naja ich müsste eigentlich für Marketing lernen. Wir schreiben nächste Woche eine Klausur. Aber wir können auch etwas anderes machen."

„Nein, du kannst gerne lernen. Ich werde in der Zeit mal mein Buch weiterlesen. Irgendwann muss ich damit auch mal fertig werden", erwiderte sie. Ich ging die Treppe nach oben und holte aus meinem Zimmer meine Unterlagen, die ich zum Lernen brauchte. Maya holte sich ihr Buch aus ihrem Zimmer und zusammen gingen wir wieder hinunter ins Wohnzimmer, wo sie sich auf die Couch und ich mich auf den Boden setzte. Ich breitete meine Unterlagen auf dem Wohnzimmertisch aus und begann zu lernen. Timothy und Sixt kamen zwischendurch vorbei und schauten nach, ob alles in Ordnung war. Sie hatten die gefallenen Engel immer noch nicht gefunden.

„Sie scheinen wie vom Erdboden verschluckt zu sein. Niemand hat sie gesehen", sagte Sixt.

„Vielleicht haben sie auch aufgegeben und sind abgehauen", vermutete Maya.

„Nein, das glaube ich nicht. So schnell geben sie nicht auf. Nicht nur, weil Tobin unbedingt Jamie haben will, sondern auch, weil sie sich Verstärkung geholt haben", entgegnete Sixt.

„Na vielleicht halten sie sich auch nur ein paar Tage versteckt, sodass wir denken sie sind abgehauen und wollen uns dann angreifen", mutmaßte ich.

„Das kann auch sein. Wir werden jetzt trotzdem weitersuchen gehen." Sixt und Timothy verschwanden wieder und wir wandten uns unseren Büchern zu. Im Augenwinkel sah ich, wie jemand am Fenster vorbeihuschte. Erschrocken legte ich meine Unterlagen auf den Tisch.

„Was ist los", fragte Maya.

„Da ist jemand draußen vorbeigelaufen", sagte ich und deutete auf das Fenster, wo ich jemanden gesehen hatte. Maya stand auf und schaute aus dem Fenster.

„Da ist niemand. Du hast dich bestimmt getäuscht", erwiderte sie und setzte sich wieder hin.

„Du hast bestimmt recht." Ich nahm mir meine Unterlagen wieder zur Hand und lernte weiter. Wieder sah ich einen Schatten am Fenster vorbei huschen.

„Da ist doch jemand", sagte ich und stand dieses Mal selbst auf. Ich lief zum Fenster und schaute hinaus, aber da war niemand zu sehen. Langsam kam es mir so vor, als hätte ich Halluzinationen. Ich ging zurück zum Wohnzimmertisch und setzte mich wieder davor auf den Boden.

„Langsam glaube ich, dass ich spinne. Ständig sehe ich Schatten draußen, aber da ist niemand."

„Das liegt bestimmt an der ganzen Situation. Die Angst, das Versteckspiel", meinte Maya.

„Ja, das kann sein. Etwas viel ist das Ganze schon." Nun klopfte es an der Haustür.

„Wer ist das denn", fragte Maya und wir blickten beide zur Tür.

„Ich weiß es nicht. Aber wir werden die Tür nicht öffnen." Wieder klopfte es.

„Maya, mach bitte die Tür auf", rief eine Stimme.

„Das ist Timothy", flüsterte Maya.

„Nein. Das glaube ich nicht. Wenn er es wäre, dann würde er hier ins Haus springen und nicht an die Tür klopfen."

„Hey Jamie, öffne doch mal die Tür", war es dieses Mal eine andere Stimme. Sie hörte sich an, wie die von Sixt.

„Nein. Spring doch einfach hier herein", rief ich.

„Das geht nicht. Wir haben die Hände voll", kam es von der Person, die sich wie Sixt anhörte. Ich stand auf und schlich zum Fenster, welches sich neben der Haustür befand. Vorsichtig, um nicht von diesen Personen gesehen zu werden, schaute ich durch das Fenster hinaus. Vor der Tür standen zwei Personen, die wie Sixt und Timothy aussahen. Aber waren sie es wirklich? Warum sprangen sie nicht hinein? Diese beiden hatten auch nichts in den Händen. Mir kam es seltsam vor. Sie hätten doch auch mit vollen Händen springen können. Das taten sie doch immer wieder. Ich ging wieder zurück zu Maya, die noch immer auf der Couch saß und leicht ängstlich zur Tür schaute.

„Macht doch auf", rief die Stimme von Sixt.

„Jamie, was machen wir jetzt", fragte Maya leise.

„Auf jeden Fall nicht die Tür auf. Davor stehen zwar zwei, die aussehen wie unsere Jungs, aber irgendetwas ist komisch an der Sache. Sie wollen ja nicht hereinspringen. Ich rufe Sixt an. Dann sehen wir ja, ob sie es wirklich sind." Ich nahm mein Handy und wählte Sixts Nummer. Sofort ging er dran.

„Jamie, was ist los", fragte er und ich hörte in seiner Stimme eine leichte Besorgnis. Nun hämmerte es an der Tür.

„Sixt, steht ihr vor der Tür", fragte ich ihn.

„Nein. Wieso?"

„Hier stehen zwei die aussehen wie du und Timothy und wollen, dass wir sie reinlassen", sagte ich mit zitternder Stimme. Panik kam nun in mir auf. Vor der Tür standen bestimmt Tobin und Gregory. Nun sprang die Tür auf. Der Typ der wie Timothy aussah hatte sie eingetreten. Ich schrie auf.

„Jamie", rief Sixt. Hinter mir hörte ich Glas zerspringen. Ruckartig drehte ich mich um und sah, dass die drei Männer, die auch in Anastasias und Brians Wohnung gewesen waren, hineinstürmten. Wir waren umzingelt. Was sollten wir jetzt tun?

„Jamie? Was ist da los", hörte ich Sixt wieder rufen.

„Helft uns", war das Einzige, was ich noch sagen konnte. Der falsche Sixt kam auf mich zu und schlug mir das Handy aus der Hand.

„Na Jamie, so sieht man sich wieder", lachte er und verwandelte sich vor meinen Augen in Tobin. „Habt ihr gedacht, ihr könnt euch vor uns verstecken? Falsch gedacht. Und nun komm her." Er

279

packte mich am Arm und zog mich zu sich.

„Nein, lass mich los", schrie ich und versuchte mich aus seinem Griff zu befreien. Dabei sah ich, wie Gregory gerade Maya von der Couch zog und rauszerren wollte. Sie wehrte sich mit Händen und Füßen, schaffte es auch von ihm loszukommen und rannte die Treppen herauf in die obere Etage. Ich versetzte Tobin einen Fußtritt gegen sein Schienbein. Er schrie auf und ließ mich los. Ich ergriff die Gelegenheit, rannte gerade Richtung Treppe, als ich am Fuß gepackt wurde und auf den Boden knallte. Ich keuchte auf und mein Körper schmerzte von dem Aufprall.

„Jamie", hörte ich Maya entsetzt schreien. Ich wurde umgedreht und Tobin stand direkt über mir. Er holte aus und schlug mir mit der Hand ins Gesicht. Ich schrie auf.

„Das war für den Tritt und jetzt wirst du mitkommen", sagte Tobin drohend und seine Augen funkelten weiß. Er packte meine Haare und wollte mich gerade hochziehen, als er einen Schlag auf den Kopf abbekam und zu Boden ging. Dabei ließ er mich los. Ich schaute auf und sah Sixt, der sich zu mir kniete.

„Jamie, ist alles in Ordnung", fragte er und zog mich in seine Arme. Ich schaute mich um und sah, dass die anderen Schutzengel ebenfalls da waren und gegen die gefallenen Engel kämpften.

„Ja, mir geht es gut", versicherte ich ihm. Plötzlich wurde Sixt von mir weggerissen. Tobin war wieder aufgestanden und nun schlug er auf Sixt ein. Ich stand auf und rannte zu ihm. Ich schlug mit den Fäusten aus Tobins Rücken ein.

„Lass ihn in Ruhe", schrie ich.

„Halt´s Maul, du Miststück", rief Tobin, holte mit seinem Arm aus und schlug mir gegen den Brustkorb. Durch die Wucht flog ich gegen eine Wand und knallte mit dem Kopf dagegen. Stöhnend sackte ich zusammen.

„Jamie", rief Sixt entsetzt. „Du Bastard, dafür werde ich dich töten", wandte er sich Tobin zu und schlug nun auf ihn ein. Mir tat alles weh und mir war etwas schwindelig. Verschwommen sah ich nur noch, wie Nathan auf Gregory einschlug, der auf dem Boden lag und sich kaum noch rührte. Als sich nun auch Tobin nicht mehr rührte, kam Sixt zu mir.

„Jamie, geht es dir gut", fragte er besorgt.

„Nur etwas schwindelig. Es geht gleich schon wieder", erwiderte ich ihm.

„Komm, ich bringe dich erst einmal in Sicherheit", sagte Sixt und wollte mich gerade auf seine Arme heben, als er von mir weggezogen und eine Eisenkette um ihn geschlungen wurde. Ich schaute erschrocken auf und sah, dass nun noch drei weitere gefallene Engel im Haus waren. Sixt versuchte sich aus der Eisenkette zu befreien, doch jedes Mal bekam er einen Stromschlag und er verzog vor Schmerzen sein Gesicht. Ich sah, dass nun auch Sasha und Brian mit der Eisenkette gefesselt waren. Nun hatten Nathan, Timothy und Anastasia alle Hände voll zu tun. Der Typ, der Sixt gefesselt hatte, schlug nun auf ihn ein, bis er zu Boden ging. Dieser gefallene Engel war einen ganzen Kopf größer als ich, hatte blonde kurze Haare und war sehr muskulös.

„Lass ihn in Ruhe", schrie ich und stand auf.

„Was willst du denn", lachte dieser nur, ließ aber nicht von Sixt ab. Ich überlegte, was ich tun könnte. Meine Schläge würden nichts ausrichten. Das hatte ich schon bei Tobin gemerkt. Ich war einfach zu schwach, um einen gefallenen Engel mit meinen Schlägen außer Gefecht zu setzen. Dann musste ich mir eben etwas suchen, was einen gefallenen Engel schwächen konnte. Ich schaute mich um und fand etwas, was ich benutzen konnte. Ich schnappte mir eine große Bodenvase und schlug damit mit all meiner Kraft auf seinen Kopf. Sie zersprang und dieser Typ krümmte sich. Schnell hatte er sich wieder gefangen, holte mit seinem Arm aus und schleuderte mich zur Seite. Ich fiel genau in die Scherben der Vase.

„Jamie", schrie Sixt und versuchte sich zu befreien. Ich stand auf und schaute auf meinen Arm. Er war übersät mit Einschnitten von den Scherben. Eine steckte auch noch in meinem Arm, die ich unter Schmerzen herauszog, Blut floss meinen Arm entlang, aber das interessierte mich nicht. Jetzt musste ich erst einmal Sixt helfen. Ich hatte zwar den gefallenen Engel geschwächt, aber er ließ trotzdem noch nicht von Sixt ab. Schnell schnappte ich mir einen Küchenstuhl, obwohl er aus massivem Holz war und recht schwer, schaffte ich es ihn hochzuheben. Ich stellte mich hinter diesen Typen und schlug ihm den Stuhl auf den Kopf. Er sackte sofort zu Boden. So wie es aussah, schien er ohnmächtig zu sein. Ich wusste aber, dass er bald wieder zu sich kommen und aufstehen würde. Schnell schnappte ich mir ein Stuhlbein, welches bei meinem Schlag abgebrochen war.

„Funktioniert das bei gefallenen Engeln genauso wie bei

Dämonen", fragte ich Sixt, der sich gerade aus der Eisenkette befreite. Er begriff sofort, was ich meinte. Dämonen tötete man, indem man ihnen etwas ins Herz stieß.

„Ja", sagte er und kam zu mir. Ich hob das Stuhlbein hoch und rammte es mit voller Wucht in den Brustkorb von diesem Typen. Genau an die Stelle, wo sich sein Herz befand. Er schrie und bäumte sich auf, bis er schließlich wieder auf den Boden sackte.

„Das war super, Süße. So und jetzt bring dich in Sicherheit. Ich schau mir nachher deinen Arm an", sagte Sixt. In dem Moment kam einer der Handlanger von Gregory und Tobin die Treppe herunter und zerrte Maya mit sich. Sie schrie und wehrte sich, aber er ließ sie nicht los. Sixt packte sich diesen Typen, der erschrocken Maya losließ, und schleuderte ihn gegen die Wand. Benommen sackte er zu Boden und blieb liegen.

„Jamie, möchtest du noch mal", fragte Sixt schmunzelnd.

„Wenn ich euch damit helfen kann, immer", gab ich zurück, schnappte mir noch ein Stuhlbein und rammte es dem gefallenen Engel ins Herz. Sixt war in der Zeit schon mit einen weiteren beschäftigt. Maya und ich liefen die Treppen nach oben. Uns folgte ein gefallener Engel. Kurz bevor ich oben ankam, fasste er mich am Bein. Ich konnte mich gerade noch festhalten, sonst wäre ich hingefallen. Ich schüttelte mein Bein, aber er ließ nicht los. Maya kam zu mir und trat ihm mit all ihrer Kraft ins Gesicht. Durch die Wucht ließ er mein Bein los und flog rückwärts die Treppe hinunter. Unten wartete schon Nathan, der gerade zu uns hochkommen wollte, und erledigte ihn.

„Guter Tritt", rief Nathan lachend.

„Danke", grinste Maya. Unten herrschte das Chaos. Möbel krachten und jeder Schutzengel hatte etwas zu tun. Maya und ich gingen in ihr Zimmer und schlossen die Tür ab. Draußen hörten wir immer noch Geschreie und Gerumpel.

„Hoffentlich schaffen sie es jetzt die gefallenen Engel endlich zu erledigen", sagte Maya und atmete mehrmals tief durch.

„Ja, das hoffe ich auch. Dann ist es endlich vorbei. Hoffentlich wird niemand von den Schutzengeln verletzt." Ich wollte mich gerade auf das Bett setzen, als die Scheibe der Balkontür zersprang und die Glassplitter durch das Zimmer flogen. Reflexartig hielt ich mir die Hände vor das Gesicht, damit ich keine Scherben abbekam.

„Ah, da bist du ja", hörte ich eine mir allzu bekannte Stimme. Ich nahm die Hände vom Gesicht und schrie auf, als ich Tobin vor mir stehen sah. Er musste aus dem Haus entkommen und den Balkon hochgeklettert sein. Ich lief zur Tür, die Maya schon geistesgegenwärtig geöffnet hatte, damit wir abhauen konnten. Tobin war nur sehr schnell, packte mich am Arm und zog mich zurück. Ich schrie und wehrte mich gegen ihn, konnte mich allerdings nicht aus seinem Griff befreien.

„Jamie", rief Maya lief zu uns und schlug mit den Fäusten auf Tobins Rücken ein, damit er mich losließ.

„Verschwinde", knurrte Tobin, holte mit einem Arm aus und schleuderte Maya auf den Boden. Diese knallte auf ihren Arm und schrie auf.

„Maya", rief ich und versuchte mich von Tobin loszureißen.

„Vergiss es. Du kommst jetzt mit mir mit", zischte er und zog mich mit auf den Balkon. Er schlang seine Arme um meinen Oberkörper und sprang auf die Balkonbrüstung, die aus Holzlatten bestand. Obendrauf befand sich noch ein langer Holzbalken, auf dem man gerade so stehen konnte. Was hatte er vor? Er wollte doch wohl nicht mit mir vom Balkon springen. Aber einen anderen Weg gab es für ihn nicht, um zu flüchten. Durch das Haus konnte er nicht, denn dort waren die Schutzengel und sie würden ihn aufhalten. Ich schaute nach unten und versuchte herauszufinden, wie viele Meter es wohl bis zum Boden waren. Würde ich den Sprung überleben.

„Jamie", hörte ich Sixts Stimme und drehte meinen Kopf in seine Richtung. Er stand mit Timothy im Zimmer und schaute erschrocken zu mir.

„Wenn du auch nur einen Schritt machst, lasse ich sie fallen", knurrte Tobin, als Sixt zu uns kommen wollte, und veränderte seine Position so, dass ich mit dem Oberkörper nach vorne gebeugt stand und nun in die Tiefe sah.

„Lass sie gehen", sagte Sixt.

„Nein. Sie gehört mir und wird mit mir kommen", zischte Tobin.

„Ich hatte dir gesagt, dass du keinen Schritt näherkommen sollst. Ich werde sie sonst loslassen", drohte er ihm wieder und zur Untermalung ließ er kurz seinen Arm, mit dem er mich hielt, locker, sodass ich ein weiteres Stück nach vorne fiel. Ich schrie auf und krallte mich in Tobins Arm fest. Ich wollte nicht fallen. Das würde ich nicht überleben. Auf der Terrasse tauchten Nathan und Brian auf. Nathan legte einen Finger auf dem Mund, um mir ein

Zeichen zu geben, dass ich nichts sagen sollte. Würden sie nun zu uns hochkommen?

„Alles klar", hörte ich Sasha hinter mir sagen. Ich wusste nicht, was hinter mir passierte, denn ich konnte mich nicht umdrehen. Allerdings war ich damit beschäftigt nicht von der Brüstung zu fallen.

„Bleibt da stehen", warnte Tobin noch einmal.

„Nur, wenn du Jamie gehen lässt", kam es von Sixt und es hörte sich so an, als ob er näher bei uns wäre.

„Nie im Leben. Ich werde jetzt mit ihr abhauen. Wenn dir ihr Leben lieb ist, dann wirst weder du noch deine Freunde uns folgen, sonst bringe ich sie um", drohte Tobin ihm.

„Nein, das wirst du nicht", knurrte Sixt. „Jetzt", rief er laut und Nathan und Brian positionierten sich genau unter mir. Was hatten sie vor?

„Du willst also, dass ich sie fallen lasse? Okay, du hast es nicht anders gewollt", sagte Tobin und ließ mich los. Ich fiel von der Brüstung und schrie. Ich schloss die Augen, denn ich wollte nicht sehen, wie der Boden immer näherkam. Ich machte mich auf dem Aufprall gefasst. Auf die Schmerzen, die kommen würden. Und sie würden kommen. Es sei denn, ich würde gleich nach dem Aufprall sterben. Oh mein Gott. Ich wollte nicht sterben. Ich wollte mein Leben noch genießen. Natürlich hätte ich nach dem Tod weiterhin mit Sixt zusammen sein können. Ich könnte ebenfalls ein Schutzengel werden. Aber wir hatten doch beschlossen, wenn der Engelsrat Sixts Antrag wieder ein Mensch zu werden genehmigen würde, zusammen alt zu werden, Kinder zu bekommen, einfach alles zu tun, was man in einem normalen Leben tat. Das könnten wir nicht mehr, wenn ich sterben würde. Außerdem würde meine Familie wahrscheinlich sehr unter dem Verlust leiden und das wollte ich nicht. Jeden Moment musste es soweit sein. Jeden Moment musste ich den Boden spüren. Aber das tat ich nicht. Anstatt auf dem harten Boden aufzukommen, spürte ich muskulöse Arme, die mich auffingen.

„Ich habe dich", hörte ich Nathan sagen und öffnete die Augen. Er hatte mich aufgefangen. „Geht es dir gut", fragte er, als er mich vorsichtig auf dem Boden abstellte. Meine Beine zitterten und er hielt mich fest, damit ich nicht umkippte.

„Ja, es geht schon. Nur der Schock sitzt mir noch in den Knochen.

284

Danke, dass du mich aufgefangen hast", erwiderte ich.

„Kein Problem." Im nächsten Moment landete Tobin neben uns auf dem Boden. Ich schaute nach oben und sah, wie Sixt nun vom Balkon zu uns heruntersprang. Leichtfüßig landete er und stürzte sich gleich darauf auf Tobin, der versuchte aufzustehen und abzuhauen. Sixt verhinderte es und schlug auf ihn ein. Brian kam ihm zu Hilfe. Tobin wehrte sich zwar gegen die beiden Jungs, aber er steckte die meisten Schläge ein. Anastasia kam mit einem Stuhlbein aus dem Haus und ging zu den Jungs herüber.

„Lasst mich los", knurrte Tobin, als er von Sixt und Brian festgehalten wurde, damit Anastasia ihn töten konnte.

„Auf gar keinen Fall", erwiderte Sixt.

„Das werdet ihr noch bereuen. Ich werde wiederkommen. Das schwöre ich euch und dann werde ich mir Jamie holen", rief Tobin und schaute mit weiß leuchtenden Augen zu mir herüber. Bei seinen Worten zuckte ich zusammen.

„Das werden wir ja sehen", kam es von Sixt.

„Keine Angst, so schnell wird er dieses Mal nicht der Hölle entkommen", beruhigte mich Nathan, der mich immer noch festhielt.

„Und was ist, wenn doch", fragte ich.

„Dann sind wir da. Mach dir keine Sorgen", versicherte er mir.

„Anastasia tu es", hörte ich Brian sagen. Ich schaute zu ihnen herüber und sah, wie Anastasia sich nun neben Tobin positionierte.

„Wartet mal, ich finde, Jamie sollte es tun", sagte sie nun und winkte mich zu sich. „Komm her. Das ist deine Aufgabe." Ich schaute zu Sixt herüber und er nickte mir Mut machend zu. Ich wandte mich aus Nathans Arm und ging zu ihnen herüber. Tobin schaute mich direkt an und sein Mund verzog sich zu einem hämischen Grinsen.

„Du willst mich also töten? Das schaffst du doch gar nicht. Du kleine Schlampe ... ."

„Halt dein Maul", fuhr Sixt ihn an und schlug ihm mit der Faust gegen den Kopf. Tobin verdrehte die Augen und sackte in sich zusammen. Er schien ohnmächtig zu sein. Anastasia reichte mir das Stuhlbein. Ich atmete einmal tief durch und stellte mich dann neben Tobin.

„Du schaffst das", sagte Sixt lächelnd.

„Achtung", rief Nathan und in dem Moment stürmten mehrere

Männer auf uns zu. Es mussten an die Zehn gewesen sein.

„Dämonen", knurrte Brian und machte sich kampfbereit.

„Jamie, beeil dich. Er wird gleich wieder zu sich kommen", wies Sixt mich an. Ich holte mit dem Stuhlbein aus und durchbohrte damit Tobins Brustkorb, genau an der Stelle, wo sich sein Herz befand. Tobin bäumte sich kurz auf und sackte dann wieder auf den Boden. Hinter mir hörte ich Geschrei und im nächsten Moment wurde ich am Arm gepackt und auf dem Boden geschleudert. Ich landete hart auf dem Boden und stöhnte auf.

„Jamie", rief Sixt und wollte zu mir eilen, doch ein Dämon griff ihn an. „Sasha, bring sie hier weg", rief er ihr zu und wich einem Schlag von diesem Dämon aus. Sasha half mir auf, wobei ein Stich in meiner Seite mich aufstöhnen ließ. Sie hielt mich fest und sprang mit mir ins Haus.

„Geht es dir gut", fragte sie, als wir im Wohnzimmer auftauchten.

„Mir tut die Seite weh. Vielleicht habe ich mir eine Rippe beim Aufprall geprellt", erwiderte ich und schaute mich um. Das Wohnzimmer sah aus, wie ein Schlachtfeld. Überall lagen kaputte Möbel herum. Zwischen ihnen entdeckte ich die leblosen Körper der gefallenen Engel.

„Timothy soll sich das gleich mal ansehen. Aber erst einmal müssen wir diese Dämonen erledigen. Kommst du zurecht, ich muss nämlich wieder zu den Anderen zurück", fragte Sasha.

„Ja, geh nur. Ich komme schon zurecht."

„Komm, ich helfe dir hoch. Timothy sagte, wir sollen uns oben verstecken", sagte Maya, die zu uns gekommen war.

„Okay, bis gleich", kam es von Sasha, bevor sie verschwand. Maya legte mir stützend einen Arm um die Taille und zusammen gingen wir zur Treppe.

„Wie geht es dir? Bist du verletzt", fragte ich sie, als mir einfiel, dass sie von Tobin auf den Boden geschleudert worden war.

„Es geht schon. Mir tut nur der Arm etwas weh. Timothy wird mich nachher wahrscheinlich in ein Krankenhaus schleppen, um sicherzugehen, dass ich mir nichts gebrochen habe."

„Das wird Sixt nachher wahrscheinlich auch tun, wenn er mitbekommt, dass mir die Rippe wehtut."

„Tja, unsere Schutzengel sind halt überfürsorglich. Aber lieber so, als wenn sie uns gar nicht beachten würden."

„Da hast du recht", stimmte ich ihr zu.

„Na, wo wollt ihr denn hin", hörte ich eine Stimme hinter mir und drehte mich um. Gregory stand mit fünf Männern im Raum und grinste mich an. Ich dachte, die Schutzengel hätten ihn erledigt. Aber anscheinend war es doch nicht der Fall gewesen. „Schnappt sie euch", wies er sie an. Die Männer stürmten auf uns zu. Ich versuchte die Treppen hochzulaufen, aber durch meine schmerzenden Rippen ging es nicht so schnell, wie ich wollte.
„Maya, los hau ab. Versteck dich", rief ich hektisch, da die Männer fast bei uns waren.
„Und was ist mit dir? Ich lass dich nicht alleine", erwiderte sie ängstlich.
„Kümmere dich nicht um mich. Nun los. Verschwinde."
„Nein, ich helfe dir", sagte sie und wollte meinen Arm fassen, doch ich wurde zurückgerissen.
„Du bleibst schön hier", sagte eine tiefe Stimme.
„Lass sie sofort los", knurrte jemand hinter uns und ich war so froh diese Stimme zu hören.
„Nein", erwiderte der Typ und wurde im selben Moment von mir weggerissen. Ich drehte mich um und sah, wie Sixt auf diesen Typen einschlug.
„Was machst du denn hier? Solltest du nicht schon längst in der Hölle schmoren", fragte Nathan verwundert.
„Tja, du hast vergessen mich zu pfählen", entgegnete Gregory grinsend.
„Na dann werde ich dich eben jetzt erledigen", knurrte Nathan.
„Versuch es doch", sagte Gregory spöttisch und ging in Kampfstellung. Nathan ließ es sich nicht zwei Mal sagen und stürmte auf Gregory zu. Er holte mit seiner Faust aus und versetzte Gregory einen kräftigen Hieb in dem Magen. Dieser keuchte auf und ging in die Knie. Nathan nutzte seine Chance und begann auf Gregory einzuschlagen. Gregory wehrte sich zwar, aber er hatte gegen Nathan keine Chance.
„Jamie, bring mir ein Stuhlbein", rief Sixt mir zu, der seinen Gegner auf dem Boden festhielt. Ich schaute mich kurz um und fand ein Stuhlbein auf dem Boden, welches ich mir schnappte. Ich lief zu Sixt herüber und wollte es ihm reichen.
„Nein, du musst es tun. Ich halte ihn fest", sagte er und hielt den Typen weiterhin fest. Ich stellte mich neben dem Mann, packte das Stuhlbein fest mit beiden Händen und zielte auf den Brustkorb.

287

Der Typ wehrte sich und versuchte mich mit seinen Beinen zu treffen, da Sixt seine Arme festhielt.

„Jamie, pass auf", warnte mich Sixt und ich wich den Beinen aus. Ich hob meine Arme und stieß ihm mit all meiner Kraft das Stuhlbein in seine Brust. Der Mann bäumte sich auf und schrie, ehe er zusammensackte und leblos auf dem Boden liegen blieb. Blut lief aus der Wunde und bildete auf dem Boden eine Pfütze. Ich ging einige Schritte zurück. Ich wollte nicht in einer Blutlache stehen. Ich schaute mich um und sah, dass eigentlich alle diese Männer so gut wie besiegt waren. Sasha holte gerade mit einem Tischbein aus und rammte es ihrem Gegner in die Brust.

„Das hast du gut gemacht, Süße", lobte mich Sixt und kam zu mir.

„Geht es dir gut", fragte er und schaute mich besorgt an.

„Ja, es geht schon. Meine Seite tut mir etwas weh. Ich habe mir wahrscheinlich eine Rippe geprellt."

„Timothy soll es sich gleich einmal ansehen", erwiderte er und wir schauten zu ihm herüber. Er hielt einen dieser Männer auf dem Boden und erklärte Maya, wie sie den Mann pfählen sollte. Ich erinnerte mich daran, wie Sixt es mir beigebracht hatte, als er von Terina entführt wurde und ich einen Dämon pfählen musste, um an den Schlüssel für das Schloss der Eisenkette zu kommen, mit der Sixt am Stuhl gefesselt gewesen war. Ich war so aufgeregt und der festen Überzeugung gewesen, dass ich dafür in die Hölle kommen würde, denn schließlich stand es in den Zehn Geboten, dass man nicht töten durfte. Die Schutzengel überzeugten mich allerdings davon, dass ich nicht in die Hölle kommen würde, weil ich die Welt von einem Dämon befreit hatte. Das Gleiche würde doch wohl hoffentlich auch für gefallene Engel gelten. Zumindest hoffte ich es.

„Was sind das für Wesen", fragte ich Sixt und deutete auf den Mann, den ich gerade gepfählt hatte.

„Das sind Dämonen."

„Gut, also für gepfählte Dämonen komme ich ja nicht in die Hölle, aber wie sieht es denn mit gepfählten gefallenen Engeln aus?"

„Für sie kommst du auch nicht in die Hölle, Süße", schmunzelte Sixt, zog mich an sich und küsste mich.

„Hey, könntet ihr mir mal helfen, anstatt hier herumzuturteln", rief Nathan uns zu, der Gregory in einem festen Griff auf dem Boden hielt.

„Wir kommen schon", erwiderte Sixt. „Na los, du darfst Gregory pfählen", wandte er sich mir zu.

„Naja auf einen Eintrag mehr oder weniger wegen eines Verstoßes gegen eines der Zehn Gebote in meiner Akte bei dem Herrn da oben, kommt es auch nicht mehr darauf an."

„Du wirst keinen negativen Eintrag in deine Akte bekommen. Eher bekommst du eine Ehrenmedaille, weil du den Schutzengeln hilfst, das Böse von der Welt zu verbannen", lächelte Sixt und gab mir einen Kuss auf die Stirn. Ich schnappte mir das Stuhlbein, das immer noch in der Brust des Dämons steckte, und zog es heraus. Blut klebte am Ende des Holzstückes. Ich ekelte mich ein wenig davor, schüttelte dieses Gefühl allerdings ab, denn wir mussten Nathan helfen. Wir gingen zu ihm herüber und ich positionierte mich neben Gregory. Dieser hatte die Augen geschlossen und ich fragte mich, ob er vielleicht bewusstlos war. In dem Moment begann, der Boden zu beben. Gregory musste seine Fähigkeit eingesetzt haben und ich hatte meine Antwort. Nein, er hatte nicht sein Bewusstsein verloren. Er war wach und versuchte sich nun mit seiner Macht zu befreien. Ich schwankte durch das Beben und verlor das Gleichgewicht. Ich kippte nach hinten, wurde aber von zwei starken Armen aufgefangen, ehe ich auf den Boden fallen konnte. Ich schaute hoch und sah, dass es Sixt gewesen war, der mich aufgefangen hatte.

„Danke", sagte ich und versuchte mich wieder gerade hinzustellen, was durch den bebenden Fußboden gar nicht so einfach war.

„Nicht dafür, Süße. Nun los erledige diesen Kerl."

„Ich kann nicht. Das Beben ist so stark, dass ich nicht richtig stehen kann."

„Ich helfe dir", erwiderte Sixt, schlang seine Arme um meinen Bauch und stützte mich somit.

„Passt auf", rief Nathan. Ich schaute zur Seite und sah, dass ein Stuhl auf uns zuflog. Sixt bückte sich mit mir zusammen, was mir einen Stich in der Seite versetzte und ich aufstöhnte. Der Stuhl knallte an die gegenüberliegende Wand, wo er in Einzelteile zerschellte. Das war allerdings nicht der einzige Gegenstand, der angeflogen kam. In sämtliche Richtungen flogen nun Möbelstücke und ich konnte sogar Messer ausmachen, die aus der Küche durch den Raum direkt auf die Schutzengel zuflogen.

„Achtung Messer", warnte ich die Anderen und Sixt wich gleich darauf mit mir zusammen eines aus. Wieder versetzte es mir einen Stich und ich keuchte auf.

„Was ist los? Hast du dir wehgetan", fragte Sixt mich besorgt, als wir uns wieder aufrichteten.

„Es geht schon. Nur meine Rippe. Aber dafür haben wir jetzt keine Zeit. Wir müssen einen gefallenen Engel erledigen", erwiderte ich und holte mit dem Stuhlbein aus. Sixt hielt mich fest, da der Boden immer noch bebte, und achtete darauf, dass uns nicht wieder ein Möbelstück oder ein anderer Gegenstand entgegenflog. Ich zielte genau auf Gregorys Brust und stach zu. Gregory schrie und bäumte sich auf. Sein Körper sackte zusammen und er blieb leblos auf dem Boden liegen. Alle Gegenstände, die sich noch in der Luft befunden hatten, fielen krachend zu Boden. Ich ließ das Stück Holz los und drehte mich zu Sixt um.

„Das war super, Süße. Wir haben es geschafft. Die gefallenen Engel sind tot und niemand wird euch noch etwas tun", kam es von ihm.

„Und euch auch nicht", erwiderte ich und schaute mich nach den anderen um. Den Schutzengeln und auch Maya schienen es gut zu gehen. Niemand schien schwer verletzt zu sein. Brian hatte eine blutende Schramme auf seiner Wange, die so wie es aussah, schon am Verheilen war. Auch die anderen Schutzengel hatten kleine Verletzungen von Blutergüssen, Platzwunden und Schrammen. Ich schaute zu Nathan herüber, der nun neben Gregory stand und das Stuhlbein in der Brust immer wieder herumdrehte.

„Was tust du da", fragte ich ihn verdutzt.

„Ich will sichergehen, dass dieser Mistkerl dieses Mal auch wirklich tot ist", antwortete er grimmig. Brian und Timothy begannen nun, die Leichen der Dämonen und gefallenen Engeln aus dem Haus zu tragen. Sixt und Nathan, der endlich damit aufgehört hatte in Gregory herumzustochern, halfen ihnen dabei.

„Was passiert jetzt mit ihnen", fragte Maya.

„Sie werden draußen verbrannt. Der einzige Weg, um sicher zu sein, dass sie nicht wieder auferstehen, falls sie doch noch nicht tot sind. Wollen wir hoffen, dass sie es nicht noch einmal schaffen aus der Hölle zu entkommen", erklärte Sasha. Das kannte ich schon von den Dämonen, die auch so vernichtet wurden.

„Scheiße", hörten wir Nathan fluchen.

„Was ist los", fragte Timothy und ging gerade mit einem Dämon, den er sich über die Schulter geworfen hatte nach draußen. Wir folgten ihm hinaus, um zu sehen, was los war.

„Tobin ist weg. Ich habe seinen Körper hier neben die Feuerstelle gelegt und jetzt ist er weg", erklärte er und zeigte auf den Boden, wo Tobin gelegen hatte. Ein Stück vom Haus entfernt brannte schon ein großes Lagerfeuer, aus dem man Beine und Arme herausragen sah. Ich schaute weg, denn ich wollte mir das nicht mit ansehen, wie diese Körper verbrannten.

„Das kann doch nicht sein. Ich habe ihn doch gepfählt. Er war doch tot", sagte ich ungläubig.

„Anscheinend hast du sein Herz knapp verfehlt und er hat uns nur vorgespielt, dass er tot wäre. Durch den Angriff der Dämonen musste doch alles schnell gehen. Dadurch hatten wir doch keine Zeit zu kontrollieren, ob er auch wirklich tot ist", entgegnete Timothy.

„Na toll und jetzt? Wir müssen ihn verfolgen", sagte Nathan und wollte sich schon auf dem Weg machen.

„Das wird nichts bringen. Erst einmal wissen wir nicht, in welche Richtung er gelaufen ist und dann kann es auch sein, dass er sich in eine andere Person verwandelt hat. Wir können schlecht hinter jedem Wanderer herjagen", erwiderte Brian.

„Nur meinetwegen konnte er fliehen. Ich habe ihn nicht richtig gepfählt", sagte ich schuldbewusst. Ich war auch schuld daran, dass Tobin noch am Leben war und flüchten konnte. Ich war diejenige, die ihn pfählen sollte, und hatte es anscheinend nicht richtig getan.

„Süße, du bist nicht schuld daran, was geschehen ist. Wir waren alle so von dem Dämonenangriff überrascht, dass niemand mehr auf ihn geachtet hat. Mach dir darüber keine Gedanken. Ihn kriegen wir auch noch", beruhigte mich Sixt und nahm mich in den Arm.

„Wie haben sie eigentlich herausbekommen, wo wir sind", fragte Maya.

„Edgar, einer von diesen drei Männern, die auch schon am Donnerstag in der Wohnung aufgetaucht sind, hat irgendwie seine Schutzengelfähigkeiten behalten, als er zum gefallenen Engel wurde. Keine Ahnung wie das möglich war. Er hat uns belauscht und verfolgt und so hat er herausgefunden, wo wir euch verstecken", berichtete Nathan.

„Und woher weißt du das", fragte ich.

„Ich habe ihn vorhin zum Reden gebracht. Naja ich musste ihn schon dazu zwingen. Aber er hat mir alles erzählt, was ich wissen

291

wollte", grinste er.

„Gut dann lasst uns jetzt aufräumen und verschwinden", sagte Sasha. Wir taten dieses auch gleich. Na gut, die Schutzengel räumten auf. Maya und ich sollten uns solange auf die Treppe setzen und durften wegen unserer Verletzungen nichts tun. Ja, es musste die Treppe sein, da keine Sitzmöbel bei dem Kampf heil geblieben waren. Wir mussten Brian und Anastasia unbedingt die Möbel bezahlen, denn schließlich war es unsere Schuld, dass sie zerstört wurden. Die beiden hatten uns ja nur geholfen. Hinter ihnen waren die gefallenen Engel nicht her gewesen. Nach einer Stunde sah alles wieder in Ordnung aus und auch das Lagerfeuer war mittlerweile ausgegangen. Von den Leichen der gefallenen Engel war nur noch Asche übriggeblieben, die Nathan und Brian vergruben. Maya und ich packten unsere Taschen und sprangen mit den Anderen wieder nach Hause.

„Du warst heute richtig mutig", sagte Sixt, als wir abends im Bett lagen. Natürlich waren wir noch im Krankenhaus gewesen. Sixt sowie auch Timothy hatten darauf bestanden, dass wir uns untersuchen ließen. Die Schnittwunde an meinem Arm musste zum Glück nicht genäht werden. Es reichte dort ein Verband und die Rippe war nur geprellt. Ich bekam eine Salbe mit, womit ich die Stelle mehrmals täglich eincremen sollte. Maya hatte ebenso Glück gehabt. Ihr Arm war nur verstaucht. Auch bei ihr reichte eine Salbe und sie hatte einen Verband bekommen.

„Ich glaube, das war Wut und Angst gemischt. Die Wut, dass sie uns nicht in Ruhe lassen konnten und die Angst das euch etwas passieren würde, dass ihr verletzt werden würdet oder sogar … ." Ich konnte es nicht aussprechen. Dass ich daran denken musste, war schon schlimm genug. Ich konnte mir nicht vorstellen, was ich gemacht hätte, wenn einer von ihnen getötet worden wäre. Vor allem wenn Sixt tot wäre. Ohne ihn konnte ich nicht leben. Er war mein Leben.

„Uns ist nichts passiert. Vor allem waren wir doch durch unsere Fähigkeiten im Vorteil, auch wenn die Eisenketten benutzt wurden. Allerdings hat dieser Typ nicht mit dir gerechnet, der mich angegriffen hatte", lachte er.

„Nein bestimmt nicht. Ich habe mich ja auch nicht so schnell abschütteln lassen. Und dann fiel mir ein, wie man Dämonen töten kann, und hoffte das es auch bei gefallenen Engeln funktioniert."

„Du wirst noch mal zu einer Pfählerin."

„Naja zu einer guten Pfählerin fehlt noch etwas Übung. Bei einem habe ich es vermasselt."

„Nein, das hast du nicht. Wir haben nur nicht überprüft, ob er auch wirklich tot ist. Es ist nicht deine Schuld. Aber Tobin werden wir auch noch kriegen, das verspreche ich dir."

„Und was ist mit den Sicherheitsmaßnahmen? Bleiben sie noch bestehen", fragte ich.

„Ich glaube, wir können sie ruhig lockern. Er ist ja nur noch alleine und vielleicht haut er jetzt auch ab und kommt nie wieder."

„Das wäre schön. Jetzt haben wir wenigstens etwas Ruhe."

„Ja und die sollten wir auch genießen", sagte Sixt leise, beugte sich zu mir und küsste mich.

Kapitel 17

Am Dienstag fuhren Sixt, Nathan, Sasha und ich zu Autohäusern. Sixt und Sasha wollten sich jeder ein neues Auto kaufen, da ihre durch die gefallenen Engel zerstört wurden.

„Sollen wir dir auch ein Neues kaufen? Eines, was schneller fährt", fragte mich Sixt grinsend.

„Nein. Mein Scirocco gefällt mir richtig gut. Ich brauche kein Neues. Mit dem komme ich überall hin, wo ich will."

„Aber nicht schnell genug."

„Ich brauche auch nicht rasen."

„Du wirst auch noch auf den Geschmack kommen", entgegnete Sixt. Wir parkten auf einen der Parkplätze und stiegen aus dem Auto aus. Neben uns parkte Nathan seinen Wagen. Wir waren getrennt gefahren, da wir nicht wussten, wie lange es dauern würde und so brauchte niemand auf den Anderen zu warten. In dieser Straße befanden sich verschiedene Autohändler. Arm in Arm gingen wir zu einem Autohaus, indem Sixt zuerst nach einem neuen Wagen schauen wollte. Sixt hielt mir die Tür auf und wir traten ein. Wir schauten uns etwas um, bis er einen Wagen gefunden hatte.

„Wie findest du denn den hier, Süße", fragte er mich und zeigte mir einen dunkelgrauen Chevrolet Camaro.

„Der sieht gut aus. Sportlich, wahrscheinlich schnell, also der Richtige für dich", sagte ich.

„Ja, da könntest du recht haben."

„Gib es zu. Den hast du dir vorher schon ausgesucht." Ich schaute ihn an. Ein Grinsen schlich sich auf sein Gesicht.

„Er war in der engeren Auswahl."

„Wusste ich es doch", erwiderte ich. Sixt schaute sich den Wagen genauer an. Die Sitze waren aus schwarzem Leder und die Innenverkleidung und die Armatur war in einem Grauton gehalten.

„Kann ich Ihnen helfen", fragte ein Mitarbeiter des Autohauses.

„Ja, wir interessieren uns für diesen Wagen", sagte Sixt und fragte den Mitarbeiter über die technischen Daten des Wagens aus.

„Wie sieht es denn mit einer Probefahrt aus", fragte Sixt.

„Die können Sie gerne machen. Wir werden ihnen das Auto aus der

Halle fahren", erwiderte der Mitarbeiter. „Ich werde das eben veranlassen." Der Mitarbeiter ging kurz weg, um für die Probefahrt alles zu organisieren. Eine Viertelstunde später saßen wir mit dem Mitarbeiter des Autohauses im Wagen und drehten eine Runde. Sixt saß auf dem Fahrersitz und der Mitarbeiter daneben. Ich hatte auf dem Rücksitz platz genommen. Sixt gefiel der Wagen und so wie er sagte, ließ er sich auch gut fahren. Durch die vierhundertsechsundzwanzig PS verleitete der Wagen zum Schnellfahren, was Sixt sehr gut gefiel. Während der Fahrt, erzählte der Mitarbeiter die Vorteile und weitere Details über den Wagen. Wir parkten wieder auf dem Parkplatz von dem Autohaus und Sixt half mir beim Aussteigen.

„Gefällt dir der Wagen", fragte er mich.

„Ja, er ist schön. Sagt er dir denn zu?"

„Ja. Ich würde ihn gerne kaufen. Ich wollte nur deine Meinung hören", lächelte er. Wir gingen ins Büro des Mitarbeiters und Sixt unterschrieb den Kaufvertrag. Dabei handelte er noch einen Nachlass auf den Kaufpreis aus.

„Gut, den Wagen melden wir noch bei der KFZ-Stelle an und unterziehen ihn noch einmal einer Grundreinigung. Am Freitag können Sie ihn dann abholen", sagte der Mitarbeiter.

„Okay. Vielen Dank für die gute Beratung. Wir sehen uns dann Freitag", erwiderte Sixt.

„Ich freue mich, Sie wiederzusehen. Auf Wiedersehen", verabschiedete sich der Autohändler. Wir verabschiedeten uns und gingen zurück zum Auto. Dort trafen wir Sasha und Nathan, die ebenfalls gerade wiederkamen.

„Und hast du ein Auto gefunden", fragte ich Sasha.

„Ja, einen roten Volvo C70. Der ist richtig schick und es ist wieder ein Cabrio. Wie sieht es denn bei dir aus Sixt."

„Ich habe einen Camaro gefunden. Den bekomme ich am Freitag."

„Cool, wie viel PS hat der denn", fragte Nathan.

„Vierhundertsechsundzwanzig", grinste Sixt.

„Wir müssen dann mal eine Spritztour machen."

„Natürlich. Gleich am Freitag."

„Typisch Jungs", sagte Sasha kopfschüttelnd.

Am Freitagnachmittag holte Sixt seinen neuen Wagen ab. Auch Sasha bekam ihr neues Auto. Wie angekündigt machten die

Jungs erst einmal eine Spritztour. Wozu Sasha Maya und mich abends nach der Arbeit auch noch einlud. Unsere Spritztour endete in einer Eisdiele, wo wir uns mit den Jungs trafen.

Eine Woche später war es endlich soweit. Wir flogen nach Las Vegas. Seit dem Kampf in Vancouver hatte niemand mehr Tobin gesehen oder etwas von ihm gehört. Er schien einfach verschwunden zu sein. Ich war sehr froh darüber. Die Sicherheitsmaßnahmen waren insofern gelockert worden, dass ich bei der Arbeit wieder alleine war. Sixt brachte mich zwar noch hin und holte mich auch wieder ab, aber das hatte er sonst auch oft gemacht. Genauso gingen wir wieder spazieren und fuhren zu unserer Lieblingsstelle an den Klippen. Nach der Uni trafen wir uns zu Hause mit Anastasia und Brian, die ebenfalls mit uns mitkamen und fuhren mit zwei Taxis zum Flughafen. Die Kaninchen hatten wir zu meinen Eltern gegeben, damit sie nicht alleine waren. Am Flughafen checkten wir ein und gingen durch die Sicherheitskontrolle zum Flugzeug, wo uns eine Stewardess zu unseren Plätzen in der ersten Klasse brachte. Sixt ließ mich am Fenster sitzen und wir schnallten uns an. Der Kapitän begrüßte uns und die Stewardess erklärte allen Fluggästen die Notfallmaßnahmen. Als sich das Flugzeug in Bewegung setzte, griff ich fest in die Armlehnen. Nun hatten wir einen ungefähren vier Stunden Flug vor uns.
„Was ist los? Hast du Flugangst", fragte Sixt leise.
„Nur ein bisschen. Ich bin seit Jahren nicht mehr geflogen. Durch die Arbeit meiner Eltern konnten wir nicht mehr so oft in den Urlaub fahren oder fliegen", gestand ich und wurde rot im Gesicht.
„Das ist doch nicht so schlimm. Ich bin bei dir", sagte er liebevoll und nahm meine Hand in seine. Sanft strich er mit seinen Daumen über den Handrücken, wofür ich ihn dankbar anlächelte.
„Komm, ich lenk dich etwas ab", sagte er mit einem verschmitzten Lächeln, beugte sich zu mir herüber und küsste mich. Sofort erwiderte ich den Kuss, der immer leidenschaftlicher wurde, und schlang meine Arme um seinen Hals. Seine Zunge bat an meinen Lippen um Einlass, den ich ihm sofort gewährte. Meine ganzen Sorgen und Ängste waren auf einmal wie weggeblasen. Im Moment zählte einfach nur Sixt. Lächelnd löste er sich von mir und schnallte sich ab.

„Du hast es überstanden. Wir sind in der Luft", flüsterte er mir zu.
„So lass ich mich gerne ablenken", sagte ich leise und kuschelte
mich an ihn.

„Darf ich Ihnen etwas zu trinken bringen", fragte die Stewardess
und schaute dabei nur Sixt lächelnd an. Dabei warf sie sich mit
einer Hand ihre langen blonden Haare über die Schulter und zupfte
sich ihr Kostüm zurecht. Sie wollte sich an ihn heranmachen. Was
war das denn für eine? Sah sie nicht, dass er mit mir zusammen
war? Schließlich hatte er einen Arm um mich gelegt und mit der
anderen Hand hielt er meine fest.

„Was möchtest du denn haben, Liebling", fragte er mich und
schaute dabei nur mich an.

„Ich hätte gerne eine Cola", sagte ich und schaute die Stewardess
dabei überfreundlich an, obwohl ich ihr eigentlich an den Hals
springen wollte.

„Also zwei Gläser Cola", wandte sich Sixt kurz an die Stewardess,
dessen Name Sandy war, so wie es auf ihrem Namensschild stand.
Diese lächelte ihn zuckersüß an und verschwand. Ich schüttelte nur
den Kopf.

„Was ist los, Süße", fragte Sixt.

„Hast du gerade nicht gemerkt, wie die Stewardess versucht hat,
dich anzumachen", fragte ich ihn leise zurück.

„Doch, aber das interessiert mich nicht. Nur du bist mir wichtig",
lächelte er. Die Stewardess kam wieder und brachte uns die
Getränke.

„Kann ich sonst noch etwas für Sie tun", fragte sie, aber wieder nur
Sixt, mich ignorierte sie vollkommen und hatte von ihrer Bluse die
ersten zwei Knöpfe geöffnet, sodass man einen guten Blick auf ihre
Oberweite hatte. Sixt beachtete sie gar nicht und schaute weiterhin
mich an.

„Nein danke", sagte er, ohne auch nur den Blick von mir
abzuwenden. Die Stewardess ging und ließ noch einen Zettel genau
auf Sixts Schoß fallen. Verwundert nahm er ihn und schaute ihn
sich an. Ich konnte mir schon denken, was darauf stand. Und
richtig es war ihre Handynummer.

„Miss", rief Sixt. Die Stewardess drehte sich überrascht um und
kam zu unserer Sitzreihe zurück. „Sie haben etwas verloren." Er
reichte ihr den geöffneten Zettel. Beschämt schaute sie sich das
Stück Papier an.

„Oh, danke. Der muss mir aus der Tasche gefallen sein." Schnell packte sie den Zettel in ihre Hosentasche und verschwand mit hochrotem Kopf. Ich kicherte. Nathan und Sasha, die das Ganze mitbekommen hatten, begannen zu lachen.

„Ich glaube, sie wird sich hier nicht mehr blicken lassen", lachte ich.

„Na toll jetzt hast du die Stewardess vertrieben", grinste Nathan.

„Na und. Dann kommt halt eine Andere", erwiderte Sixt. „Du kannst dir ja die Handynummer von ihr geben lassen. Sie steht auf dem Zettel, den sie angeblich ausversehen verloren hat." Ich wandte mich zum Fenster. Heute war wieder ein sehr schöner Sommertag. Die Sonne schien und kaum eine Wolke war am Himmel zu sehen. Von hier oben sah alles so klein aus. Wir flogen über die Wälder und Berge. Sixt beugte sich zu mir und schlang seine Arme um meinen Bauch.

„Es sieht so schön aus", flüsterte ich.

„Ja, es ist wirklich atemberaubend, wenn man bedenkt, wie hoch wir sind. Du hast doch keine Höhenangst, oder?"

„Nein, die habe ich nicht." Ich lehnte mich an ihn an und schaute noch etwas nach draußen. Nach einer halben Stunde kam eine andere Stewardess, die das Essen servierte. Ich musste mir das Lachen verkneifen, anscheinend hatte Sandy mit ihr getauscht, weil sie sich hier blamiert hatte.

„Möchtest du etwas essen", fragte mich Sixt.

„Eine Kleinigkeit vielleicht. Ich will nicht soviel."

„Wie wäre es mit einem Baguette?"

„Na gut." Sixt bestellte zwei Baguettes mit Käse, Salami und Salat. Für mich sogar mit einer extra Portion Remoulade, die ich gerne auf einem Baguette aß.

Als wir landeten, lenkte mich Sixt wieder ab. Wir stiegen aus dem Flugzeug aus, holten unser Gepäck ab und gingen zu den Taxis, die uns zum Hotel fuhren. Die ganze Fahrt schaute ich aus dem Fenster und sah mir die Stadt an. Ein Hotel nach dem Anderen und auch einige Kapellen waren zu sehen. Wir kamen an unserem Hotel an und ich kam aus dem Staunen nicht mehr heraus. Dieses Hotel hatte fünf Sterne. Es bestand aus zehn Stockwerken und war einfach gigantisch. Am Eingang empfing uns ein Portier, der uns das Gepäck abnahm. Die Eingangshalle war hell gestaltet. Der Boden war mit beigen Fließen ausgelegt und die Wände waren in einen hellbraunen Ton gestrichen. Wir gingen zur Rezeption, die aus Marmor war, und meldeten uns an. Ein anderer Portier begleitete uns in die sechste Etage und zeigte uns die Zimmer. Unser Gepäck wurde uns von einem weiteren Portier auf die Zimmer gebracht. Das Zimmer war atemberaubend, wobei es eigentlich eine Suite war. Neben einem Wohnzimmer mit einem eingebauten Kamin und einem Balkon gab es ein schönes gefliestes Badezimmer und ein großes Schlafzimmer. Dort standen ein großes Bett mit vielen Kissen und ein Kleiderschrank.

„Und was sagst du", fragte Sixt.

„Es ist einfach atemberaubend schön."

„Du bist viel schöner", hauchte Sixt und zog mich auf das Bett. Ich ließ mich nach hinten fallen und zog ihn zu mir. Schnell lagen unsere Lippen aufeinander. Meine Hände strichen über seinen Rücken und glitten unter sein Hemd.

„Wie viel Zeit haben wir noch", fragte ich unter seinen Lippen.

„Nur noch fünfzehn Minuten, bis wir uns mit den Anderen zum Essen treffen."

„Mist. Ich muss mich noch umziehen."

„Wir können das hier auch auf später verschieben", schlug Sixt vor und küsste meinen Hals.

„Ungern, aber ich glaube, das müssen wir wohl. Es ist unhöflich die Anderen warten zu lassen, vor allem weil dieser Aufenthalt hier mein Geburtstagsgeschenk von ihnen ist", sagte ich und stand auf. Ich ging zu unserem Koffer und suchte mir mein rotes Kleid heraus, welches ich anziehen wollte.

„Da hast du auch wieder recht. Aber trotzdem bist du so verführerisch." Sixt kam zu mir und küsste mich nun im Nacken.

„Wenn du möchtest, dass ich fertig werde, dann solltest du das lassen", warnte ich ihn.

„Na gut. Dann werde ich mich jetzt mal etwas frisch machen gehen", sagte er und ging ins Bad. Schnell zog ich mich um und folgte ihm dann ins Badezimmer. Dort kämmte ich mir die Haare durch und ließ sie offen über die Schulter fallen.

„Wie sehe ich aus", fragte ich und drehte mich einmal im Kreis.

„Wunderschön", sagte er und küsste mich. Wir gingen nach unten in den Speisesaal, wo wir uns mit den Anderen trafen und setzten uns an einen großen freien Tisch. Kurz darauf kamen auch schon die Anderen, die sich zu uns setzten. Der Kellner trat an unseren

Tisch und reichte uns die Speisekarten, in der wir uns etwas zu essen aussuchten.

„So was wollen wir denn heute Abend noch machen", fragte Anastasia.

„Ich möchte ins Casino", rief Nathan.

„Heute ist aber auch Karaokeabend in der Bar hier", sagte Maya.

„Ich glaube Jamie, sollte entscheiden. Es ist schließlich ihr Geburtstagsgeschenk", entgegnete Sasha. Alle schauten mich erwartungsvoll an. Ich mochte es nicht im Mittelpunkt zu stehen und ich fühlte mich etwas unwohl, nun eine Entscheidung treffen zu müssen.

„Wie wäre es, wenn wir erst ins Casino und dann zum Karaokeabend gehen", schlug ich vor. Alle stimmten zu.

Nach dem Essen gingen wir ins Casino. Im vorderen Teil des Raumes standen einige Spielautomaten, an denen Leute saßen. Danach folgten Tische mit verschiedenen Spielmöglichkeiten.

„Was möchtest du denn als Erstes machen", fragte mich Sixt, als wir ins Casino kamen. Er hatte einen Arm um meine Taille gelegt.

„Ich weiß es nicht. Ich war noch nie in einem Casino. Wenn du etwas spielen möchtest, komme ich mit und schaue dir zu."

„Wie wäre es mit Roulette?"

„Das können wir gerne mal probieren." Sixt führte mich zu einem der Roulettetische und wir setzten uns auf die Stühle, die davorstanden.

„Weißt du wie das Spiel funktioniert", fragte mich Sixt.

„Nur dass man entweder auf Zahl oder Farbe oder beides setzen kann."

„Genau. Komm sag mir eine Zahl."

„Ich überlegte. Vierundzwanzig", sagte ich und dachte dabei an unseren Jahrestag, der am nächsten Tag sein würde. An diesem Tag waren wir vor einem Jahr zusammengekommen. Sixt grinste mich an und wusste genau, was ich mit der Zahl meinte. Er setzte fünfzig Dollar in Spielchips auf diese Zahl. Der Casinoangestellte drehte das Rad und warf die Kugel hinein. Gespannt schaute ich zu und wartete, bis die Kugel liegen blieb. Wir hatten Glück. Die Kugel landete bei der Zahl vierundzwanzig. Glücklich und überrascht schaute ich Sixt an.

„Wir haben gewonnen", rief ich.

„Ja. Du scheinst ein richtiger Glücksbringer zu sein." Ich zog ihn zu mir und gab ihm einen Kuss. „Sollen wir noch einmal", fragte Sixt. Ich nickte lächelnd. „Okay, dann sag mir noch eine Zahl." „Die Acht", sagte ich frei heraus und die stand für August, den Monat unseres Jahrestages. Auch das verstand Sixt sofort. Er setzte fünfzig Dollar auf die Acht. Der Angestellte betätigte wieder das Roulette. Ich schaute gespannt zu und ergriff Sixts Hand. Die Kugel blieb bei der Acht stehen. Schon wieder hatten wir gewonnen.

„Das ist unglaublich."

„Ich glaube, das nennt man Anfängerglück", sagte Sixt grinsend. „Wollen wir jetzt mal etwas Anderes probieren?"

„Ja", erwiderte ich und wir gingen zu einem Blackjacktisch. Sixt erklärte mir kurz die Regeln, obwohl ich es schon mal zu Hause gespielt hatte. Aber sicher war sicher. Wir spielten wieder zusammen. Zwei Karten hatten wir schon, die zusammen dreizehn ergaben.

„Wollen wir noch eine nehmen", fragte Sixt.

„Ja, versuchen wir mal unser Glück." Der Angestellte gab uns noch eine Karte. Das war eine Acht. Wir hatten genau einundzwanzig. Also Blackjack und damit gewonnen.

„Du bist wirklich ein Glücksbringer."

„Nur deiner", erwiderte ich und gab Sixt einen Kuss. Wir spielten noch einige Runden und probierten andere Spiele aus. Heute war echt unser Glückstag, denn wir gewannen abgesehen von zwei Spielen jedes.

Um zehn Uhr trafen wir uns mit den Anderen vor dem Casino und gingen zur Bar, wo der Karaokeabend stattfand. Hier war nicht viel los. Ab und zu sang mal jemand auf der Bühne. Wir setzten uns an einen der Tische vorne an der Bühne und Brian bestellte eine Runde Sekt für uns.

„Wie ist es denn bei euch gelaufen", fragte Nathan. „Ich hatte heute gar kein Glück."

„Wir dafür umso mehr. Jamie, ist ein richtiger Glücksbringer", strahlte Sixt.

„Oh, dann kommst du das nächste Mal mit mir mit. Vielleicht habe ich dann mehr Glück", wandte sich Nathan zu mir.

„Das geht nicht. Ich bin nur Sixts Glücksbringer", erwiderte ich.

301

Der Kellner brachte die Getränke und wir stießen an.

„Also gut, dann auf Las Vegas", sagte Sasha. Ich trank einen Schluck und stellte das Glas auf den Tisch. Ich holte meine Digitalkamera aus der Tasche und schoss ein paar Fotos.

„Wie wäre es mit Singen", fragte Anastasia und schaute in die Runde. „Na los kommt. Wir Mädels fangen an." Wir gingen zur Bühne und suchten uns ein Lied aus. Jeder schnappte sich ein Mikrofon und wir stellten uns auf die Bühne. Das Lied begann und wir fingen an zu singen. Wir hatten vorher die Strophen aufgeteilt und den Refrain sangen wir zusammen. Mir war es schon etwas peinlich, da ich noch nie vor anderen Leuten gesungen hatte. Klar, Sixt hatte mich schon das ein oder andere Mal beim Singen erwischt gehabt, als er plötzlich in meinem Haus aufgetaucht war. Aber selbst dann war es mir immer peinlich gewesen, obwohl er meinte, dass ich gut singen könnte. Sixts Blick lag die ganze Zeit auf mir, den ich immer wieder erwiderte. Timothy schnappte sich meine Kamera und fotografierte uns. Das Lied endete und die Jungs applaudierten.

„Das war super. Ihr solltet eine Girlgroup bilden und auf Tour gehen", sagte Timothy.

„Das überlegen wir uns mal", erwiderte Maya. Ich ging von der Bühne und wurde gleich von Sixt auf seinen Schoß gezogen.

„Du warst wunderbar", flüsterte er.

„Danke", sagte ich und wurde rot.

„Hey hier jetzt nicht rumturteln, komm Sixt wir sind dran", rief Nathan. Seufzend schob mich Sixt von seinem Schoß und stand auf. Ich setzte mich auf seinen Stuhl und schaute zu, wie die Jungs nun auf die Bühne gingen. Sie hatten sich einen sehr bekannten Oldie ausgesucht und begannen nun zu singen. Dazu machten sie auch die passenden Bewegungen, wo wir lachen mussten.

„Hey schon mal über eine Boygroup nachgedacht", fragte Anastasia, nachdem die Jungs mit ihrem Lied fertig waren.

„Ja nächste Woche unterschreiben wir unseren Plattenvertrag", witzelte Timothy.

„Du warst super", sagte ich zu Sixt, der mich gerade wieder auf seinen Schoß zog. Nun waren Timothy und Maya an der Reihe. Da mittlerweile außer uns niemand mehr in der Bar war, benutzten wir die Anlage alleine. Ich kuschelte mich an Sixt an und hörte den beiden zu. Als Nächstes waren Sixt und ich dran. Zusammen gingen wir nach vorn und suchten uns ein Duett aus. Es war ein langsames und romantisches Lied, das über ein Pärchen ging, was sich die ewige Liebe schwor. Wir stellten uns auf die Bühne und die Musik begann. Die erste Strophe musste ich singen, da ich den Text aber auswendig kannte, brauchte ich gar nicht erst auf den Monitor schauen, wo der Text lief, sondern konnte Sixt in die Augen sehen. Dann war Sixt an der Reihe. Er kam auf mich zu und nahm meine Hand. Unsere Finger verschränkten sich miteinander. Es war so schön und hatte auch etwas Magisches. In meinen Bauch kribbelte es. Ich kam mir vor, als wäre ich frisch verliebt. Die ganze Zeit schauten wir uns tief in die Augen, und als das Lied vorbei war, küssten wir uns. Die Anderen applaudierten und wir verbeugten uns grinsend.

„Das war so schön", rief Maya, als wir wieder an den Tisch gingen. „Ihr seid so ein süßes Paar. Ich musste erst einmal ein paar Fotos von euch machen." Bei der Aussage wurde ich rot im Gesicht. „Komm Sasha wir sind dran", sagte Nathan und zog Sasha vom Stuhl hoch. So ging es noch einige Lieder weiter, bis wir schließlich müde wurden und auf unsere Zimmer gingen.

Am nächsten Morgen wurde ich mit Küssen geweckt. Ich schlug die Augen auf und sah direkt ins Sixts Gesicht.
„Guten Morgen, Süße", lächelte er.
„Morgen", nuschelte ich und reckte mich.
„Alles Gute zum Jahrestag", sagte er und gab mir einen Kuss.
„Dir auch alles Gute zum Jahrestag", erwiderte ich und lächelte. Heute waren wir genau ein Jahr zusammen. Ich konnte gar nicht fassen, wie viel Glück ich doch hatte, so einen wunderbaren, gutaussehenden und liebevollen Mann zu haben. Sixt hätte jede Frau haben können, aber er wollte nur mich. So ganz konnte ich das immer noch nicht verstehen. Ich war doch eigentlich nichts Besonderes. Sixt sah das allerdings ganz anders, was er mir schon mehrmals gesagt hatte.
„Ich habe noch etwas für dich", sagte Sixt und reichte mir einen Umschlag. Ich öffnete ihn und traute meinen Augen nicht. Dort drin lag ein Gutschein für ein Wochenende in Paris. Ich schaute ihn mir an.
„Paris", fragte ich.
„Ja. Nur wir beide. Das heißt, wenn du mich mitnimmst."

303

„Natürlich nehme ich dich mit. Danke", sagte ich und fiel ihn um den Hals.

„Das mache ich doch gerne." Er schob mich ein Stück zurück, nur um seine Lippen auf meine zu legen.

„Ich habe auch noch etwas für dich", flüsterte ich, als wir uns voneinander lösten. Ich krabbelte vom Bett, ging zu meiner Tasche und holte ein langes Päckchen heraus. Anschließend ging ich zurück zum Bett und setzte mich hin. Ich reichte ihm das Päckchen und er nahm es an.

„Du hättest mir nichts kaufen brauchen", sagte er.

„Du mir doch auch nicht und tust es öfter." Ich lächelte ihn an. Sixt packte das Geschenk aus und schaute es sich an. „Ich hoffe es gefällt dir", sagte ich unsicher. Ich hatte ihm eine Armbanduhr gekauft. Lange hatte ich hin und her überlegt, was ich ihm schenken könnte. Schließlich hatte er alles Geld der Welt und konnte sich alles leisten. Sasha hatte mir geholfen, das passende Geschenk zu finden. Sie hatte eine Internetseite entdeckt, auf der man Uhren selbst gestalten konnte. So hatte ich ihm eine silberne Sportuhr ausgesucht. Auf dem Ziffernblatt war auf der oberen Hälfte, ein Schwarz-Weiß-Bild von Sixt und mir, was durch die Firma drauf gedruckt worden war und auf der unteren Hälfte stand das Datum unseres Jahrestages *24.08.2012* gedruckt. Sasha hatte sie für mich bestellt, damit Sixt sich nicht wunderte, wenn ein Paket für mich kam. Er hätte bestimmt wissen wollen, was es wäre. Und da ich eine schlechte Lügnerin war, hätte er herausgefunden, dass es für ihn wäre. So kam es auf ihren Namen und ich hatte ihr das Geld für die Uhr gegeben. Nun saß ich hier etwas nervös und hoffte, dass ihm die Uhr gefiel. Sixt lächelte und nahm die Armbanduhr aus der Verpackung.

„Danke Süße. Die ist wirklich sehr schön. Jetzt habe ich dich immer bei mir, auch wenn du nicht persönlich da bist", sagte er und zog mich zu sich.

„Gefällt sie dir wirklich. Ich war mir nicht sicher."

„Doch auf jeden Fall. Sie ist etwas Besonderes und ich brauchte sowieso eine neue Uhr", versicherte er mir und legte sich die Uhr um. Er schaute sie sich an und strahlte. „Sie passt perfekt. Vor allem aber kann ich nicht unseren Jahrestag vergessen, so wie andere Männer. Wobei ich ihn eh nie vergessen würde, denn schließlich bin ich an dem Tag mit der wunderschönsten Frau der

Welt zusammengekommen", hauchte er und küsste mich. „Ich glaube, wir sollten uns langsam mal fertigmachen. Die Anderen warten sonst beim Frühstück auf uns."
„Da hast du recht. Es wäre unhöflich sie warten zu lassen." Wir standen auf und machten uns schließlich für den Tag fertig. Anschließend gingen wir Arm in Arm hinunter ins Restaurant. Auch die Anderen trafen langsam ein. Es gab ein Buffet, wo jeder sich sein Frühstück nehmen konnte. Dort gab es viele Leckereien, von Brot bis Croissants, Marmeladen in verschiedenen Variationen und Obst. Ich nahm mir etwas von dem Buffet und setzte mich an einen Tisch. Die Anderen folgten mir. Sixt zeigte stolz seine neue Uhr herum und Sasha lächelte mich wissend an.
„Was wollen wir denn heute machen", fragte Brian in die Runde.
„Ich würde mir gerne die Stadt anschauen", sagte ich.
„Ich schließe mich dir gerne an", entgegnete Sixt.
„Ich will shoppen gehen", rief Sasha.
„Oh ja das will ich auch", stimmte Anastasia ihr zu.
„Oh nein noch mehr Klamotten", stöhnte Nathan und fing sich dafür einen Klaps auf dem Arm von Sasha ein.
„Na dann lasst uns doch beides miteinander verbinden und heute Abend macht jeder etwas für sich", schlug Timothy vor. Damit waren alle einverstanden.

Nachdem wir mit dem Frühstücken fertig waren, gingen wir noch mal auf unsere Zimmer und holten unsere Taschen. Natürlich nahm ich die Kamera mit. Ich wollte alles auf Bildern festhalten und so fotografierte ich auch unsere Hotelsuite und die Aussicht vom Balkon.
„Was machen wir denn heute Abend", fragte ich Sixt.
„Lass dich überraschen. Ich habe schon einiges geplant."
„Mir wird ja nichts anderes übrigbleiben. Du wirst es mir sicherlich nicht verraten", stellte ich fest.
„Nein, werde ich nicht", grinste er und gab mir einen Kuss. Anschließend gingen wir hinunter in die Lobby, wo wir uns mit den Anderen trafen und gingen los. Wir sahen uns die Stadt an und machten viele Fotos von den Kapellen, den Hotels und dem Stratosphere Tower, der dreihundertsechsundfünfzig Meter hoch war. Wir fuhren den Turm mit dem Fahrstuhl hinauf und hatten dort einen wunderbaren Ausblick über die ganze Stadt. Ein

Highlight des Turmes waren allerdings die Fahrgeschäfte, die sich noch oben drauf befanden. Nathan wollte natürlich alles ausprobieren und mit jedem Fahrgeschäft fahren. Das tat er auch, nachdem er in Brian einen willigen Freiwilligen gefunden hatte, der mit ihm mitfuhr. Ich selbst genoss lieber die Aussicht und schoss einige Fotos. Anschließend gingen wir in eine Shopping Mall. Hier konnten sich Sasha und Anastasia austoben. Ich hatte überhaupt nicht so eine große Lust shoppen zu gehen. Ich war der Meinung, ich hatte genug Klamotten zu Hause. Wir Mädels trennten uns von den Jungs, die lieber in einen großen Elektroladen gehen wollten. Wir hatten zwei Stunden Zeit und wollten uns dann wieder mit den Jungs in einem Café´treffen. Sixt gab mir Geld und sagte ich sollte mir etwas Schönes davon kaufen. Ich wollte es erst nicht annehmen, da ich schließlich mein eigenes Geld hatte und von ihm nicht abhängig sein wollte. Er ließ sich aber nicht davon abbringen und meinte, es sei mein Anteil vom Gewinn aus dem Casino, dass mir sowieso zustände. Allerdings war der Betrag, den er mir gab, viel höher, als mein Anteil vom Gewinn gewesen wäre. Da ich aber nicht diskutieren wollte, nahm ich das Geld und steckte es in mein Portemonnaie. Sasha und Anastasia stürmten gleich los in den ersten Laden, während ich einfach nur durch die Gänge streifte. Auch Maya hatte nicht soviel Lust nach Klamotten zu schauen. „Jamie, komm mal bitte her", rief Sasha. Sie stand an einem Ständer mit Kleidern und ich ging zu ihr herüber. „Ich habe hier etwas, was du unbedingt anprobieren musst." Sie hielt mir ein dunkelgraues Neckholderkleid hin. „Los geh das mal anprobieren." Sie drängte mich zu den Anproben und ich ging in eine Kabine. Ich zog mich um und betrachtete mich im Spiegel, der in der Kabine hing. Es sah wirklich toll aus. An den Seiten war es gerafft und das Kleid ging mir bis zu den Knien. Ich trat aus der Kabine heraus und präsentierte mich den Anderen.
„Wow", hörte ich alle drei sagen und sahen mich mit offenstehenden Mündern an.
„Du siehst fantastisch aus. Das Kleid ist genau für dich gemacht." Anastasia fand als Erste ihre Sprache wieder.
„Das musst du unbedingt nehmen und heute Abend anziehen", sagte Sasha.
„Wieso heute Abend", fragte ich. Ich konnte mir schon denken, dass sie genau wusste, was Sixt vorhatte. Bestimmt wussten es alle

außer mir. Nur würde es mir niemand sagen.

„Das wirst du schon sehen. Es wird dir gefallen."

„Warum weiß eigentlich jeder, was Sixt vorhat nur ich nicht",
beschwerte ich mich.

„Weil es eine Überraschung ist. So und jetzt besorg ich dir kurz die
passenden Schuhe." Sasha verschwand kurz und kam mit einem
Schuhkarton wieder. „Hier probiere die mal an." Es waren passend
zum Kleid dunkelgraue Schuhe mit einem nicht zu hohen Absatz.
Sasha wusste genau, dass ich auf Stilettos nicht laufen konnte. Ich
knickte ständig um. Ich zog die Schuhe an, die perfekt passten, und
drehte mich kurz im Kreis,

„Das sieht Wahnsinn aus. Das musst du einfach kaufen", sagte
Maya.

„Mir gefällt es auch. Ich werde es auch nehmen." Ich ging in die
Kabine und zog mich wieder um. Nun probierten Sasha und
Anastasia noch einige Sachen an. Als sie fertig waren, gingen wir
zur Kasse und bezahlten.

„So jetzt brauchst du aber noch die passende Unterwäsche", sagte
Anastasia und zog mich in einen Dessousladen. Wir schauten uns
kurz um. Ich fand einen trägerlosen grauen BH mit roten Mustern
drin. Dazu gab es den passenden Slip.

„Das sieht gut aus und passt auch zum Kleid." Ich zeigte es den
Anderen und ging in die Kabine um es anzuprobieren. Es passte
perfekt. Ich zog mich wieder um und ging zur Kasse, um zu
bezahlen. Ich wartete noch, bis die Anderen ebenfalls soweit waren,
und verließ mit ihnen den Laden. Nun hatte jeder von uns
Einkaufstüten in der Hand. Auch Maya. Sie hatte sich im
Dessousladen ebenfalls etwas gekauft. Zwei weitere Läden folgten,
in denen ich mir allerdings nichts mehr kaufte. Dann war es auch
schon Zeit zum Café´ zu gehen, wo die Jungs schon auf uns
warteten.

„Na habt ihr die Läden leer gekauft", fragte Nathan grinsend.

„Nein, es ist noch genug da", konterte Sasha. Wir setzten uns zu
ihnen und bestellten uns etwas zu trinken.

„Möchtest du etwas Essen", fragte mich Sixt.

„Nein, ich habe im Moment keinen Hunger", entgegnete ich.

„Na gut. Was hast du dir denn gekauft", fragte Sixt neugierig.

„Das wirst du heute Abend schon sehen", grinste ich und hielt die
Tüten zu, sodass er nicht hineinsehen konnte.

„Da bin ich dann mal gespannt."

Nachdem wir ausgetrunken hatten, machten wir uns wieder auf dem Weg zum Hotel. Mittlerweile war es schon sechs Uhr. Wir waren den ganzen Tag unterwegs gewesen. Als wir wieder in unserem Zimmer waren, setzte ich mich erst einmal auf die Couch. „Verrätst du mir jetzt, was du geplant hast", fragte ich und schaute Sixt an.

„Noch nicht. Aber wir müssen in einer halben Stunde los", verriet er mir.

„Oh, dann sollte ich mich mal fertigmachen", sagte ich, nahm meine beiden Tüten und verschwand im Badezimmer. Schnell zog ich mir meine neue Unterwäsche und das Kleid an. Meine Haare kämmte ich mir durch und ließ sie offen über meine Schulter fallen. Anschließend nahm ich etwas Lidschatten und Kajal. Ich schaute mich im Spiegel an und war zufrieden. Ich nahm noch einen Spritzer von meinem Lieblingsparfüm und verlies das Badezimmer. Sixt kam gerade aus dem Schlafzimmer. Er sah atemberaubend gut aus. Er trug eine schwarze Hose, dazu ein dunkelgraues Hemd und darüber ein graues Sakko. Als er mich sah, blieb sein Mund offenstehen.

„Wow, du siehst wunderschön aus", brachte er heraus und kam auf mich zu.

„Danke, du aber auch", sagte ich.

„Ich muss gleich nur aufpassen, dass dich mir niemand wegnimmt."

„Na andersherum wohl eher. Ich glaube, wir passen auf uns gegenseitig auf", schlug ich vor.

„Einverstanden. Bist du soweit?"

„Ja, von mir aus kann es losgehen", sagte ich und nahm mir meine Handtasche.

„Na dann los." Sixt legte einen Arm um meine Taille und führte mich aus dem Zimmer. Wir stiegen in den Fahrstuhl und fuhren hinunter in die Lobby. Nun gingen wir in einen Saal, in dem es eine große Bühne gab und der mit Stühlen und Tischen ausgestattet war. Sixt führte mich zu einem der Tische und rückte den Stuhl zurück. Ich setzte mich und er schob den Stuhl wieder heran. Ganz gentlemanlike. Sixt setzte sich neben mich und legte mir einen Arm um die Schulter. Ich nahm das Programmblatt, welches auf dem Tisch lag, in die Hand und schaute es mir an. Heute gab es eine

308

Show, in der mit Tanz und Musik eine Geschichte erzählt wurde.

„Ist die Show deine Überraschung?"

„Es ist ein Teil davon. Wenn man schon in Las Vegas ist, sollte man zumindest eine Show gesehen haben. Möchtest du etwas trinken?"

„Ja gerne." Sixt bestellte bei der Kellnerin etwas zu trinken, die auch sofort die Getränke brachte. Der Saal füllte sich und die Show begann pünktlich um sieben Uhr. Es war wirklich fantastisch. Die tolle Atmosphäre, dazu die passende Musik und Lichteffekte. Auch die Tanzeinlagen und Dialoge waren super. Die Show dauerte zwei Stunden, aber die Zeit verging wie im Flug. Ehe ich mich versah, war die Show auch schon vorbei.

„Und wie hat es dir gefallen", fragte mich Sixt, als wir aus dem Saal gingen.

„Super. Die Show war richtig gut", sagte ich und lächelte ihn an.

„Ja, das finde ich auch."

„Und jetzt", fragte ich neugierig.

„Jetzt gehen wir auf unser Zimmer", sagte er und drückte den Knopf des Fahrstuhles.

„Und dann?"

„Das wirst du schon sehen", grinste er. Die Fahrstuhltüren öffneten sich. Wir stiegen ein und fuhren nach oben. Dort angekommen stiegen wir aus und gingen zu unserer Suite. Sixt schloss die Tür auf, hielt aber inne, bevor er die Tür ganz öffnete. Er stellte sich hinter mich und hielt mir seine Hand vor die Augen.

„Was wird das denn jetzt", fragte ich verwundert.

„Ich halte dir nur die Augen zu. Keine Angst ich passe auf, dass du nicht stolperst." Er führte mich ins Zimmer und schloss die Tür hinter uns. „So jetzt kannst du gucken." Er nahm die Hand von meinen Augen und ich blinzelte kurz, bis ich wieder alles klarsah. Was ich nun sah, war unglaublich. Im ganzen Wohnbereich der Suit waren Kerzen aufgestellt und angezündet worden. Feuer brannte im Kamin und davor lagen Decken und Kissen. Die Balkontür war geöffnet und auf einem Tisch, der mit zwei Stühlen auf dem Balkon stand, befand sich eine Flasche Wein und zwei Gläser.

„Das ist traumhaft schön", brachte ich leise heraus.

„Für meine Traumfrau nur das Beste", hauchte er an meinem Ohr und küsste mich. Sixt führte mich auf den Balkon und schob wieder ganz der Gentleman, der er war, den Stuhl heran, als ich mich setzte. Es klopfte an die Tür. Sixt ging wieder ins Zimmer und öffnete sie. Ein Hotelangestellter kam mit einem Servierwagen herein und servierte das Essen auf dem Balkontisch. Den Nachtisch stellte er ebenfalls auf dem Tisch und ging wieder zur Tür. Sixt gab ihm noch etwas Trinkgeld und kam dann wieder zu mir. Er setzte sich mir gegenüber und schaute mich an.

„Ich hoffe, ich habe das richtige Gericht ausgesucht."

„Das sieht sehr lecker aus. Was ist es denn", fragte ich.

„Das sind Schweinemedaillons mit Haselnussspätzle, Königsgemüse und Rahmsoße."

„Das hört sich gut an", lächelte ich.

„Wie wäre es mit einem Glas Wein", fragte Sixt.

„Sehr gerne", erwiderte ich. Sixt nahm die Weinflasche und füllte die Gläser.

„Na dann auf einen sehr schönen Abend und auf uns. Ich liebe dich, Süße", sagte er.

„Ich liebe dich auch." Wir stießen an und tranken einen Schluck. Anschließend begannen wir mit dem Essen. Es schmeckte sehr köstlich und ich merkte, dass ich doch einen großen Hunger hatte. Ich aß den ganzen Teller leer. Es war ein anstrengender aber trotzdem sehr schöner Tag gewesen. Nun war der Nachtisch an der Reihe. Es war Mousse au Chocolat mit Schokoladenstückchen. Sixt tauchte seinen Löffel in die Mousse und hielt mir den Löffel vor dem Mund. Genüsslich leckte ich den Löffel ab.

„Mhhm lecker", sagte ich.

„Das muss ich selbst mal probieren", erwiderte Sixt, rutschte mit seinem Stuhl zu mir herüber, zog mich an sich und küsste mich. „Ja da hast du recht, das ist wirklich lecker." Wir fütterten uns gegenseitig, bis beide Schälchen der Mousse au Chocolat leer waren. Nun war ich wirklich satt und lehnte mich zufrieden an Sixts Schulter. Der Hotelangestellte kam noch einmal, räumte die Teller ab und verschwand wieder aus dem Zimmer. Ich schaute mir die Umgebung an. Es war schon dunkel geworden und überall sah man die bunten Lichter von den Hotels und Sehenswürdigkeiten. Plötzlich gab es einen Knall. Ich schaute nach oben in den Himmel und sah eine Feuerwerksrakete. Im nächsten Moment begann ein beachtliches Feuerwerk.

„Wow. Gehört das auch zu deiner Überraschung", fragte ich und schaute hinauf.

„Nein. Das Feuerwerk findet jedes Wochenende statt. Damit habe ich nichts zu tun", lachte er. „Damit allerdings schon." Er zeigte in den Himmel, wo nun, durch eine Rakete, -Heirate mich- geschrieben stand.

„Was? Wie soll ich das verstehen", fragte ich verdutzt und schaute Sixt an. Dieser kniete sich nun vor mich. Sixt nahm meine Hand und schaute mir tief in die Augen.

„Jamie, du bist das Wichtigste in meinem Leben, in meinem Dasein. Ich kann mir ein Leben ohne dich nicht mehr vorstellen und will es auch gar nicht mehr. Du hast mir in der schweren Zeit den Sinn meines Daseins wiedergegeben und um soviel mehr verschönert. Ich liebe dich über alles und mein Herz schlägt nur für dich. Jamie, möchtest du mich heiraten?" Ich schluckte. Meinte er das jetzt ernst? In seinen Augen sah ich nur die pure Wahrheit und Liebe. Hatte er mir wirklich gerade einen Heiratsantrag gemacht? Ich konnte es nicht glauben.

„Ja. Ja natürlich möchte ich dich heiraten", rief ich freudestrahlend und fiel ihm um den Hals.

„Wirklich", fragte mich Sixt.

„Ja. Nur dich und niemand anderen", versicherte ich ihm.

„Ich liebe dich."

„Ich liebe dich auch", erwiderte ich. Er nahm meinen Kopf in seine Hände und legte seine Lippen auf meine. Sofort erwiderte ich den Kuss.

„Sollen wir reingehen und es uns vor dem Kamin gemütlich machen", fragte Sixt, als wir uns voneinander lösten.

„Ja", sagte ich und ließ mich von Sixt ins Zimmer zur Decke vor dem Kamin führen. Ich setzte mich und Sixt kam mit einer Flasche Champagner und zwei Gläsern zur Decke und setzte sich ebenfalls. Er öffnete die Flasche und füllte die Gläser. Er reichte mir ein Glas. Wir tranken einen Schluck und schauten uns dabei tief in die Augen.

„Ich habe noch etwas für dich", sagte er und stellte die Gläser zur Seite. „Zu einem Heiratsantrag gehört auch ein Ring." Er holte aus seiner Tasche eine Schatulle, öffnete sie und zeigte sie mir. Der Ring war wunderschön. Er war aus Weißgold und hatte in einer Fassung einen Brillanten.

„Der ist wunderschön", brachte ich unter Staunen hervor. Sixt nahm den Ring aus der Schatulle und steckte ihn mir an meinen linken Ringfinger. Ich betrachtete den Ring und lächelte. Sixt nahm meine Hand und schaute sich ebenfalls den Ring an.

„Er sieht gut an deiner Hand aus. Er steht dir." Sixt zog mich zu sich und küsste mich. „Habe ich dir heute schon gesagt, dass du wunderschön aussiehst?" Seine Hand glitt langsam meinen Rücken hinunter. Er küsste nun meinen Hals und strich mit seinen Lippen hinunter zum Schlüsselbein. „Du bist so verführerisch", hauchte er an meinem Ohr. Sein warmer Atem ließ mich eine Gänsehaut bekommen. Sanft drehte er mich um und küsste nun meinen Nacken, was mir einen angenehmen Schauer durch den Körper jagen ließ. Er öffnete unter den Küssen den Nackenhalter von meinem Kleid und streifte es mir ab. Ich drehte mich zu ihm um und schon lagen unsere Lippen aufeinander. Ich knöpfte sein Hemd auf und zog es ihm aus. Meine Hände strichen über seine Brust und seinen Bauch. Ein Stöhnen entfuhr ihm, als ich erst seinen Hals, dann seine Brust und schließlich seinen Bauch mit Küssen bedeckte. Meine Hände glitten zu seiner Hose, die sie öffneten und sie ihm anschließend auszogen. Sixt zog mich zu sich hoch und legte mich auf eines der Kissen. Seine Hand strich über meinen Körper.

„Du bist so wunderschön", sagte er leise und küsste mich. Seine Hände glitten zu meinen Rücken und öffneten meinen BH. Er zog ihn mir aus und liebkoste meine Brüste, was mich aufstöhnen ließ. Ich griff nach seiner Boxershorts und zog sie ihm aus, wobei er mir half. Ich strich über seine intime Stelle, umfasste sein Glied und glitt mit der Hand auf und ab. Sixt stöhnte auf. Nun machte er sich an meinen Slip zu schaffen und eh ich mich versah, hatte er ihn mir schon ausgezogen. Sanft streichelte er die Innenseiten meiner Oberschenkel und glitt über meine mittlerweile feuchte Mitte, was mich stöhnen ließ. Ich spreizte meine Beine und zog Sixt dazwischen. Er wusste, was ich wollte und das ich nicht mehr länger warten konnte. Ich wollte ihn und das sofort. Sixt positionierte sich vor meinen Eingang und drang stöhnend in mich ein.

Nachdem wir beide zu unserem Höhepunkt gekommen waren, legte Sixt eine Decke über uns und wir kuschelten uns eng aneinander. Ich schaute mir wieder den Ring an.

„Er ist traumhaft schön", flüsterte ich.

„Du bist noch viel schöner", hauchte Sixt und küsste mich auf die

Wange.

„Mrs. Summers. Hört sich gut an", lächelte ich.

„Wir können auch deinen Nachnamen nehmen."

„Deiner gefällt mir besser", erwiderte ich und küsste ihn.

Ally Trust
The Hell – Hol mich hier raus!

ISBN: 9783744898553
E-Book ISBN: 9783746083063
416 Seiten
Verlag: BoD – Books on Demand

„Ich habe keine Angst vor der Hölle. Ich lebe in einer. Mein Leben ist die Hölle".

Cheyenne erlebt nach dem Tod ihrer Mutter regelrecht die Hölle zu Hause. Ihr Vormund Steve Bozman, ein angesehener Mann, macht ihr das Leben zur Hölle, missbraucht und schlägt sie. Cheyenne lernt den charmanten und gutaussehenden Nicolai kennen, der an der Universität als Player bekannt ist, in den sie sich verliebt. Kann er sie aus dieser Hölle retten? Wird sie ein ruhiges Leben haben, oder wird sie um ihr Leben fürchten müssen?